Yo antes de ti

Jojo Moyes nació en 1969 y se crio en Londres. Periodista y escritora, coordinó durante años la sección de arte y comunicación del diario inglés *The Independent*. Vive con su marido y sus tres hijos en una granja en Essex, Inglaterra. Autora de best sellers internacionales, de entre sus obras cabe destacar *Yo antes de ti*, convertida en película con el título *Antes de ti,* y *Uno más uno*, con las que ha vendido millones de ejemplares en todo el mundo.

Para más información, visita la página web de la autora: www.jojomoyes.com

JOJO MOYES

Yo antes de ti

Traducción de
Máximo Sáez

DEBOLS!LLO

Título original: *Me Before You*

Primera edición en Estados Unidos: junio de 2016

© 2012, Jojo Moyes
© 2015, Penguin Random House Grupo Editorial, S.A.U.
Travessera de Gràcia, 47-49. 08021 Barcelona
© 2016, de la presente edición:
© 2022 Penguin Random House Grupo Editorial USA, LLC.
8950 SW 74th Court, Suite 2010
Miami, FL 33156
© 2013, Máximo Sáez, por la traducción

Diseño De Portada: Penguin Random House
Fotografía de portada: Motion Picture Artwork © 2016
WBEI, MGM and New Line.
All Rights Reserved

ISBN: 978-1-941999-87-5

Impreso en Colombia - *Printed in Colombia*

22 23 24 25 26   10 9 8 7 6 5

Para Charles, con amor

Part Composition Map

PRÓLOGO

2007

Cuando él sale del baño ella está despierta, recostada contra las almohadas, hojeando los folletos de viaje que había junto a la cama. Viste una de las camisetas de él y su larga melena enmarañada evoca imágenes de la noche anterior. Él se queda ahí, disfrutando de ese breve recuerdo, mientras se seca el pelo con una toalla.

Ella alza la vista del folleto y hace un mohín. Es tal vez un poco demasiado mayor para hacer mohínes, pero llevan saliendo tan poco tiempo que aún resulta encantador.

—¿De verdad tenemos que hacer senderismo por las montañas o lanzarnos por barrancos? Son las primeras vacaciones de verdad que pasamos juntos y aquí no hay ni un solo viaje, literalmente, que no implique arrojarse de algún lugar o... —finge que la recorre un escalofrío—, o llevar forro polar.

Tira los folletos sobre la cama y estira unos brazos color caramelo sobre la cabeza. Tiene la voz ronca, legado de esas horas de sueño perdidas.

—¿Qué tal un balneario de lujo en Bali? Podríamos tumbarnos sobre la arena..., pasar las horas como reyes..., noches largas y relajantes.

—Soy incompatible con ese tipo de vacaciones. Necesito hacer algo.

—Como lanzarte de un avión.

—No lo descartes hasta haberlo probado.

Ella hace una mueca.

—Si no te importa, creo que voy a seguir descartándolo.

La camisa de él está ligeramente húmeda contra la piel. Se pasa un peine por el pelo y enciende el teléfono móvil; se le crispa el rostro al ver la lista de mensajes que lo asaltan desde esa pantalla diminuta.

—Vale —dice—. Tengo que irme. Desayuna lo que quieras. —Se apoya en la cama para besarla. El aroma de ella es cálido y fragante y muy sensual. Lo respira en su nuca y por un momento se olvida de lo que estaba pensando cuando ella le pasa los brazos alrededor del cuello y tira de él hacia la cama.

—¿Aún está en pie lo del fin de semana?

Él se desprende de los brazos de ella de mala gana.

—Depende de lo que pase con este trato. Ahora mismo está todo un poco en el aire. Todavía existe la posibilidad de que tenga que ir a Nueva York. De todos modos, ¿una buena cena este jueves? Tú escoges el restaurante. —La cazadora de cuero de motorista cuelga de la puerta y él la coge.

Ella entrecierra los ojos.

—Cena. ¿Con o sin el señor BlackBerry?

—¿Qué?

—El señor BlackBerry me hace sentir la señorita Blackberrinche. —Una vez más, el mohín—. Es como si hubiera siempre una tercera persona tratando de acaparar tu atención.

—Lo pondré en silencio.

—¡Will Traynor! —le regaña ella—. Tiene que haber momentos en que puedas apagarlo.

—Lo apagué anoche, ¿no?

—Solo bajo coacción extrema.

Él sonríe.

—¿Así se dice ahora? —Se pone los pantalones de cuero. Y el dominio de Lissa sobre su imaginación al fin cesa. Se echa la cazadora al brazo y le manda un beso al salir.

Hay veintidós mensajes en su BlackBerry, el primero de los cuales llegó de Nueva York a las 3.42 de la mañana. Algún problema legal. Baja en ascensor al garaje mientras intenta ponerse al día con las noticias de la noche.

—Buenos días, señor Traynor.

El guarda de seguridad sale de un cubículo que ofrece protección contra la intemperie, aunque en el garaje no hay necesidad de refugiarse de las inclemencias del tiempo. A veces Will se pregunta qué hará el guarda ahí abajo durante la madrugada, mirando la televisión de circuito cerrado y los parachoques resplandecientes de esos automóviles de sesenta mil libras que nunca están sucios.

Will se enfunda la cazadora.

—¿Cómo va todo, Mick?

—Terrible. Llueve a cántaros.

Will se detiene.

—¿De verdad? ¿No hace día para ir en moto?

Mick niega con la cabeza.

—No, señor. A menos que tenga un compartimento hinchable. O que desee morir.

Will se queda mirando la moto, tras lo cual se desprende de las prendas de cuero. A pesar de lo que piense Lissa, no es dado a asumir riesgos innecesarios. Abre el baúl de la moto y guarda la ropa, lo cierra y arroja las llaves a Mick, quien las atrapa al vuelo con una mano.

—Mételas bajo la puerta, ¿vale?

—Cómo no. ¿Quiere que le llame un taxi?

—No. No tiene sentido que nos empapemos los dos.

Mick pulsa el botón que abre la reja automática y Will sale, con la mano levantada para darle las gracias. A su alrededor, el comienzo de la mañana es lóbrego y tormentoso, y el tráfico de Londres ya es lento y denso a pesar de que son solo las siete y media. Se sube el cuello y avanza a zancadas por la calle hacia el cruce, donde es más probable encontrar un taxi. Las calles están resbaladizas por el agua y una luz grisácea brilla en el reflejo de las aceras.

Maldice entre dientes al ver a otras personas trajeadas de pie al borde de la acera. ¿Desde cuándo madrugan tanto todos los londinenses? Todo el mundo ha tenido la misma idea.

Mientras se pregunta dónde debería situarse, suena el teléfono. Es Rupert.

—Voy de camino. Estoy intentando coger un taxi. —Ve un taxi con una luz naranja que se aproxima por el otro lado de la calle y comienza a acercarse a él a zancadas, con la esperanza de que nadie más lo haya visto. Un autobús pasa ruidoso, seguido de un camión cuyos frenos chirrían y le impiden oír las palabras de Rupert.

—No te oigo, Rupert —grita contra el ruido del tráfico—. Dilo otra vez. —Perdido por un momento en la isla, con el tráfico que lo rodea igual que una corriente, ve la luz naranja que resplandece y levanta la mano libre, con la esperanza de que el taxista lo vea en medio de esa lluvia torrencial.

—Tienes que llamar a Jeff, a Nueva York. Aún está despierto, esperándote. Intentamos hablar contigo anoche.

—¿Cuál es el problema?

—Un barullo legal. Dos cláusulas en las que están atascados bajo la sección..., firmas..., papeles. —Su voz se pierde por un coche que pasa, y cuyas ruedas rechinan en el asfalto mojado.

—No te he entendido.

El taxista lo ha visto. Reduce la marcha y lanza un buen chorro de agua al detenerse al otro lado de la calle. Will observa al hombre cuya breve carrera se interrumpe con gesto decepcionado al comprobar que Will va a llegar antes que él. Siente una secreta sensación de triunfo.

—Mira, que Cally tenga todo el papeleo listo en mi escritorio —grita—. Llego en diez minutos.

Echa un vistazo a ambos lados y agacha la cabeza al correr los últimos pasos hacia el taxi, al otro lado de la calle, con la palabra «Blackfriars» ya en los labios. Va a estar empapado cuando llegue al despacho, a pesar de la poca distancia que ha caminado. Tal vez tenga que enviar a su secretaria en busca de otra camisa.

—Y necesitamos resolver esta diligencia antes de que llegue Martin...

Echa un vistazo al oír un ruido estridente, el grosero bramido de un claxon. Ve el lado del taxi negro y reluciente frente a él, al taxista, que ya baja la ventanilla, y, en los confines de su campo visual, algo que no comprende del todo, algo que se aproxima a él a una velocidad imposible.

Se gira hacia el ruido y en ese instante fugaz se da cuenta de que está en su camino, que no hay manera de salir de su trayectoria. Su mano se abre sorprendida, dejando que la Black-Berry caiga al suelo. Oye un grito, que tal vez sea suyo. Lo último que ve es un guante de cuero, una cara bajo el casco, un asombro en los ojos del hombre que refleja su propio asombro. Hay una explosión mientras todo estalla en fragmentos.

Y luego no hay nada.

1

ay ciento cincuenta y ocho pasos entre la parada del autobús y la casa, pero pueden llegar a ser ciento ochenta si se camina sin prisa, como al llevar zapatos de plataforma. O zapatos comprados en una tienda de beneficencia que lucen mariposas en los dedos pero quedan sueltos en los talones, lo cual explica ese precio bajísimo de 1,99 libras. Di la vuelta a la esquina de nuestra calle (sesenta y ocho pasos) y vi la casa: un adosado de cuatro habitaciones en medio de una hilera de adosados de tres y cuatro habitaciones. El coche de mi padre estaba fuera, lo que significaba que aún no había ido a trabajar.

A mi espalda, el sol se ponía detrás del castillo de Stortfold, y su sombra oscura se extendía colina abajo, como cera derretida que trataba de alcanzarme. Cuando era niña solíamos jugar a que nuestras sombras alargadas se enzarzaban en tiroteos, la calle convertida en el O.K. Corral. Un día diferente os podría haber contado las cosas que me habían ocurrido en este trayecto: dónde me enseñó mi padre a montar en bicicleta sin ruedines; dónde la señora Doherty, con esa peluca ladeada, solía hacernos tartas galesas; dónde Treena metió la mano en un seto cuando tenía once años y se topó con un nido de avispas y salimos corriendo y gritando de vuelta al castillo.

El triciclo de Thomas estaba tirado en el camino y, al cerrar la puerta detrás de mí, lo arrastré hasta el porche y abrí la puerta. El aire cálido me golpeó con la fuerza de un airbag; mi madre es una mártir del frío y mantiene la calefacción encendida todo el año. Mi padre se pasa el día abriendo ventanas y quejándose de que nos va a arruinar a todos. Dice que nuestras facturas del gas superan el producto interior bruto de un país africano pequeño.

—¿Eres tú, cielo?

—Sí. —Colgué la chaqueta en el perchero, donde luchó por encontrar espacio entre las otras.

—¿Qué tú? ¿Lou? ¿Treena?

—Lou.

Eché un vistazo por la puerta del salón. Mi padre apareció tumbado boca abajo en el sofá, con el brazo hundido entre los cojines, como si se lo hubieran tragado por completo. Thomas, mi sobrino de cinco años, estaba de cuclillas y lo observaba absorto.

—Lego. —Mi padre volvió hacia mí la cara, amoratada por el esfuerzo—. Nunca sabré por qué diablos hacen las piezas tan pequeñas. ¿Has visto el brazo izquierdo de Obi-Wan Kenobi?

—Estaba encima del DVD. Creo que Thomas cambió los brazos de Obi con los de Indiana Jones.

—Bueno, al parecer Obi ya no puede tener los brazos claros. Hay que encontrar los negros.

—No te preocupes. ¿Acaso no arrancan el brazo a Darth Vader en el episodio dos? —Me señalé la mejilla para que Thomas me diera un beso—. ¿Dónde está mamá?

—Arriba. ¡Mira! Una moneda de dos libras.

Alcé la vista. Oí el familiar murmullo de la tabla de planchar. Josie Clark, mi madre, no se sentaba nunca. Era una cuestión de honor. Una vez pintó las ventanas de fuera de pie en las escaleras, con pausas ocasionales para saludar a algún vecino, mientras el resto de nosotros cenábamos asado.

—¿Podrías intentar encontrarme ese maldito brazo? Me ha hecho buscarlo media hora y tengo que prepararme para ir al trabajo.

—¿Tienes turno de noche?

—Sí. Ya son las cinco y media.

Eché una mirada al reloj.

—En realidad, son las cuatro y media.

Mi padre sacó el brazo de entre los cojines y miró el reloj.

—Entonces, ¿qué haces en casa tan temprano?

Negué con la cabeza, vagamente, como si no hubiera comprendido bien la pregunta, y entré en la cocina.

El abuelo estaba sentado en su silla, junto a la ventana, estudiando un sudoku. El auxiliar sanitario nos había dicho que sería bueno para su concentración, que le ayudaría a prestar atención tras el derrame cerebral. Yo sospechaba que nadie más notaba que solo rellenaba las casillas con el primer número que se le ocurría.

—Hola, abuelo. —Alzó la vista y sonrió—. ¿Quieres una taza de té? —Negó con la cabeza y abrió parcialmente la boca—. ¿Una bebida fría?

Asintió.

Abrí la puerta de la nevera.

—No hay zumo de manzana. —El zumo de manzana, recordé, era demasiado caro—. ¿Ribena? —Negó con la cabeza—. ¿Agua?

Asintió y murmuró algo que tal vez fuera gracias cuando le di el vaso.

Mi madre entró en la cocina, con una cesta enorme de ropa limpia y cuidadosamente doblada.

—¿Son tuyos? —Ondeó un par de calcetines.

—De Treena, creo.

—Eso pensaba. Qué color más raro. Creo que se deben de haber mezclado con el pijama ciruela de papá. Has vuelto pronto. ¿Vas a algún lado?

—No. —Llené un vaso con agua del grifo y me lo bebí.

—¿Va a venir Patrick luego? Llamó antes. ¿Tenías el móvil apagado?

—Mm.

—Dijo que quería hacer las reservas de las vacaciones. Tu padre dice que vio algo en la televisión al respecto. ¿Adónde querías ir? ¿Ipso? ¿Calipso?

—Eskiatos.

—Esa misma. Tenéis que mirar el hotel con mucha atención. Hazlo por Internet. Tu padre y él vieron algo en las noticias del mediodía. Al parecer, la mitad de esos lugares baratos están de obras, y no te enterarías hasta llegar ahí. Papá, ¿quieres una taza de té? ¿No te ofreció una Lou? —Puso la tetera en el fuego y luego me miró. Es posible que al fin reparara en que yo no había dicho nada—. ¿Estás bien, cielo? Estás muy pálida.

Estiró el brazo y me palpó la frente, como si yo fuera una niña en vez de tener veintiséis años.

—No creo que vayamos de vacaciones.

La mano de mi madre se quedó paralizada. Su mirada adquirió esa cualidad de rayos X que tenía desde que yo era niña.

—¿Tenéis problemas, Pat y tú?

—Mamá, yo...

—No intento meterme donde no me llaman. Es solo que lleváis juntos muchísimo tiempo. Es natural si las cosas se vuelven un poco complicadas de vez en cuando. Es decir, tu padre y yo...

—Me he quedado sin trabajo.

Mi voz cortó el silencio. Las palabras se quedaron ahí, colgadas del aire, calcinando esa pequeña cocina incluso mucho después de que cesara el sonido.

—¿Tú qué?

—Frank va a cerrar el café. A partir de mañana. —Extendí la mano con el sobre un poco húmedo que había agarrado durante todo el camino a casa, conmocionada. Todos los 180 pasos desde la parada del autobús—. Me ha pagado tres meses.

El día había comenzado como cualquier otro. Todas las personas a las que conocía odiaban las mañanas del lunes, pero a mí no me molestaban. Me gustaba llegar temprano a The Buttered Bun, encender la enorme tetera de la esquina, traer del patio las cajas de leche y pan y charlar con Frank mientras nos preparábamos para abrir.

Me gustaban la calidez y el recargado aroma a beicon de la cafetería, las breves ráfagas de aire fresco según la puerta se abría o se cerraba, los bajos murmullos de las conversaciones y, cuando todo estaba en silencio, la radio de Frank, que tocaba para sí misma en un rincón. No era un lugar a la moda: las paredes estaban cubiertas de escenas del castillo en la colina, las mesas aún lucían tableros de formica y el menú no había variado desde que comencé a trabajar ahí, aparte de unos leves cambios en la selección de chocolatinas y la incorporación de *brownies* de chocolate y *muffins* a la bandeja de la bollería.

Pero, sobre todo, me gustaban los clientes. Me gustaba ver a Kev y Angelo, los fontaneros, que venían casi todas las mañanas y le tomaban el pelo a Frank acerca de la procedencia de la carne de sus platos. Me gustaba ver a la Dama del Diente de León, a la que llamábamos así por esa mata de pelo cano, que comía un huevo con patatas fritas de lunes a jueves y leía los periódicos del local mientras se tomaba su tiempo para beber dos tazas de té. Yo siempre hacía un esfuerzo por conversar con ella. Sospechaba que sería la única conversación que entablaría la pobre mujer en todo el día.

Me gustaba ver a los turistas, que acudían al subir o al bajar del castillo; a los colegiales chillones, que se venían al acabar el colegio; a los clientes habituales de las oficinas de la calle; y a Nina y a Cherie, las peluqueras, que conocían el contenido calórico de hasta el último producto de The Buttered Bun. Ni siquiera los clientes molestos, como esa pelirroja que tenía una juguetería y discutía por el cambio al menos una vez a la semana, me irritaban.

Vi empezar y acabar relaciones entre esas mesas, niños que iban y venían entre divorciados, el alivio culpable de esos padres incapaces de cocinar y el placer secreto de los jubilados ante un desayuno de frituras. Toda la vida humana se congregaba aquí, y casi todos compartían unas palabras conmigo, bromas o comentarios sobre las tazas de té humeante. Mi padre siempre decía que no sabía qué iba a salir de mi boca, pero en el café no importaba.

Yo le caía bien a Frank. Era un hombre de carácter silencioso y decía que tenerme ahí creaba un buen ambiente en el local. Era un poco como ser camarera en un bar, pero sin la pesadez de los borrachos.

Y entonces, esa tarde, después del ajetreo de la hora de la comida, con el local vacío durante un momento, Frank, que se limpiaba las manos sobre el delantal, salió de los fogones y dio la vuelta al pequeño cartel de CERRADO.

—Vaya, Frank, ya te lo he dicho antes. No se incluyen horas extras en el salario mínimo. —Frank estaba, como diría mi padre, más raro que un ñu azul. Alcé la vista.

Frank no sonreía.

—Ay, no. No he vuelto a poner sal en los azucareros, ¿verdad?

Frank retorcía una servilleta entre las manos: nunca lo había visto con un aspecto tan incómodo. Me pregunté por un momento si alguien se había quejado de mí. Y entonces me pidió que me sentara con un gesto.

—Lo siento, Louisa —dijo después de contármelo—. Pero voy a volver a Australia. Mi padre no está muy bien y parece que el castillo va a empezar a servir sus propios refrescos. Tenemos los días contados.

Creo que me quedé sentada ahí con la boca abierta de par en par. Y entonces Frank me entregó el sobre y respondió a mi siguiente pregunta antes de que saliera de entre mis labios.

—Sé que no teníamos..., ya sabes, un contrato formal ni nada de eso, pero quería cuidar de ti. Ahí dentro tienes la paga de tres meses. Cerramos mañana.

—¡Tres meses! —explotó mi padre, mientras mi madre me ponía una taza de té dulce entre las manos—. Vaya, qué generoso, teniendo en cuenta que ha trabajado como una esclava ahí durante seis años.

—Bernard. —Mamá le lanzó una mirada de advertencia, señalando a Thomas con la cabeza. Todos los días mis padres cuidaban de él después de la escuela, hasta que Treena salía del trabajo.

—¿Qué diablos se supone que va a hacer ahora? Le podría haber avisado antes, no el día anterior.

—Bueno... Tendrá que buscar otro trabajo, eso es todo.

—No hay trabajos, Josie. Lo sabes tan bien como yo. Estamos en medio de una recesión de mierda.

Mi madre cerró los ojos un momento, como si tratara de recuperar la compostura antes de hablar.

—Es una chica lista. Va a encontrar algo. Tiene un buen historial laboral, ¿o no? Frank le va a dar referencias favorables.

—Oh, qué maravilloso... «Louisa Clark es una experta en untar tostadas y tiene muy buena mano con la tetera».

—Gracias por el voto de confianza, papá.

—Es que es así.

Yo conocía la verdadera razón de la ansiedad de mi padre. Dependían de mi salario. Treena no ganaba prácticamente nada en la floristería. Mamá no podía trabajar, pues tenía que cuidar del abuelo, y la pensión del abuelo no daba para casi nada. Mi padre vivía en un estado de inquietud permanente respecto a su empleo en la fábrica de muebles. Su jefe llevaba meses farfullando sobre posibles despidos. En casa había constantes murmullos acerca de las deudas y de los malabarismos con las tarjetas de crédito. El coche de mi padre quedó reducido a chatarra por culpa de un conductor sin seguro hacía dos años y eso había bastado para derrumbar todo el precario edificio que eran las finanzas de mis padres. Mi modesto salario había sido el pequeño puntal de la vida doméstica, suficiente para que la familia viviera de semana en semana.

—No perdamos la cabeza. Puede ir a la Oficina de Empleo mañana mismo a ver qué ofertas hay. Con lo que tiene se las puede apañar por ahora. —Hablaban como si yo no estuviera ahí—. Y es inteligente. Eres inteligente, ¿a que sí, cielo? Tal vez podría hacer un curso de mecanografía. Encontrar algo en una oficina.

Me quedé allí sentada, mientras mis padres sopesaban a qué otros trabajos podría aspirar con mis limitadas cualificaciones. Un puesto en una fábrica, operaria, pastelera. Por primera vez esa tarde, me entraron ganas de llorar. Thomas me observó con esos ojos redondos y enormes, y en silencio me dio la mitad de una galleta empapada.

—Gracias, Tommo —dibujé las palabras con los labios, y me la comí.

Estaba en el club de atletismo, como me esperaba. De lunes a jueves, con la puntualidad del horario de un tren, Patrick iba al gimnasio o corría por la pista de atletismo bajo la luz de los focos. Bajé por las escaleras, abrazándome contra el frío, y caminé despacio hasta la pista. Lo saludé con la mano cuando se aproximó lo suficiente como para verme.

—Corre conmigo —jadeó al acercarse. Su aliento dibujaba nubes pálidas—. Me quedan cuatro vueltas.

Dudé por un momento, tras lo cual comencé a correr junto a él. Era la única manera en que íbamos a poder mantener una conversación. Llevaba puestas las deportivas rosas de cordones azul turquesa, el único calzado que tenía para correr.

Había pasado el día en casa, intentando ser útil. Imagino que no pasó ni una hora antes de que le empezara a estorbar a mi madre. Mamá y el abuelo tenían sus costumbres y mi presencia las interrumpía. Mi padre dormía, ya que ese mes trabajaba por la noche, y no había que molestarlo. Ordené mi habitación, me senté y vi la televisión con el sonido apagado, y cuando recordaba, con frecuencia, por qué estaba en casa en pleno día sentía un breve dolor en el pecho.

—No te esperaba.

—Me harté de estar en casa. Pensé que tal vez podríamos hacer algo.

Me miró de reojo. Una fina capa de sudor le cubría el rostro.

—Cuanto antes encuentres otro trabajo, preciosa, mejor.

—No han pasado ni veinticuatro horas desde que perdí el último. ¿Es que no puedo estar ni un rato triste y decaída? Ya sabes, solo por hoy.

—Pero tienes que mirar el lado bueno. Sabías que no ibas a trabajar ahí para siempre. Tienes que ir hacia delante, hacia arriba. —Patrick había recibido el galardón al Joven Emprendedor del Año en Stortfold hacía dos años y todavía no se había recuperado de semejante honor. Ahora tenía un socio, Ginger Pete, junto a quien ofrecía sesiones de entrenamiento personal en un área de unos sesenta y cinco kilómetros, y dos furgonetas con el logo de la empresa. También tenía una pizarra en el despacho, en la cual le gustaba garabatear las previsiones con gruesos rotuladores negros, haciendo y rehaciendo las cifras hasta que se quedaba satisfecho. Nunca llegué a saber si guardaban alguna relación con la vida real.

—Un despido tiene el potencial de cambiar la vida de la gente, Lou. —Miró el reloj para comprobar cuánto había durado la vuelta—. ¿Qué quieres hacer? Podrías volver a estudiar. Estoy seguro de que hay becas para gente como tú.

—¿Gente como yo?

—Gente que busca una nueva oportunidad. ¿Qué quieres ser? Podrías ser esteticista. Eres lo bastante bonita. —Me dio con el codo, como si debiera estar agradecida por ese cumplido.

—Ya conoces mi método de belleza. Jabón, agua y, de vez en cuando, una bolsa de papel para taparme la cabeza.

Patrick empezaba a mostrarse exasperado.

Me iba quedando atrás. Detesto correr. Lo detesté a él por no aminorar el ritmo.

—Mira... Dependienta. Secretaria. Agente inmobiliaria. No lo sé... Algo habrá que quieras hacer.

Pero no lo había. Me gustaba la cafetería. Me gustaba saber todo lo que había que saber sobre The Buttered Bun y escuchar acerca de la vida de las personas que lo frecuentaban. Estaba cómoda ahí.

—No puedes pasarte el día de morros. Tienes que sobreponerte. Los mejores emprendedores luchan por salir del hoyo.

Jeffrey Archer lo hizo. Y Richard Branson. —Me dio unos golpecitos en el brazo, para que no me quedara atrás.

—Dudo mucho que a Jeffrey Archer lo echaran de un trabajo por quemar un bollo. —Me había quedado sin aliento. Y no llevaba el sostén adecuado. Me paré y apoyé las manos en las rodillas.

Él se dio la vuelta, corriendo hacia atrás, y su voz arrastraba el aire frío y quieto.

—Pero si lo hubieran despedido... Es lo que digo. Consúltalo con la almohada, ponte un traje elegante y ve a la Oficina de Empleo. O te entreno para que trabajes conmigo, si quieres. Ya sabes que se gana dinero. Y no te preocupes por las vacaciones. Te las pagaré.

Le sonreí.

Me lanzó un beso y su voz retumbó en el estadio vacío.

—Ya me lo devolverás cuando te vaya mejor.

Presenté mi primera petición para el subsidio de solicitantes de empleo. Asistí a una entrevista de cuarenta y cinco minutos y a una entrevista en grupo, donde me senté junto a unos veinte hombres y mujeres que no tenían nada en común, la mitad de los cuales mostraba la misma expresión aturdida que probablemente se veía en mi cara, mientras que la otra mitad tenía el semblante inexpresivo y aburrido de las personas que habían estado aquí demasiadas veces. Yo iba vestida con lo que mi padre llamaba mi ropa «de civil».

Como resultado de estos esfuerzos, soporté un breve periodo reemplazando a alguien en el turno nocturno de una fábrica de procesados de pollo (tuve pesadillas durante semanas) y dos días en una sesión orientativa como asesora de energía doméstica. Enseguida comprendí que me estaban enseñando a embaucar a ancianos para que cambiaran de suministrador eléctrico y le dije a Syed, mi «asesor» personal, que era incapaz de hacerlo. Syed insistió en que continuara, así que enumeré algunas de las prácticas que me habían pedido que empleara, momento en el cual se quedó callado un rato y sugirió que intentáramos (siempre hablaba en plural aunque era evidente que uno de nosotros *ya* tenía trabajo) algo diferente.

Pasé dos semanas en una cadena de comida rápida. El horario no estaba mal, podía aguantar ese uniforme que me electrizaba el pelo, pero me resultó imposible seguir el guion de las «respuestas correctas», con sus «¿En qué puedo ayudarle hoy?» y «¿Quiere una ración de patatas grande?». Me despidieron cuando una de las muchachas me sorprendió debatiendo sobre las cualidades dispares de los juguetes gratuitos con una niña de cuatro años. ¿Qué puedo decir? Era una niña lista. Yo también pensaba que las Bellas Durmientes eran muy cursis.

Ahora estaba sentada en mi cuarta entrevista mientras Syed rastreaba la pantalla táctil en busca de nuevas «oportunidades» laborales. Incluso Syed, que tenía la actitud optimista de quien había encontrado trabajo para los candidatos más inverosímiles, comenzaba a parecer un poco cansado.

—Hum... ¿Has pensado en formar parte de la industria del entretenimiento?

—¿Qué? ¿Haciendo de mimo?

—En realidad, no. Pero hay un puesto para una bailarina de barra americana. Varios, de hecho.

Alcé una ceja.

—Por favor, dime que estás bromeando.

—Son treinta horas a la semana como autónoma. Creo que las propinas son buenas.

—Por favor, por favor, dime que no acabas de aconsejarme un trabajo que consiste en desfilar frente a un montón de desconocidos en ropa interior.

—Dijiste que se te daba bien tratar con la gente. Y parece que te gusta la ropa... teatral. —Echó un vistazo a mis leotardos, verdes y brillantes.

Pensé que me animarían. Thomas me tarareó la canción de *La sirenita* durante casi todo el desayuno.

Syed tecleó algo en el ordenador.

—¿Y supervisora de una línea de *chat* para adultos?

Me quedé mirándolo. Él se encogió de hombros.

—Dijiste que te gustaba hablar con la gente.

—No. Y no a camarera semidesnuda. Ni masajista. Ni operadora de webcam. Vamos, Syed. Tiene que haber algo que pueda hacer sin que le dé un infarto a mi padre.

Esto pareció abatirlo.

—No queda gran cosa aparte de algunas oportunidades de horario flexible en tiendas.

—¿Reponedora con turno de noche? —Ya había estado ahí tantas veces que hablaba su idioma.

—Hay una lista de espera. Los padres tienden a presentarse porque es compatible con el horario escolar —dijo en tono de disculpa. Estudió la pantalla de nuevo—. Así que solo nos queda cuidadora.

—O sea, ¿limpiar el culo a viejos?

—Me temo, Louisa, que tu formación no da para mucho más. Si quisieras estudiar de nuevo, yo estaría encantado de ofrecerte mis consejos. Hay muchos cursos en el centro de educación para adultos.

—Pero ya lo hemos hablado, Syed. Si lo hago, pierdo el dinero del subsidio, ¿verdad?

—Si no estás disponible para trabajar, sí.

Nos sentamos en silencio durante un momento. Miré a la puerta, donde había dos fornidos guardias. Me pregunté si habían encontrado ese trabajo en la Oficina de Empleo.

—No se me dan bien los ancianos, Syed. Mi abuelo vive en casa desde su derrame cerebral y no puedo con él.

—Ah. Entonces, tienes algo de experiencia como cuidadora.

—En realidad, no. Mi madre le hace todo.

—¿Quiere tu madre un trabajo?

—Qué gracioso.

—No intento ser gracioso.

—¿Y quedarme yo cuidando a mi abuelo? No, gracias. De parte de él también, por cierto. ¿No hay nada en cafeterías?

—No creo que haya bastantes cafeterías para garantizarte un empleo, Louisa. Podríamos intentar en Kentucky Fried Chicken. Tal vez se te dé mejor.

—¿Porque se me daría mucho mejor ofrecer un Bucket de esos que un McNugget de pollo? No lo creo.

—Bueno, entonces tal vez tengamos que mirar más lejos.

—Solo hay cuatro autobuses que salen del pueblo. Ya lo sabes. Y sé que dijiste que debería considerar los autobuses de turistas, pero llamé a la estación y cierra a las cinco de la tarde. Además, son el doble de caros que un autobús normal.

Syed se recostó en su asiento.

—A estas alturas del proceso, Louisa, debo hacer hincapié en que, al ser una persona sana y sin discapacidades, para seguir teniendo derecho al subsidio debes...

—... mostrar que estoy intentando conseguir trabajo, lo sé.

¿Cómo explicar a este hombre lo mucho que deseaba trabajar? ¿Acaso tenía la menor idea de cuánto echaba de menos mi anterior empleo? El paro era una idea, algo de lo que se hablaba incansablemente en las noticias en relación con astilleros o fábricas de coches. Ni se me había pasado por la cabeza que era posible echar de menos un trabajo igual que se echa en falta una pierna o un brazo: como algo constante y reflejo. No había pensado que, además de los temores obvios respecto al dinero y el futuro, perder un trabajo te hacía sentir incompetente, un poco inútil. Que sería más difícil levantarse por las mañanas que cuando el implacable despertador te arrancaba del sueño. Que echarías de menos a la gente con la que trabajabas, a pesar de lo poco que tuvieses en común con ellos. O que incluso buscarías rostros familiares al caminar por la calle. La primera vez que vi a la Dama del Diente de León paseando ante las tiendas, con el mismo aspecto desvalido que tenía yo, tuve que contener el impulso de ir a darle un abrazo.

La voz de Syed me sacó de mi ensimismamiento.

—Ajá. Tal vez esto funcione.

Intenté echar un vistazo a la pantalla.

—Acaba de llegar. Ni hace un minuto. Un empleo de cuidadora.

—Ya te he dicho que no se me dan bien...

—No se trata de ancianos. Es... un puesto privado. Para ayudar en la casa de alguien, y la dirección está a menos de tres kilómetros de tu casa. «Ofrecer cuidados y compañía a un discapacitado». ¿Sabes conducir?

—Sí. Pero ¿tendría que limpiarle el...?

—No hace falta limpiar culos, por lo que veo. —Recorrió la pantalla con la vista—. Es un... tetrapléjico. Necesita a alguien durante el día para ayudarlo a comer. En estos trabajos a menudo se trata de estar ahí cuando quieren ir a algún lado, para ayudarlos con cosas básicas que no son capaces de hacer por sí mismos. Oh. Pagan bien. Mucho más que el salario mínimo.

—Eso es probablemente porque hay que limpiarle el culo.

—Voy a llamar para confirmar que no hay que limpiar culos. Pero, si ese es el caso, ¿irías a la entrevista?

Lo dijo como si fuera una pregunta.

Pero los dos sabíamos la respuesta.

Suspiré y recogí mis cosas, lista para volver a casa.

—Dios santo —dijo mi padre—. ¿Te lo imaginas? Como si acabar en una silla de ruedas no fuera ya castigo suficiente, luego
aparece Lou para hacerte compañía.

—¡Bernard! —le regañó mi madre.

Detrás de mí, el abuelo se reía ante su taza de té.

2

*N*o soy tonta. Me gustaría dejarlo claro ya mismo. Pero es muy difícil no sentir carencias en el Departamento de Neuronas Cerebrales al crecer junto a una hermana pequeña a quien no solo adelantaron un curso para ponerla en mi clase, sino que encima avanzó al curso siguiente.

Todo lo que era razonable o inteligente lo hacía Katrina en primer lugar, a pesar de ser dieciocho meses más joven que yo. Todos los libros que yo leía ya los había leído ella primero, todas las noticias que yo mencionaba durante la cena ya las sabía ella. Es la única persona que conozco a quien de verdad le gusta hacer exámenes. A veces pienso que me visto como me visto porque lo único que Treena no sabe hacer es vestirse bien. Es una de esas chicas de vaqueros con camiseta. Su idea de la elegancia consiste en plancharse los vaqueros.

Mi padre dice que soy un personaje porque tiendo a decir lo primero que se me viene a la cabeza. Dice que soy como mi tía Lily, a quien no llegué a conocer. Es un poco raro ser comparada sin cesar con alguien a quien no has conocido. Si bajo por las escaleras con botas de color púrpura, mi padre hace un gesto a mi madre y dice: «¿Te acuerdas de la tía Lily y sus botas de color púrpura?», y mi madre chasquea la lengua y comienza a reír como si le hubieran contado un chiste privado. Mi madre dice que soy todo un carácter, que es su forma educada de no comprender por qué me visto así.

Pero, sin contar con un breve periodo de mi adolescencia, jamás he querido asemejarme a Treena, ni a las otras chicas del colegio; preferí la ropa de chico hasta los catorce años, y ahora tiendo a dejarme llevar por mis gustos, según mi estado de ánimo de cada día. No tiene sentido que intente parecer convencional. Soy baja, morena y, según mi padre, tengo cara de elfo. Y no se refiere a la «belleza élfica». No soy fea, pero creo que nadie me va a llamar nunca guapa. No cuento con esa grácil cualidad. Patrick me dice que soy preciosa cuando quiere que me abra de piernas, pero él es así de transparente. Nos conocemos desde hace casi siete años.

Tenía veintiséis años y no sabía quién era. Hasta que perdí el trabajo ni siquiera me lo había planteado. Suponía que probablemente me casaría con Patrick, que tendría unos cuantos hijos, que viviría a unas calles del lugar donde siempre había vivido. Aparte de un gusto exótico en cuestiones de ropa y de ser un poco baja, no había gran cosa que me diferenciase de cualquier persona con quien me cruzaba por la calle. Probablemente, no me mirarías dos veces. Una muchacha del montón, que llevaba una vida corriente. En realidad, me iba bien así.

—A una entrevista tienes que ir trajeada —insistió mi madre—. La gente es demasiado informal estos días.

—Porque llevar un traje oscuro a rayas es esencial si voy a dar de comer a un vejestorio.

—No te hagas la listilla.

—No puedo comprarme un traje. ¿Y si no me dan el trabajo?

—Puedes llevar el mío, y te voy a planchar una bonita blusa azul, y por una vez no te recojas el pelo con esas —señaló con un gesto mi pelo, que estaba, como de costumbre, enroscado en dos nudos negros a cada lado de la cabeza— cosas de princesa Leia. Intenta parecer una persona normal.

Sabía que no era buena idea discutir con mi madre. Y noté que mi padre había recibido instrucciones para no hacer comentarios acerca de mi ropa cuando salí de casa, caminando con torpeza en esa falda demasiado ajustada.

—Adiós, cielo —dijo, con un temblor en las comisuras de la boca—. Buena suerte. Tienes un aspecto muy... profesional.

Lo bochornoso no es que yo vistiera un traje de mi madre o que ese corte hubiera dejado de estar de moda en los años ochenta, sino que me quedara un poco pequeño. Sentí que la cinturilla se me clavaba en el estómago y tiré de la chaqueta cruzada. Como mi padre solía decir de mi madre, hay más grasa en una horquilla.

Me senté en el corto trayecto de autobús, un poco mareada. No había ido antes a una entrevista de trabajo de verdad. Empecé en The Buttered Bun cuando Treena apostó a que no lograría encontrar trabajo en un día. Entré y pregunté a Frank si necesitaba que le echaran una mano. Era el primer día del café y Frank pareció casi cegado por la gratitud.

Ahora, al pensar en ello, ni siquiera recuerdo haber hablado con él acerca de dinero. Frank sugirió una paga semanal, yo estuve de acuerdo y una vez al año me decía que la había subido un poco, por lo general un poco más de lo que yo habría pedido.

En cualquier caso, ¿qué se preguntaba en las entrevistas? ¿Y si me pedían hacer algo práctico con el anciano, como darle de comer, bañarle o algo así? Syed había dicho que un cuidador se encargaba de ciertas «necesidades íntimas» (esa expresión me dio un escalofrío). Los deberes del cuidador auxiliar, dijo, eran «un tanto vagos en estos momentos». Me imaginé a mí misma limpiando las babas de la boca del anciano, tal vez preguntando a voz en grito: «¿QUERÍA USTED UNA TAZA DE TÉ?».

Cuando comenzó la recuperación tras el derrame cerebral, el abuelo no era capaz de hacer nada por sí mismo. Mi madre se encargó de todo. «Tu madre es una santa», decía mi padre, lo cual yo venía a interpretar como que le limpiaba el culo sin salir corriendo de la casa entre alaridos. Yo estaba bastante segura de que nadie me había descrito así jamás. Yo le cortaba la comida al abuelo y le preparaba tazas de té, pero, en cuanto a lo demás, no estaba segura de si yo estaba hecha de la pasta que se requería.

Granta House estaba al otro lado del castillo de Stortfold, cerca de las murallas medievales, en ese largo tramo sin asfaltar en el que solo había cuatro casas y la tienda del National Trust, justo en medio de la zona turística. Había pasado ante esa casa millones de veces sin mirarla de verdad. Ahora, al andar ante el aparcamiento y el ferrocarril en miniatura, ambos vacíos y con ese aspecto lúgubre que solo una atracción estival puede tener en febrero, vi que era más grande de lo que me había imaginado, de ladrillo rojo con doble fachada, ese tipo de casas que vemos en los viejos ejemplares de *Country Life* en las salas de espera del médico.

Caminé por la larga entrada para coches, intentando no pensar en si alguien me estaría observando por la ventana. Recorrer una entrada tan larga te pone en desventaja; automáticamente te hace sentir inferior. Mientras meditaba si apartar o no el mechón de la frente, la puerta se abrió y me sobresalté.

Una mujer no mucho mayor que yo salió al porche. Vestía unos pantalones blancos y una chaqueta como de médico y llevaba un abrigo y una carpeta bajo el brazo. Al pasar junto a mí me sonrió con educación.

—Y muchas gracias por venir —dijo una voz desde dentro—. Estaremos en contacto. Ah. —Apareció la cara de una mujer, de mediana edad pero hermosa, con un corte de pelo caro. Llevaba un traje que daba la impresión de costar más que el salario mensual de mi padre.

—Usted debe de ser la señorita Clark.

—Louisa. —Extendí la mano, tal y como mi madre me había pedido que hiciera. En estos tiempos los jóvenes ya no ofrecían la mano, en eso mis padres coincidían. En sus tiempos ni se les habría ocurrido presentarse con un «Eh, ¿qué tal?» y mucho menos con un beso al aire. Esta mujer no tenía aspecto de ver con buenos ojos los besos al aire.

—Bueno. Sí. Entre. —Retiró la mano en cuanto le fue humanamente posible, pero sentí que su mirada se detenía en mí, como si ya estuviera evaluándome.

—¿Le gustaría pasar? Podríamos hablar en el recibidor. Me llamo Camilla Traynor. —Parecía cansada, como si ese día ya hubiera pronunciado las mismas palabras demasiadas veces.

La seguí por una sala enorme con cristaleras que iban del suelo al techo. Unas tupidas cortinas caían con elegancia desde unas barras de caoba maciza y alfombras persas de decoración barroca cubrían los suelos. Olía a cera de abeja y a muebles antiguos. Había elegantes mesillas por todas partes, sobre cuyas superficies bruñidas reposaban cajas decorativas. Me pregunté por un momento dónde diablos dejarían los Traynor sus tazas de té.

—Entonces, ha venido por el anuncio de la Oficina de Empleo, ¿verdad? Siéntese.

Mientras ella ojeaba los papeles de una carpeta, yo eché un vistazo disimulado por la sala. Había pensado que la casa sería un poco como una residencia, todo limpísimo y muy accesible. Pero esto era más bien como uno de esos hoteles tan lujosos que daban miedo, bañado en dinero heredado, con objetos muy cuidados y de apariencia cara. En un aparador había fotografías con marcos de plata, pero estaban demasiado lejos para distinguir las caras. Mientras la mujer repasaba las páginas, cambié de postura para intentar verlas mejor.

Y fue entonces cuando lo oí: el sonido inconfundible de costuras que se rasgan. Miré abajo y vi un desgarrón entre las dos piezas de tela que se unían a un lado de la pierna derecha, y cómo las hebras de tejido habían pasado a formar un flequillo antiestético. Noté cómo mi cara se ruborizaba.

—Entonces..., señorita Clark..., ¿tiene alguna experiencia con tetrapléjicos?

Me volví para mirar a la señora Traynor, retorciéndome para que la chaqueta cubriera la falda lo más posible.

—No.

—¿Tiene mucha experiencia como cuidadora?

—Hum... En realidad, nunca lo he hecho —dije, tras lo cual añadí, como si oyera la voz de Syed en mi oído—, pero estoy segura de que podría aprender.

—¿Sabe qué es un tetrapléjico?

Titubeé.

—¿Alguien... atrapado en una silla de ruedas?

—Supongo que es una forma de definirlo. Hay varios niveles, pero en este caso estamos hablando de la pérdida completa del uso de las piernas y un uso muy limitado de las manos y los brazos. ¿Eso le molestaría?

—Bueno, no tanto como a él, obviamente. —Sonreí, pero la cara de la señora Traynor no mostró expresión alguna—. Lo siento, no quería decir...

—¿Sabe conducir, señorita Clark?

—Sí.

—¿Tiene el carné en regla?

Asentí.

Camilla Traynor marcó algo en la lista.

El desgarrón crecía. Lo imaginaba avanzando inexorablemente por el muslo. A este ritmo, cuando me levantara parecería una corista de Las Vegas.

—¿Está bien? —La señora Traynor me miraba fijamente.

—Tengo un poco de calor, eso es todo. ¿Le importa si me quito la chaqueta? —Antes de que pudiera responder, me zafé de la chaqueta y la pasé por la cintura, de modo que ocultara la abertura de la falda—. Qué calor —dije, sonriéndole—, al venir desde la calle. Ya sabe.

Se hizo un silencio brevísimo, tras el cual la señora Traynor dirigió la mirada a su carpeta una vez más.

—¿Qué edad tiene?

—Veintiséis años.

—Y en su anterior trabajo estuvo seis años.

—Sí. Supongo que tiene una copia de mis referencias.

—Mm... —La señora Traynor alzó la hoja y entrecerró los ojos—. Su anterior jefe dice que es usted una «presencia cálida, habladora, que da mucha vida».

—Sí, le pagué.

Una vez más, la cara de póquer.

Oh, diablos, pensé.

Me sentí como si me estuviera estudiando. Y no de un modo amable. De repente, la falda de mi madre parecía barata, con esos hilos sintéticos que relumbraban en la luz tenue. Debería haberme puestos unos pantalones y una camisa menos llamativos. Cualquier cosa menos este traje.

—Entonces, ¿por qué ha dejado ese trabajo, cuando es evidente que la aprecian tanto?

—Frank, el dueño, ha vendido el café. Es el que está al fondo del castillo. The Buttered Bun. Era —me corregí a mí misma—. Yo habría estado encantada de seguir ahí.

La señora Traynor asintió, ya fuera porque no sintió la necesidad de añadir nada al respecto o porque ella también habría estado encantada si yo hubiera seguido ahí.

—¿Y qué es lo que quiere hacer con su vida, exactamente?

—¿Disculpe?

—¿Aspira a tener una carrera profesional? ¿Sería este empleo un punto de partida hacia algo mejor? ¿Tiene algún sueño laboral que desee hacer realidad?

La miré sin comprender.

¿Era una pregunta con trampa?

—Yo... En realidad, no he pensado en eso. Desde que perdí mi trabajo. Yo solo... —tragué saliva—. Yo solo quiero trabajar de nuevo.

Sonó muy poco convincente. ¿Qué clase de persona iba a una entrevista sin ni siquiera saber a qué quería dedicarse? La expresión de la señora Traynor sugirió que pensaba lo mismo que yo.

Dejó el bolígrafo.

—Entonces, señorita Clark, ¿por qué debería contratarla a usted en lugar de, por ejemplo, a la candidata anterior, que tiene varios años de experiencia con tetrapléjicos?

La miré.

—Hum... ¿Quiere que sea sincera? No lo sé. —Su única respuesta fue el silencio, así que añadí—: Supongo que es su decisión.

—¿No me podría dar una sola razón por la que debería contratarla?

La cara de mi madre de repente apareció ante mí. Pensar en volver a casa con un traje echado a perder y otro fracaso en una entrevista me resultó insoportable. Y en este trabajo pagaban más de nueve libras por hora.

Me incorporé un poco.

—Bueno... Aprendo rápido, nunca me pongo enferma, vivo aquí mismo, al otro lado del castillo, y soy más fuerte de lo que parezco... Probablemente, lo bastante fuerte para ayudar a su marido a moverse...

—¿Mi marido? No es para mi marido para quien va a trabajar. Es para mi hijo.

—¿Su hijo? —Parpadeé—. Hum... No me da miedo trabajar duro. Se me da bien tratar a personas de todo tipo y..., y hago un té de rechupete. —Comencé a parlotear hasta quedarme callada. Pensar que era su hijo me había desconcertado—. Es decir, mi padre no cree que sea la mejor de las referencias. Pero por experiencia sé que hay muy pocas cosas que no pueda arreglar una buena taza de té...

Hubo algo extraño en la forma en que la señora Traynor me miraba.

—Lo siento —balbuceé, al darme cuenta de lo que había dicho—. No quiero decir que eso..., la paraplejia..., la tetraplejia... de... su hijo... se pudiera curar con una taza de té.

—He de decirle, señorita Clark, que no se trata de un contrato fijo. Sería por un máximo de seis meses. Por eso el salario es tan... elevado. Queríamos atraer a la persona indicada.

—Créame, tras haber hecho turnos nocturnos en una fábrica de procesados de pollo, dan ganas de trabajar seis meses hasta en Guantánamo. —*Oh, cállate, Louisa.* Me mordí el labio.

Pero la señora Traynor parecía ensimismada. Cerró la carpeta.

—Mi hijo, Will, resultó herido en un accidente de tráfico hace casi dos años. Necesita cuidado las veinticuatro horas del día, de lo cual se encarga en su mayor parte un enfermero cualificado. Yo he vuelto hace poco al trabajo y necesitamos que un cuidador le haga compañía durante todo el día, lo ayude a comer y beber, que le eche una mano con lo que sea y que se asegure de que no se hace daño. —Camilla Traynor miró hacia su regazo—. Es de suma importancia que Will tenga a alguien aquí que comprenda esa responsabilidad.

Todo lo que dijo, incluso la forma en que recalcaba las palabras, daba la impresión de insinuar que yo había dicho alguna estupidez.

—Lo entiendo. —Comencé a recoger mi bolso.

—Entonces, ¿acepta el trabajo?

Fue tan inesperado que al principio pensé que no lo había oído bien.

—¿Disculpe?

—Necesitamos que comience lo antes posible. La paga será semanal.

Por un momento, me quedé sin palabras.

—Me prefiere a mí antes que a... —comencé.

—Es un horario muy extenso: de ocho de la mañana a cinco de la tarde, a veces más. No hay un descanso para la comida como tal, aunque cuando Nathan, el enfermero, venga a la hora de comer debería tener una media hora libre.

—¿No necesitará ninguna... atención médica?

—Will dispone de todos los cuidados médicos que podemos proporcionarle. Lo que queremos para él es alguien fuerte... y optimista. Tiene una vida... complicada y es importante que lo animemos a... —Se interrumpió, la mirada clavada más allá de los ventanales. Al fin, se giró hacia mí—. Bueno, digamos que su bienestar mental es tan importante para nosotros como su bienestar físico. ¿Lo comprende?

—Creo que sí. ¿Debo... llevar uniforme?

—No. Nada de uniformes. —Echó un vistazo a mis piernas—. Aunque tal vez convenga que lleve... algo menos revelador.

Miré hacia abajo, donde la chaqueta se había movido, dejando al descubierto una generosa parte del muslo desnudo.

—Lo... Lo siento. Se ha roto. Es que no es mío.

Pero la señora Traynor ya no parecía estar escuchando.

—Voy a explicarle qué debe hacer cuando comience. En estos momentos, no es nada fácil tratar a Will, señorita Clark. Este trabajo le va a exigir más una actitud mental que... cualquier destreza profesional que tenga. Entonces, ¿nos vemos mañana?

—¿Mañana? ¿No quiere...? ¿No quiere que lo conozca?

—Will no está teniendo un buen día. Creo que es mejor que empecemos desde cero mañana.

Me levanté al darme cuenta de que la señora Traynor aguardaba para acompañarme a la puerta.

—Sí —dije, echándome la chaqueta de mi madre encima—. Hum, gracias. Nos vemos a las ocho de la mañana.

Mi madre servía patatas en el plato de mi padre. Puso dos, él la esquivó cogiendo una tercera y una cuarta de la fuente. Ella lo bloqueó, dejó las patatas de nuevo en la bandeja y al fin le pegó en los nudillos con el cucharón cuando mi padre hacía un nuevo intento. En esa pequeña mesa se sentaban mis padres, mi hermana y Thomas, mi abuelo y Patrick, quien siempre venía a cenar los miércoles.

—Papá —dijo mi madre al abuelo—, ¿quieres que te cortemos la carne? Treena, ¿te importa cortar la carne de papá?

Treena se inclinó y comenzó a trocear la carne del plato del abuelo con movimientos diestros. Al otro lado ya había hecho lo mismo para Thomas.

—Entonces, ¿cómo está de mal ese hombre, Lou?

—No puede estar muy mal si están dispuestos a echarle encima a nuestra hija —comentó Bernard. Detrás de mí, la televisión estaba encendida, de modo que mi padre y Patrick pudieran seguir el partido de fútbol. De vez en cuando se paraban, miraban por encima de mí, con las bocas paralizadas, sin terminar de masticar, mientras contemplaban un pase o una ocasión perdida.

—Creo que es una gran oportunidad. Va a trabajar en una de esas casas grandes. Para una buena familia. ¿Son pijos, cielo?

En nuestra calle «pijo» es cualquier persona en cuya familia ningún miembro haya recibido una sanción por conducta antisocial.

—Supongo que sí.

—Espero que hayas practicado tus reverencias. —Mi padre sonrió burlón.

—¿Lo llegaste a conocer? —Treena se inclinó hacia delante para impedir que Thomas tirara el zumo al suelo con el codo—. ¿Al inválido? ¿Cómo era?

—Voy a conocerlo mañana.

—Qué raro. Vas a pasar el día entero con él, todos los días. Nueve horas. Lo vas a ver más que a Patrick.

—Eso no es difícil —dije.

Patrick, al otro lado de la mesa, fingió que no me oía.

—De todos modos, no vas a tener que preocuparte por el acoso sexual, ¿eh? —dijo mi padre.

—¡Bernard! —exclamó mi madre, con severidad.

—Solo digo lo que piensa todo el mundo. Probablemente, el mejor jefe que podrías encontrar para tu novia, ¿eh, Patrick?

Al otro lado de la mesa, Patrick sonrió. Estaba ocupado en rechazar las patatas, a pesar de la insistencia de mi madre. No iba a tomar carbohidratos este mes, con el fin de prepararse para una maratón a principios de marzo.

—Sabes, estaba pensando, ¿vas a tener que aprender el lenguaje de signos? Quiero decir, si él no puede comunicarse, ¿cómo vas a saber lo que quiere?

—No dijo que no pudiera hablar, mamá. —En realidad, no recordaba *qué* había dicho la señora Traynor. Aún estaba un poco conmocionada por haber encontrado trabajo.

—Tal vez habla con uno de esos aparatos. Como ese científico. El de *Los Simpson.*

—Capullo —dijo Thomas.

—No —dijo Bernard.

—Stephen Hawking —dijo Patrick.

—Ahí está, eso es por ti —dijo mi madre, mirando acusadoramente a Thomas y a mi padre. Era capaz de cortar filetes con esa mirada—. Ya le estás enseñando palabrotas.

—No. No sé dónde lo habrá aprendido.

—Capullo —repitió Thomas, mirando directamente a los ojos de su abuelo.

Treena torció el gesto.

—Creo que me daría un ataque si me hablara con uno de esos cacharros. ¿Te imaginas? *Dame-un-vaso-de-agua* —imitó.

Qué inteligente…, pero no tan inteligente como para no quedarse preñada, como a veces farfullaba mi padre. Fue la primera persona de mi familia que fue a la universidad, hasta que la llegada de Thomas la obligó a dejar los estudios en el último curso. Mi madre y mi padre aún albergaban la esperanza de que algún día traería una fortuna a casa. O que tal vez trabajaría en un lugar con una recepción que no tuviera rejas de seguridad alrededor. Ambas opciones eran válidas.

—¿Por qué iba a hablar como un robot por estar en una silla de ruedas? —dije.

—Pero vas a estar muy cerca de él y a solas. Cuando menos vas a tener que limpiarle la boca y darle bebidas y cosas así.

—¿Y? Ni que tuviera que ser un genio para eso.

—Dice la mujer que solía ponerle a Thomas los pañales al revés.

—Eso fue solo una vez.

—Dos veces. Y solo le has cambiado tres.

Me serví judías verdes mientras me esforzaba en mostrar más confianza de la que sentía.

No obstante, incluso cuando iba en autobús de vuelta a casa, esas mismas ideas habían comenzado a revolotear por mi mente. ¿De qué hablaríamos? ¿Y si se quedaba mirándome, con la cabeza colgando, todo el día? ¿Me daría un ataque de nervios? ¿Y si no comprendía qué era lo que quería? A mí se me daba escandalosamente mal cuidar de las cosas; ya no teníamos plantas en casa, ni animales, tras el desastre de los hámsteres, los insectos palo y Randolph el pececito. Y esa madre tan estirada ¿estaría por ahí a menudo? No me gustaba la idea de sentirme observada todo el tiempo. La señora Traynor daba la impresión de ser el tipo de mujer cuya mirada implacable convertía unas manos hábiles en pulgares.

—Entonces, Patrick, ¿qué piensas de todo esto?

Patrick tomó un largo sorbo de agua y se encogió de hombros.

Fuera, la lluvia golpeaba contra los cristales de la ventana, apenas audible entre el ruido de los platos y los cubiertos.

—Pagan bien, Bernard. Mejor que trabajando por la noche en una fábrica de pollos, en cualquier caso.

Se extendió un murmullo generalizado de asentimiento por toda la mesa.

—Bueno, es curioso que lo mejor que podéis decir de mi nuevo trabajo es que es mejor que arrastrar cadáveres de gallinas por un una nave industrial —dije.

—Bueno, siempre cabe la posibilidad de que te pongas en forma mientras tanto y vayas a hacer de entrenadora personal con Patrick.

—Ponerme en forma. Gracias, papá. —Estaba a punto de servirme otra patata, pero cambié de opinión.

—Bueno, ¿por qué no? —Dio la impresión de que mi madre hacía ademán de sentarse: todo el mundo se detuvo un momento, pero no, ya estaba en pie de nuevo, sirviendo al abuelo un poco de salsa—. Tal vez merezca la pena pensar en ello para el futuro. Sin duda, tienes el don de conversar.

—Tiene el don de engordar —resopló mi padre.

—Acabo de conseguir trabajo —dije—. Y, además, que sepas que pagan más que en el que tenía.

—Pero es solo temporal —intervino Patrick—. Tu padre tiene razón. Tal vez sea bueno que te pongas en forma mientras lo haces. Podrías ser una buena entrenadora personal, si le dedicas un poco de esfuerzo.

—No quiero ser entrenadora personal. No me gusta... tanto... brincar. —Entre dientes, insulté a Patrick, que sonrió.

—Lo que Lou quiere es un trabajo donde pueda poner los pies en alto y ver la tele todo el día mientras da de comer al vejestorio con una pajita —dijo Treena.

—Sí. Porque poner dalias mustias en cubos de agua exige un gran esfuerzo físico y mental, ¿verdad, Treen?

—Solo estamos bromeando, cielo. —Mi padre alzó la taza de té—. Es estupendo que hayas encontrado trabajo. Ya estamos orgullosos de ti. Y te apuesto a que, una vez que estés a tus anchas en esa casa enorme, esos capullos no querrán librarse de ti.

—Capullo —dijo Thomas.

—Yo no he sido —aseguró mi padre, masticando, antes de que mi madre abriera la boca.

3

*E*sto es el pabellón anexo. Antes era el establo, pero comprendimos que Will estaría mejor aquí que en la casa, ya que está todo en una planta. Esta es la habitación para invitados, donde se queda Nathan si es necesario. Los primeros días necesitábamos a alguien muy a menudo.

La señora Traynor caminaba con brío por el pasillo, mientras señalaba gesticulando a una y otra puerta, sin mirar atrás, con los tacones altos repicando en las losas. Parecía dar por hecho que yo mantendría el paso.

—Las llaves del coche están aquí. La he añadido a nuestro seguro. Confío en que los datos que me proporcionó fueran correctos. Nathan le enseñará cómo funciona la rampa. Lo único que tiene que hacer es ayudar a Will a colocarse bien y el vehículo hará el resto. Aunque... en estos momentos no se muere de ganas de ir a ninguna parte.

—Hace un poco de frío —dije.

La señora Traynor no dio muestras de haberme oído.

—Puede prepararse té y café en la cocina. Siempre mantengo los armarios bien repletos. El baño está por aquí...

Abrió la puerta y me quedé mirando al asidero metálico blanco que pendía sobre el baño. Había una zona abierta bajo la ducha, con una silla de ruedas plegada al lado. En la esquina, un armario con puertas de cristal revelaba unas pulcras hileras de material retractilado. Desde esta distancia no veía de qué se trataba, pero llegaba un leve aroma a desinfectante.

La señora Traynor cerró la puerta y se giró un momento para mirarme.

—Debo repetirlo: es muy importante que Will tenga a alguien a su lado en todo momento. Una de las cuidadoras anteriores desapareció durante varias horas para que le arreglaran el coche y Will... se hirió a sí mismo durante su ausencia. —Tragó saliva, como si el recuerdo aún la traumatizara.

—No iré a ninguna parte.

—Por supuesto, va a necesitar... descansos suficientes. Solo quiero que quede claro que no le puede dejar solo más de, digamos, diez o quince minutos. Si surge algo inevitable, llame por el interfono, pues mi marido, Steve, tal vez esté en casa, o llámeme al móvil. Si necesita tiempo libre, le agradecería que me avisara con la mayor antelación posible. No es siempre fácil encontrar un sustituto.

—No, no lo es.

La señora Traynor abrió el armario del pasillo. Hablaba como alguien que recita un discurso muy ensayado.

Me pregunté por un momento cuántos cuidadores me habían precedido.

—Si Will está ocupado, sería de gran ayuda que se encargara de algunas de las tareas básicas del hogar. Lavar la ropa de cama, pasar la aspiradora, ese tipo de cosas. Los materiales de limpieza están bajo el fregadero. Tal vez Will no quiera que esté a su alrededor todo el tiempo. Tendrán que decidir entre ustedes cómo se relacionan.

La señora Traynor miró mi ropa, como si fuera la primera vez. Llevaba ese chaleco de lana que, según mi padre, me hacía parecer un emú. Intenté sonreír. El esfuerzo resultó evidente.

—Como es obvio, espero que... se lleven bien. Sería maravilloso si él pensara en usted como en una amiga en lugar de una profesional.

—Vale... ¿A él qué le gusta..., hum..., hacer?

—Ve películas. A veces escucha la radio o música. Tiene una de esas cosas digitales. Si lo colocas cerca de la mano, por lo general es capaz de manejarlo él mismo. Tiene algo de movimiento en los dedos, aunque le cuesta agarrar.

Sentí que mi ánimo mejoraba. Si le gustaban la música y las películas, sin duda, encontraríamos algo en común. Vi una repentina imagen de mí misma y este hombre riéndonos de alguna comedia de Hollywood, de mí pasando la aspiradora Hoover por la habitación mientras él escuchaba música. Tal vez todo fuera a salir bien. Tal vez acabaríamos siendo amigos. No había tenido un amigo discapacitado antes: solo David, el amigo de Treena, que estaba sordo, pero que montaba un numerito si alguien sugería que eso era una discapacidad.

—¿Tiene alguna pregunta?

—No.

—Entonces, vamos a hacer las presentaciones. —Echó un vistazo al reloj—. Nathan ya habrá terminado de vestirlo.

Ambas titubeamos junto a la puerta y la señora Traynor llamó.

—¿Estás ahí? Aquí está la señorita Clark, que ha venido a conocerte, Will.

No hubo respuesta.

—¿Will? ¿Nathan?

—Está presentable, señora T —dijo alguien con un marcado acento neozelandés.

La señora Traynor abrió la puerta. El salón del pabellón era engañosamente amplio y una pared estaba cubierta por completo de cristaleras que daban al campo. Una estufa de leña refulgía en silencio en un rincón y había un sofá, bajo y beis, frente a una enorme televisión de pantalla plana, con los asientos tapados con un cubrecama de lana. La habitación presentaba un ambiente elegante y tranquilo: un apartamento de soltero escandinavo.

En el centro del cuarto había una silla de ruedas negra, con el asiento y el respaldo forrados de piel de cordero. Un individuo de constitución robusta, vestido con un uniforme blanco de enfermero, estaba agachado, colocando los pies de un hombre en el reposapiés de la silla de ruedas. Cuando entramos en la habitación, el hombre de la silla de ruedas alzó la vista bajo un cabello despeinado y enmarañado. Su mirada se cruzó con la mía y, al cabo de una pausa, dejó escapar un gruñido espeluznante. Entonces, su boca se retorció y soltó otro grito intempestivo.

Sentí que la madre se ponía rígida.

—¡Will, basta ya!

Ni siquiera la miró. Otro sonido prehistórico emergió de algún lugar cercano a su pecho. Era un ruido terrible, agónico. Intenté no estremecerme. El hombre hacía muecas, con la cabeza ladeada y hundida en los hombros, mientras me miraba con los rasgos crispados. Parecía grotesco, y vagamente enfadado. Me di cuenta de que, ahí donde agarraba mi bolso, tenía los nudillos blancos.

—¡Will! Por favor. —Había una leve nota de histeria en la voz de la madre—. Por favor, no te portes así.

Oh, Dios, pensé. *No voy a poder con esto.* Tragué saliva. El hombre aún tenía la mirada clavada en mí. Daba la impresión de que esperaba a que yo hiciera algo.

—Me... llamo Lou. —Mi voz, de una timidez desacostumbrada, rompió el silencio. Me pregunté por un momento si debía tenderle la mano y entonces, al recordar que no sería capaz de estrecharla, saludé con la mano de un modo poco convincente—. Diminutivo de Louisa.

En ese momento, para asombro mío, el semblante del hombre se aclaró y la cabeza se irguió sobre los hombros.

Will Traynor se me quedó mirando con una sonrisa sutil en los labios.

—Buenos días, señorita Clark —dijo—. Por lo que he oído, es usted mi última niñera.

Nathan había acabado de ajustar el reposapiés. Negó con la cabeza al levantarse.

—Qué malo eres, señor T. Muy malo. —Sonrió y extendió una mano grande, que estreché lánguidamente. Nathan transmitía un carácter imperturbable—. Me temo que acaba de ver la mejor representación de Will de Christy Brown. Ya se acostumbrará a él. Ladra más de lo que muerde.

La señora Traynor se había aferrado al crucifijo que le colgaba del cuello con unos dedos blancos y finos. Se movía hacia delante y hacia atrás al compás del collar, un tic nervioso. Tenía la cara rígida.

—Les dejo para que se vayan conociendo. Llame por el interfono si necesita ayuda. Nathan le va a explicar los cuidados habituales de Will y sus aparatos.

—Mamá, estoy aquí. No tienes por qué hablarles solo a ellos. Mi cerebro no está paralizado. Todavía.

—Sí, bueno, si vas a ser tan insensato, Will, creo que es mejor que la señorita Clark hable directamente con Nathan. —Me fijé en que la madre ni siquiera lo miraba al hablar. Mantenía los ojos clavados en algún lugar del suelo—. Hoy voy a trabajar en casa. Así que me pasaré a la hora de comer, señorita Clark.

—Vale. —Mi voz surgió como un graznido.

La señora Traynor desapareció. Nos quedamos callados, escuchando el ruido de los tacones que se alejaba por el pasillo, hacia la casa principal.

Fue Nathan quien rompió el silencio.

—¿Te importa si hablo con la señorita Clark acerca de tus medicinas, Will? ¿Quieres que te ponga la televisión? ¿Algo de música?

—Radio Cuatro, por favor, Nathan.

—Claro.

Caminamos hacia la cocina.

—Según dice la señora T, no tienes mucha experiencia con tetrapléjicos.

—No.

—Vale. Hoy no te voy a complicar las cosas. Aquí hay una carpeta que te explica casi todo lo que necesitas saber acerca de los cuidados de Will, y contiene todos los números de emergencia. Te aconsejo que lo leas, si encuentras un momento libre. Me parece que vas a tener unos cuantos.

Nathan sacó una llave del cinturón y abrió un botiquín, abarrotado de medicinas en cajas y pequeños envases de plástico.

—Vale. De esto me encargo yo, pero tienes que saber dónde está cada cosa por si surge una emergencia. Hay un horario aquí en la pared, así que puedes ver cuándo le toca qué durante el día. Todo lo que le des lo apuntas aquí —señaló con el dedo—, pero es mejor que lo consultes todo con la señora T, al menos por ahora.

—No sabía que iba a tener que administrar medicinas.

—No es difícil. Por lo general, él sabe qué tiene que tomar. Pero tal vez necesite un poco de ayuda al tragarlas. Solemos usar esta taza. O puedes triturarlas con este mortero y mezclarlas en una bebida.

Cogí una de las etiquetas. No estaba segura de haber visto antes tantas medicinas fuera de una farmacia.

—Vale. Entonces, toma dos medicinas para la presión arterial, esta para bajarla al acostarse y esta para subirla al despertar. Estas las necesita a menudo para controlar los espasmos musculares: tienes que darle una a media mañana y otra a media tarde. No le cuesta tragarlas porque son pequeños comprimidos recubiertos. Estas son para los espasmos de la vejiga y estas de aquí para el reflujo ácido. Esto es el antihistamínico de por las mañanas y estos son los espráis nasales, pero es una de las últimas cosas que hago antes de irme, así que no debería tocarte. Puede tomar paracetamol para los dolores y de vez en cuando alguna píldora para dormir, pero le vuelven más irritable al día siguiente, así que intentamos evitarlas.

»Estas —alzó otro frasco— son los antibióticos que toma cada dos semanas para el cambio del catéter. Eso lo hago yo a menos que esté fuera, en cuyo caso dejaría instrucciones muy claras. Ahí están las cajas de los guantes de látex, por si necesitas limpiarlo. También hay pomada para las irritaciones, pero ha estado mucho mejor desde que compramos el colchón de aire.

Mientras yo estaba ahí, de pie, Nathan buscó en el bolsillo y me entregó otra llave.

—Es la llave de repuesto —dijo—. No se la des a nadie más. Ni siquiera a Will, ¿vale? Guárdala como si te fuera la vida en ello.

—Son demasiadas cosas que recordar. —Tragué saliva.

—Está todo ahí escrito. Lo único que necesitas recordar hoy son los antiespasmódicos. Esos de ahí. Ahí está el número de mi móvil, por si necesitas llamarme. Me dedico a estudiar cuando no estoy aquí, así que preferiría que no me llamaras a menudo, pero no dudes en hacerlo hasta que te sientas segura.

Me quedé mirando la carpeta que tenía enfrente. Me sentí como si estuviera a punto de hacer un examen para el que no había estudiado.

—¿Y si... necesita ir al baño? —Pensé en el asidero—. No sé si podría, ya sabes, levantarlo. —Intenté que mi expresión no delatara el pánico que me atenazaba.

Nathan negó con la cabeza.

—No tienes que hacer nada de eso. El catéter se encarga de ello. Yo vengo a la hora de comer para cambiarlo todo. No estás aquí para las cuestiones físicas.

—¿Para qué estoy aquí?

Nathan estudió el suelo antes de mirarme.

—¿Para intentar animarlo un poco? Está..., está un poco arisco. Comprensible, dadas... las circunstancias. Pero vas a tener que ser muy dura. Ese pequeño numerito de esta mañana es su manera de desestabilizarte.

—¿Por eso pagan tan bien?

—Oh, sí. Nadie da nada gratis, ¿eh? —Nathan me dio un golpecito en el hombro. Sentí que mi cuerpo retumbaba—. Ah, es buen tipo. No debes tener pelos en la lengua con él. —Dudó—. A mí me cae bien.

Lo dijo como si tal vez fuera la única persona que pensara así.

Lo seguí de vuelta al salón. La silla de Will Traynor se había movido hasta la ventana, y él nos daba la espalda y miraba hacia fuera, escuchando algo en la radio.

—Ya he terminado, Will. ¿Quieres algo antes de que me vaya?

—No. Gracias, Nathan.

—Te dejo en las buenas manos de la señorita Clark, entonces. Nos vemos a la hora de comer, tío.

Observé cómo el afable auxiliar se ponía la chaqueta con una creciente sensación de pánico.

—Divertíos, jóvenes. —Nathan me guiñó un ojo y se fue.

Me quedé en medio de la habitación, las manos en los bolsillos, sin saber qué hacer. Will Traynor seguía mirando por la ventana como si yo no estuviera ahí.

—¿Quiere que le haga una taza de té? —dije, al fin, cuando el silencio se volvió insoportable.

—Ah. Sí. La chica que se gana la vida haciendo té. Me preguntaba cuánto tiempo pasaría antes de que quisiera demostrar sus talentos. No. No, gracias.

—¿Café, entonces?

—Nada de bebidas calientes por ahora, señorita Clark.

—Me puede llamar Lou.

—¿Ayudaría en algo?

Parpadeé, con la boca un poco abierta. La cerré. Mi padre siempre decía que me hacía parecer más estúpida de lo que era.

—Bueno..., ¿quiere que le traiga algo?

Se volvió para mirarme. Tenía el mentón cubierto de una barba de varias semanas y su mirada era inaccesible. Se dio la vuelta.

—Yo... —Miré alrededor de la habitación—. Voy a ver si hay algo que lavar.

Salí de la habitación con el corazón latiendo con fuerza. En la seguridad de la cocina, saqué el móvil y tecleé un mensaje para mi hermana.

Esto es horrible. Me odia.

La respuesta solo tardó unos segundos en llegar.

Solo has estado ahí una hora, ¡blandengue! P y M muy preocupados por el dinero. Cálmate y piensa en la paga. X

Cerré el móvil y resoplé. Rebusqué en el cesto de la colada del baño y conseguí reunir una mísera carga para la lavadora, tras lo cual pasé varios minutos comprobando las instrucciones del aparato. No quería escoger el programa erróneo ni hacer nada por lo cual Will o la señora Traynor me volvieran a mirar como si fuera estúpida. Puse en marcha la lavadora y me quedé ahí, intentando decidir qué más hacer. Saqué la aspiradora del armario del vestíbulo y la pasé por el pasillo y los dos dormitorios, sin dejar de pensar ni un momento que, de haberme visto mis padres, habrían insistido en hacerme una fotografía conmemorativa. La habitación para invitados estaba casi vacía, como la de un hotel. Sospeché que Nathan no se quedaba a menudo. Pensé que probablemente no podía culparle.

Dudé ante el cuarto de Will Traynor, hasta que concluí que tenía que limpiarlo igual que las demás habitaciones. Había un estante empotrado en una pared, en el cual reposaban unas veinte fotografías enmarcadas.

Mientras pasaba la aspiradora alrededor de la cama, me permití echarles un vistazo. Había un joven que hacía puenting en un acantilado, con los brazos abiertos como una estatua de Cristo. Había un hombre que tal vez fuera Will en lo que parecía una selva, y de nuevo en medio de un grupo de amigos borrachos. Llevaban pajarita y esmoquin y se pasaban el brazo por los hombros.

En otra aparecía en una pista de esquí, junto a una joven de gafas oscuras y larga melena rubia. Me agaché para verle mejor con sus gafas de esquí. Iba bien afeitado en la fotografía e incluso bajo esa luz brillante en su cara se apreciaba el bronceado que adquirían las personas de dinero al ir de vacaciones tres veces al año. Tenía hombros anchos y musculosos que se hacían notar incluso bajo el anorak de esquí. Con cuidado, dejé la fotografía en la mesilla y seguí pasando la aspiradora alrededor de la cama. Por fin, apagué la aspiradora y comencé a enrollar el cable. Al agacharme para desconectarla, percibí un movimiento por el rabillo del ojo y me sobresalté, de modo que solté un pequeño chillido. Will Traynor estaba ante la puerta, observándome.

—Courchevel. Hace dos años y medio.

—Lo siento. Yo solo... —Me sonrojé.

—Solo mirabas mis fotografías. Y te preguntabas lo horrible que sería vivir así y luego convertirse en un lisiado.

—No. —Me sonrojé incluso más intensamente.

—El resto de mis fotografías están en el cajón de abajo, por si alguna vez vuelves a ser incapaz de contener la curiosidad —dijo.

Y entonces, con un ligero zumbido de la silla de ruedas, Will Traynor se giró a la derecha y desapareció.

La mañana decayó y decidió durar varios años. No recordaba la última vez que los minutos y las horas se habían estirado de una manera tan interminable. Intenté encontrar tantas tareas con las que mantenerme ocupada como pude, y fui al salón lo menos posible, sabedora de que me estaba portando como una cobarde, pero ignorándolo.

A las once llevé a Will una taza de agua y la medicina contra los espasmos, tal como me pidió Nathan. Coloqué la píldora sobre la lengua y le ofrecí la taza, tal como Nathan me había enseñado. Era de plástico opaco y claro, como las que usaba Thomas, salvo que no había dibujos de Bob el Constructor. Tragó con un poco de esfuerzo, tras lo cual me indicó que le dejara solo.

Quité el polvo a unos estantes que no tenían polvo y consideré limpiar algunas ventanas. A mi alrededor, el anexo estaba sumido en el silencio, aparte del leve murmullo de la televisión del salón donde Will estaba sentado. No me sentí con confianza suficiente para poner música en la cocina. Albergaba la sospecha de que Will diría algo punzante acerca de mis gustos musicales.

A las doce y media llegó Nathan, que trajo consigo el frío aire de la calle, y alzó una ceja.

—¿Todo bien? —dijo.

Rara vez en mi vida me había alegrado tanto de ver a alguien.

—Sí.

—Estupendo. Puedes tomarte media hora libre. Yo y el señor T tenemos que encargarnos de ciertas cosas.

Casi salí corriendo en busca del abrigo. No tenía pensado marcharme a comer, pero por poco no pegué un grito de alivio al irme de esa casa. Me subí el cuello, me eché el bolso al hombro y caminé a buen paso por la calzada, como si en realidad quisiera ir a algún lugar. De hecho, solo deambulé sin rumbo por las calles cercanas durante media hora, expulsando cálidas ráfagas de aire contra mi bufanda, bien ajustada.

No había cafeterías por esa parte del pueblo, ahora que The Buttered Bun había cerrado. El castillo estaba desierto. El lugar más cercano donde comer era un pub pijo donde dudaba que me pudiera permitir ni una bebida, no digamos un almuerzo rápido. Todos los coches del aparcamiento eran enormes y caros, con matrículas recientes.

Me quedé en el aparcamiento del castillo, tras asegurarme de que no se me veía desde Granta House, y tecleé el número de mi hermana.

—Hola.

—Ya sabes que no puedo hablar en el trabajo. No te has ido, ¿verdad?

—No. Solo necesito oír una voz amable.

—¿Tan antipático es?

—Treen, me odia. Me mira como si fuera una cosa que ha traído el gato. Y ni siquiera bebe té. Me estoy escondiendo de él.

—No me puedo creer lo que estoy oyendo.

—¿Qué?

—Habla con él, por amor de Dios. Claro que se siente fatal. Está atrapado en una silla de mierda. Y tú probablemente no le has ayudado en nada de nada. Habla con él. Conócelo. ¿Qué es lo peor que puede ocurrir?

—No lo sé... No sé si puedo aguantar aquí.

—No le voy a decir a mamá que vas a dejar tu trabajo tras solo media jornada. No te van a dar ningún subsidio, Lou. No puedes irte. No podemos permitirnos que te vayas.

Tenía razón. Comprendí que odiaba a mi hermana.

Hubo un breve silencio. La voz de Treen se volvió inusualmente conciliadora. Eso sí que era preocupante. Quería decir que sabía que yo tenía el peor trabajo del mundo.

—Mira —dijo—. Son solo seis meses. Haz solo esos seis meses, consigue algo útil que añadir al currículo y así podrás encontrar un trabajo que te guste. Y, vaya, míralo así: al menos no estás haciendo turnos nocturnos en esa fábrica de pollos, ¿verdad?

—Las noches en esa fábrica eran unas vacaciones comparadas con...

—Me tengo que ir, Lou. Luego te veo.

—Entonces, ¿le gustaría ir a algún lugar esta tarde? Podríamos ir en coche a alguna parte, si le apetece.

Nathan se había ido hacía casi media hora. Me había demorado en lavar las tazas tanto como era humanamente posible, y pensé que si pasaba una hora más en esa casa en silencio me acabaría explotando la cabeza.

Will se volvió hacia mí.

—¿Adónde tenía pensado ir?

—No lo sé. Podríamos conducir por el campo. —Estaba haciendo eso que hago a veces: fingir que soy Treena. Ella es una de esas personas completamente tranquilas y eficaces, por lo cual nunca nadie se mete con ella. Mis palabras sonaron, al menos para mí, profesionales y animadas.

—El campo —dijo, como si lo estuviera pensando—. Y ¿qué veríamos? ¿Árboles? ¿El cielo?

—No lo sé. ¿Qué hace normalmente?

—No hago nada, señorita Clark. Ya no puedo hacer nada. Me limito a existir.

—Bueno —observé—, me dijeron que tenía un coche adaptado a las sillas de ruedas.

—¿Y le preocupa que deje de funcionar si no lo usamos todos los días?

—No, pero yo...

—¿Me está diciendo que debería salir?

—Solo pensé que...

—¿Pensó que dar una vuelta me sentaría bien? ¿Un poco de aire fresco?

—Solo intento...

—Señorita Clark, mi vida no va a mejorar de un modo significativo por conducir por las carreteras rurales de Stortfold. —Se dio la vuelta.

Se le había hundido la cabeza entre los hombros y me pregunté si estaría cómodo. No parecía ser el momento oportuno para preguntarle. Nos quedamos sentados, en silencio.

—¿Quiere que le traiga el ordenador?

—¿Por qué? ¿Ha pensado en un buen grupo de ayuda para tetrapléjicos al que me podría unir? ¿El Club de las Ruedas de Hojalata?

Respiré hondo e intenté que mi voz sonara confiada.

—Vale... Bueno... Como veo que vamos a pasar todo el tiempo en compañía el uno del otro, tal vez podríamos intentar conocernos un poco mejor.

Vi algo en su cara que me hizo tambalearme. Will tenía la mirada clavada en la pared y un tic nervioso le recorría el mentón.

—Es que... Es pasar mucho tiempo a solas con alguien. Todo el día —continuó—. Tal vez, si me hablara un poco de lo que quiere hacer, lo que le gusta, entonces yo podría... ¿hacer las cosas como le gustan?

Esta vez el silencio fue doloroso. Oí cómo mi voz era engullida poco a poco por ese silencio y no lograba decidir qué hacer con las manos. Treena y su actitud eficaz se habían evaporado.

Por fin, la silla de ruedas zumbó y Will se dio la vuelta poco a poco para mirarme.

—Esto es lo que sé sobre usted, señorita Clark. Mi madre dice que es habladora. —Lo dijo como si fuera una dolencia—. ¿Podemos hacer un trato? ¿Para que sea una gran *no* habladora en mi presencia?

Tragué saliva y sentí que mi rostro se encendía.

—Vale —dije, cuando recuperé el habla—. Voy a estar en la cocina. Si necesita algo, llámeme.

—No puedes darte por vencida tan pronto.

Estaba en mi cama, acostada sobre un costado, con las piernas estiradas sobre la pared, como cuando era adolescente. Había estado así desde la cena, lo cual era inusual en mí. Desde el nacimiento de Thomas, él y Treena se habían mudado a la habitación más amplia y yo dormía en el trastero, que era tan pequeño que me hacía sentir claustrofobia cuando pasaba más de media hora ahí sentada.

Pero no quería estar abajo, con mi madre y mi abuelo, porque mi madre no dejaba de mirarme con ansiedad diciendo cosas como: «Va a ir a mejor, cielo» y «El primer día de trabajo nunca es maravilloso», como si ella hubiera tenido un maldito trabajo en los últimos veinte años. Empezaba a sentirme culpable. Y ni siquiera había hecho nada todavía.

—No he dicho que me fuera a dar por vencida.

Treena irrumpió sin llamar, como todos los días, aunque yo siempre tenía que llamar a su habitación sin hacer ruido, por si Thomas estaba dormido.

—¿Y si hubiera estado desnuda? Al menos podrías haber avisado primero.

—He visto cosas peores. Mamá piensa que vas a presentar la renuncia.

Dejé caer las piernas a un lado y me incorporé para sentarme.

—Oh, Dios, Treena. Es peor de lo que pensaba. Él es tan infeliz...

—No puede moverse. Claro que es infeliz.

—No, pero es sarcástico y antipático conmigo. Cada vez que hablo o hago una sugerencia me mira como si fuera estúpida, o dice algo que me hace sentir como una niña de dos años.

—Es que probablemente dijiste algo estúpido. Solo necesitáis acostumbraros el uno al otro.

—No, de verdad que no. Tuve mucho cuidado. Casi no dije nada salvo: «¿Le gustaría salir a dar una vuelta en coche?» o «¿Quiere una taza de té?».

—Bueno, tal vez es así con todo el mundo al principio, hasta que sabe que no vas a irte enseguida. Me apuesto algo a que ha tenido muchos cuidadores.

—Ni siquiera quería que estuviera en la misma habitación que él. No creo que pueda quedarme, Katrina. De verdad que no. En serio: si hubieras estado ahí, lo comprenderías.

Treena no dijo nada entonces, solo me miró durante un tiempo. Se levantó y echó un vistazo por la puerta, como si comprobara si había alguien en el rellano.

—Estoy pensando en volver a la universidad —dijo al fin.

A mi cerebro le costó unos segundos apreciar este cambio de táctica.

—Oh, Dios mío —dije—. Pero...

—Voy a tener que pedir un préstamo para pagar las tasas. Pero también puedo obtener una beca especial por tener a Thomas, y la universidad me ofrece unas tarifas reducidas porque... —Se encogió de hombros, un poco avergonzada—. Dicen que podría sobresalir. Alguien ha dejado el curso de ciencias empresariales, así que me aceptarían desde el comienzo del próximo trimestre.

—¿Y Thomas?

—Hay una guardería en el campus. Nos podemos quedar en un apartamento subvencionado de lunes a viernes y volver aquí casi todos los fines de semana.

—Oh.

Sentí cómo me observaba. No sabía qué cara poner.

—Estoy realmente desesperada por usar de nuevo el cerebro. Hacer ramos de flores me está desquiciando. Quiero aprender. Quiero progresar. Y estoy harta de tener siempre las manos heladas por el agua.

Las dos nos quedamos mirando las manos de Treena, de un color rosáceo incluso en el calor tropical de la casa.

—Pero...

—Sí. No voy a trabajar, Lou. No voy a poder dar nada a mamá. Tal vez incluso necesite un poco de ayuda de ellos. —Esta vez pareció muy incómoda. Su expresión, cuando alzó la vista para mirarme, era casi afligida.

Abajo nuestra madre se rio de algo dicho en la televisión. La oímos exclamar dirigiéndose al abuelo. A menudo le explicaba la trama del programa, aunque le decíamos todo el rato que no hacía falta. Me quedé sin habla. La importancia de las palabras de mi hermana se reveló despacio pero de forma inexorable. Me sentí como imaginaba que se sentiría una víctima de la mafia al observar cómo el cemento se va endureciendo poco a poco alrededor de los tobillos.

—Lo necesito muchísimo, Lou. Quiero algo mejor para Thomas, algo mejor para los dos. Solo voy a conseguir algo en la vida si vuelvo a la universidad. Yo no tengo a alguien como Patrick. No estoy segura de si alguna vez tendré a alguien como Patrick, dado que nadie ha mostrado el más mínimo interés en mí desde que tuve a Thomas. Tengo que hacer lo que sea mejor para mí misma.

Como no dije nada, añadió:

—Para mí y para Thomas.

Asentí.

—¿Lou? ¿Por favor?

Era la primera vez que veía a mi hermana así. Me hizo sentir muy incómoda. Alcé la cabeza y logré sonreír. Mi voz, cuando surgió, no parecía mía.

—Bueno, como tú dices, solo se trata de que me acostumbre a él. Es normal que sea difícil los primeros días, ¿verdad?

4

$\mathcal{P}$asaron dos semanas en las que se estableció cierta rutina, más o menos. Todas las mañanas yo me presentaba en Granta House a las ocho, anunciaba que había llegado y, una vez que Nathan había ayudado a Will a vestirse, escuchaba con atención mientras me explicaba lo que tenía que saber acerca de sus medicinas... o, más importante aún, su estado de ánimo.

Cuando Nathan se iba, yo programaba la radio o la televisión para Will, le administraba sus píldoras, que a veces trituraba con el pequeño mortero de mármol. Por lo general, al cabo de unos diez minutos Will dejaba bien claro que le irritaba mi presencia. En ese momento yo me entregaba a las pequeñas tareas domésticas del pabellón, y lavaba paños de cocina que no estaban sucios o usaba al azar los complementos de la aspiradora para limpiar un pequeño tramo de un rodapié o de una repisa, asomando religiosamente la cabeza por la puerta cada quince minutos, tal como me indicó la señora Traynor. Cuando lo hacía, Will estaba sentado en su silla con la vista perdida en el desolado jardín.

Más tarde le llevaba un vaso de agua o una de esas bebidas llenas de calorías que se suponía que le ayudaban a no perder peso y tenían el aspecto de cola para papel pintado, o le daba de comer. Will movía las manos un poco, pero no los brazos, de modo que había que darle de comer cucharada a cucharada. Era la peor parte del día: por algún motivo, parecía una vileza dar de comer así a un adulto y mi vergüenza me volvía torpe e insegura. Will lo detestaba tanto que ni siquiera me miraba a los ojos mientras le llevaba la comida a la boca.

Y entonces, poco antes de la una, Nathan llegaba y yo agarraba mi abrigo y desaparecía para caminar por las calles, a veces para comer el almuerzo en la parada de autobús cercana al castillo. Hacía frío y era probable que yo tuviera un aspecto patético, ahí encogida, mientras comía mis sándwiches, pero no me importaba. Era incapaz de pasar un día entero en esa casa.

Por las tardes ponía una película (Will era socio de un videoclub y cada día llegaban nuevos DVD por correo), pero no me invitaba nunca a verlas un junto a él, así que yo solía ir a sentarme a la cocina o a la habitación de invitados. Comencé a llevarme libros y revistas, pero sentía una extraña culpabilidad al no trabajar de verdad, así que no lograba concentrarme en las palabras. De vez en cuando, al final del día, aparecía la señora Traynor..., si bien no me decía gran cosa, salvo: «¿Todo bien?», ante lo cual la única respuesta aceptable parecía ser: «Sí».

Preguntaba a Will si quería algo, a veces le sugería alguna actividad para el día siguiente (una excursión o visitar a un amigo que había preguntado por él) y Will casi siempre respondía desdeñosamente, cuando no con franca grosería. La señora Traynor se mostraba dolida, recorría con los dedos, arriba y abajo, esa pequeña cadena de oro, y desaparecía una vez más.

El padre, un hombre rellenito y de aspecto amable, solía llegar en el mismo momento en que yo me iba. Era el tipo de hombre que iba a ver partidos de críquet con sombrero de panamá, y al parecer había supervisado la gestión del castillo desde que se retirara de un trabajo muy bien pagado en Londres. Yo sospechaba que era como un afable terrateniente que de vez en cuando sembraba patatas para tener algo que hacer. Acababa todos los días a las cinco de la tarde y se sentaba a ver la televisión junto a Will. A veces le oía hacer algún comentario acerca de las noticias cuando me iba.

Tuve ocasión de estudiar a Will Traynor muy de cerca en el transcurso de ese primer par de semanas. Vi que se mostraba decidido a no parecerse en nada al hombre que había sido; se había dejado crecer el pelo, castaño claro, en una mata sin forma, con una barba que se enmarañaba por el mentón. Los ojos grises denotaban cansancio o los efectos de un malestar incesante (Nathan dijo que rara vez se sentía a gusto). Tenía la mirada vacía de alguien que siempre se encontraba apartado del mundo que lo rodeaba. A veces me preguntaba si era un mecanismo de defensa, si la única manera de sobrellevar esa vida era fingir que no era a él a quien le ocurría todo eso.

Quería sentir lástima por él. De verdad. Pensaba que era la persona más triste que había conocido en mi vida, en esos momentos en que lo veía con la mirada perdida más allá de la ventana. Y, a medida que pasaron los días y comprendí que sus circunstancias no se limitaban a estar atrapado en esa silla, a la pérdida de la libertad corporal, sino a una inacabable letanía de humillaciones y problemas de salud, de riesgos y molestias, decidí que, si yo fuera Will, sin duda también me sentiría muy mal.

Pero, cielo santo, qué mal genio tenía conmigo. Dijera lo que dijera, sus respuestas eran siempre cortantes. Si le preguntaba si tenía bastante calor, me respondía que era perfectamente capaz de decirme si necesitaba otra manta. Si le preguntaba si le molestaba el ruido de la aspiradora (no quería interrumpir la película que estaba viendo), me preguntaba si acaso había descubierto una manera de que funcionara en silencio. Cuando le daba de comer, se quejaba de que la comida estaba demasiado caliente o demasiado fría o que le había llevado el tenedor a la boca antes de que terminara de masticar. Tenía la capacidad de retorcer cualquier cosa que yo dijera o hiciera para dejarme como una estúpida.

Durante esas dos primeras semanas, mejoré mucho en mantener el semblante del todo impasible; me daba la vuelta y desaparecía en otra habitación y hablaba con él lo menos posible. Comenzaba a odiarlo, y estoy segura de que él lo sabía.

No me había imaginado que fuera posible echar de menos mi anterior trabajo incluso más que antes. Añoraba a Frank, su modo de alegrarse al verme cuando llegaba por la mañana. Echaba de menos a los clientes, su compañía y las charlas desenfadadas cuyo tono subía y descendía como un mar en calma que me rodeaba. Esta casa, por bella y lujosa que fuera, era silenciosa e inerte como una morgue. *Seis meses,* me repetía entre dientes cuando resultaba insoportable. *Seis meses.*

Y entonces, un jueves, mientras preparaba la bebida alta en calorías de Will, oí la voz de la señora Traynor en el pasillo. Salvo que, en esta ocasión, estaba acompañada de otras voces. Esperé, el tenedor en la mano, inmóvil. Apenas distinguía la voz de una mujer, joven, educada, y la de un hombre.

La señora Traynor apareció en el umbral de la cocina y yo intenté aparentar que estaba ocupada, batiendo con brío la bebida.

—¿Está hecha con sesenta por ciento de agua y cuarenta de leche? —preguntó, mientras echaba un vistazo a la bebida.

—Sí. Es la de fresa.

—Unos amigos de Will han venido a verlo. Es probable que sea mejor que usted...

—Tengo muchas cosas que hacer aquí —dije. En realidad, era un alivio verme libre de su compañía durante una hora más o menos. Enrosqué la tapa de la taza—. ¿Querrían sus invitados tomar té o café?

La señora Traynor casi pareció sorprendida.

—Sí. Sería muy amable. Café. Creo que yo...

Parecía más tensa de lo habitual y lanzaba miradas furtivas al pasillo, donde se oía el leve murmullo de unas voces. Supuse que Will no recibía visitas a menudo.

—Creo que... los voy a dejar a su aire. —Echó un vistazo al pasillo; daba la impresión de que sus pensamientos estaban muy lejos de ahí—. Rupert. Es Rupert, un viejo amigo del trabajo —dijo, dándose la vuelta, de repente, hacia mí.

Tuve la sensación de que se trataba de un momento importante, y que necesitaba compartirlo con alguien, aunque solo fuera yo.

—Y Alicia. Estuvieron... muy unidos... durante un tiempo. Algo de té sería maravilloso. Gracias, señorita Clark.

Vacilé durante un momento antes de abrir la puerta, con la ayuda de la cadera para que no se me cayera la bandeja de las manos.

—La señora Traynor sugirió que tal vez les apeteciera tomar café —dije al entrar, dejando la bandeja en la mesa de centro. Al colocar la taza de Will en el portavasos de la silla y girar la pajita de modo que solo necesitara cambiar la posición de la cabeza para alcanzarla, eché una mirada discreta a las visitas.

Fue a la mujer a quien percibí en primer lugar. De piernas largas y cabello rubio, con cutis acaramelado y pálido, era el tipo de mujer que me lleva a preguntarme si todos los seres humanos pertenecemos a la misma especie. Tenía el aspecto de un caballo de carreras humano. Había visto a mujeres así en otras ocasiones; por lo general subían la colina hacia el castillo agarrando niños pequeños ataviados con ropa de la marca Boden, y cuando entraban en el café sus voces, claras como el cristal y despreocupadas, llenaban el ambiente al preguntar: «Harry, cariño, ¿te apetece un café? ¿Pregunto si tienen *macchiato*?». Sin duda, se trataba de una mujer *macchiato*. Todo en ella olía a dinero, a grandeza, a una vida que se asemejaba a las de las páginas de una revista de relumbrón.

Entonces, la miré más de cerca y comprendí con un sobresalto dos cosas: era la mujer de las fotografías de Will en la nieve y tenía todo el aspecto de estar muy muy incómoda.

Besó a Will en la mejilla y se apartó con una sonrisa torpe. Vestía un chaquetón marrón sin mangas de borrego con el que yo habría parecido el yeti, y una bufanda gris claro de cachemir, con la que comenzó a juguetear, como si no supiera si debía quitársela o no.

—Tienes buen aspecto —le dijo a Will—. De verdad. Te has dejado... el pelo largo.

Will no dijo nada. Se limitó a mirarla, con esa expresión indescifrable de siempre. Sentí una fugaz gratitud al comprobar que no me miraba de ese modo solo a mí.

—Una silla nueva, ¿eh? —El hombre dio un golpecito en el respaldo de la silla de Will, el mentón contra el pecho, y asintió en señal de aprobación, como si admirara un coche deportivo de gama alta—. Parece... muy elegante. De alta... tecnología.

Yo no sabía qué hacer. Me quedé ahí un momento, apoyándome en un pie y luego en el otro, hasta que la voz de Will rompió el silencio.

—Louisa, ¿te importa echar más leños al fuego? Estaría bien avivarlo un poco.

Era la primera vez que me tuteaba.

—Claro —dije.

Me afané junto a la chimenea, avivando el fuego y buscando leños del tamaño adecuado.

—Dios, qué frío hace fuera —dijo la mujer—. Qué bien tener un fuego de verdad.

Abrí la puertecilla del hogar y di golpecitos a los leños incandescentes con el atizador.

—Aquí el tiempo es unos cuantos grados más frío que en Londres.

—Sí, sin duda —convino el hombre.

—Estaba pensando en instalar una chimenea cerrada en casa. Al parecer, son mucho más eficientes que las abiertas. —Alicia se agachó un poco para observar el fuego, como si nunca hubiera visto uno.

—Sí, eso he oído —dijo el hombre.

—Tengo que enterarme bien. Es una de esas cosas que quieres hacer y luego... —Se quedó sin palabras—. Qué rico el café —añadió, tras una pausa.

—Entonces..., ¿qué has estado haciendo, Will? —La voz del hombre sonaba como con una especie de jovialidad forzada.

—No mucho, por raro que parezca.

—Pero la fisioterapia y todo eso. ¿Va todo bien? ¿Alguna... mejora?

—No creo que vaya a ir a esquiar esta semana, Rupert —dijo Will con una voz que rezumaba sarcasmo.

Casi sonreí. Este era el Will que yo conocía. Comencé a retirar las cenizas de la chimenea. Tenía la sensación de que los tres me miraban. Era un silencio cargado. Me pregunté por un momento si se veía la etiqueta de mis pantalones y tuve que contener las ganas de comprobarlo.

—Entonces... —dijo Will al final—. ¿A qué debo el placer? Han pasado... ¿ocho meses?

—Ah, lo sé. Lo lamento. Ha sido... He estado ocupadísima. Tengo un nuevo trabajo, en Chelsea. Dirigiendo la boutique de Sasha Goldstein. ¿Recuerdas a Sasha? Además, he trabajado un montón de fines de semana. Los sábados son de un ajetreo terrible. Resulta muy difícil encontrar tiempo libre. —La voz de Alicia se volvió crispada—. Llamé un par de veces. ¿Te lo dijo tu madre?

—En Lewins las cosas han sido una locura. Tú..., tú ya sabes cómo es, Will. Tenemos un nuevo socio. Un tipo de Nueva York. Bains. Dan Bains. ¿Te cruzaste con él alguna vez?

—No.

—El capullo parece trabajar veinticuatro horas al día y espera que todo el mundo haga lo mismo. —Era evidente el alivio del hombre al haber encontrado un tema de conversación que le resultaba cómodo—. Ya conoces la vieja ética de trabajo de los yanquis: nada de almuerzos largos, nada de chistes verdes. Will, ya te digo. Todo el ambiente ha cambiado.

—Vaya.

—Oh, Dios, sí. Presentismo a lo grande. A veces ni me atrevo a levantarme de la silla.

Todo el aire pareció desaparecer de la habitación en una ráfaga de aspiradora. Alguien tosió.

Me levanté y me limpié las manos en los vaqueros.

—Voy a... Voy a buscar más leña —farfullé, mirando más o menos hacia Will.

Cogí la cesta y hui.

Hacía muchísimo frío fuera, pero me entretuve ahí, matando el tiempo eligiendo los trozos de leña. Intentaba calcular si sería mejor perder algún dedo por congelación o volver dentro. Pero hacía demasiado frío y mi dedo índice, el que uso para coser, fue el primero en ponerse azul y al fin tuve que admitir la derrota. Acarreé la madera tan despacio como me fue posible, entré en el pabellón y recorrí el pasillo a paso lento. Al acercarme al salón oí la voz de la mujer, que se deslizó por la puerta entornada.

—En realidad, Will, es otro el motivo de nuestra visita —decía—. Tenemos que darte... una noticia.

Vacilé ante la puerta, con el cesto de leña en las manos.

—Pensé..., bueno, *pensamos*..., que lo mejor sería decírtelo..., pero, bueno, aquí va. Rupert y yo nos vamos a casar.

Me quedé inmóvil, calculando si podría alejarme sin que me oyeran.

La mujer continuó, sin convicción.

—Mira, sé que esto probablemente será una conmoción para ti. En realidad, lo fue también para mí. Nosotros..., lo nuestro..., bueno, solo comenzó mucho después de...

Me empezaron a doler los brazos. Miré la cesta, intentando decidir qué hacer.

—Bueno, ya sabes que tú y yo..., nosotros...

Otro silencio de plomo.

—Will, por favor, di algo.

—Enhorabuena —dijo al fin.

—Sé qué estás pensando. Pero ninguno de los dos quería que esto ocurriera así. De verdad. Durante muchísimo tiempo solo fuimos amigos. Amigos que se preocupaban por ti. Pero es que Rupert fue quien más me apoyó después de tu accidente...

—Qué amable.

—Por favor, no seas así. Esto es horrible. Me daba pavor decírtelo. A los dos.

—Es evidente —dijo Will en un tono cansino.

La voz de Rupert intervino.

—Mira, te lo contamos solo porque nos importas a los dos. No queríamos que te enteraras por otros. Pero, ya sabes, la vida sigue. Ya lo sabes. Han pasado dos años, al fin y al cabo.

Hubo un silencio. Comprendí que no quería seguir escuchando y comencé a apartarme de la puerta a toda prisa, y debido al esfuerzo se me escapó un leve gruñido. Pero la voz de Rupert, cuando volvió a sonar, aumentó de volumen, de modo que aún lo oía.

—Vamos, hombre. Sé que debe de ser durísimo... todo esto. Pero, si te importa Lissa al menos un poco, querrás que tenga una buena vida.

—Di algo, Will. Por favor.

Podía imaginar su cara. Vi esa mirada tan suya que lograba ser indescifrable al tiempo que transmitía un desprecio distante.

—Enhorabuena —dijo, al fin—. No me cabe duda de que seréis muy felices.

Alicia comenzó a protestar (de un modo que apenas se oía), pero Rupert la interrumpió.

—Vamos, Lissa. Creo que es mejor que nos vayamos. Will, no es que esperáramos tu bendición al venir. Ha sido una cortesía. Lissa pensaba..., bueno, los dos pensábamos que deberías saberlo. Lo siento, amigo. Yo... confío en que las cosas vayan a mejor para ti y espero que quieras seguir en contacto cuando las cosas..., ya sabes..., cuando las cosas se asienten un poco.

Oí pasos y me agaché sobre la cesta de la leña, como si acabara de llegar. Los oí en el pasillo y entonces Alicia apareció frente a mí. Tenía los ojos enrojecidos, como si estuviera a punto de llorar.

—¿Puedo usar el baño? —preguntó, con una voz pastosa y entrecortada.

Despacio alcé el dedo y señalé en silencio en qué dirección estaba.

Entonces ella se me quedó mirando fijamente y comprendí que mis sentimientos se debían de reflejar a todas luces en mi expresión. Nunca se me ha dado bien ocultar mis emociones.

—Sé lo que piensas —aseguró, al cabo de una pausa—. Pero yo lo intenté. Lo intenté de verdad. Durante meses. Y él me alejó, sin más. —Tenía el mentón rígido y había una extraña furia en su expresión—. De hecho, él no quería que yo estuviera aquí. Me lo dejó muy claro.

Parecía esperar a que yo dijera algo.

—No es asunto mío —repliqué, al final.

Las dos nos quedamos mirándonos.

—¿Sabes?, en realidad solo podemos ayudar a alguien que quiere ser ayudado —dijo.

Y se fue.

Esperé un par de minutos, mientras escuchaba el sonido del coche que desaparecía por la calzada, y entonces fui a la cocina. Me quedé ahí y puse la tetera en el fuego aunque no me apetecía tomar té. Por fin, volví al pasillo y, con un gruñido, recogí la cesta de la leña y la arrastré al salón, dando un leve golpe en la puerta antes de entrar, para que Will supiera de mi llegada.

—Me preguntaba si quería que... —comencé.

Pero no había nadie ahí.

La habitación estaba vacía.

Fue entonces cuando oí el golpe. Salí corriendo al pasillo justo a tiempo para oír otro, seguido del sonido de cristal que se hacía añicos. Procedía de la habitación de Will. *Oh, Dios, por favor, que no se haya hecho daño.* Me entró un ataque de pánico: la advertencia de la señora Traynor retumbó en mi mente. Lo había dejado solo más de quince minutos.

Recorrí el pasillo apresurada, me paré en seco en el umbral y me quedé ahí, con ambas manos aferradas al marco. Will estaba en medio de la habitación, erguido en la silla, con un bastón apoyado en los reposabrazos, de tal modo que sobresalía unos cuarenta y cinco centímetros por la izquierda: era su lanza. No quedaba ni una sola fotografía en los estantes y la alfombra estaba tachonada de relucientes fragmentos de vidrio. Will tenía el regazo cubierto de añicos de cristal y marcos de madera astillados. Observé la escena de la destrucción, al mismo tiempo que sentía cómo disminuía la frecuencia de mis latidos al comprobar que Will estaba ileso. Respiraba con dificultad, como si se recuperase de un gran esfuerzo.

La silla se giró, entre cristales que crujían. Sus ojos se encontraron con los míos. Me desafiaban a ofrecerle consuelo.

Bajé la vista y miré su regazo y luego al suelo que lo rodeaba. Identifiqué la fotografía de Alicia y él, la cara de ella ahora oculta tras un marco de plata abollado, entre los otros desastres.

Tragué saliva sin dejar de mirarla, y poco a poco alcé los ojos para observarlo. Esos pocos segundos fueron los más largos que recordaba.

—¿Ese cacharro se puede pinchar? —dije al fin, señalando la silla de ruedas con un gesto de la cabeza—. Porque no tengo ni idea de dónde tendría que poner el gato.

Los ojos de Will se agrandaron. Solo por un momento pensé que había metido la pata del todo. Pero la más leve insinuación de una sonrisa se extendió por sus labios.

—Mira, no te muevas —dije—. Voy a buscar la aspiradora.

Oí que el bastón caía al suelo. Al salir de la habitación, pensé que tal vez le había oído decir que lo sentía.

Los jueves por la noche el pub The Kings Head siempre era un lugar concurrido, y el rincón de la sala estaba incluso más abarrotado. Me senté apretujada entre Patrick y un hombre a quien parecían llamar el Surcador, que miraba con frecuencia los arreos de caballo colgados de las traviesas de roble sobre mi cabeza y las fotografías del castillo que jalonaban las vigas, e intenté mostrarme al menos vagamente interesada en la conversación que me rodeaba, que giraba en torno a la proporción entre la grasa corporal y la ingesta de carbohidratos.

Siempre había pensado que esas reuniones quincenales de los Diablos del Triatlón de Hailsbury debían de ser la peor pesadilla del dueño de un bar. Yo era la única que bebía alcohol y mi solitaria bolsa de patatas fritas reposaba arrugada y vacía en la mesa. Todos los demás bebían agua mineral o comprobaban la cantidad de edulcorante de sus Coca-Colas *light*. Cuando, al fin, pedían comida, no había una ensalada a la que permitieran rociar con salsa aceitosa ni un trozo de pollo que conservara la piel. A menudo yo pedía patatas fritas solo para ver cómo fingían que no querían ni una.

—Phil perdió el control a unos sesenta y cinco kilómetros. Dijo que llegó a oír voces. Se sintió como si fuera de plomo. Tenía esa cara de zombi, ¿sabes?

—Encargué un par de esas deportivas japonesas a medida. En los veinte kilómetros mis tiempos han bajado diez minutos.

—No viajes con una funda de bicicletas blanda. Nigel llegó al campamento y la suya parecía una percha arrugada.

No podía decir que disfrutaba de las reuniones de los Diablos del Triatlón de Hailsbury, pero, entre mi horario cada vez más exigente y el programa de entrenamiento de Patrick, era una de las pocas ocasiones en que sabía que podía verlo. Se sentó a mi lado, los muslos musculosos enfundados en unos pantalones cortos a pesar del frío despiadado que hacía fuera. Entre los miembros del club, era una cuestión de honor vestir con cuanta menos ropa mejor. Los hombres, delgados y fuertes, presumían de prendas deportivas desconocidas y caras que tenían propiedades extraabsorbentes y un peso más ligero que el aire. Se llamaban Scud o Trig y flexionaban partes del cuerpo para mostrar heridas o un supuesto desarrollo muscular. Las mujeres no llevaban maquillaje y tenían la complexión robusta de quien no teme correr durante kilómetros en un clima helado. Me miraban con un leve desprecio (o tal vez incluso incomprensión), sin duda calculando mi proporción de grasa y músculo, que les parecería deficiente.

—Fue horrible —dije a Patrick, mientras me preguntaba si podría pedir una tarta de queso sin que me mataran con la mirada—. Su novia y su mejor amigo.

—No puedes culparla —contestó—. ¿De verdad me dices que seguirías conmigo si me quedara paralizado de cuello para abajo?

—Claro que sí.

—No, de eso nada. Y yo no lo esperaría.

—Bueno, pues lo haría.

—Pero yo no querría. No querría que alguien estuviera conmigo solo por pena.

—¿Quién dice que sería por pena? Seguirías siendo la misma persona.

—No, claro que no. No sería la misma persona en absoluto. —Arrugó la nariz—. No querría vivir. Depender de otras personas hasta para las cosas más insignificantes... Que unos desconocidos me limpien el culo...

Un hombre con la cabeza afeitada irrumpió entre nosotros.

—Pat —dijo—, ¿has probado esa nueva bebida de gel? Una me explotó en la mochila la semana pasada. Nunca había visto algo así.

—No las he probado, Trig. Yo soy de plátano y Lucozade, y ya está.

—Dazzer se tomó una Coca-Cola *light* mientras hacía el Norseman. Lo vomitó todo a 900 metros de altura. Dios, cómo nos reímos.

Forcé una leve sonrisa.

El hombre de la cabeza afeitada desapareció y Patrick se giró hacia mí de nuevo, al parecer reflexionando aún acerca del destino de Will.

—Santo cielo. Piensa en todas las cosas que no podrías hacer... —Negó con la cabeza—. Se acabó correr o montar en bici. —Me miró como si se le acabara de ocurrir—. Se acabó el *sexo*.

—Claro que podrías tener relaciones sexuales. Solo que la mujer se tendría que poner encima.

—Estaríamos apañados, entonces.

—Qué gracioso.

—Además, si estás paralizado de cuello para abajo, supongo que..., hum..., el aparato no funciona como debería.

Pensé en Alicia. *Pero yo lo intenté*, dijo. *Lo intenté de verdad. Durante meses.*

—Seguro que a algunas personas sí. De todos modos, debe de haber una solución para todo esto si... te dejas llevar por la imaginación.

—Ja. —Patrick tomó un sorbo de agua—. Tendrás que preguntárselo mañana. Mira, has dicho que estar con él es horrible. Tal vez era horrible antes del accidente. Tal vez ese es el verdadero motivo por el que ella lo dejó. ¿Lo habías pensado?

—No lo sé... —Pensé en la fotografía—. Parecían muy felices juntos. —De todos modos, ¿qué demostraba una fotografía? En casa tenía una enmarcada en la que sonreía encantada a Patrick como si me acabara de sacar de un edificio en llamas, aunque en realidad le acababa de llamar cabrón y él me había respondido con un efusivo «¡Vete a la mierda!».

Patrick había perdido el interés.

—Eh, Jim... Jim, ¿has visto esa nueva bici ligera? ¿Qué tal?

Le permití que cambiara de tema y pensé en lo que me había dicho Alicia. No me costaba imaginar que Will la ahuyentara. Pero, sin duda, si querías a alguien, ¿no era tu deber permanecer a su lado? ¿Ayudarlo a superar la depresión? ¿En la salud y en la enfermedad y todo eso?

—¿Otra ronda?

—Vodka con tónica. La tónica, *light* —añadí cuando Patrick alzó una ceja.

Se encogió de hombros y se dirigió a la barra.

Había comenzado a sentirme un poco culpable por el modo en que analizábamos a Will. En especial, cuando comprendí que le ocurriría eso todo el tiempo. Era casi imposible no conjeturar acerca de los aspectos más íntimos de su vida. Me desconecté. La conversación giraba en torno a un fin de semana de entrenamiento en España. Solo escuchaba a medias, hasta que Patrick reapareció a mi lado y me dio con el codo.

—¿Te apetece?

—¿El qué?

—Un fin de semana en España. En lugar de las vacaciones griegas. Podrías poner los pies a remojo en la piscina si no te apetece recorrer setenta kilómetros en bici. Seguro que encontramos vuelos baratos. Es dentro de seis semanas. Ahora que te estás forrando...

Pensé en la señora Traynor.

—No lo sé... No creo que vayan a ver con buenos ojos que me tome un tiempo libre tan pronto.

—¿Te importa si voy yo, entonces? Me apetece muchísimo entrenarme en altura. Estoy pensando en hacer el grande.

—El grande ¿qué?

—El Triatlón Extremo Norseman. Cien kilómetros en bicicleta, cincuenta kilómetros a pie y un buen chapuzón en las aguas heladas de los mares nórdicos.

Del Norseman hablaban con reverencia: quienes habían participado en esa competición llevaban sus heridas como los veteranos de una guerra lejana y brutal. Casi se relamía los labios por la expectación. Miré a mi novio y me pregunté si no sería un extraterrestre. Por un momento, pensé que lo prefería cuando trabajaba en la televenta y no pasaba ante una gasoli-nera sin rellenar la guantera de chocolatinas Mars.

—¿Vas a hacerlo?

—¿Por qué no? Nunca había estado tan en forma.

Pensé en todos esos entrenamientos, en las conversacio-nes interminables acerca del peso y la distancia, la forma física y la resistencia. Últimamente, era difícil lograr la atención de Patrick incluso en las mejores circunstancias.

—Podrías hacerlo conmigo —propuso, si bien ambos sabíamos que no lo creía.

—Lo dejo para ti —dije—. Claro. Ve.

Y pedí la tarta de queso.

Si había pensado que los eventos del día anterior servirían para romper el hielo en Granta House, me equivoqué.

Saludé a Will con una amplia sonrisa y un animado hola, y ni siquiera se molestó en apartar la mirada de la ventana.

—No tiene un buen día —murmuró Nathan mientras se ponía el abrigo.

Era una mañana lóbrega, de nubes bajas, con una lluvia desapacible que chispeaba contra las ventanas y era difícil imaginar que el sol volvería a salir de nuevo alguna vez. Incluso yo me sentía alicaída en días como este. En realidad, no era una sorpresa que Will estuviera peor. Comencé a realizar mis tareas matinales, diciéndome sin cesar que no importaba. No era obligatorio llevarse bien con el jefe, ¿verdad? A mucha gente le pasaba. Pensé en la jefa de Treena, una divorciada en serie de cara tensa que llevaba la cuenta de cuántas veces mi hermana iba al baño y hacía comentarios hirientes si pensaba que su vejiga había excedido una actividad razonable. Y, además, ya había completado dos semanas aquí. Eso quería decir que solo me quedaban cinco meses y trece días laborables para acabar.

Las fotografías estaban apiladas con esmero en el cajón de abajo, donde las había colocado el día anterior, y ahora, agachada en el suelo, comencé a sacarlas y ordenarlas, comprobando qué marcos sería capaz de arreglar. Se me da bien arreglar cosas. Además, pensé que sería una forma útil de matar el tiempo.

Llevaba unos diez minutos dedicada a esta tarea cuando el discreto murmullo de la silla de ruedas motorizada me anunció la llegada de Will.

Se quedó ahí, ante el umbral, mirándome. Tenía unas ojeras oscuras. A veces, según me contó Nathan, apenas dormía. No quise pensar en cómo sería yacer atrapado en una cama de la que no podía salir sin otra compañía, a esas horas de la madrugada, que la de sus pensamientos más lóbregos.

—Pensé que a lo mejor podía arreglar algunos de estos marcos —dije, alzando uno. Era la fotografía donde Will hacía puenting. Intenté mostrarme animada. *Necesita a alguien vivaz, alguien optimista.*

—¿Por qué?

—Bueno... —Parpadeé—. Creo que aún se pueden aprovechar. He traído pegamento, si te parece bien que lo intente. O, si quieres reemplazarlos, puedo ir al pueblo a la hora de la comida a ver qué encuentro. O podríamos ir juntos, si te apetece salir...

—¿Quién te dijo que los arreglaras?

Su mirada era implacable.

Oh, oh, pensé.

—Solo... Solo intentaba ayudar.

—Querías arreglar lo que hice ayer.

—Yo...

—¿Sabes qué, Louisa? Estaría bien, solo por una vez, si alguien prestara atención a lo que yo quiero. Que destrozara esas fotografías no fue un accidente. No fue una tentativa de rediseño interior radical. En realidad, lo hice porque no quiero volver a verlas.

Me puse en pie.

—Lo siento. No pensé que...

—Pensaste que tú sabías lo que era mejor. Todo el mundo piensa que sabe lo que yo necesito. *Vamos a volver a reparar esas malditas fotos. Para que el pobre lisiado tenga algo que mirar.* No quiero que esas malditas fotos me contemplen cada vez que estoy apresado en la cama hasta que viene alguien y me saca de nuevo. ¿Vale? ¿Crees que te podrías meter eso en la cabeza?

Tragué saliva.

—No iba a arreglar la de Alicia... No soy tan estúpida... Solo pensé que dentro de un tiempo tal vez quisieras...

—Oh, cielo santo. —Se apartó de mí y habló en un tono mordaz—. Ahórrame la terapia psicológica. Ve a leer esas revistas tuyas de cotilleos de mierda o lo que sea que hagas cuando no estás preparando té.

Me ardían las mejillas. Observé cómo maniobraba la silla en ese pasillo estrecho y mi voz surgió antes incluso de saber qué iba a decir.

—No tienes por qué comportarte como un imbécil.

Las palabras retumbaron en el aire inmóvil.

La silla de ruedas se detuvo. Hubo una larga pausa, y entonces dio marcha atrás y giró despacio, para quedar frente a mí, la mano sobre esa pequeña palanca.

—¿Qué?

Lo miré a los ojos, con el corazón en un puño.

—A tus amigos los trataste como si fueran mierda. Vale. Es probable que lo merecieran. Pero yo estoy aquí un día tras otro intentando hacer mi trabajo lo mejor posible. Así que te agradecería que no me amargaras la vida igual que a todo el mundo.

Los ojos de Will se abrieron un poco. Me dio un vuelco el corazón antes de que hablara de nuevo.

—¿Y si te dijera que no quiero que sigas aquí?

—No trabajo para ti. Trabajo para tu madre. Y, a menos que ella me diga que no quiere que siga aquí, me voy a quedar. No porque me importes demasiado o porque me guste este estúpido trabajo o quiera cambiar tu vida de algún modo, sino porque necesito el dinero. ¿Vale? De verdad necesito el dinero.

La expresión de Will Traynor no cambió mucho en apariencia, pero creí ver asombro en su rostro, como si no estuviera acostumbrado a que alguien le llevara la contraria.

Oh, diablos, pensé cuando comencé a asimilar lo que acababa de hacer. *Ahora sí que la he fastidiado.*

Pero Will solo me miró durante un momento y, como no aparté la vista, dejó escapar un pequeño suspiro, como si estuviera a punto de decir algo desagradable.

—Vale —dijo, y la silla dio la vuelta—. Pero deja las fotografías en el cajón de abajo. Todas.

Y con el grave murmullo de siempre desapareció.

5

*V*erse arrojada a una nueva vida (o, al menos, lanzada con tal fuerza contra la vida de alguien que es como aplastarse la cara contra la ventana) te obliga a replantearte quién eres. O qué impresión causas a otras personas.

Para mis padres, en tan solo unas cuatro semanas me había vuelto un poco más interesante. Ahora era la vía de acceso a un mundo diferente. Mi madre, en especial, me hacía preguntas todos los días sobre Granta House y sus hábitos domésticos, a la manera de un zoólogo que realiza un examen forense de una exótica criatura recién descubierta y su hábitat. «¿Usa la señora Traynor servilletas de lino en todas las comidas?», preguntaba, o «¿Crees que pasan la aspiradora todos los días, como nosotros?», o «¿Cómo hacen las patatas?».

Por las mañanas me enviaba con estrictas indicaciones para descubrir qué marca de papel higiénico usaban o si las sábanas eran de cierta mezcla de algodón. Era motivo de gran decepción para ella que la mayor parte del tiempo yo ni siquiera recordara esas misiones. Mi madre albergaba la secreta convicción de que los ricachones vivían como cerdos, especialmente desde que le hablé, a los seis años, de un amigo de modales refinados cuya madre no nos dejaba jugar en el salón «porque levantaríamos el polvo».

Cuando volvía a casa y le informaba de que sí, sin duda el perro tenía permiso para comer en la cocina, o que no, los Traynor no fregaban la escalera de entrada todos los días, mi madre fruncía los labios, miraba de reojo a mi padre y asentía con silenciosa satisfacción, como si acabara de confirmar todo lo que sospechaba acerca de los descuidados hábitos de las clases altas.

Como dependían de mi salario, o tal vez porque sabían que no me gustaba mi trabajo, yo recibía un poco más de respeto en la casa. Lo cual no significaba gran cosa: en el caso de mi padre, dejó de llamarme «culo de cerda» y, en cuanto a mi madre, siempre me recibía con una taza de té cuando regresaba.

Para Patrick y para mi hermana, yo no había cambiado: aún era el blanco de sus bromas, la receptora de abrazos, besos o enfurruñamientos. Yo no me sentía diferente. Aún tenía el mismo aspecto y vestía, según Treen, como si hubiera sobrevivido a un combate de lucha libre en una tienda de la beneficencia.

No tenía ni idea de lo que pensaban de mí casi todos los habitantes de Granta House. Will era indescifrable. Para Nathan, sospechaba, yo no sería más que la última en una larga sucesión de cuidadores. Era amable, pero distante. Me daba la impresión de que no creía que fuera a quedarme ahí mucho tiempo. El señor Traynor me saludaba con un educado gesto de la cabeza cada vez que nos cruzábamos en el pasillo, y a veces me preguntaba qué tal el tráfico o si me había adaptado bien. No estoy segura de que me hubiese reconocido de habernos visto en otro lugar.

Pero para la señora Traynor (oh, Dios)..., para la señora Traynor yo era, al parecer, la persona más estúpida e irresponsable del planeta.

Todo comenzó con los marcos de las fotos. En esa casa nada escapaba a la atención de la señora Traynor, y yo debería haber sabido que la destrucción de los marcos sería considerada un cataclismo. Me interrogó acerca de cuánto tiempo exactamente había dejado solo a Will, por qué motivo, cuánto había tardado en limpiar el desastre. En realidad, no me criticó (era tan cortés que ni siquiera alzaba la voz), pero esa manera parsimoniosa de parpadear ante mis respuestas, sus leves *mmmm, mmmm* mientras yo hablaba, me dijeron todo lo que necesitaba saber. No me sorprendí en absoluto cuando Nathan me contó que era juez.

Pensaba que sería buena idea si no dejaba solo a Will tanto tiempo la próxima vez, por muy incómoda que fuera la situación, ¿*mmmm*? Pensaba que quizá la próxima vez que limpiara el polvo me debería asegurar de que las cosas no estuvieran tan cerca del borde como para caerse accidentalmente al suelo, ¿*mmmm*? (Al parecer, prefería creer que había sido un accidente). Me hacía sentirme tonta de capirote y, por tanto, me volvía tonta de capirote cerca de ella. Siempre llegaba justo cuando se me acababa de caer algo o me hacía un lío con los mandos de la cocina, o me la encontraba en el pasillo con una mirada levemente irritada cuando yo volvía con el cesto de la leña, como si hubiera permanecido fuera mucho más tiempo de lo que en realidad había estado.

Por extraño que parezca, su actitud me afectó más que las groserías de Will. Un par de veces tuve la tentación de preguntarle si algo iba mal. *Usted me dijo que me iba a contratar por mi actitud y no por mis destrezas profesionales,* quería decirle. *Bueno, aquí estoy, alegre todo el maldito día. Fuerte, como usted quería. Entonces, ¿cuál es el problema?*

Pero Camilla Traynor no era el tipo de mujer a quien se le podía hacer ese tipo de comentarios. Y, además, tenía la sospecha de que nadie en esa casa se decía las cosas a la cara.

«Lily, nuestra última chica, tenía una costumbre inteligente: usar esa sartén para dos verduras al mismo tiempo» quería decir *Lo estás poniendo todo perdido*.

«Tal vez te apetezca una taza de té, Will» quería decir *No tengo ni idea de qué hablar contigo*.

«Creo que tengo unos documentos que comprobar» quería decir *Estás siendo un grosero, así que me voy*.

Todo ello pronunciado con esa expresión de leve sufrimiento, mientras los esbeltos dedos recorrían de arriba abajo la cadena del crucifijo. Qué comedida era, qué circunspecta. A su lado mi madre parecía Amy Winehouse. Yo sonreía con educación, fingía que no lo notaba y hacía el trabajo por el que me pagaban.

O, al menos, lo intentaba.

—¿Por qué diablos intentas poner zanahorias a escondidas en el tenedor?

Miré abajo, al plato. Había estado contemplando a la presentadora de televisión mientras me preguntaba cómo me quedaría el pelo si me lo tiñera del mismo color.

—¿Eh? No lo he intentado.

—Claro que sí. Las aplastas y luego las ocultas con la salsa. Te he visto.

Me sonrojé. Tenía razón. Estaba dando de comer a Will mientras ambos mirábamos las noticias del mediodía sin prestar demasiada atención. Su madre me había pedido que le sirviera tres tipos de verduras en cada plato, aunque él había dejado muy claro que no quería comer verduras ese día. No creo que me pidieran preparar una sola comida que no estuviera nutricionalmente equilibrada casi hasta la exasperación.

—¿Por qué intentas darme zanahorias a escondidas?

—No lo intento.

—Entonces, ¿no hay zanahorias ahí?

Contemplé los diminutos pedazos naranjas.

—Bueno..., vale...

Will esperaba, con las cejas alzadas.

—Hum... Supongo que pensé que las verduras te sentarían bien.

Era, en parte, por deferencia a la señora Traynor, en parte por la fuerza del hábito. Estaba acostumbrada a dar de comer a Thomas, para quien había que reducir las verduras a puré y ocultarlas entre montones de patatas o trocitos de pasta. Cada vez que comía un pedacito era una pequeña victoria.

—A ver si lo entiendo bien. ¿Crees que una cucharada de zanahorias mejoraría mi calidad de vida?

Dicho así, sonaba bastante estúpido. Pero había aprendido que no debía mostrarme intimidada por nada de lo que Will decía o hacía.

—Tienes razón —dije con calma—. No lo volveré a hacer.

Y entonces, sin razón aparente, Will Traynor se rio. Fue una explosión que salió de él a ráfagas, como si le resultara del todo inesperado.

—Por amor de Dios —dijo, negando con la cabeza.

Lo miré fijamente.

—¿Qué más cosas has estado escondiendo en mi comida? Vas a acabar diciéndome que abra el túnel para que el señor Tren pueda entregar las coles de Bruselas en la maldita estación.

Reflexioné durante un minuto.

—No —dije, sin reír—. Yo solo trato con el señor Tenedor. El señor Tenedor no parece un tren.

Eso me había dicho Thomas, muy firme, hace unos meses.

—¿Fue mi madre quien te pidió hacer esto?

—No. Mira, Will, lo siento. Es que... no estaba pensando.

—Como si eso no fuera lo habitual.

—Vale, vale. Voy a quitar las malditas zanahorias, si tanto te molestan.

—No son las malditas zanahorias lo que me molesta. Lo que me molesta es que las esconda en mi comida una loca que se refiere a los cubiertos como el señor y la señora Tenedor.

—Era una broma. Mira, déjame que me lleve las zanahorias y...

Se apartó de mí.

—No quiero nada más. Me basta con una taza de té —añadió cuando yo salía de la habitación—. Y no intentes echarle un maldito calabacín.

Nathan entró cuando ya acababa de lavar los platos.

—Está de buen humor —dijo, y me entregó su taza.

—¿De verdad? —Yo estaba comiendo mis sándwiches en la cocina. Hacía muchísimo frío fuera y, por algún motivo, últimamente la casa ya no me resultaba tan hostil.

—Dice que estás intentando envenenarlo. Pero lo dijo, ya sabes, con buen talante.

Sentí una extraña satisfacción ante esa noticia.

—Sí..., bueno... —dije, intentando ocultarla—. Dame tiempo.

—También está un poco más hablador. Hubo semanas en las que apenas abrió la boca, pero estos últimos días ha tenido ganas de charlar.

Recordé cómo Will me dijo que, si no paraba de silbar de una puñetera vez, se vería obligado a atropellarme.

—Creo que su definición de buen conversador y la mía son un poco diferentes.

—Bueno, acabamos de hablar un buen rato de críquet. Y tengo que decírtelo —Nathan bajó la voz—: la señora T me preguntó, hace más o menos una semana, si yo pensaba que estabas haciendo bien tu trabajo. Le dije que te consideraba muy profesional, pero sabía que no se refería a eso. Ayer vino y me dijo que os había oído a los dos riendo.

Recordé la noche anterior.

—Se estaba riendo *de* mí —dije. A Will le pareció desternillante que yo no supiera qué era el pesto. Le había dicho que había cenado «pasta con salsa verde».

—Ah, eso a ella le da igual. Hacía mucho tiempo desde la última vez que Will se rio de algo.

Era cierto. Will y yo parecíamos haber encontrado una forma más sencilla de estar juntos. Consistía sobre todo en que él fuera grosero conmigo y yo de vez en cuando le devolviera la grosería. Él me decía que yo había hecho algo mal y yo le decía que, si de verdad era importante para él, me lo pidiera con amabilidad. Me soltaba palabrotas o me decía que era un dolor de huevos, y yo le respondía que tratara de vivir sin ese dolor en concreto, a ver cómo le iba. Era un poco forzado, pero parecía funcionar para ambos. A veces daba la impresión de que era un alivio para él que alguien se mostrara dispuesto a ser grosero, a contradecirlo o a decirle que se portaba de un modo horrible. Tenía la sensación de que todo el mundo era muy cauteloso con él desde el accidente (aparte de, tal vez, Nathan, a quien Will trataba con respeto de modo instintivo y quien, de todos modos, era probablemente inmune a sus comentarios más hirientes. Nathan era como un vehículo blindado con forma humana).

—Pues asegúrate de ser el blanco de más bromas suyas, ¿vale?

Dejé la taza en el fregadero.

—No creo que vaya a ser difícil.

El otro gran cambio, aparte del ambiente de la casa, era que Will no me pedía dejarle solo tan a menudo como antes, y un par de tardes incluso me preguntó si quería quedarme con él a ver una película. No me importó mucho cuando vimos *Terminator,* pero, cuando me mostró una película francesa con subtítulos, eché un vistazo a la portada y le dije que no era lo mío.

—¿Por qué?

—No me gustan las películas con subtítulos. —Me encogí de hombros.

—Eso es como decir que no te gustan las películas con actores. No seas ridícula. ¿Qué es lo que no te gusta? ¿Tener que leer algo al mismo tiempo que lo ves?

—Es solo que no me gustan las películas extranjeras.

—Todo lo que ha venido después de *Un tipo genial* han sido películas extranjeras. ¿O es que te crees que Hollywood es un barrio de Birmingham?

—Qué gracioso.

Cuando admití que nunca había visto una película con subtítulos, no se lo creyó. Pero mis padres solían reclamar la propiedad del mando a distancia por la noche, y Patrick tenía las mismas ganas de ver una película extranjera que de apuntarse a clases nocturnas de ganchillo. Los multicines del pueblo de al lado solo exhibían las últimas películas de acción o comedias románticas, y estaban tan infestados de adolescentes ruidosos y encapuchados que casi nadie en el pueblo se tomaba la molestia de ir.

—Tienes que ver esta película, Louisa. De hecho, te ordeno que veas esta película. —Will movió la silla hacia atrás y señaló el sillón con un gesto de la cabeza—. Ahí. Tú te sientas ahí. No te muevas hasta que se haya acabado. Nunca ha visto una película extranjera. Por amor de Dios —farfulló.

Era una película antigua, acerca de un jorobado que hereda una casa en el campo, y Will dijo que estaba basada en un libro famoso, pero a mí no me sonaba de nada. Los primeros veinte minutos me sentí un poco inquieta, un poco irritada por los subtítulos, y me preguntaba si Will se pondría borde si le decía que tenía que ir al baño.

Y entonces ocurrió algo. Dejé de pensar en lo difícil que era leer y escuchar al mismo tiempo, olvidé el horario de las medicinas de Will y, aunque la señora Traynor pensaría que estaba haciendo el vago, comencé a preocuparme por el destino de ese pobre hombre y su familia, engañados por unos vecinos sin escrúpulos. Cuando el jorobado murió, yo lloraba en silencio y tuve que limpiarme los mocos.

—Entonces —dijo Will, que apareció a mi lado y me echó una mirada burlona—, no te ha gustado nada de nada.

Alcé la vista y, para mi sorpresa, comprobé que ya había oscurecido.

—Te vas a ensañar, ¿verdad? —balbuceé, alcanzando la caja de pañuelos de papel.

—Un poco. Es que me sorprende que hayas llegado a la madura edad de... ¿cuántos eran?

—Veintiséis.

—Veintiséis, y que todavía no hubieras visto una película con subtítulos. —Observó cómo me limpiaba los ojos.

Eché un vistazo al pañuelo y comprendí que ya no me quedaba rímel.

—No sabía que fuera obligatorio —rezongué.

—Vale. Entonces, ¿qué haces, Louisa Clark, si no ves películas?

Estrujé el pañuelo en el puño.

—¿Quieres saber qué hago cuando no estoy aquí?

—Tú eras la que quería que nos conociéramos. Venga, háblame de ti.

Will siempre hablaba de tal modo que no sabía con certeza si estaba burlándose de mí. Yo me temía un ajuste de cuentas.

—¿Por qué? —pregunté—. ¿Por qué quieres saberlo, tan de repente?

—Oh, por amor de Dios. Ni que tu vida social fuera un secreto de Estado. —Comenzó a parecer irritado.

—No lo sé... —dije—. Voy al bar a tomar algo. Veo un poco la tele. Voy a ver a mi novio cuando sale a correr. Nada fuera de lo común.

—Vas a ver a tu novio correr.

—Sí.

—Pero tú no corres.

—No. No estoy hecha —me miré el pecho— para eso.

Eso le hizo sonreír.

—¿Y qué más?

—¿Cómo que qué más?

—¿Aficiones? ¿Viajes? ¿Lugares a los que te gustaría ir?

Comenzaba a hablar como un viejo profesor mío. Intenté pensar.

—En realidad, no tengo aficiones. Leo un poco. Me gusta la ropa.

—Qué útil —dijo Will, con sequedad.

—Tú has preguntado. No soy una persona de aficiones. —Mi voz sonaba extrañamente a la defensiva—. No hago gran cosa, ¿vale? Trabajo y voy a casa.

—¿Dónde vives?

—Al otro lado del castillo. Renfrew Road.

Will me miró perplejo. No era de extrañar. Había muy poco contacto humano entre ambos lados del castillo.

—Está al salir de la calzada doble. Cerca del McDonald's.

Will asintió, si bien sospeché que no sabía a qué lugar me refería.

—¿Vacaciones?

—He estado en España, con Patrick. Mi novio —añadí—. De niña solo íbamos a Dorset. O a Tenby. Mi tía vive en Tenby.

—¿Y qué quieres?

—¿Qué quiero?

—Hacer con tu vida.

Parpadeé.

—Eso es un poco demasiado profundo, ¿no?

—Solo a grandes rasgos. No te estoy pidiendo que te psicoanalices. Solo pregunto: ¿qué quieres? ¿Casarte? ¿Tener pequeñajos? ¿Un trabajo de ensueño? ¿Viajar por el mundo?

Hubo un largo silencio.

Creo que sabía que mi respuesta lo decepcionaría incluso antes de decir las palabras en voz alta.

—No lo sé. No lo he pensado mucho.

El viernes fuimos al hospital. Menos mal que no supe de la cita de Will hasta que llegué por la mañana, pues me habría pasado toda la noche despierta, preocupada por tener que llevarlo en coche. Sé conducir, sí. Pero digo que sé conducir de la misma manera que aseguro que sé hablar francés. Sí, hice ese examen tan importante y lo aprobé. Pero no he puesto en práctica esa destreza en concreto más de una vez al año desde entonces. Pensar en cargar a Will y a su silla en el monovolumen adaptado y llevarlo sano y salvo al pueblo de al lado me aterrorizaba.

Durante semanas había deseado que mi trabajo conllevara alguna escapada de esa casa. Sin embargo, en ese momento habría dado cualquier cosa por quedarme dentro. Encontré su tarjeta sanitaria entre las carpetas de papeles relacionados con su salud (carpetas grandes y abarrotadas, divididas en Transporte, Seguro médico, Vivir con incapacidades y Citas). Cogí la tarjeta y comprobé que llevaba la fecha de hoy. Una pequeña parte de mí albergaba la esperanza de que Will se equivocara.

—¿Va a venir tu madre?

—No. No viene a mis citas.

No logré ocultar mi sorpresa. Supuse que ella querría supervisar todos los aspectos del tratamiento.

—Antes venía —dijo Will—. Ahora hemos llegado a un acuerdo.

—¿Va a acompañarnos Nathan?

Estaba arrodillada frente a él. Me sentía tan nerviosa que se me había caído un poco de comida en el regazo de Will y ahora intentaba en vano limpiarlo, de modo que un buen trozo de sus pantalones estaba empapado. Will no reaccionaba, salvo para decir que por favor dejara de disculparme, pero no me ayudó a apaciguar los nervios.

—¿Por qué?

—Porque sí. —Yo no quería que supiera cuánto miedo tenía. Había pasado gran parte de esa mañana (tiempo que por lo general dedico a limpiar) leyendo y releyendo el manual de instrucciones de la plataforma elevadora para subir la silla al coche, pero no por ello había dejado de temer el momento en que fuera la única responsable de izar a Will a más de cincuenta centímetros del suelo.

—Vamos, Clark. ¿Cuál es el problema?

—Vale. Es solo que... Me parece que sería más sencillo si la primera vez hubiera alguien más que supiera cómo se hacen las cosas.

—Alguien que no sea yo —dijo.

—No es eso lo que quería decir.

—¿Porque es impensable que yo sepa algo acerca de mis necesidades?

—¿Manejas tú la plataforma? —pregunté, sin rodeos—. Tú me puedes decir exactamente qué hacer, ¿a que sí?

Me observó con una mirada desapasionada. Si antes tenía ganas de enzarzarse en una discusión, ahora cambió de idea.

—Tienes razón. Sí, Nathan va a venir. Nos va a echar una mano. Además, pensé que no te alterarías tanto con él al lado.

—No me he alterado —protesté.

—Es evidente. —Se miró el regazo, que yo aún limpiaba con un trapo. Ya había quitado la salsa, pero aún estaba mojado—. Entonces, ¿voy disfrazado de incontinente urinario?

—Aún no he terminado. —Enchufé el secador y apunté a la entrepierna.

Cuando la ráfaga de aire caliente se topó con los pantalones, Will alzó las cejas.

—Sí, bueno —dije—. No es exactamente lo que quería hacer un viernes por la tarde yo tampoco.

—Estás muy tensa, ¿no? —Sentí cómo me estudiaba—. Oh, anímate, Clark. Soy yo quien está recibiendo un chorro de aire ardiente en los genitales. —No respondí. Su voz me llegaba amortiguada por el rugido del secador—. Vamos, ¿qué es lo peor que puede pasar? ¿Que yo acabe en una silla de ruedas?

Tal vez fuera una tontería, pero no pude contener la risa. Era lo más parecido que había hecho Will a intentar hacerme sentir mejor.

Por fuera el coche semejaba un vehículo para personas normales, pero, al abrir la puerta trasera, una rampa descendía de un lateral hasta llegar al suelo. Bajo la mirada atenta de Nathan, situé la silla de calle de Will (tenía una silla especial para cuando salía) directamente en la rampa, comprobé el freno eléctrico de bloqueo y lo programé para alzarle poco a poco hasta el coche. Nathan entró por la otra puerta de pasajeros, le abrochó el cinturón de seguridad y bloqueó las ruedas. Mientras intentaba que me dejaran de temblar las manos, solté el freno de mano y conduje despacio hacia el hospital.

Lejos de casa, Will parecía encogerse un poco. Hacía frío y Nathan y yo lo habíamos recubierto con una bufanda y un grueso abrigo, pero aun así permaneció callado, la mandíbula apretada, empequeñecido por el gran espacio que lo rodeaba. Cada vez que echaba un vistazo por el retrovisor (y lo hacía a menudo: incluso con Nathan ahí, me aterrorizaba que la silla se desprendiera de las amarras), Will miraba por la ventana, con una expresión indescifrable. Aun cuando paraba el coche en seco o daba un frenazo, lo que ocurrió unas cuantas veces, Will solo hacía una pequeña mueca de dolor y esperaba mientras yo procuraba salir del apuro.

Para cuando llegamos al hospital, yo ya estaba sudando. Di tres vueltas alrededor del aparcamiento del hospital, demasiado temerosa para aparcar salvo en los espacios más amplios, hasta que percibí que ambos hombres comenzaban a perder la paciencia. Entonces, por fin, bajé la rampa y Nathan ayudó a dejar la silla de Will sobre el asfalto.

—Bien hecho —dijo Nathan, que me dio un golpecito en la espalda al salir. Pero me resultó difícil creerle.

Hay cosas a las que uno nunca presta atención hasta que le toca acompañar a alguien en una silla de ruedas. Por ejemplo, las aceras, que son una porquería, llenas de agujeros mal arreglados o simplemente desniveladas. Al caminar despacio junto a Will notaba cómo hasta una pequeña losa mal colocada le causaba dolor o la frecuencia con que tenía que desviarse para evitar un obstáculo. Nathan fingía que no se fijaba, pero vi cómo también él prestaba atención. Will tenía un gesto adusto y decidido.

Además, qué maleducados son casi todos los conductores. Aparcan junto a las señales de las aceras o tan cerca unos de otros que es imposible cruzar la calle con una silla de ruedas. Estaba impresionada; un par de veces incluso sentí la tentación de dejar alguna nota grosera en un limpiaparabrisas, pero Nathan y Will parecían acostumbrados. Nathan señaló un buen lugar y, cada uno a un lado de Will, finalmente cruzamos la calle.

Will no había dicho una sola palabra desde que salimos de casa.

El hospital era un edificio reluciente de poca altura, cuya inmaculada recepción recordaba la de un hotel modernista, tal vez un legado de la medicina privada. Me quedé atrás mientras Will le decía el nombre a la recepcionista, y a continuación seguí a Will y a Nathan por un largo pasillo. Nathan llevaba una enorme mochila que contenía todo lo que Will podría necesitar durante esta breve visita, desde tazas hasta ropa limpia. La había preparado esa mañana frente a mí, explicando con gran lujo de detalles todo lo que podía salir mal. «Menos mal que no tenemos que hacer esto a menudo», concluyó al ver mi expresión desolada.

No acompañé a Will a la consulta. Nathan y yo nos sentamos en unas sillas cómodas. No olía a hospital y había flores frescas en un jarrón en la repisa. Y no eran unas flores cualesquiera. Enormes y exóticas, estaban dispuestas en grupos minimalistas y yo no sabía cómo se llamaban.

—¿Qué hacen ahí dentro? —pregunté cuando ya había pasado media hora.

Nathan alzó la vista del libro.

—Es solo la revisión semestral.

—¿Para ver si está mejorando?

Nathan bajó el libro.

—No va a mejorar. Es una lesión en la médula espinal.

—Pero haces fisio y otras cosas con él.

—Eso es para intentar que mantenga la condición física..., para evitar que se atrofie y que los huesos se desmineralicen, para conservar la circulación de las piernas, ese tipo de cosas.

Cuando habló de nuevo, su voz era amable, como si pensara que me iba a decepcionar.

—No va a volver a caminar, Louisa. Eso solo ocurre en las películas de Hollywood. Lo único que hacemos es evitarle el dolor y conservar el poco movimiento que tiene.

—¿Contigo lo hace? ¿La fisioterapia? Nunca quiere hacer nada de lo que yo sugiero.

Nathan arrugó la nariz.

—Lo hace, pero sin ganas. Al principio, cuando comencé, estaba muy decidido. Había avanzado mucho en la rehabilitación, pero, tras un año sin mejoras, creo que le resultó muy difícil seguir creyendo que merecía la pena.

—¿Piensas que debería seguir esforzándose?

Nathan miró al suelo.

—¿Sinceramente? Es un tetrapléjico C5/C6. Eso quiere decir que por debajo de aquí nada funciona... —Se situó la mano en la parte superior del pecho—. No han descubierto todavía cómo curar la médula espinal.

Me quedé mirando la puerta, pensando en la cara de Will mientras conducíamos bajo el sol de invierno, y en la cara radiante del hombre durante sus vacaciones en la nieve.

—Pero hay avances médicos de todo tipo, ¿verdad? Es decir..., en algún lugar como este... estarán trabajando en ello todo el tiempo.

—Es un hospital muy bueno —dijo en un tono impasible.

—¿Acaso la esperanza no es lo último que se pierde?

Nathan me miró y luego bajó la vista, al libro.

—Claro —dijo.

Fui en busca de un café a las tres menos cuarto, con el visto bueno de Nathan. Dijo que estas citas a veces tardaban mucho y que él se haría cargo hasta que yo volviera. Me entretuve un poco en la recepción, donde hojeé las revistas de la tienda y me demoré ante las chocolatinas.

Tal vez prediciblemente, me perdí al intentar volver al pasillo y tuve que preguntar a varias enfermeras por dónde ir, dos de las cuales ni siquiera lo sabían. Cuando llegué, con el café ya frío, el pasillo estaba vacío. Al acercarme, vi que la puerta del médico estaba entreabierta. Vacilé, pero oía la voz de la señora Traynor todo el tiempo, que me criticaba por dejarlo solo. Lo había hecho de nuevo.

—Entonces, nos vemos dentro de tres meses, señor Traynor —decía una voz—. He ajustado la medicación contra los espasmos y me aseguraré de que alguien la llame con los resultados de las pruebas. Probablemente este lunes.

Oí la voz de Will.

—¿Las puedo comprar en la farmacia de abajo?

—Sí. Aquí. Seguro que también tienen de estas.

Y una voz de mujer:

—¿Le cojo esa carpeta?

Comprendí que estarían a punto de salir. Llamé a la puerta y alguien me dijo que entrara. Dos pares de ojos se volvieron hacia mí.

—Lo siento —se disculpó el médico, que se levantó de la silla—. Pensé que era el fisioterapeuta.

—Soy la... asistente de Will —dije, agarrándome a la puerta. Will estaba apoyado en la silla mientras Nathan le bajaba la camisa—. Lo siento... Pensé que habían terminado.

—Danos un minuto, ¿vale, Louisa? —La voz de Will llenó la sala.

Farfullando disculpas, me retiré, con la cara roja.

No fue ver el cuerpo de Will al descubierto lo que me conmocionó, a pesar de estar tan delgado y cubierto de cicatrices. No fue la mirada vagamente irritada del médico, esa clase de mirada que la señora Traynor me lanzaba un día tras otro..., una mirada que me hacía comprender que yo seguía siendo la misma tonta de capirote, por mucho que ahora ganase un salario mejor.

No, fueron las líneas rojas y amoratadas que recorrían las muñecas de Will, las cicatrices largas e irregulares que no había forma de disimular, por muy rápido que Nathan le bajara las mangas de la camisa.

6

La nieve llegó tan de repente que salí de casa bajo un cielo azul y diáfano y antes de media hora caminaba ante un castillo que parecía la decoración de una tarta, rodeado de una gruesa capa de nata.

Avancé a duras penas por la calzada, con pasos amortiguados y los dedos de los pies entumecidos, tiritando bajo mi abrigo de seda demasiado fino. Un remolino de copos blancos surgió de una infinidad grisácea y casi oscureció Granta House, amortiguando el sonido y ralentizando el mundo hasta una pesadez antinatural. Más allá de los setos pulcramente podados, los coches avanzaban con una cautela recién descubierta y los transeúntes se resbalaban y chillaban por las aceras. Me cubrí la nariz con la bufanda y deseé haberme puesto algo más apropiado que unas zapatillas de ballet y un minivestido de terciopelo.

Para mi sorpresa no fue Nathan quien abrió la puerta, sino el padre de Will.

—Está en la cama —dijo, echando un vistazo bajo el porche—. No está demasiado bien. Me estaba preguntando si llamar al médico.

—¿Dónde está Nathan?

—Tiene la mañana libre. Por supuesto, tenía que ser hoy. La maldita enfermera de la agencia vino y se fue en menos de seis segundos. Si sigue nevando así no sé qué haremos más tarde. —Se encogió de hombros, como si todo ello fuera inevitable, y desapareció por el pasillo, aliviado, al parecer, por no tener que permanecer al cargo—. Ya sabes lo que necesita, ¿verdad? —dijo por encima del hombro.

Me quité el abrigo y los zapatos y, como sabía que la señora Traynor estaba en el tribunal (marcaba las fechas en un diario en la cocina de Will), puse a secar los calcetines mojados sobre un radiador. Había un par de Will en la cesta de la ropa limpia, así que me los puse. Me quedaban cómicamente grandes, pero era una bendición tener los pies cálidos y secos. Will no respondió cuando lo llamé, así que al cabo de un rato le preparé una bebida, llamé a la puerta sin hacer ruido y asomé la cabeza. En la penumbra tan solo distinguí una forma bajo el edredón. Estaba profundamente dormido.

Di un paso atrás, cerré la puerta detrás de mí y comencé con las tareas de la mañana.

Mi madre alcanzaba una satisfacción casi física ante una casa bien ordenada. Yo había estado pasando la aspiradora y limpiando a diario durante un mes, y aún no veía aliciente alguno. Sospeché que jamás dejaría de preferir que otra persona se encargara de ello.

Sin embargo, en un día como este, con Will recluido en la cama, en medio de un mundo paralizado, vi que existía una especie de placer ensimismado en trabajar de un lado al otro del pabellón. Mientras quitaba polvo y sacaba brillo, llevaba la radio conmigo de una habitación a otra, siempre con el volumen bajo para no molestar a Will. De vez en cuando asomaba la cabeza por la puerta, solo para comprobar que aún respiraba, y solo cuando dio la una y aún no se había despertado comencé a inquietarme.

Llené el cesto de la leña y noté que la nieve ya tenía un grosor de varios centímetros. Preparé una bebida fresca para Will y llamé a la puerta. Cuando golpeé de nuevo, lo hice con fuerza.

—¿Sí? —Tenía la voz ronca, como si lo hubiera despertado.

—Soy yo. —Como no respondió, añadí—: Louisa. ¿Puedo entrar?

—¿Ahora que iba a hacer el baile de los siete velos?

La habitación estaba sumida en sombras, las cortinas aún echadas. Entré, dejando que mis ojos se acostumbraran a la penumbra. Will se hallaba tumbado sobre un costado, con un brazo doblado frente a él, como si fuera a levantarse, tal y como estaba cuando miré antes. A veces era fácil olvidar que no podía darse la vuelta por sí mismo. El pelo sobresalía por un lado y el edredón envolvía su cuerpo pulcramente. El olor a hombre, cálido y sin lavar, llenaba la habitación: no era desagradable, pero sí un poco sorprendente que formara parte de una jornada laboral.

—¿Qué puedo hacer? ¿Quieres tomar la bebida?

—Tengo que cambiar de postura.

Dejé la bebida sobre una cómoda y me acerqué a la cama.

—¿Qué...? ¿Qué quieres que haga?

Will tragó saliva con cuidado, como si fuera doloroso.

—Levántame y dame la vuelta, luego alza la parte superior de la cama. Aquí... —Con un gesto de la cabeza me indicó que me acercase—. Pasa los brazos bajo los míos, agárrate las manos detrás de mi espalda y tira hacia ti. Mantén el trasero en la cama y así no te harás daño en la espalda.

No podía fingir que esto no era raro. Pasé los brazos alrededor de Will, cuyo olor me envolvió, su piel cálida contra la mía. No era posible estar más cerca de él a menos que comenzara a mordisquearle la oreja. Al pensarlo me dio la risa, y me costó mantener la compostura.

—¿Qué?

—Nada. —Respiré hondo, estreché las manos y ajusté mi postura hasta que sentí que lo tenía agarrado de un modo seguro. Era más corpulento de lo que me había esperado, un poco más pesado. Y entonces, tras contar hasta tres, tiré hacia mí.

—Cielo santo —exclamó Will contra mi hombro.

—¿Qué? —Casi le dejé caer.

—Tienes las manos heladas.

—Sí. Bueno, si te hubieras molestado en salir de la cama, sabrías que está nevando.

Hablaba medio en broma, pero noté que tenía la piel caliente bajo la camiseta: un calor intenso que parecía emanar del centro de su ser. Gruñó un poco cuando lo apoyé contra la almohada, e intenté que mis movimientos fueran tan lentos y delicados como me fue posible. Will señaló el mando que levantaría la parte de la cama donde apoyaba la cabeza y los hombros.

—Pero no mucho —murmuró—. Estoy un poco mareado.

Encendí la luz de la mesilla, sin hacer caso de su débil protesta, para poder verle la cara.

—Will..., ¿estás bien? —Tuve que decirlo dos veces antes de que me respondiera.

—He tenido días mejores.

—¿Necesitas calmantes?

—Sí..., de los fuertes.

—¿Paracetamol, tal vez?

Se tumbó contra la almohada fría con un suspiro.

Le di la taza y observé cómo tragaba.

—Gracias —dijo al fin, y sentí una súbita inquietud.

Will nunca me daba las gracias por nada.

Cerró los ojos y, por un momento, me quedé ahí, en el umbral, mirándolo; su pecho se alzaba y se hundía bajo la camiseta, la boca entreabierta. Tenía una respiración superficial y tal vez un poco más entrecortada de lo habitual. Pero nunca lo había visto fuera de su silla y no estaba segura de si tenía algo que ver con la presión de estar acostado.

—Vete —murmuró.

Me fui.

Leí mi revista, alzando la vista solo para ver cómo la nieve formaba una densa capa alrededor de la casa, dibujando paisajes esponjosos en las repisas de las ventanas. Mi madre me envió un mensaje a las doce y media en el que me decía que mi padre no podía sacar el coche a la calle. «No vuelvas a casa sin llamarnos primero», me indicaba. No sé qué pretendía hacer: ¿enviar a mi padre con un trineo y un san bernardo?

Escuché las noticias locales de la radio, los atascos en la autopista, la suspensión de los viajes en tren y el cierre temporal de los colegios que había ocasionado el inesperado temporal. Volví a la habitación de Will y lo miré de nuevo. No me gustaba el color que tenía. Estaba pálido y tenía puntos de una tonalidad brillante en cada mejilla.

—¿Will? —dije en voz baja.

No se movió.

—¿Will?

Comencé a sentir leves punzadas de pánico. Dije su nombre dos veces más, cada vez más alto. No hubo respuesta. Al fin, me incliné sobre él. No percibí movimientos visibles en su rostro, nada en su pecho. Su respiración. Debería ser capaz de notar su respiración. Acerqué mi cara a la suya, en un intento de detectar el aliento. Como no lo logré, le cogí de la mano y le toqué la cara con delicadeza.

Will se estremeció y de repente abrió los ojos, a tan solo unos centímetros de los míos.

—Lo siento —dije, y me eché hacia atrás.

Will parpadeó y echó un vistazo a la habitación, como si estuviera lejos de casa.

—Soy Lou —dije, al no estar segura de si me había reconocido.

Su gesto reveló una leve exasperación.

—Lo sé.

—¿Quieres un poco de sopa?

—No. Gracias. —Cerró los ojos.

—¿Más calmantes?

Tenía una ligera capa de sudor en los pómulos. Estiré la mano: el edredón, de un modo vago, parecía caliente y sudado.

—¿Hay algo que debería estar haciendo? Quiero decir, si Nathan no puede venir.

—No... Estoy bien —murmuró Will y cerró los ojos de nuevo.

Repasé la carpeta, intentando averiguar si me había perdido algo. Abrí el botiquín, la caja de guantes de látex y los apósitos de gasa, y comprendí que no tenía la menor idea de cómo usar nada de eso. Llamé por el interfono al padre de Will, pero el sonido del timbre desapareció en una casa vacía. Oí cómo resonaba más allá de la puerta del pabellón.

Estaba a punto de llamar a la señora Traynor cuando se abrió la puerta trasera y entró Nathan, envuelto en capas y capas de ropa, una bufanda de lana y un gorro que casi ocultaba su cabeza por completo. Trajo consigo un golpe de viento frío y una leve ráfaga de nieve.

—Hola —saludó, mientras se sacudía la nieve de las botas y cerraba la puerta detrás de sí.

Sentí que la casa acababa de despertarse de un sueño irreal.

—Oh, gracias a Dios que estás aquí —dije—. No se siente bien. Ha estado dormido casi toda la mañana y no ha bebido casi nada. No sabía qué hacer.

Nathan se quitó el abrigo.

—He tenido que venir hasta aquí a pie. No hay autobuses.

Fui a hacerle té y él fue a ver cómo estaba Will.

Reapareció antes de que el agua de la tetera rompiera a hervir.

—Está ardiendo —dijo—. ¿Cuánto tiempo ha estado así?

—Toda la mañana. Pensé que estaba caliente, pero él me dijo que solo quería dormir.

—Dios. ¿Toda la mañana? ¿No sabías que no puede regular su temperatura corporal? —Pasó ante mí y comenzó a hurgar en el botiquín—. Antibióticos. Los fuertes. —Sacó un frasco, echó uno al mortero y lo trituró con furia.

Vacilé detrás de él.

—Le di paracetamol.

—Como si le hubieras dado un caramelo.

—No lo sabía. Nadie me dijo nada. Lo arropé bien.

—Está en la maldita carpeta. Mira, Will no suda como nosotros. De hecho, no suda en absoluto por debajo de su lesión. Eso quiere decir que si se resfría un poco su indicador de la temperatura se vuelve loco. Ve a buscar el ventilador. Lo vamos a poner ahí para ayudar a refrescarlo. Y una toalla húmeda, para echársela al cuello. No vamos a poder llevarlo al médico hasta que deje de nevar. Maldita enfermera de la agencia. Debería haberlo visto esta mañana.

Nunca había visto tan enfadado a Nathan. En realidad, ya no era conmigo con quien hablaba.

Fui corriendo en busca del ventilador.

Casi pasaron cuarenta minutos antes de que la temperatura corporal de Will volviera a un nivel aceptable. Mientras esperábamos a que las potentísimas medicinas contra la fiebre surtieran efecto, coloqué una toalla sobre la frente y otra alrededor del cuello de Will, como me pidió Nathan. Lo desnudamos, cubrimos el pecho con una fina sábana de algodón y situamos el ventilador al lado. Sin mangas, las cicatrices de los brazos quedaron claramente expuestas. Ambos fingimos no verlas.

Will soportó toda esta atención en un silencio casi completo, respondiendo a las preguntas de Nathan con síes y noes tan débiles que a veces me preguntaba si sabía lo que estaba diciendo. Comprendí, ahora que lo veía a la luz, que parecía muy enfermo y me sentí fatal por no haberlo percibido antes. Le pedí perdón a Nathan una y otra vez hasta que me dijo que ya me estaba poniendo pesada.

—Vale —dijo—. Mira bien lo que estoy haciendo. Es posible que algún día tengas que hacerlo tú sola.

No tuve fuerzas para protestar. Aun así, me resultó difícil no sentirme aprensiva cuando Nathan le bajó el pijama a Will, dejando a la vista una franja pálida del estómago, y quitó con cuidado la gasa que rodeaba el pequeño tubo del abdomen, que limpió con delicadeza, para luego cambiarle el apósito. Me mostró cómo sustituir la bolsa de la cama, me explicó por qué siempre debía encontrarse más baja que el cuerpo de Will, y me sorprendí a mí misma al salir de la habitación con esa bolsa de líquido caliente, tan tranquila. Me alegró que Will no estuviera mirándome: no solo porque habría soltado algún comentario mordaz, sino porque sospechaba que ser testigo de sus hábitos más íntimos lo habría avergonzado a él también.

—Y eso es todo —dijo Nathan. Por fin, una hora más tarde, Will yacía dormitando sobre unas sábanas de algodón limpias, con aspecto de estar, si no bien, al menos no alarmantemente enfermo.

—Deja que duerma. Pero despiértalo al cabo de un par de horas y que se tome la mayor parte de una taza con líquido. Más medicinas contra la fiebre a las cinco, ¿vale? Es probable que su temperatura vuelva a subir a última hora, pero no antes de las cinco.

Lo apunté todo en una libreta. Temí equivocarme en algo.

—Tendrás que repetir esta noche lo que acabamos de hacer. ¿Podrás? —Nathan se envolvió como un esquimal y se dirigió a la nieve—. Lee la carpeta. Y no tengas miedo. Si hay algún problema, llámame. Te iré indicando cómo hacerlo. Si de verdad es necesario, vuelvo.

Me quedé en la habitación de Will cuando Nathan se fue. Me asustaba demasiado dejarlo solo. En un rincón había un viejo sillón de cuero con una lámpara para leer, tal vez procedente de la vida anterior de Will, y me acurruqué ahí con un libro de relatos que saqué de la estantería.

Reinaba una extraña paz en esa habitación. Entre las rendijas de las cortinas veía el mundo de fuera, cubierto de nieve, inmóvil y hermoso. La habitación estaba cálida y en silencio, y tan solo los ocasionales ruidos de la calefacción central interrumpían mis pensamientos. Me puse a leer, y de vez en cuando alzaba la vista y miraba a Will, que dormía plácidamente, y comprendí que nunca antes en mi vida había habido un momento en el que me sentara en silencio, sin hacer nada. Es imposible acostumbrarse al silencio al crecer en una casa como la mía, con los ruidos incesantes de la lavadora, la televisión y las voces que hablan a gritos. Durante esos raros momentos en que la televisión estaba apagada, mi padre ponía discos de Elvis a todo volumen. También una cafetería es una constante sucesión de ruido y voces.

Aquí, podía oír mis pensamientos. Casi oía el latido de mi corazón. Comprendí, para mi sorpresa, que me gustaba mucho.

A las cinco, mi móvil emitió la señal de que había recibido un mensaje. Will se revolvió y yo salté del sillón, deseosa de alcanzar el móvil antes de que lo molestara.

No hay trenes. ¿Sería posible que pasaras la noche?

Nathan no puede. Camilla Traynor.

Respondí sin detenerme a pensarlo.

No hay problema.

Llamé a mis padres y les dije que me iba a quedar. Mi madre pareció aliviada. Cuando le comenté que me iban a pagar la noche, pareció encantada.

—¿Lo has oído, Bernard? —dijo, tapando el teléfono con media mano—. Le van a pagar por quedarse a dormir.

Oí la exclamación de mi padre: «Loado sea el Señor. Ha encontrado el trabajo de sus sueños».

Envié un mensaje a Patrick, en el que le decía que me habían pedido que me quedara en el trabajo y que le llamaría más tarde. El mensaje de respuesta llegó al cabo de unos segundos.

Voy a correr por el campo nevado esta noche.

¡Buen entrenamiento para Noruega! P.

Me pregunté cómo era posible que alguien se entusiasmara tanto ante la idea de correr a bajo cero en camiseta y pantalón de chándal.

Will dormía. Me preparé algo de comer y descongelé una sopa por si acaso le entraba hambre más tarde. Encendí el fuego en la chimenea, por si se sentía bastante bien para ir al salón. Leí otro relato y me pregunté cuánto tiempo había pasado desde la última vez que me compré un libro. De niña me encantaba leer, pero no recordaba haber leído nada salvo revistas desde entonces. La lectora era Treena. Tener un libro entre las manos era casi una invasión de su territorio. Pensé en ella y en

Thomas, que desaparecerían en la universidad, y comprendí que aún no sabía si me alegraba o me entristecía... o algo un poco más complicado, mezcla de ambas emociones.

Nathan llamó a las siete. Pareció aliviado al saber que yo me quedaba.

—No he conseguido hablar con el señor Traynor. Incluso llamé al número del fijo, pero saltó directamente el contestador.

—Sí. Bueno. Se habrá ido.

—¿Se habrá ido?

Sentí un pánico súbito e instintivo ante la idea de que Will y yo fuéramos a estar solos en la casa toda la noche. Tuve miedo a equivocarme de nuevo en algo esencial, de poner en peligro la salud de Will.

—Entonces, ¿debería llamar a la señora Traynor?

Hubo un breve silencio al otro lado de la línea.

—No. Mejor que no.

—Pero...

—Mira, Lou, a menudo él..., a menudo él se va a otra parte cuando la señora T se queda en la ciudad.

Tardé un minuto o dos en comprender lo que estaba diciendo.

—Oh.

—Lo bueno es que tú estás ahí, eso es todo. Si estás segura de que Will tiene mejor aspecto, vuelvo mañana a primera hora.

Hay horas normales y hay horas yermas, en las que el tiempo se estanca y se desliza, donde la vida (la vida real) solo existe en otro lugar. Vi un poco la televisión, comí y recogí la cocina, deambulé por el pabellón en silencio. Al final, me permití volver a la habitación de Will.

Will se movió cuando cerré la puerta: giró a medias la cabeza.

—¿Qué hora es, Clark? —Su voz sonó amortiguada levemente por la almohada.

—Las ocho y cuarto.

Dejó caer la cabeza y digirió la noticia.

—¿Me traes algo de beber?

No quedaba en él nada de agudeza, de intensidad. Al parecer, la enfermedad al fin lo había vuelto vulnerable. Le di la bebida y encendí la lámpara de la mesilla de noche. Me senté al borde de la cama y le palpé la frente, como hacía mi madre cuando yo era niña. Aún estaba un poco caliente, pero nada que ver con lo de antes.

—Qué manos más frías.

—Ya te quejaste antes de eso.

—¿De verdad? —Parecía sinceramente sorprendido.

—¿Quieres un poco de sopa?

—No.

—¿Estás cómodo?

Nunca sabía lo incómodo que se encontraba, pero sospechaba que era más de lo que admitía.

—Estaría bien ponerme del otro lado. Dame la vuelta, sin más. No necesito sentarme.

Pasé por encima de la cama y lo moví, con sumo cuidado. Ya no irradiaba un calor maligno, tan solo la calidez habitual de un cuerpo que ha pasado horas bajo un edredón.

—¿Puedo hacer algo más por ti?

—¿No deberías estar ya camino de casa?

—Está bien —dije—. Voy a pasar aquí la noche.

Fuera, la última luz hacía tiempo que se había extinguido. La nieve seguía cayendo. Donde se cruzaba con el resplandor del porche que salía por la ventana, la nieve se bañaba en una luz dorada, pálida y melancólica. Nos quedamos ahí sentados, en un silencio lleno de paz, observando la hipnótica caída de los copos.

—¿Puedo preguntarte algo? —dije, al fin. Veía las manos de Will encima de la sábana. Qué extraño era que tuvieran un aspecto tan normal, tan fuerte, y que al mismo tiempo fueran tan inútiles.

—Sospecho que lo vas a hacer de todos modos.

—¿Qué ocurrió? —No dejaba de preguntarme acerca de esas marcas en las muñecas. Era la única pregunta que era incapaz de hacerle directamente.

Will abrió un ojo.

—¿Cómo acabé así?

Cuando asentí, Will cerró los ojos de nuevo.

—Un accidente de moto. Mío no. Yo no era más que un peatón inocente.

—Pensé que habría sido esquiando o haciendo puenting o algo así.

—Todo el mundo piensa eso. Una pequeña broma de Dios. Cruzaba la calle al lado de casa. No esta —dijo—. Mi casa de Londres.

Miré los libros de la estantería. Entre las novelas, los muy manoseados tomos en rústica de Penguin, había tratados de negocios: *Ley corporativa, Oferta de adquisición*, directorios de nombres que no reconocí.

—¿Y no había manera de continuar con tu trabajo?

—No. Ni con el apartamento, las vacaciones, la vida... Creo que has conocido a mi exnovia. —El cambio en la voz no logró ocultar su amargura—. Pero, al parecer, debería estar agradecido, pues durante un tiempo creyeron que no iba a sobrevivir.

—¿Lo odias? Vivir aquí, quiero decir.

—Sí.

—¿Existe alguna posibilidad de que puedas volver a vivir en Londres?

—No, así no.

—Pero tal vez mejores. Nathan dijo que hay muchos avances con este tipo de lesiones.

Will cerró los ojos de nuevo.

Esperé, tras lo cual ajusté la almohada bajo la cabeza de Will y el edredón alrededor del pecho.

—Lo siento —dije, incorporándome—. Hago demasiadas preguntas. ¿Quieres que me vaya?

—No. Quédate un rato. Habla conmigo. —Tragó saliva. Sus ojos se abrieron de nuevo y su mirada se cruzó con la mía. Tenía el aspecto de arrastrar un cansancio insoportable—. Cuéntame algo bueno.

Vacilé un momento, tras lo cual me apoyé contra la almohada, junto a él. Estábamos sentados en una oscuridad casi completa, observando los copos de nieve brevemente iluminados que desaparecían en la noche negra.

—Sabes... Yo solía decirle eso a mi padre —dije al fin—. Pero, si te cuento lo que me solía responder, vas a pensar que estoy loca.

—¿Más aún?

—Cuando tenía una pesadilla o estaba triste o asustada por algo, solía cantarme... —Comencé a reír—. Oh... No puedo.

—Vamos.

—Solía cantarme la *Canción de Molahonkey*.

—¿La qué?

—La *Canción de Molahonkey*. Antes pensaba que la conocía todo el mundo.

—Créeme, Clark —murmuró Will—. Soy virgen en cuestiones Molahonkey.

Respiré hondo, cerré los ojos y comencé a cantar.

Ojalá-lá-lá-lá viviera en Molahonkey,
la-la-la-la tierra donde nací.

Y ahí tocara mi viejo banjo-o-o-o,
mi viejo banjo, que se estropeó ó-ó-ó.

—Dios santo.
Respiré hondo una vez más.

Lo-lo-lo-lo llevé a la casa de empeños,
a que-que-que arreglaran mi pequeño,
me dijeron que las cuerdas se desbarataron,
que no había nada que hacer-er-er.

Se hizo un breve silencio.
—Estás loca. Toda tu familia está loca.
—Pero funcionaba.
—Y cantas de pena. Espero que tu padre cantara mejor.
—Creo que lo que querías decir es: «Gracias, señorita Clark, por intentar entretenerme».
—Supongo que tiene tanto sentido como toda la psicoterapia que he recibido. Vale, Clark —dijo—, cuéntame algo más. Sin cantar.
Pensé un momento.
—Hum..., vale, bueno... ¿A que el otro día estabas mirando mis zapatos?
—Era difícil no mirarlos.
—Pues mi madre dice que sabe cuándo empezaron a gustarme los zapatos raros: a los tres años. Me compró unas botas de goma con purpurina turquesa brillante, que no eran nada comunes por aquel entonces: los niños tenían botas verdes o, con suerte, rojas. Y me dijo que desde el día en que las llevó a casa yo me negué a quitármelas. Las llevaba puestas en la cama, en el baño, en la guardería, todo el verano. Mi ropa favorita eran esas botas azul turquesa y mis leotardos de abejorro.

—¿Leotardos de abejorro?

—A rayas negras y amarillas.

—Preciosos.

—Qué cruel eres.

—Bueno, es la verdad. Suenan vomitivos.

—Tal vez te parezcan vomitivos a ti, pero, sorprendentemente, Will Traynor, no todas las chicas se visten para gustar a los hombres.

—Qué chorrada.

—No, no lo es.

—Las mujeres lo hacen todo pensando en los hombres. Todo el mundo hace las cosas pensando en el sexo. ¿Es que no has leído *La reina roja*?

—No tengo ni idea de qué estás hablando. Pero te puedo asegurar que no estoy sentada en tu cama cantando la *Canción de Molahonkey* con segundas intenciones. Y cuando tenía tres años me gustaba mucho, muchísimo, llevar las piernas a rayas.

Comprendí que la ansiedad que me había atenazado durante todo el día comenzaba, poco a poco, a diluirse con cada comentario de Will. Ya no era la única responsable de un pobre tetrapléjico. Era solo yo, sentada junto a un tipo especialmente sarcástico, enfrascada en una conversación.

—Y, entonces, ¿qué fue de esas bellas botas de purpurina?

—Mi madre tuvo que tirarlas. Me salió pie de atleta.

—Qué maravilla.

—Y tiró los leotardos también.

—¿Por qué?

—No lo sé. Pero me puse tristísima. No volví a tener unos leotardos que me gustaran tanto. Ya no los hacen así. O al menos no para adultos.

—Vaya, qué raro.

—Oh, ríete todo lo que quieras. ¿Es que nunca te ha gustado algo muchísimo, más que nada?

Apenas podía verle ahora, la habitación estaba envuelta en la creciente oscuridad. Podría haber encendido la luz del techo, pero algo me detuvo. Y casi tan pronto como reparé en lo que había dicho, deseé no haberlo hecho.

—Sí —dijo, en voz baja—. Sí, claro.

Hablamos un poco más, hasta que Will se adormeció. Permanecí ahí acostada, observando su respiración, y preguntándome de vez en cuando qué diría si se despertara y me descubriera mirándolo, con ese pelo demasiado largo, los ojos cansados, el nacimiento hirsuto de la barba. Pero no conseguí apartarme. Las horas se habían vuelto irreales, una isla fuera del tiempo. Aparte de él, yo era la única persona en la casa, y aún tenía miedo de dejarlo solo.

Poco después de las once, noté que comenzaba a sudar de nuevo, que su respiración se volvía más superficial, y lo desperté y le obligué a tomar la medicina contra la fiebre. No habló, salvo para murmurar las gracias. Cambié la sábana de arriba y la funda de la almohada y entonces, cuando al fin concilió el sueño, me tumbé a unos treinta centímetros de él y, mucho tiempo después, yo también me quedé dormida.

Me despertó el sonido de mi nombre. Yo estaba en un aula, dormida sobre el pupitre, y la profesora golpeaba la pizarra, repitiendo mi nombre una y otra vez. Sabía que debía prestar atención, sabía que la profesora consideraría que esta cabezada era un acto de rebeldía, pero no logré levantar la cabeza del pupitre.

—Louisa.

—Mmmffff.

—Louisa.

Era un pupitre blandísimo. Abrí los ojos. Las palabras sonaban por encima de mi cabeza, susurradas, pero con gran intensidad. *Louisa.*

Estaba en la cama. Parpadeé, enfoqué la mirada y vi a Camilla Traynor, de pie junto a mí. Vestía un pesado abrigo de lana y el bolso le colgaba del hombro.

—Louisa.

Me incorporé con un sobresalto. Junto a mí, Will dormía bajo la manta, con la boca entreabierta, el codo formando un ángulo recto frente a él. La luz entraba por la ventana, señal de una mañana fría y clara.

—Oh.

—¿Qué estás haciendo?

Sentí que me habían sorprendido haciendo algo horrible. Me froté el rostro, intentando poner en orden mis pensamientos. ¿Por qué estaba ahí? ¿Cómo explicárselo?

—¿Qué haces en la cama de Will?

—Will... —dije, en voz baja—. Will no se sentía bien... Pensé que sería mejor no alejarme de...

—¿Qué quieres decir, cómo que no estaba bien? Venga, vamos al pasillo. —Salió a zancadas de la habitación, dando por hecho, cómo no, que yo la seguiría.

Fui detrás de ella, intentando alisarme la ropa. Tenía la horrible sospecha de que mi maquillaje se habría corrido por toda la cara.

Cerró la puerta de la habitación de Will detrás de mí.

Me quedé frente a ella, mientras trataba de peinarme y de poner en orden mis ideas.

—Will tenía fiebre. Nathan la bajó cuando vino, pero yo no sabía nada de todo eso de la regulación corporal y preferí estar atenta... Nathan me dijo que estuviera atenta... —Tenía la voz espesa, amorfa. No estaba segura de si mis palabras tenían sentido.

—¿Por qué no me llamaste? Si Will estaba enfermo, deberías haberme llamado de inmediato. O al señor Traynor.

Mis neuronas parecieron despertar de repente. *El señor Traynor. Oh, cielos.* Eché un vistazo al reloj. Eran las ocho menos cuarto.

—Yo no... Nathan parecía pensar...

—Mira, Louisa. No es física cuántica. Si Will estaba tan enfermo que te quedaste a dormir en su habitación, entonces deberías haberte puesto en contacto conmigo.

—Sí.

Parpadeé, mirando al suelo.

—No entiendo por qué no llamaste. ¿Intentaste llamar al señor Traynor?

Nathan me pidió que no dijera nada.

—Yo...

En ese momento la puerta del pabellón se abrió y apareció el señor Traynor, con un periódico doblado bajo el brazo.

—¡Has vuelto! —dijo a su esposa, limpiándose los copos de nieve de los hombros—. Me he tenido que abrir paso por la calle para comprar un periódico y un poco de leche. Las calles están muy traicioneras. Tuve que dar una vuelta por Hansford Corner, para evitar las placas de hielo.

La señora Traynor lo miró y me pregunté por un momento si se habría fijado en el hecho de que llevaba la misma camisa y el mismo pantalón que ayer.

—¿Sabías que Will ha estado enfermo toda la noche?

El señor Traynor me miró a los ojos. Bajé la vista y me miré los pies. No estaba segura de si me había sentido tan incómoda alguna vez.

—¿Intentaste llamarme, Louisa? Lo siento, no oí nada. Sospecho que el interfono está en las últimas. Últimamente ha habido algunas ocasiones en las que no lo he oído. Y yo mismo tampoco me sentía muy bien anoche. Dormí como un leño.

Yo aún llevaba los calcetines de Will. Me quedé mirándolos, preguntándome si la señora Traynor también me iba a juzgar por eso.

Pero parecía distraída.

—Ha sido un largo viaje de vuelta a casa... Creo que os voy a dejar solos. Pero, si vuelve a ocurrir algo así, llámame de inmediato. ¿Está claro?

No quise mirar al señor Traynor.

—Sí —dije, y desaparecí en la cocina.

7

La primavera llegó de un día a otro, como si el invierno, al igual que un invitado no bienvenido, de repente hubiera decidido ponerse el abrigo y desaparecer sin decir adiós. Todo se volvió más verde, un sol acuoso bañó las calles y el aire se perfumó de súbito. En el aire flotaba un rastro floral y acogedor y las canciones de los pájaros marcaban el compás del día.

No percibí nada de ello. Había pasado la noche anterior en la casa de Patrick. Era la primera vez que lo veía tras casi una semana, debido a su programa de entrenamiento intensivo, pero, después de tirarse cuarenta minutos en la bañera con medio paquete de sales de baño, Patrick se mostró tan exhausto que a duras penas habló conmigo. Comencé a acariciarle la espalda, en una insólita tentativa de seducirle, y Patrick murmuró que estaba demasiado cansado y movió la mano como si me espantase. Yo me quedé despierta y contemplé el techo, frustrada, durante cuatro horas.

Conocí a Patrick mientras yo trabajaba en mi primer empleo, de aprendiz en The Cutting Edge, la única peluquería unisex de Hailsbury. Entró mientras Samantha, la dueña, estaba ocupada, y pidió un número cuatro. Le hice, según describió él más tarde, el peor corte de pelo de la historia de la humanidad. Tres meses después, al comprender que la afición a juguetear con mi pelo no significaba que se me diera bien cortar el de los demás, dejé el trabajo y empecé en el café de Frank.

Cuando empezamos a salir, Patrick trabajaba en ventas y sus cosas favoritas eran la cerveza, el chocolate artesanal, el deporte (hablar de ello, no hacerlo) y el sexo (hacerlo, no hablar de ello), en ese orden. Para nosotros, una buena noche probablemente incluía esas cuatro cosas. Su aspecto era normal, sin llegar a ser guapo, y tenía más culo que yo, pero me gustaba. También la solidez de su cuerpo y enroscarme a su alrededor. Su padre había muerto y me agradaba cómo trataba a su madre; era protector y solícito. En cuanto a sus cuatro hermanos, eran como los Walton. De verdad parecían llevarse bien entre ellos. En nuestra primera cita, una leve voz en mi cabeza susurró: *Este hombre nunca te hará daño,* y nada de lo que había hecho en los siete años que habían pasado desde entonces me había hecho dudar de ella.

Y entonces se convirtió en el Hombre Maratón.

El estómago de Patrick ya no cedía cuando me acurrucaba sobre él; se había vuelto rígido e implacable, igual que un aparador, y se subía la camiseta para golpearlo con diversos objetos con el fin de demostrar lo duro que estaba. Tenía el rostro seco y curtido por todo el tiempo que pasaba al aire libre. Sus muslos eran puro músculo. Eso habría sido bastante sexi si Patrick hubiera querido tener relaciones sexuales. Pero ahora ya no lo hacíamos más de dos veces al mes, y yo no soy de las que lo piden.

Cuanto más en forma se ponía, cuanto más obsesionado se volvía con su propio cuerpo, menos le interesaba el mío. Le pregunté un par de veces si había dejado de desearme, pero fue contundente. «Eres preciosa», dijo. «Pero estoy hecho polvo. De todos modos, no quiero que pierdas peso. Las chicas del club... Aunque juntara todos sus pechos, sería imposible hacer una teta decente». Quise saber cómo había llegado a calcular esa ecuación tan compleja, pero, ya que en el fondo lo dijo para complacerme, lo dejé pasar.

Quería interesarme en lo que hacía, de verdad que sí. Acudía a las noches del club de triatlón, intentaba conversar con las otras chicas. Pero no tardé en comprender que yo era una anomalía: en el club todos eran solteros o salían con alguien de cuerpo tan espectacular como el suyo. Las parejas se motivaban en los entrenamientos, planeaban fines de semana en pantalones cortos y en la cartera llevaban fotos donde se les veía completar un triatlón juntos o mostraban orgullosos las medallas obtenidas. Era indescriptible.

—No sé de qué te quejas —me dijo mi hermana cuando se lo conté—. Yo solo lo he hecho una vez desde que tuve a Thomas.

—¿Qué? ¿Con quién?

—Oh, un tipo que vino a por un ramo de colores vibrantes —contestó—. Solo quería comprobar que no se me había olvidado. —Y entonces, cuando me quedé boquiabierta, añadió—: Ah, no te pongas así. No fue durante las horas de trabajo. Y eran flores para un funeral. Si hubieran sido flores para su mujer, claro que no lo habría tocado ni con un gladiolo.

No es que yo fuera una obsesa del sexo: llevábamos mucho tiempo juntos, al fin y al cabo. Es solo que una parte perversa y diminuta dentro de mí comenzó a cuestionar mi atractivo.

A Patrick nunca le había importado que yo me vistiera «creativamente», como él decía. Pero ¿y si no había sido del todo sincero? El trabajo de Patrick, toda su vida social, se centraba ahora en el control de la carne: la domesticaba, la reducía, la perfeccionaba. ¿Y si, en comparación con esos traseros prietos de deportista, el mío no estaba a la altura? ¿Y si mis curvas, que siempre me habían parecido placenteramente voluptuosas, ahora eran demasiado fláccidas para su ojo crítico?

Estas eran las ideas que revoloteaban por mi cabeza cuando la señora Traynor vino y nos ordenó a Will y a mí salir fuera.

—He pedido que vengan a hacer la limpieza especial de primavera, así que he pensado que tal vez podríais disfrutar del buen tiempo mientras ellos están aquí ocupados.

Will me miró a los ojos y alzó levemente las cejas.

—No es que tengamos mucha opción, ¿verdad, madre?

—Creo que sería bueno que te diera un poco de aire fresco —dijo—. La rampa está colocada. Tal vez, Louisa, deberías llevar un poco de té al salir.

No era una sugerencia disparatada. El jardín estaba precioso. Con la leve subida de las temperaturas, de repente todo parecía haber decidido ser un poco más verde. Los narcisos surgieron de la nada, con bulbos amarillentos que anunciaban las flores venideras. De las ramas marrones surgieron brotes, las plantas perpetuas se abrieron paso en el suelo oscuro y embarrado. Abrí las puertas y salimos fuera. Will mantuvo la silla dentro de la senda de piedras. Señaló un banco de hierro forjado con un cojín, y me senté ahí un rato, mientras dirigíamos nuestras caras ladeadas hacia la débil luz del sol y escuchábamos a los gorriones que se peleaban entre los setos.

—¿Qué te pasa?

—¿Qué quieres decir?

—Estás muy callada.

—Dijiste que querías que hablara menos.

—No tanto. Me estás asustando.

—Estoy bien —dije. Y añadí—: Problemillas con el novio, por si quieres saberlo.

—Ah —dijo—. El Hombre Maratón.

Abrí los ojos, solo un poco, para ver si se estaba burlando de mí.

—¿Qué pasa? —dijo—. Vamos, cuéntaselo al tío Will.

—No.

—Mi madre va a tener a los de la limpieza corriendo como locos por lo menos otra hora. De algo tendrás que hablar.

Me erguí y me di la vuelta para mirarlo. Esa silla, la que usaba en casa, tenía un botón que elevaba el asiento, lo que le permitía situarse a la altura de su interlocutor. No lo usaba a menudo, pues con frecuencia lo mareaba, pero lo accionó. De hecho, tuve que alzar la vista para mirarlo.

Me eché el abrigo por los hombros y entrecerré los ojos.

—Vale, venga, ¿qué quieres saber?

—¿Cuánto tiempo lleváis juntos? —dijo Will.

—Algo más de seis años.

Will pareció sorprendido.

—Eso es mucho tiempo.

—Sí —dije—. Bueno.

Me incliné y le coloqué bien la manta. El sol era engañoso: prometía más de lo que en realidad ofrecía. Pensé en Patrick, que se había levantado a las seis y media de la mañana para ir a su carrera matinal. Tal vez yo debería empezar a correr, de modo que pudiéramos ser una de esas parejas enfundadas en licra. Tal vez debería comprarme ropa interior de volantes y buscar consejos eróticos en Internet. Sabía que no haría ni una cosa ni la otra.

—¿A qué se dedica?

—Es entrenador personal.

—Por eso corre.

—Por eso corre.

—¿Cómo es? En tres palabras, si te sientes incómoda hablando de eso.

Pensé en la pregunta.

—Optimista. Leal. Obsesionado con la proporción de grasa corporal.

—Eso son nueve palabras.

—Las otras seis son gratis. Bueno, entonces, ¿cómo era ella?

—¿Quién?

—Alicia. —Lo miré como antes me había mirado él a mí, a los ojos. Will respiró hondo y miró arriba, a un plátano enorme. El pelo le caía por encima de los ojos y tuve que contener las ganas de apartarlo a un lado.

—Hermosa. Sexi. Muy necesitada de atención. Sorprendentemente insegura.

—¿Cómo es posible que sea insegura? —Las palabras salieron de mi boca antes de que me diera cuenta.

Will casi se mostró divertido.

—Te sorprendería —dijo—. Las mujeres como Lissa invierten tanto en su apariencia que acaban pensando que no tienen más que eso. En realidad, no soy justo. Se le dan bien ciertas cosas. Los objetos: la ropa, la decoración. Es capaz de embellecer las cosas.

Contuve las ganas de decirle que cualquier persona sería capaz de eso si tuviera una cartera tan repleta como la de ella.

—Movía unas pocas cosas en una habitación, y le daba un aspecto completamente diferente. Nunca comprendí cómo lo hacía. —Señaló con un movimiento de cabeza hacia la casa—. Ella se encargó de hacer el pabellón, cuando me mudé.

Me descubrí a mí misma repasando ese salón decorado a la perfección. Comprendí que mi admiración de repente se había vuelto un poco más enrevesada que antes.

—¿Cuánto tiempo estuviste con ella?

—Ocho, nueve meses.

—No es mucho.

—Es mucho para mí.

—¿Cómo os conocisteis?

—En una cena. Una cena horrible. ¿Y tú?

—En la peluquería. Yo era la peluquera. Él era el cliente.

—Ja. Eso sí que es hacer una permanente.

Debí de quedarme perpleja, pues Will negó con la cabeza y añadió en voz baja:

—Da igual.

Dentro, oímos el zumbido monótono de la aspiradora. Había cuatro mujeres de la limpieza, las cuatro con batas idénticas. Me preguntaba qué harían en ese pequeño anexo durante dos horas.

—¿La echas de menos?

Las oí hablando entre ellas. Alguien había abierto una ventana y de vez en cuando nos llegaban sus estallidos de risa.

Will parecía observar algo diferente en la lejanía.

—Antes, sí. —Se volvió hacia mí, hablando en un tono inexpresivo—. Pero he estado pensando en ello, y he llegado a la conclusión de que ella y Rupert hacen buena pareja.

Asentí.

—Van a tener una boda ridícula, uno o dos pequeñajos, como tú los llamas, van a comprar una casa de campo y él se va a tirar a su secretaria antes de que pasen cinco años —dije.

—Es probable que tengas razón.

Empezó a entusiasmarme el tema.

—Y ella va a estar un poco enfadada con él todo el tiempo, en realidad sin saber por qué, y se quejará de él en unas fiestas espantosas para bochorno de sus amigos, y él no va a querer dejarla porque le asusta la pensión que tendría que pagarle.

Will se volvió para mirarme.

—Y van a acostarse una vez cada seis semanas y él adorará a los niños aunque no va a hacer una mierda para ayudar en su educación. Y ella llevará siempre el cabello impecable, pero se le va a poner la cara así —fruncí la boca— por no decir nunca lo que piensa, y se va a hacer adicta al pilates o tal vez se compre un perro o un caballo y se enamore del instructor de equitación. Y él se aficionará a correr al cumplir los cuarenta, y tal vez se compre una Harley-Davidson, que ella no dudará en despreciar, y todos los días irá al trabajo y mirará a los jóvenes del bufete y los oirá en los bares hablando de a quién se ligaron el fin de semana o adónde fueron de parranda y va a sentir, y nunca va a saber por qué, que lo han embaucado.

Me giré.

Will me miraba fijamente.

—Lo siento —dije, al cabo de un momento—. De verdad, no sé de dónde salió todo eso.

—Empiezo a sentir un poquito de lástima por el Hombre Maratón.

—Oh, no es por él —dije—. Es por trabajar en una cafetería durante años. Lo ves y lo oyes todo. Los patrones en el comportamiento de la gente. Te sorprendería saber las cosas que pasan.

—¿Por eso no te has casado?

Parpadeé.

—Supongo.

No quise decirle que en realidad nunca me lo habían pedido.

Tal vez parezca que no hacíamos gran cosa. Pero, en realidad, cada día con Will era sutilmente diferente, según su estado de ánimo y, sobre todo, según la intensidad del dolor que le aquejaba. Algunos días, al llegar por la mañana, notaba, gracias a la inclinación del mentón, que Will no deseaba hablar conmigo (ni con nadie), así que me afanaba en el pabellón, intentando anticiparme a sus necesidades, para no molestarle haciendo preguntas.

Existían todo tipo de causas para los dolores de Will. Padecía un dolor asociado a la pérdida de masa muscular: tenía mucha menos para sujetarlo, a pesar de toda la fisioterapia de Nathan. Padecía dolor estomacal por los problemas digestivos, dolor de hombros, dolor por las infecciones de la vejiga (inevitables, al parecer, a pesar de los esfuerzos de todos). Tuvo una úlcera estomacal por tomar demasiados calmantes en los inicios de su recuperación, cuando los tragaba como si fueran caramelos.

De vez en cuando, le salían llagas por permanecer sentado en la misma postura demasiado tiempo. Un par de veces, Will tuvo que guardar cama solo para que se curasen, pero detestaba permanecer tumbado boca abajo. También sufría dolores de cabeza: un efecto secundario, pensé, de tanta rabia y frustración acumuladas. Tenía muchísima energía mental y nada a que dedicarla. A algún lugar tenía que ir a parar.

Pero nada le resultaba más debilitante que una sensación ardiente en pies y manos: era incesante, palpitante, y le impedía concentrarse en nada. Yo le preparaba un tazón de agua fría y le remojaba las manos y los pies, o los envolvía en toallitas frías, con la esperanza de aminorar la molestia. Un músculo se le dilataba y contraía en la mandíbula y de vez en cuando Will desaparecía dentro de sí mismo, como si solo fuera capaz de hacer frente a esa sensación cuando se ausentaba de su propio cuerpo. Me había acostumbrado de una forma sorprendente a las exigencias corporales de la vida de Will. Qué injusto era que, a pesar de no poder usarlas ni sentirlas, las extremidades le causaran semejante malestar.

Aun así, Will no se quejaba. Por eso tardé semanas en percibir cuánto sufría. Ahora sabía descifrar esa mirada tensa, los silencios, la forma en que parecía esconderse dentro de su propia piel. Me preguntaba, sencillamente: «¿Me podrías traer agua fresca, Louisa?» o «Creo que no me vendrían mal unos calmantes». A veces el dolor era tan intenso que perdía el color y su semblante se volvía palidísimo. Esos eran los peores días.

Pero había otros en que tolerábamos nuestra compañía bastante bien. Ya no se mostraba mortalmente ofendido cuando hablaba con él, como en las primeras semanas. Hoy aparentaba ser un día sin dolores. Cuando la señora Traynor salió a decirnos que las mujeres de la limpieza solo tardarían unos veinte minutos, preparé otra bebida para nosotros dos y dimos un lento paseo por el jardín. Will no se salía de la senda y yo observaba cómo mis zapatos de satén se iban oscureciendo sobre la hierba mojada.

—Interesante elección de calzado —dijo Will.

Eran verde esmeralda. Los había encontrado en una tienda de beneficencia. Patrick se reía de mí diciendo que con ellos parecía la reina de los duendes del bosque.

—Sabes, no vistes como las personas de aquí. Siempre aguardo con curiosidad a ver con qué loca combinación vas a aparecer al día siguiente.

—Entonces, ¿cómo debería vestir alguien de por aquí?

Will giró un poco a la izquierda para evitar una pequeña rama en el camino.

—Lana. O, si eres como mi madre, algo comprado en Jaeger o Whistles. —Me miró—. ¿De dónde vienen esos gustos exóticos? ¿En qué otros lugares has vivido?

—En ninguno.

—¿Solo has vivido aquí? ¿Y dónde has trabajado?

—Solo aquí. —Me di la vuelta y lo miré, con los brazos cruzados sobre el pecho, a la defensiva—. ¿Y? ¿Qué tiene de raro?

—Es un pueblo pequeñísimo. Muy limitado. Y todo se centra en el castillo. —Hicimos una pausa en el camino y nos quedamos mirándolo: se alzaba en la distancia sobre una colina extraña, que se asemejaba a una cúpula, tan perfecto como si lo hubiera dibujado un niño—. Siempre pienso que este es el tipo de lugar al que la gente regresa. Cuando se ha cansado de todo lo demás. O cuando no tiene imaginación para ir a otro lugar.

—Gracias.

—No tiene nada de *malo* en sí mismo. Pero…, cielo santo. No es exactamente dinámico, ¿verdad? No está exactamente lleno de ideas o gente interesante u oportunidades. Por aquí se cree que es subversivo que la tienda para turistas comience a vender manteles con una vista diferente del ferrocarril en miniatura.

No pude contener la risa. La semana pasada había leído un artículo en el periódico local acerca de ese asunto.

—Tienes veintiséis años, Clark. Deberías salir, conquistar el mundo, meterte en líos en los bares, mostrar tu extraño vestuario a hombres de mala reputación…

—Aquí estoy contenta —dije.

—Bueno, pues no deberías estarlo.

—Te gusta decir a la gente lo que tiene que hacer, ¿verdad?

—Solo cuando sé que tengo razón —dijo—. ¿Te importa colocarme bien la bebida? No la alcanzo.

Giré la pajita de modo que fuera capaz de llegar a ella con facilidad y esperé mientras bebía. Tenía las puntas de las orejas rosadas a causa del frío.

Will hizo una mueca.

—Cielos, para alguien que se ganaba la vida haciendo té, lo haces fatal.

—Lo que pasa es que estás acostumbrado al té lésbico —dije—. Todo ese té chino Lapsang souchong.

—¡Té lésbico! —Casi se ahogó—. Bueno, está más rico que este barniz para madera. ¡Dios! Una cucharilla no se hundiría ahí dentro.

—Vaya, ni el té hago bien. —Me senté en el banco, frente a él—. Entonces, ¿cómo es que tú ofreces tu opinión acerca de todo lo que digo o hago, pero nadie más puede decir ni pío?

—Pues adelante, Louisa Clark. Dime qué opinas tú.

—¿Sobre ti?

Will suspiró, teatral.

—¿Acaso tengo elección?

—Te vendría bien un corte de pelo. Así pareces un vagabundo.

—Ya hablas como mi madre.

—Bueno, es que tienes un aspecto horrible. Por lo menos, aféitate. ¿Es que no te pican todas esas barbas?

Will me miró de soslayo.

—Ah, claro que te pican, ¿verdad? Lo sabía. Vale: esta tarde te lo quito todo.

—Oh, no.

—Sí. Me has pedido mi opinión. Esta es mi respuesta. Tú no tienes que hacer nada.

—¿Y si digo que no?

—A lo mejor lo hago de todos modos. Si sigue creciendo, voy a tener que buscar trocitos de comida ahí dentro. Y, de verdad, si se da el caso me veré obligada a demandarte por riesgo laboral.

Will sonrió entonces, como si le hubiera divertido. Tal vez parezca un poco triste, pero las sonrisas de Will eran tan escasas que provocar una me llenó de orgullo.

—Clark —dijo—. Hazme un favor.

—¿Qué?

—Ráscame la oreja. Me está volviendo loco.

—Si lo hago, ¿me dejas cortarte el pelo? ¿Solo las puntas?

—No tientes la suerte.

—Calla. No me pongas nerviosa. No se me dan bien las tijeras.

Encontré las cuchillas y la espuma de afeitar en el armario del baño, bien al fondo, tras los paquetes de toallitas y algodón, señal de que nadie las había usado en mucho tiempo. Lo llevé al baño, llené el lavabo de agua templada, le pedí que inclinara el reposacabezas hacia atrás y le puse una toallita caliente sobre el mentón.

—¿Qué es esto? ¿Vas a abrir una peluquería? ¿Para qué es la toallita?

—No lo sé —confesé—. Es lo que hacen en las películas. Es como el agua caliente y las toallas cuando alguien está de parto.

No le veía la boca, pero los ojos se entrecerraron, divertidos. Deseé que siguieran así. Deseé que fuera feliz, que desapareciera de su rostro esa mirada angustiada y alerta. Parloteé. Conté chistes. Comencé a canturrear. Hice de todo con tal de prolongar ese momento antes de que volviera el semblante lúgubre.

Me subí las mangas y comencé a enjabonarle la mandíbula, hasta las orejas. Entonces vacilé, con la cuchilla sobre el mentón.

—¿Es este el momento adecuado para decirte que hasta ahora solo he afeitado piernas?

Will cerró los ojos y reposó la cabeza. Comencé a pasar la cuchilla con cuidado. No se oía más que el agua cuando aclaraba la cuchilla. Trabajé en silencio, sin dejar de estudiar la cara de Will Traynor y esas arrugas en las comisuras de la boca, prematuras y demasiado profundas para su edad. Le alisé el pelo a un lado de la cara y vi los rastros delatores de los puntos, que probablemente databan de su accidente. Vi las ojeras amoratadas, que revelaban noches y noches sin dormir, el surco entre las cejas, que indicaba el dolor sufrido en silencio. De la piel emanaba un calor dulce, el aroma de la espuma de afeitar y algo muy característico de Will, discreto y caro. Comenzó a aparecer su rostro y vi lo fácil que le habría resultado atraer a alguien como Alicia.

Trabajé despacio, con cuidado, animada al verlo en paz, aunque solo fuera un momento. Se me ocurrió que las únicas veces que alguien tocaba a Will era por motivos médicos o terapéuticos, así que dejé que mis dedos descansaran levemente en su piel, intentando que mis movimientos no se pareciesen en nada a la deshumanizadora eficiencia que caracterizaba a los de Nathan y a los del médico.

Fue un momento de una extraña intimidad, este afeitado. Comprendí que había dado por supuesto que su silla de ruedas sería una barrera, que su discapacidad impediría toda sensualidad. Curiosamente, no fue así. Era imposible estar tan cerca de alguien, sentir la piel tirante bajo los dedos, inspirar el mismo aire que espiraba, sin perder un poco el equilibrio. Para cuando llegué a la otra oreja había comenzado a sentir algo perturbador, como si hubiera cruzado una frontera invisible.

Tal vez Will fue capaz de descifrar los sutiles cambios en la presión de mis movimientos; tal vez se había vuelto más sensible a los estados de ánimo de las personas que tenía cerca. En cualquier caso, abrió los ojos y vi que miraban fijamente los míos.

Hubo una breve pausa, tras la cual dijo, sin cambiar de expresión:

—Por favor, no me digas que también me has afeitado las cejas.

—Solo una —contesté. Aclaré la hoja de la cuchilla, con la esperanza de que el rubor de mis mejillas ya no se notara cuando me diese la vuelta—. Bueno —dije al fin—. ¿Vale así? Nathan va a venir pronto, ¿no?

—¿Y mi pelo? —preguntó.

—¿De verdad quieres que te lo corte?

—Ya que estamos.

—Creí que no confiabas en mí.

Se encogió de hombros, o eso me pareció. Fue un movimiento sutilísimo.

—Si así dejas de quejarte durante un par de semanas, creo que es un riesgo razonable.

—Oh, Dios mío, tu madre va a estar encantada —dije, limpiando el último resto de la espuma de afeitar.

—Sí, bueno, no permitamos que eso nos desanime

Le corté el pelo en el salón. Encendí el fuego, pusimos una película (un *thriller* estadounidense) y le pasé una toalla por encima de los hombros. Le advertí que llevaba mucho sin practicar, pero añadí que no era posible empeorar su peinado.

—Gracias por el cumplido —dijo.

Me puse manos a la obra: su cabello se deslizó entre mis dedos mientras intentaba recordar las pocas cosas que había aprendido. Will, atento a las imágenes, parecía relajado y casi contento. De vez en cuando hacía algún comentario sobre la película (en qué otras obras salía el actor principal, dónde la había visto por primera vez) y yo respondía con algún sonido que denotaba un vago interés (como hago con Thomas cuando me pide jugar con sus juguetes), si bien tenía puesta toda mi atención en no trasquilarlo. Por fin, terminé con la peor parte y me situé frente a él para ver qué aspecto tenía.

—¿Y bien? —Will paró el vídeo.

Me enderecé.

—No sé si me gusta verte tanto la cara. Es un poco desconcertante.

—Hace más frío —observó Will, moviendo la cabeza de izquierda a derecha, como si comprobara la sensación.

—Un momento —dije—. Voy a buscar dos espejos. Así podrás verte bien. Pero no te muevas. Aún me queda un poco por arreglar. Tal vez tenga que cortar una oreja.

Estaba en el dormitorio, hurgando en los cajones en busca de un espejo de mano, cuando oí la puerta. Dos pares de pies apresurados y la voz de la señora Traynor, tensa, que se alzó.

—Georgina, por favor, no.

La puerta del salón se abrió con brusquedad. Cogí el espejo y salí corriendo. No tenía intención de que me volviera a encontrar lejos de Will. La señora Traynor se encontraba ante el umbral del salón, tapándose la boca con ambas manos, testigo, al parecer, de una confrontación inevitable.

—¡Eres el hombre más egoísta que he conocido! —gritó la joven—. No puedo creerlo, Will. Eras egoísta antes y ahora eres aún peor.

—Georgina. —La mirada de la señora Traynor se clavó en mí cuando me acerqué—. Por favor, ya basta.

Entré en el salón detrás de ella. Will, con la toalla alrededor de los hombros y los mechones de cabello castaño caídos entre las ruedas de la silla, hacía frente a una mujer joven. Tenía una larga melena oscura, recogida en la nuca de manera descuidada. Estaba bronceada y vestía unos vaqueros y unas botas de ante de aspecto envejecido y carísimo. Como los de Alicia, sus rasgos eran bellos y equilibrados, los dientes tenían la asombrosa blancura de un anuncio televisivo. Los vi porque mostraba una cara descompuesta por la rabia y no dejaba de bufar a Will.

—No puedo creerlo. No puedo creerme que se te ocurra semejante idea. ¿Qué te...?

—*Por favor*, Georgina. —La voz de la señora Traynor se alzó, cortante—. No es el momento.

Will, impasible, tenía la mirada clavada en un lugar invisible frente a él.

—Hum... ¿Will? ¿Necesitas ayuda? —pregunté en voz baja.

—Y tú ¿quién eres? —dijo la joven, que se dio la vuelta. Fue entonces cuando vi que tenía los ojos cubiertos de lágrimas.

—Georgina —dijo Will—, te presento a Louisa Clark, mi cuidadora y peluquera de asombrosa creatividad. Louisa, te presento a mi hermana, Georgina. Al parecer, ha volado ni más ni menos que desde Australia para echarme la bronca.

—No seas simplista —dijo Georgina—. Mamá me lo ha contado. Me lo ha contado *todo*.

Nadie se movió.

—¿Me voy un momento? —pregunté.

—Eso sería una buena idea. —Los nudillos de la señora Traynor estaban blancos en el brazo del sofá.

Salí de la sala.

—De hecho, Louisa, tal vez sea un buen momento para que vayas a comer.

Iba a ser uno de esos días de buscar cobijo en una marquesina de autobús. Cogí los sándwiches de la cocina, me puse el abrigo y salí por la puerta de atrás.

Al marcharme, oí cómo la voz de Georgina se alzaba dentro de la casa.

—¿Alguna vez se te ha pasado por la cabeza, Will, que, por increíble que te parezca, esto no te incumbe *solo* a ti?

Cuando volví, exactamente media hora más tarde, la casa estaba en silencio. Nathan lavaba una taza en el fregadero de la cocina. Se dio la vuelta al verme.

—¿Qué tal estás?

—¿Se ha ido?

—¿Quién?

—La hermana.

Nathan miró detrás de sí.

—Ah. ¿Era la hermana? Sí, se ha ido. Salió derrapando con el coche cuando yo llegué. ¿Una trifulca familiar?

—No lo sé —dije—. Estaba cortándole el pelo a Will y apareció esta mujer y comenzó a gritarle. Supuse que era otra novia.

Nathan se encogió de hombros.

Comprendí que no le interesarían las nimiedades de la vida privada de Will, incluso si las supiera.

—Está un poco callado. Buen trabajo con el afeitado, por cierto. Qué bien que lo hayas sacado de detrás de esa mata de pelos.

Volví al salón. Will estaba sentado frente a la televisión, que aún seguía pausada en la misma imagen que cuando me fui.

—¿Quieres que lo ponga de nuevo? —pregunté.

Durante un minuto, no dio muestras de haberme oído. Tenía la cabeza hundida entre los hombros y la expresión tranquila de antes había quedado oculta tras un velo. Will se había encerrado dentro de sí mismo una vez más, en un lugar al que yo no podía llegar.

Parpadeó, como si acabara de notar mi presencia.

—Vale —dijo.

Llevaba la cesta de la colada por el pasillo cuando las oí. La puerta del pabellón estaba entreabierta y las voces de la señora Traynor y su hija llegaban por el pasillo, débiles, a ráfagas. La hermana de Will sollozaba en silencio y la furia había abandonado su voz. Hablaba casi como una niña pequeña.

—Tiene que haber algo que puedan hacer. Algún avance médico. ¿No lo podrías llevar a Estados Unidos? Ahí siempre hay mejoras.

—Tu padre sigue con mucha atención todos los avances. Pero no, cariño, no hay nada... concreto.

—Está... tan diferente. Parece decidido a no ver las cosas buenas.

—Ha sido así desde el comienzo, George. Es solo que tú no pasaste tiempo con él, salvo cuando viniste de visita a casa. Por aquel entonces, creo que todavía se mostraba... resuelto. Por aquel entonces, estaba seguro de que algo iba a cambiar.

Me sentí un poco incómoda al escuchar una conversación tan íntima. Pero la extrañeza de las palabras me incitó a acercarme. Me descubrí caminando a hurtadillas hacia la puerta, sin hacer ruido alguno.

—Mira, papá y yo no te dijimos nada. No queríamos que te afectara. Pero Will intentó... —La señora Traynor forcejeó para encontrar palabras—. Will intentó... Intentó matarse.

—¿Qué?

—Papá lo encontró. Fue en diciembre. Fue..., fue espantoso.

Si bien esto solo confirmaba mis sospechas, me quedé de piedra. Oí un llanto apagado, unos susurros consoladores. Hubo otro largo silencio. Y entonces Georgina, con la voz cargada de pena, habló de nuevo.

—¿Esa chica...?

—Sí. Louisa está para que no vuelva a ocurrir.

Me quedé helada. Al otro lado del pasillo, desde el baño, oí a Nathan y a Will, que hablaban en murmullos, ajenos a la conversación que tenía lugar a tan solo unos pasos de ellos. Di un paso hacia la puerta. Supongo que lo había sabido desde el momento mismo en que vi esas cicatrices en las muñecas. Lo explicaba todo, al fin y al cabo: la ansiedad de la señora Traynor cuando dejaba a Will solo demasiado tiempo, la antipatía de Will al conocerme, todos esos momentos larguísimos en que yo sentía que no estaba haciendo nada útil. No era más que una niñera. Yo no lo sabía, pero Will sí, y por eso me odiaba.

Llevé la mano al picaporte, preparada para cerrar la puerta con delicadeza. Me pregunté si Nathan lo sabía. Me pregunté si Will era más feliz ahora. Comprendí que sentía un alivio, tan leve como egoísta, al descubrir que Will no tenía objeciones contra mí, sino contra el hecho de que hubieran contratado a alguien para observarlo. Esos pensamientos me asaltaban con tal fuerza que casi me perdí la siguiente parte de la conversación.

—No puedes dejar que lo haga, mamá. Tienes que impedírselo.

—No está en nuestras manos, cariño.

—Pero sí. Lo está si te pide que intervengas —protestó Georgina.

El picaporte se quedó inmóvil en mi mano.

—No puedo creer que estés de acuerdo con esto. ¿Y tu religión? ¿Y todo lo que has hecho? ¿Qué sentido tiene que lo salvaras la última vez, maldita sea?

La voz de la señora Traynor habló con una calma deliberada.

—Eso no es justo.

—Pero has dicho que lo llevarías. ¿Qué...?

—¿Es que crees que, si me niego, no se lo pediría a otra persona?

—Pero ¿Dignitas? Está mal. Sé que es duro para él, pero esto os va a destrozar a ti y a papá. Lo sé. ¡Piensa en cómo te sentirías! ¡Piensa en el qué dirán! ¡Tu trabajo! ¡Vuestra reputación! Seguro que él lo sabe. Qué egoísta es al pedirlo. ¿Cómo se atreve? ¿Cómo puede hacer algo así? ¿Cómo puedes tú hacer algo así? —Comenzó a sollozar de nuevo.

—George...

—No me mires así. A mí me importa Will, mamá. Claro que sí. Es mi hermano y lo quiero. Pero esto es insoportable.

No puedo ni pensar en ello. Él hace mal en pedirlo y tú haces mal en considerarlo. Y no es solo su vida lo que va a destrozar si continúas con esto.

Di un paso hacia atrás. Mi sangre latía con tal fuerza contra las sienes que casi no oí la respuesta de la señora Traynor.

—Seis meses, George. Me prometió concederme seis meses. No quiero que vuelvas a hablar de esto, y menos aún con otras personas. Y tenemos... —Respiró hondo—. Tenemos que rezar mucho para que, en estos seis meses, ocurra algo que le haga cambiar de idea.

8

Camilla

*J*amás me propuse ayudar a mi hijo a matarse.

Incluso leer estas palabras me resulta extraño, como si pertenecieran a un periódico sensacionalista o a una de esas horrendas revistas que la mujer de la limpieza lleva siempre en el bolso, llenas de mujeres cuyas hijas se escaparon con sus parejas infieles, relatos de asombrosas pérdidas de peso y bebés de dos cabezas.

Yo no era el tipo de persona a quien le ocurrían estas cosas. O, al menos, eso pensaba. Mi vida contaba con una estructura clara. Bastante común, para los tiempos que corren. Llevaba casada casi treinta y siete años, había criado dos hijos, había conservado mi trabajo, había ayudado en el colegio, en la asociación de padres y madres de alumnos y, una vez que mis hijos ya no me necesitaron, me había incorporado a la judicatura.

Era juez desde hacía casi once años. En el tribunal observaba toda la vida humana pasar ante mí: los granujas desvalidos que ni siquiera eran capaces de organizarse para llegar al tribunal a tiempo; los delincuentes reincidentes; los jóvenes irascibles y duros y las madres agotadas y cargadas de deudas. Es muy difícil mantener la calma y seguir siendo comprensiva cuando se ven las mismas caras, los mismos errores cometidos una y otra vez. A veces percibía la impaciencia en mi voz. Llegaba a ser desalentadora, esa tozuda negativa de la humanidad a intentar al menos obrar de un modo razonable.

Y nuestro pequeño pueblo, a pesar de la belleza del castillo, de nuestros edificios históricos, de nuestras pintorescas carreteras rurales, no era inmune a ello en absoluto. En nuestras plazas de la época de la Regencia los adolescentes bebían sidra, nuestras tradicionales casas de tejado de paja amortiguaban los sonidos de maridos maltratando a sus esposas e hijos. En ocasiones me sentía como el rey Canuto, haciendo declaraciones inútiles ante la devastación y el caos inminentes. Aun así, me encantaba mi trabajo. Lo hacía porque creo en el orden, en un código moral. Creo que existen el bien y el mal, por muy anticuada que resulte esa idea.

Superé los días más difíciles gracias a mi jardín. A medida que mis hijos crecían, se convirtió en una pequeña obsesión. Me sabía el nombre latino de casi todas las plantas. Lo más curioso es que yo ni siquiera aprendí latín en el instituto (estudié en un pequeño centro educativo para señoritas que se centraba en la cocina y el bordado, esas cosas que nos ayudarían a ser buenas esposas), pero los nombres de las plantas se me quedan grabados en la cabeza. Me basta oírlos una vez para recordarlos para siempre: *Helleborus niger, Eremurus stenophyllus, Athyrium niponicum.* Soy capaz de repetirlos con una fluidez que jamás habría alcanzado en el colegio.

Se dice que solo apreciamos de verdad un jardín al llegar a cierta edad, y supongo que algo de cierto hay en ello. Tal vez tenga que ver con el gran círculo de la vida. Parece existir un elemento milagroso en el incesante optimismo de los nuevos brotes tras la crudeza del invierno, en esa exaltación de la diferencia año tras año, esa manera en que la naturaleza se muestra en todo su esplendor cada vez en un rincón diferente del jardín. Ha habido épocas (esas ocasiones en que mi matrimonio estuvo más concurrido de lo que me esperaba) en que fue un refugio, épocas en que fue una alegría.

Ha habido épocas en que me resultó, sinceramente, un incordio. No hay nada más decepcionante que plantar un nuevo arriate solo para ver que no florece, o contemplar una hilera de bellos *Allium* destruidos en una noche por cualquier motivo. Pero, incluso cuando me quejaba por el tiempo y el esfuerzo necesarios para cuidarlo, a pesar de las protestas de mis articulaciones tras una tarde de poda o de no tener nunca las uñas limpias del todo, lo adoraba. Adoraba los placeres sensuales de estar al aire libre, los olores, el tacto de la tierra bajo los dedos, la satisfacción de ver seres vivos, radiantes, embelesados en su belleza efímera.

Después del accidente de Will, no salí al jardín durante un año. No fue solo por falta de tiempo, si bien las horas eternas en el hospital, el tiempo perdido de acá para allá en el coche y las reuniones (oh, Dios, las reuniones) me mantenían muy ocupada. Solicité una baja de seis meses en el trabajo y aun así nunca disponía de tiempo suficiente.

Fue porque, de repente, dejé de verle el sentido. Pagué a un jardinero para que lo mantuviera en buen estado, y no creo que le dedicara ni la más somera de las miradas durante la mayor parte del año.

Solo cuando trajimos a Will de vuelta a casa, una vez que el pabellón quedó adaptado y listo, tuvo sentido volver a embellecerlo. Necesitaba que mi hijo tuviera algo hermoso que contemplar. Necesitaba decirle, en silencio, que las cosas cambian, crecen o se marchitan, pero que la vida continúa. Que todos formamos parte de un ciclo superior, de un orden que solo

Dios comprende. A Will no podía hablarle así, por supuesto (a Will y a mí nunca se nos dio bien conversar de las cosas que de verdad nos importaban), pero quería mostrárselo. Una promesa silenciosa, por así decirlo, de que existía algo más, un futuro más radiante.

Steve estaba atizando el fuego. Movía con destreza los leños que quedaban, medio calcinados, atizador en mano, haciendo saltar chispas relucientes por la chimenea, tras lo cual echó un leño nuevo en medio del fuego. Se apartó, como siempre, a observar con discreta satisfacción cómo las llamas se avivaban y se limpió las manos en los pantalones de pana. Se dio la vuelta cuando entré en la habitación. Le tendí una copa.

—Gracias. ¿Va a venir George?

—Al parecer no.

—¿Qué está haciendo?

—Está arriba, viendo la tele. No quiere compañía. No le pedí que viniera.

—Ya se le pasará. Es probable que sufra *jet lag*.

—Eso espero, Steve. No está muy contenta con nosotros ahora mismo.

Nos quedamos ahí, en silencio, observando el fuego. A nuestro alrededor el salón estaba en penumbras e inmóvil, mientras el viento y la lluvia azotaban el cristal de las ventanas.

—Qué asco de noche.

—Sí.

El perro entró sin hacer ruido y, con un suspiro, se tumbó junto al fuego; nos lanzó una mirada amorosa a ambos desde ahí abajo.

—Entonces, ¿qué piensas? —dijo—. Sobre el corte de pelo.

—No lo sé. Me gustaría pensar que es una buena señal.

—Esta Louisa es todo un carácter, ¿no?

Vi cómo mi marido se sonreía. *También ella, no,* me descubrí pensando, y rechacé la idea.

—Sí. Sí, supongo que lo es.

—¿Crees que es la persona indicada?

Tomé un sorbo de mi vaso antes de responder. Dos dedos de ginebra, una rodaja de limón y mucha tónica.

—¿Quién sabe? —dije—. Creo que ya no tengo ni la menor idea acerca de qué está bien y qué está mal.

—A Will le cae bien. Estoy seguro de que le cae bien. La otra noche estábamos hablando mientras veíamos las noticias y la mencionó dos veces. No había hecho eso antes.

—Sí. Bueno. No me haría muchas ilusiones.

—¿Es que hace falta?

Steve se apartó del fuego. Noté que me estudiaba, consciente, tal vez, de las nuevas arrugas que cercaban mis ojos, de mis labios apretados en un gesto de ansiedad. Miró el pequeño crucifijo dorado, que ahora siempre llevaba al cuello. No me gustaba que me mirara así. No lograba evitar la sensación de que me comparaba con otra.

—Solo soy realista.

—Parece... Parece que esperas que ocurra ya.

—Conozco a mi hijo.

—Nuestro hijo.

—Sí. Nuestro hijo. —Más hijo mío, pensé. *Tú nunca estuviste ahí cuando te necesitaba. No emocionalmente. Eras solo una ausencia a la que él trataba de impresionar.*

—Va a cambiar de idea —dijo Steve—. Todavía queda mucho.

Nos quedamos ahí. Tomé un largo sorbo de mi bebida, el frío del hielo contra la calidez del fuego.

—No dejo de pensar... —dije, con la mirada en la chimenea—. No dejo de pensar que hay algo que no comprendo.

Mi marido aún me observaba. Noté su mirada clavada en mí, pero no alcé la vista. Tal vez, en ese caso, él habría extendido la mano para tocarme. Pero creo que ya habíamos ido demasiado lejos para eso.

Él también tomó un sorbo de su bebida.

—Estás haciendo todo lo que puedes, cariño.

—Lo sé muy bien. Pero no es suficiente, ¿verdad?

Él se volvió hacia el fuego, atizó innecesariamente un leño hasta que yo me di la vuelta y salí del salón en silencio.

Tal y como él esperaba.

Cuando Will me dijo lo que quería, tuvo que repetírmelo dos veces, pues yo tenía la certeza de no haberlo oído bien en un principio. Mantuve la calma cuando comprendí lo que estaba proponiendo, le dije que era ridículo y acto seguido salí de la habitación. Era una ventaja injusta: alejarse de un hombre en silla de ruedas. Hay dos escalones entre el pabellón y la casa y, a menos que cuente con la ayuda de Nathan, son un obstáculo insalvable para Will. Cerré la puerta del anexo y me quedé quieta en el pasillo que da a mi habitación, mientras las palabras sosegadas de mi hijo retumbaban en mis oídos.

Creo que no me moví durante media hora.

Will se negó a desistir. Como siempre, tenía que decir la última palabra. Repitió su propuesta cada vez que iba a verlo, de modo que tuve que hacer un esfuerzo de voluntad para no dejar de visitarlo todos los días. *No quiero vivir así, madre. Esta no es la vida que escogí. No hay esperanzas de mejora, así que es perfectamente razonable poner el punto final de la manera que me parezca adecuada.* Lo oí y no me costó imaginarme cómo se desenvolvería en esas reuniones de negocios, durante esa carrera que le hizo rico y arrogante. Era un hombre acostumbrado a hacerse escuchar, al fin y al cabo. Le resultaba insoportable que yo tuviera el poder de dictar su futuro, que de algún modo me hubiera convertido una vez más en su *madre*.

Empleó toda su energía en convencerme. No se trataba de que mi religión lo prohibiera, si bien era espantoso pensar que Will se condenaría al infierno a causa de su desesperación. (Preferí creer que Dios, un Dios benigno, se apiadaría de nuestros sufrimientos y nos perdonaría nuestros pecados).

Se trataba de algo que es imposible comprender hasta que se es madre: no es solo al hombre adulto (ese hijo torpón, sin afeitar, maloliente, vehemente) a quien vemos ante nosotras, con sus multas de tráfico y sus zapatos sucios y su complicada vida amorosa, sino a todas las personas que ha ido siendo, empaquetadas en un solo cuerpo.

Al mirar a Will veía al bebé que había tenido en brazos, embelesada y llorosa, incapaz de creer que había creado a otro ser humano. Veía al niño pequeño que estiraba la mano en busca de la mía, al colegial que lloraba furioso tras pelearse con el abusón de la escuela. Veía los puntos vulnerables, el amor, la historia. Eso era lo que me pedía que extinguiera: al niño tanto como al hombre, todo ese amor, todas esas vivencias.

Y entonces, el 22 de enero, durante un día agotador en el tribunal, atrapada en un desfile incesante de ladronzuelos y conductores sin seguro, de parejas rotas, tristes y enojadas, Steven entró en el pabellón y encontró a nuestro hijo casi inconsciente, la cabeza contra el reposabrazos, en medio de un mar de sangre oscura y pegajosa que se amontonaba junto a las ruedas de la silla. Había encontrado un clavo oxidado, que sobresalía apenas un centímetro de un mueble viejo en el cuarto de atrás, y, con la muñeca contra el clavo, dio marcha atrás y adelante en la silla de ruedas hasta que la carne acabó hecha jirones. Aún hoy me resulta imposible imaginar la determinación que le impulsó a continuar, a pesar de que estaría delirando a causa del dolor. Los médicos me dijeron que solo veinte minutos le habían separado de la muerte.

No se trata, observaron con una delicadeza exquisita, *de un grito de ayuda.*

Cuando me dijeron en el hospital que Will sobreviviría, salí al jardín y descargué mi furia. Descargué mi furia contra Dios, contra la naturaleza, contra el destino que había arrastrado a nuestra familia al fondo de semejante abismo. Ahora, al recordarlo, comprendo que debí parecer una loca. Pasé en el jardín esa fría tarde y arrojé mi brandy contra el *Euonymus compactus,* y grité hasta que mi voz desgarró el aire, retumbando en las paredes del castillo y en la distancia. Estaba tan furiosa de estar rodeada de cosas que se doblaban y crecían y se reproducían, mientras que mi hijo (mi hermoso muchacho, carismático y lleno de vida) era apenas un objeto. Inmóvil, mustio, ensangrentado, sufriente. La belleza que me rodeaba era una obscenidad. Grité y grité y maldije con palabras que ni siquiera sabía que conocía, hasta que salió Steven y se quedó a mi lado, con la mano apoyada en mi hombro, esperando hasta que tuvo la certeza de que yo iba a guardar silencio de nuevo.

Él aún no se había hecho a la idea. No lo comprendía. Que Will lo volvería a intentar. Que pasaríamos nuestras vidas en un estado de constante vigilancia, a la espera de la próxima ocasión, a la espera de ver qué horrores se infligiría Will a sí mismo. Tendríamos que mirar el mundo a través de sus ojos: los venenos en potencia, los objetos afilados, la creatividad con que terminaría la tarea que había comenzado ese maldito motociclista. Nuestras vidas tendrían que encogerse hasta encajar en las posibilidades de ese único hecho. Y él contaba con una ventaja: no tenía nada más en lo que pensar.

Dos semanas más tarde le dije a Will: «Sí».

Por supuesto.

¿Qué otra cosa podía hacer?

9

No dormí esa noche. Yací despierta en el pequeño trastero, contemplando el techo y reconstruyendo paso a paso los dos últimos meses a la luz de lo que sabía ahora. Todo había cambiado de lugar, se había fragmentado y acabado en otro sitio, en una forma que a duras penas reconocía.

Me sentí engañada, la cómplice tonta que no sabía en qué se había metido. Imaginé que se habrían reído en privado de mis tentativas de dar de comer verduras a Will o de cortarle el pelo..., esas pequeñas cosas que le harían sentirse mejor. ¿Qué sentido tenían, al fin y al cabo?

Rememoré una y otra vez la conversación que había escuchado, en un intento de interpretarla de otro modo, de convencerme a mí misma de que había comprendido mal sus palabras. Pero Dignitas no era exactamente un lugar al que se iba de vacaciones. No podía creer que Camilla Traynor considerase hacerle eso a su hijo. Sí, me había parecido una mujer fría, y se portaba, sí, de manera poco natural ante su hijo. Era difícil imaginarla prodigándole arrumacos, como solía hacer mi madre con nosotros (intensa, gozosamente) hasta que nos desprendíamos de sus brazos, rogándole que nos soltara. Si soy sincera, al principio pensé que así trataban las clases pudientes a sus hijos. Al fin y al cabo, acababa de leer un libro de Will, *Amor en clima frío*. Pero ¿ser partícipe, de modo voluntario, en la muerte de tu propio hijo?

Al pensar de nuevo en ello, su comportamiento resultaba aún más frío, sus acciones imbuidas de una intención siniestra. Estaba furiosa con ella y estaba furiosa con Will. Furiosa con ambos por obligarme a participar en una farsa. Estaba furiosa por todas las veces que me había sentado a pensar en cómo mejorar las cosas para él, cómo lograr que estuviera más cómodo o feliz. Cuando no estaba furiosa, estaba triste. Recordé cómo se le quebró la voz a la señora Traynor cuando trató de consolar a Georgina y sentí una tristeza insondable por ella. Se encontraba, no me cabía duda, en una encrucijada imposible.

Sin embargo, por encima de todo, me sentí dominada por el horror. Me obsesionaba lo que ahora sabía. ¿Cómo vivir a sabiendas de que solo se dejaban pasar los días hasta la llegada de la muerte? ¿Cómo era posible que ese hombre cuya piel había sentido bajo los dedos esta mañana (cálida y viva) decidiera acabar consigo mismo? ¿Cómo era posible que, con el consentimiento de todos, en apenas seis meses esa misma piel pudiera encontrarse bajo tierra, pudriéndose?

No se lo podía contar a nadie. Eso era casi lo peor de todo. Era una encubridora del secreto de los Traynor. Asqueada y desganada, llamé a Patrick para decirle que no me sentía bien y me iba a quedar en casa. No pasaba nada, estaba corriendo diez kilómetros, dijo. Probablemente, no llegaría al club de atletismo hasta las nueve, de todos modos. Ya nos veríamos el sábado. Parecía distraído, como si tuviera la cabeza en otras cosas, en algún recorrido mítico.

Me negué a cenar. Me tumbé en la cama hasta que mis ideas se volvieron tan lóbregas y sólidas que no resistí su peso, y a las ocho y media bajé de nuevo y me senté a ver la televisión en silencio, acurrucada al lado del abuelo, la única persona de nuestra familia que no me haría preguntas. Estaba sentado en su sillón favorito y tenía la mirada clavada en la pantalla con una intensidad vidriosa. Nunca estaba segura de si prestaba atención o si pensaba en sus cosas.

—¿Seguro que no quieres nada, cariño? —Mi madre apareció a mi lado con una taza de té. Al parecer, no existía nada en nuestra familia que no se pudiera solucionar con una taza de té.

—No. No tengo hambre, gracias.

Noté que lanzaba una mirada a mi padre. Sabía que más tarde susurrarían a solas que los Traynor me hacían trabajar demasiado, que la tensión de cuidar a un inválido era excesiva. Sabía que se culparían a sí mismos por haberme animado a aceptar el trabajo.

Y yo iba a dejarles pensar que estaban en lo cierto.

Paradójicamente, al día siguiente Will estaba de buen humor: más hablador que de costumbre, vehemente, provocador. Creo que habló más que cualquier otro día. Daba la impresión de que quería discutir conmigo y se quedó decepcionado cuando no le seguí la corriente.

—Entonces, ¿cuándo vas a terminar de trasquilarme?

Yo estaba ordenando la habitación. Alcé la vista del cojín del sofá que tenía en las manos.

—¿Qué?

—El corte de pelo. Está a medio hacer. Parezco un huérfano victoriano. O un imbécil de Hoxton. —Giró la cabeza para que yo viera mejor mi obra—. A menos que sea una declaración de estilo alternativo tuya.

—¿Quieres que termine de cortarte el pelo?

—Bueno, parecía que te gustaba. Y estaría bien no parecer recién escapado de un manicomio.

Fui en busca de una toalla y de tijeras en silencio.

—Nathan está mucho más contento ahora que parezco un tipo decente —dijo—. Aunque, según él, ahora que mi cara ha vuelto a su estado normal, voy a tener que afeitarme todos los días.

—Oh —dije.

—No te importa, ¿verdad? Los fines de semana tendré que lucir barba.

No lograba hablar con él. Me resultaba difícil incluso mirarlo a los ojos. Era como descubrir que tu novio te había sido infiel. Sentí, de un modo extraño, que me había traicionado.

—¿Clark?

—¿Mmm?

—Estás desconcertantemente callada. ¿Qué le pasó a esa mujer tan habladora que llegaba a ser un poco irritante?

—Lo siento —dije.

—¿Otra vez el Hombre Maratón? ¿Qué ha hecho ahora? ¿No se habrá ido corriendo?

—No. —Tomé un suave mechón de pelo entre el índice y el dedo medio y alcé las tijeras para recortar las puntas que sobresalían. Me quedé inmóvil. ¿Cómo lo harían? ¿Le darían una inyección? ¿Una medicina? ¿O le dejarían en una habitación junto a unas cuchillas?

—Pareces cansada. No iba a decir nada cuando llegaste, pero, qué diablos, tienes un aspecto horrible.

—Oh.

¿Cómo ayudaban a alguien incapaz de mover las extremidades? Me descubrí a mí misma contemplando sus muñecas, cubiertas siempre bajo las mangas. Durante semanas, había dado por hecho que era más sensible al frío que nosotros. Otra mentira.

—¿Clark?

—¿Sí?

Me alegró estar detrás de él. No quería que me viera la cara.

Will vaciló. Allí donde la nuca estaba cubierta por el pelo, la palidez era incluso más intensa que en el resto de su piel. Parecía suave y blanca y extrañamente vulnerable.

—Mira, siento lo de mi hermana. Estaba... Estaba muy alterada, pero eso no le daba derecho a ser una grosera. A veces es demasiado directa. No es consciente de cuánto molesta a la gente. —Se detuvo—. Por eso le gusta vivir en Australia, creo.

—¿Quieres decir que allá se dicen la verdad?

—¿Qué?

—Nada. Levanta la cabeza, por favor.

Corté y peiné, metódicamente, hasta recortarle el pelo por completo, y no quedó más que un montoncito de mechones alrededor de sus pies.

Al final del día, todo se volvió muy claro para mí. Mientras Will veía la televisión junto a su padre, tomé un folio de la impresora y un bolígrafo de un frasco de la cocina y escribí lo que quería decir. Doblé el papel, encontré un sobre y lo dejé sobre la mesa de la cocina, a nombre de su madre.

Cuando me fui al acabar la jornada, Will y su padre conversaban. En realidad, Will se reía. Me detuve en el pasillo, con el bolso sobre el hombro, a la escucha. ¿Por qué se reiría? ¿Cuál sería el motivo de esa alegría, apenas unas semanas antes de acabar con su propia vida?

—Me voy —dije ante el umbral y comencé a caminar.

—Eh, Clark —dijo Will, pero yo ya había cerrado la puerta detrás de mí.

Pasé el corto trayecto en autobús pensando qué le diría a mis padres. Se pondrían furiosos al saber que había dejado un empleo que les parecía bien pagado y perfectamente razonable. Tras la impresión inicial, mi madre, con aspecto dolido, me defendería, sugiriendo que era demasiado. Mi padre me preguntaría por qué no me parecía más a mi hermana. Lo hacía a menudo, aunque yo no era quien había echado a perder su vida quedándose embarazada y pasando a depender del resto de la familia en lo económico y en el cuidado del niño. No era posible decir algo así en la casa porque, según mi madre, daría a entender que Thomas no era una bendición. Y todos los bebés eran una bendición de Dios, incluso aquellos que decían *capullo* sin parar, y cuya presencia suponía que la mitad de los trabajadores en potencia de nuestra familia no podían tener un empleo decente.

No podía decirles la verdad. Sabía que no debía nada ni a Will ni a su familia, pero no les condenaría a recibir las miradas inquisitivas de todo el barrio.

Todas estas ideas revoloteaban en mi cabeza cuando salí del autobús y caminé colina abajo. Y entonces llegué a la esquina de nuestra calle y oí los gritos, sentí una ligera vibración en el aire y, por un momento, me olvidé de todo.

Una pequeña multitud se había reunido alrededor de nuestra casa. Avivé el paso, temerosa de que hubiera ocurrido algo, pero entonces vi a mis padres en el porche, mirando hacia arriba, y comprendí que no era nuestra casa el centro de atención. Era tan solo la última de esa serie de pequeñas batallas que caracterizaba la relación matrimonial de nuestros vecinos.

Que Richard Grisham no era el más fiel de los maridos no era precisamente un secreto en el barrio. Pero, a juzgar por la escena que transcurría en su jardín delantero, tal vez lo hubiera sido para su mujer.

—Habrás pensado que soy tonta de remate. ¡Esa golfa llevaba puesta tu camiseta! ¡La que te hice yo para tu cumpleaños!

—Cariño... Dympna... No es lo que piensas.

—¡Fui a buscarte esos huevos rebozados de mierda! ¡Y ahí estaba ella, con la camiseta! ¡La muy caradura! ¡Y a mí ni siquiera me gustan los huevos!

Caminé más despacio, abriéndome paso entre la multitud, hasta que al fin logré llegar a la puerta de casa, sin dejar de mirar a Richard, que esquivó un reproductor de DVD. A continuación, le tocó el turno a un par de zapatos.

—¿Cuánto tiempo llevan así?

Mi madre, con el delantal cuidadosamente atado a la cintura, descruzó los brazos y miró el reloj.

—Unos buenos cuarenta y cinco minutos. Bernard, ¿crees que han pasado cuarenta y cinco minutos?

—Depende de si empiezas a contar desde que ella tiró la ropa o desde que él volvió a casa y lo vio.

—Diría que desde el regreso de él.

Mi padre sopesó la cuestión.

—Entonces, más bien media hora. Aunque ella tiró un montón de cosas por la ventana en los primeros quince minutos.

—Tu padre dice que, si de verdad lo echa de casa esta vez, va a preguntarle cuánto cuesta la Black and Decker de Richard.

La multitud crecía y Dympna Grisham no mostraba indicios de calmarse. En todo caso, parecía animarla tener un público cada vez más numeroso.

—Llévale tus libros inmundos —gritó, arrojando una andanada de revistas por la ventana.

Esto ocasionó una pequeña ovación de la muchedumbre.

—A ver si a ella le gusta que te pases en el baño media tarde del domingo con *esas,* ¿eh? —Desapareció de la ventana y reapareció con una cesta de la colada, cuyo contenido arrojó a lo que quedaba del césped—. Y tus calzoncillos inmundos. ¡A ver si ella sigue pensando que eres, ¿cómo era?, *todo un semental* cuando te los tenga que lavar todos los días!

Richard recogía en vano cuanto podía a medida que iba cayendo contra la hierba. Gritaba a la ventana, pero, con todo el ruido y los abucheos, era difícil saber qué decía. Como si admitiera su derrota, se abrió paso entre el gentío, abrió el coche, cargó con todo lo que le cabía en los brazos, lo dejó en el asiento de atrás y cerró la puerta. Por extraño que parezca, a pesar de lo populares que resultaron sus colecciones de películas y videojuegos, nadie hizo ademán de acercarse a su ropa sucia.

Crash. Se hizo un breve silencio cuando la cadena musical se estampó contra la calzada.

Richard alzó la vista, incrédulo.

—¡Puta loca!

—¿Tú te estás follando a ese trol bizco y sifilítico del garaje y *yo* soy la puta loca?

Mi madre se volvió hacia mi padre.

—¿Te apetece una taza de té, Bernard? Creo que empieza a refrescar.

Mi padre no apartó los ojos de la puerta de los vecinos.

—Qué buena idea, cariño. Gracias.

Cuando mi madre entró en casa, reparé en el coche. Fue tan inesperado que al principio ni siquiera lo reconocí: era el Mercedes de la señora Traynor, azul marino, de suelo bajo, discreto. La señora Traynor aparcó, contempló la escena y dudó un momento antes de bajar. Se quedó ahí, mirando las casas, tal vez en busca de los números. Y entonces me vio.

Salí del porche y bajé por el camino antes de que mi padre tuviera ocasión de preguntarme adónde iba. La señora Traynor estaba al lado de la muchedumbre, observando el incidente como María Antonieta habría mirado una revuelta de campesinos.

—Una disputa doméstica —dije.

Ella apartó la vista, casi como si le avergonzara que la hubiera sorprendido mirando.

—Ya veo.

—Es bastante constructiva, para lo que nos tienen acostumbrados. Se nota que han ido a terapia de pareja.

Su elegante traje de lana, el collar de perlas y el sofisticado corte de pelo la destacaban en plena calle, entre el gentío ataviado con chándales y prendas baratas de colores brillantes compradas en supermercados. Su aspecto era rígido, peor que el de aquella mañana en que me descubrió durmiendo en la cama de Will. Caí en la cuenta, en un rincón distante de mi mente, de que no iba a echar de menos a Camilla Traynor.

—Me preguntaba si podríamos hablar un momento.

—Tuvo que alzar la voz para hacerse oír entre los gritos.

La señora Grisham había comenzado a arrojar los caros vinos de su marido. Cada botella que explotaba era recibida con alaridos de júbilo y nuevos arrebatos y ruegos sinceros del señor Grisham. Un río de vino tinto se extendió a los pies de la multitud hasta llegar a la alcantarilla.

Eché un vistazo al gentío y otro detrás de mí, a la casa. Ni se me ocurrió llevar a la señora Traynor a nuestro salón, con su follón de trenes de juguete, el abuelo, que estaría roncando frente a la televisión, mi madre, que rociaría el ambientador para ocultar el hedor de los calcetines de mi padre, y Thomas, que aparecería para llamar *capulla* a la recién llegada.

—Mmm... No es buen momento.

—¿Tal vez podríamos hablar en mi coche? Mira, solo cinco minutos, Louisa. Sin duda, nos debes por lo menos eso.

Un par de vecinos nos miraron cuando subí al coche. Por fortuna, los Grisham eran el acontecimiento de la noche o yo habría acabado en todos los chismorreos. En nuestra calle, si alguien se subía a un coche caro, o bien se había acostado con un futbolista o bien le había detenido un policía de paisano.

Las puertas se cerraron con un ruido amortiguado y caro, y de repente se hizo el silencio. El coche olía a cuero y no contenía nada salvo a la señora Traynor y a mí. No había envoltorios de caramelos, ni barro, ni juguetes perdidos, ni ambientadores para disimular el olor del cartón de leche que se había caído hacía tres meses.

—Creía que tú y Will os llevabais bien. —Hablaba como si se dirigiera a alguien situado frente a ella. Como no respondí, añadió—: ¿Hay algún problema con la paga?

—No.

—¿Necesitas más tiempo a la hora de comer? Soy consciente de que es un descanso corto. Le podría pedir a Nathan que...

—No es el horario. Ni el dinero.

—Entonces...

—En realidad, no quiero...

—Mira, no me puedes entregar una renuncia de efecto inmediato y esperar que ni siquiera te pregunte qué diablos ocurre.

Respiré hondo.

—Las oí. A usted y a su hija. Anoche. Y no quiero... No quiero ser parte de ello.

—Ah.

Guardamos silencio. El señor Grisham trataba de abrir a mamporros la puerta de entrada mientras la señora Grisham le arrojaba a la cabeza todo lo que encontraba. La elección de los proyectiles (papel higiénico, cajas de tampones, la escobilla del váter, frascos de champú) indicaba ahora que se encontraba en el baño.

—Por favor, no te vayas —dijo la señora Traynor, en voz baja—. Will está a gusto contigo. Más de lo que le he visto en mucho tiempo. Yo... Sería muy difícil para nosotros encontrar a otra persona con quien se sintiera así.

—Pero... lo van a llevar a ese lugar donde la gente se suicida. Dignitas.

—No. Voy a hacer todo lo que esté en mis manos para que no vaya.

—¿Como qué? ¿Rezar?

Me lanzó lo que mi madre habría descrito como una mirada de los viejos tiempos.

—A estas alturas, supongo que ya sabes que si Will decide retraerse en sí mismo los demás no podemos hacer gran cosa al respecto.

—Ya lo comprendo todo —dije—. Yo estoy ahí para que no les engañe y lo haga antes de los seis meses. Es eso, ¿no?

—No. No es eso.

—Por eso no le importaba mi experiencia laboral.

—Pensé que eras inteligente, alegre y distinta. No parecías una enfermera. No te comportabas... como las otras. Pensé... Pensé que lo animarías. Y no me equivoqué: está más animado contigo, Louisa. Al verlo ayer sin esa barba espantosa... Parece que eres una de las pocas personas a quien escucha.

La ropa de cama salió por la ventana. Cayó hecha una bola y las sábanas se extendieron con elegancia antes de llegar al suelo. Dos niños cogieron una y comenzaron a correr con la sábana por encima de la cabeza.

—¿No cree que habría sido justo mencionar que yo estaba ahí para evitar un suicidio?

El suspiro de Camilla Traynor fue el sonido de alguien obligado a explicar algo con amabilidad a una imbécil. Me pregunté si sabía que todo lo que decía hacía sentirse como idiotas a sus interlocutores. Me pregunté si era un rasgo que cultivaba deliberadamente. No creía que yo fuera nunca capaz de hacer sentirse inferior a alguien.

—Tal vez eso fuera así al principio..., pero tengo plena confianza en la palabra de mi hijo. Me ha prometido seis meses, y eso es lo que me va a conceder. Necesitamos ese tiempo, Louisa. Necesitamos ese tiempo para inspirarle la idea de que hay una *posibilidad*. Esperaba plantar la idea de que existe una vida que podría disfrutar, aunque no fuese la vida que él había planeado.

—Pero es todo mentira. Me ha mentido a mí y se están mintiendo unos a otros.

No dio muestras de haberme oído. Se giró para mirarme, al tiempo que sacaba la chequera del bolso. Ya tenía un bolígrafo en la mano.

—Mira, ¿qué quieres? Te voy a doblar la paga. Dime cuánto quieres.

—No quiero su dinero.

—Un coche. Prestaciones. Extras...

—No...

—Entonces..., ¿qué puedo hacer para que cambies de opinión?

—Lo siento. Yo no...

Hice ademán de salir del coche. Su mano salió disparada. Y se quedó ahí, en mi brazo, extraña y radiactiva. Ambas la miramos fijamente.

—Firmó un contrato, señorita Clark —dijo—. Firmó un contrato en el que prometía trabajar para nosotros durante seis meses. Según mis cálculos, solo han pasado dos. Lo único que le exijo es que cumpla con sus obligaciones contractuales. —Su voz se crispó. Bajé la vista a la mano de la señora Traynor y vi que estaba temblando—. Por favor. —La señora Traynor tragó saliva.

Mis padres nos miraban desde el porche. Los vi, con las tazas en las manos, y eran las únicas dos personas que daban la espalda al teatro de la puerta de al lado. Se dieron la vuelta, torpemente, cuando notaron que los había visto. Mi padre, me fijé, llevaba las zapatillas a cuadros con manchones de pintura.

Giré la manilla de la puerta.

—Señora Traynor, no puedo quedarme de brazos cruzados y mirar... Es demasiado raro. No quiero ser parte de ello.

—Piénsalo. Mañana es festivo: le voy a decir a Will que tienes un compromiso familiar si necesitas tomarte un tiempo. Cuentas con el fin de semana para reflexionar. Pero, por favor, vuelve. Vuelve y ayúdale.

Volví a casa sin mirar atrás. Me senté en el salón, con la mirada puesta en la televisión mientras mis padres me seguían adentro, intercambiaban miradas y fingían que no me estaban observando.

Pasaron casi once minutos hasta que por fin oí el coche de la señora Traynor arrancar y alejarse.

A los cinco minutos de haber llegado a casa, mi hermana vino a enfrentarse conmigo, tras subir la escalera dando pisotones e irrumpir en mi habitación.

—Sí, por favor, entra —dije. Yo estaba tumbada en la cama, con las piernas estiradas en la pared, mirando al techo. Llevaba leotardos y pantalones cortos azules con lentejuelas, que en esa postura rodeaban de forma muy poco atractiva el principio de mis muslos.

Katrina se quedó en el umbral.

—¿Es verdad?

—¿Que Dympna Grisham por fin ha echado a ese marido inútil y mujeriego...?

—No te hagas la listilla. Lo de tu trabajo.

Repasé el dibujo del papel pintado con el dedo del pie.

—Sí, he entregado la renuncia. Sí, sé que mamá y papá no están muy contentos. Sí, sí, sí, sea lo que sea lo que me vayas a gritar.

Cerró la puerta con cuidado detrás de sí, se sentó en un extremo de la cama, pesadamente, y exclamó con energía:

—No puedo creerlo.

Dio un empujón a mis piernas, que cayeron de la pared, de modo que casi acabé tumbada en la cama. Me incorporé.

—Ay.

—No puedo creerlo. —Tenía la cara de color púrpura—. Mamá está hecha polvo. Papá finge que no, pero también está hecho polvo. ¿Qué van a hacer respecto al dinero? Ya sabes que a papá le da miedo perder su puesto. ¿Por qué diablos tienes que renunciar a un trabajo perfectamente digno?

—No me sueltes un discurso, Treen.

—Bueno, ¡alguien tiene que hacerlo! No vas a ganar tanto dinero en ninguna otra parte. Y ¿cómo va a quedar en tu currículo?

—Vamos, no finjas que no se trata de ti y lo que tú quieres.

—¿Qué?

—No te importa lo que yo haga, siempre y cuando puedas ir a resucitar tu carrera de altos vuelos. Solo me necesitas para que dé dinero a la familia y pague la guardería. Y a la mierda todo lo demás. —Sabía que mis palabras eran desagradables e hirientes, pero no logré contenerme. Al fin y al cabo, fueron los problemas de mi hermana los que nos habían metido en este brete. De mi interior comenzaron a supurar años de resentimiento—. Todos tenemos que aguantarnos con nuestros trabajos de mierda para que la pequeña Katrina vaya a cumplir sus sueños.

—No se trata de mí.

—¿No?

—No, se trata de ti, que no conservas ni el único trabajo decente que te han ofrecido en meses.

—No sabes nada de mi trabajo, ¿vale?

—Sé que pagaban mucho más que el salario mínimo. Y eso es todo lo que necesito saber.

—El dinero no lo es todo en la vida.

—¿De verdad? Ve abajo y díselo a mamá y a papá.

—No te atrevas a soltarme tus discursos de mierda sobre el dinero cuando tú no has pagado ni una maldita cosa en esta casa desde hace años.

—Ya sabes que no puedo permitirme gran cosa por Thomas.

Comencé a empujar a mi hermana hacia la puerta. No recordaba la última vez que le había puesto una mano encima, pero en ese momento quería golpear a alguien con todas mis fuerzas y me asustó que se quedara ahí, frente a mí.

—Vete a la mierda, Treen. ¿Vale? Vete a la mierda y déjame en paz.

Cerré de un portazo en su cara. Y, cuando al fin oí cómo se alejaba despacio por las escaleras, preferí no pensar en qué les diría a mis padres, en cómo lo considerarían una prueba más de mi catastrófica incapacidad para hacer algo con mi vida. Preferí no pensar en Syed, de la Oficina de Empleo, y en cómo le explicaría mis motivos para dejar este trabajo tan sencillo y bien pagado. Preferí no pensar en la fábrica de pollos y en que, en algún rincón de sus entrañas, aún habría un mono de plástico y un gorro desechable con mi nombre en ellos.

Me tumbé y pensé en Will. Pensé en su furia y en su tristeza. Pensé en lo que había dicho su madre: que yo era una de las pocas personas a quien escuchaba. Pensé en cuando trató de contener la risa al escuchar la *Canción de Molahonkey* una noche en que la nieve caía dorada tras la ventana. Pensé en la piel cálida y el cabello suave y las manos de alguien muy vivo, alguien mucho más inteligente y divertido de lo que sería yo nunca y que aun así no veía un futuro mejor que borrarse de la faz de la tierra. Y, por fin, la cabeza hundida en la almohada, lloré, porque de repente mi vida era mucho más lóbrega y complicada de lo que habría imaginado, y deseé volver al pasado, cuando solo me preocupaba si Frank y yo habíamos pedido bastantes panecillos.

Alguien llamó a la puerta.

Me soné la nariz.

—Vete a la mierda, Katrina.

—Lo siento.

Me quedé mirando la puerta.

Su voz sonaba apagada, como si tuviera los labios pegados al ojo de la cerradura.

—He traído vino. Mira, déjame pasar, por el amor de Dios, o mamá me va a oír. Tengo dos tazas de Bob el Constructor metidas en el jersey, y ya sabes cómo se pone cuando nos pilla bebiendo arriba.

Bajé de la cama y abrí la puerta.

Mi hermana vio mi cara, bañada en lágrimas, y enseguida cerró la puerta detrás de ella.

—Vale —dijo, y desenroscó el tapón y me sirvió una taza de vino—, ¿qué ha pasado realmente?

Miré a mi hermana con intensidad.

—No le digas a nadie lo que voy a contarte. A papá nunca. Y menos aún a mamá.

Y se lo conté.

Tenía que contárselo a alguien.

Había muchas cosas de mi hermana que no me gustaban. Hace unos pocos años mantenía una lista donde garabateaba con ganas mis razones. La odiaba porque tenía el pelo liso y grueso, en tanto que al mío se le abrían las puntas en cuanto me llegaba al hombro. La odiaba porque era imposible contarle nada que no supiera ya. La odiaba porque, a lo largo de mis años escolares, todos los profesores insistían en explicarme en voz baja qué inteligente era mi hermana, como si esa inteligencia no me condenase a vivir para siempre a su sombra. La odiaba porque a los veintiséis años yo aún dormía en el trastero de un adosado para que ella y su hijo ilegítimo descansaran en la habitación más amplia. Pero de vez en cuando me alegraba de que fuera mi hermana.

Porque Katrina no gritaba horrorizada. No se escandalizaba, ni insistía en contarle todo a mamá y a papá. No me dijo ni una vez que me había equivocado al marcharme.

Tomó un generoso sorbo de su taza.

—Caramba.

—Ni más ni menos.

—Además, es legal. No se lo pueden impedir.

—Lo sé.

—Mierda. Ni siquiera sé qué pensar.

Nos habíamos tomado dos tazas mientras le narraba la historia y sentí que tenía las mejillas acaloradas.

—Odio pensar que le estoy abandonando. Pero no puedo ser parte de esto, Treen. No puedo.

—Mmm. —Mi hermana estaba pensando. De hecho, tiene una «cara de pensar». Al verla así, la gente espera para no interrumpirla. Mi padre dice que cuando yo pongo cara de pensar parece que tengo que ir al baño.

—No sé qué hacer —dije.

Alzó la vista y su rostro se iluminó de repente.

—Es muy sencillo.

—Sencillo.

Sirvió otras dos tazas de vino.

—Huy. Parece que nos la hemos terminado. Sí. Sencillo. Tienen dinero, ¿verdad?

—No quiero su dinero. Me ofreció un aumento. Pero no se trata de eso.

—Cállate. No es para ti, niña tonta. Ellos tendrán su dinero. Y él tendrá un montón por el seguro, tras el accidente. Bueno, diles que quieres un presupuesto y emplea ese dinero, y esos..., ¿cuánto era?, esos cuatro meses que te quedan. Para que Will Traynor cambie de idea.

—¿Qué?

—Para que cambie de idea. Dijiste que pasa casi todo el tiempo en la casa, ¿verdad? Bueno, comienza con algo sencillo, y luego, una vez que ya esté cómodo al salir, piensa en todas las cosas fabulosas que podrías hacer por él, todo aquello con lo que le entrarían ganas de vivir (aventuras, viajes al extranjero, nadar con delfines, lo que sea) y hazlo. Yo te ayudo. Voy a buscar cosas en Internet en la biblioteca. Te apuesto algo a que encontraremos cosas maravillosas para él. Cosas que le harían feliz.

Me quedé mirándola.

—Katrina...

—Sí. Lo sé. —Sonrió, al mismo tiempo que yo—. Soy un puto genio.

10

Parecieron un poco sorprendidos. En realidad, sorprendidos es quedarse cortos. La señora Traynor
se mostró conmocionada, y a continuación desconcertada, y al
fin su semblante entero se cerró como una puerta. Su hija, acurrucada junto a ella en el sofá, me miró con el ceño fruncido,
con el tipo de gesto sobre el que mamá siempre me decía que
se me iba a quedar para siempre si me daba un aire. No fue,
desde luego, la respuesta entusiasta que había esperado.

—Pero ¿qué es en realidad lo que quieres hacer?

—No lo sé todavía. A mi hermana se le da bien investigar
estas cosas. Va a intentar averiguar qué posibilidades hay para
los tetrapléjicos. Pero lo que yo quería saber de verdad es si les
parecía bien la idea.

Estábamos en el recibidor. Era el mismo lugar donde hice
la entrevista, salvo que en esta ocasión la señora Traynor y su
hija estaban sentadas en el sofá, con ese perro viejo y baboso
entre ellas. El señor Traynor se hallaba de pie junto al fuego. Yo
llevaba mi chaqueta campesina francesa color índigo, un vestido corto y unas botas militares. Pensándolo bien, comprendí

que debería haber escogido un atuendo de aspecto más profesional para trazar mi plan.

—A ver si lo entiendo bien. —Camilla Traynor se inclinó hacia delante—. Quieres sacar a Will de esta casa.

—Sí.

—Y llevarlo a una serie de «aventuras». —Lo dijo como si yo acabara de sugerir que le practicáramos una operación quirúrgica entre todos.

—Sí. Como he dicho, aún no sé bien qué es posible. Pero hay que llevarlo fuera, ampliar sus horizontes. Tal vez al principio podamos hacer algo por aquí cerca, y, si todo va bien, iríamos más lejos dentro de poco.

—¿Estás hablando de ir al extranjero?

—¿Al extranjero? —Parpadeé—. Más bien pensaba en llevarlo al pub. O a un espectáculo, para empezar.

—Will apenas ha salido de esta casa en dos años, salvo para sus citas en el hospital.

—Bueno, sí... Pensé que merecería la pena intentar convencerle.

—Y tú, por supuesto, irías a todas estas aventuras junto a él —dijo Georgina Traynor.

—Mira. No es nada del otro mundo. En realidad, solo me refiero a que salga de casa, para empezar. Un paseo por el castillo, una visita al pub... Si acabamos nadando con delfines en Florida, estupendo. Pero en realidad solo quiero que salga de casa y piense en otras cosas. —No quería añadir que la mera idea de ir al hospital en coche a cargo de Will bastaba para que se me pusieran los nervios de punta. Pensar en llevarlo al extranjero me parecía tan probable como que yo corriera una maratón.

—Considero que es una idea espléndida —dijo el señor Traynor—. Creo que sería maravilloso que Will saliera por ahí. Ya sabéis que no puede ser muy bueno para él pasarse el día mirando estas cuatro paredes.

—Ya hemos intentado que salga, Steven —dijo la señora Traynor—. Ni que le hubiéramos dejado que se pudriera ahí dentro. Lo he intentado una y otra vez.

—Lo sé, cariño, pero no hemos tenido demasiado éxito, ¿verdad? Si a Louisa se le ocurren cosas que Will quiere probar, ¿qué tiene de malo?

—Sí, bueno, ya veremos si las quiere probar.

—Es solo una idea —dije. De repente, me sentí irritada. Los pensamientos de la señora Traynor eran casi visibles—. Si no quiere que lo intente...

—¿... te vas? —Me miró a los ojos.

Yo no aparté la vista. Ya no me asustaba. Porque sabía que no era mejor que yo. Era una mujer que se cruzaba de brazos mientras su hijo se moría frente a ella.

—Sí, probablemente.

—Entonces, es un chantaje.

—¡Georgina!

—No nos andemos por las ramas, papá.

Me erguí un poco en mi asiento.

—No. No es un chantaje. Es lo que estoy dispuesta a hacer. No puedo quedarme de brazos cruzados y esperar en silencio hasta que llegue la hora y... Will..., bueno... —Mi voz se fue apagando.

Todos nos quedamos mirando nuestras tazas de té.

—Como he dicho —intervino el señor Traynor con firmeza—, creo que es una idea excelente. Si consigues convencer a Will, no veo que tenga nada de malo. Me encanta la idea de que viaje. Solo... dinos qué necesitas que hagamos.

—Tengo una idea. —La señora Traynor posó la mano en el hombro de su hija—. Tal vez podrías ir de viaje con ellos, Georgina.

—Me parece bien —dije. Porque tenía tantas posibilidades de embarcar a Will en un viaje como de ganar la lotería.

Georgina Traynor, incómoda, cambió de postura en su asiento.

—No puedo. Ya sabes que empiezo en mi nuevo trabajo dentro de dos semanas. No podré venir a Inglaterra durante un tiempo una vez que comience.

—¿Vas a volver a Australia?

—No sé por qué te sorprende tanto. Te dije que solo venía de visita.

—Pensé que..., dadas..., dadas las circunstancias, tal vez te quedarías un poco más de tiempo. —Camilla Traynor miró a su hija como nunca miraba a Will, por muy grosero que fuera con ella.

—Es un trabajo espléndido, mamá. He dedicado todos mis esfuerzos durante dos años para conseguirlo. —Echó un vistazo a su padre—. No puedo poner en pausa toda mi vida por el estado mental de Will.

Hubo un largo silencio.

—No es justo. Si fuera yo quien estuviera en la silla, ¿habríais pedido a Will que renunciara a todos sus planes?

La señora Traynor no miró a su hija. Yo bajé la mirada y leí y releí el primer párrafo de mi lista.

—Hablemos de esto en otra ocasión. —La mano del señor Traynor se posó en el hombro de su hija y le dio un pequeño apretón.

—Sí, será mejor. —La señora Traynor comenzó a hojear los papeles que tenía frente a sí—. Vale, entonces. Propongo que lo hagamos así. Quiero estar al tanto de todo lo que estás planeando —dijo, mirándome—. Quiero encargarme del presupuesto y, si es posible, quiero un horario, para intentar tomarme un tiempo libre y acompañaros. Me corresponden unas vacaciones que no he disfrutado y...

—No.

Todos nos giramos para mirar al señor Traynor. Estaba acariciando la cabeza del perro y su expresión era amable, pero habló con firmeza.

—No. No creo que debas ir, Camilla. Will debería hacer esto por sí mismo.

—Will no puede hacerlo por sí mismo, Steven. Hay que considerar un montón de cosas cada vez que Will va a algún sitio. Es complicado. No creo que podamos dejar todo en manos de...

—No, cariño —repitió—. Nathan puede ayudar, y Louisa se encargará de todo sin problemas.

—Pero...

—Will debe poder sentirse un hombre. Eso no va a ser posible si su madre, o su hermana, ya puestos, permanece siempre a su lado.

Por un momento, sentí lástima por la señora Traynor. Aún conservaba esa mirada altiva tan suya, pero noté que, bajo esa apariencia, se sentía perdida, como si no comprendiera las intenciones de su marido. Se llevó la mano al collar.

—Me voy a asegurar de que no le pase nada —dije—. Y les mantendré informados acerca de nuestros planes con antelación.

La mandíbula de la señora Traynor estaba tan tensa que se le notaba un pequeño músculo bajo el pómulo. Me pregunté si llegó a odiarme en esos momentos.

—Yo también deseo que Will viva —concluí, al fin.

—Somos conscientes de ello —contestó el señor Traynor—. Y agradecemos tu determinación. Y discreción. —Me pregunté si esa palabra se refería a Will o a algo diferente por completo, pero entonces él se levantó y comprendí que había llegado el momento de irme. Georgina y su madre permanecieron sentadas en el sofá, sin decir nada. Tuve la sensación de que iba a tener lugar una larguísima conversación una vez que yo me fuera.

—Muy bien —resolví—. Les mostraré el papeleo una vez que lo haya decidido todo. Será pronto. No disponemos de mucho...

El señor Traynor me dio unos golpecitos en el hombro.

—Lo sé. Avísanos cuando se te ocurra algo —dijo.

Treena se soplaba las manos y movía los pies arriba y abajo, involuntariamente, como si desfilara sin moverse del lugar. Llevaba mi boina verde, la cual, qué fastidio, le quedaba mucho mejor que a mí. Se inclinó y señaló la lista que acababa de sacarse del bolsillo, y me la entregó.

—Supongo que vas a tener que tachar la número tres, o al menos esperar a que haga mejor tiempo.

Repasé la lista.

—¿Baloncesto en silla de ruedas? Ni siquiera sé si le gusta el baloncesto.

—Eso no importa. Maldita sea, qué frío hace. —Se caló la boina hasta las orejas—. Lo que importa es que vea cuáles son sus posibilidades. Así va a comprobar que hay otra gente en su situación que hace deporte y otras cosas.

—No estoy segura. Ni siquiera es capaz de levantar un vaso. Creo que esas personas serán parapléjicas. No veo la manera de lanzar a canasta sin usar los brazos.

—No lo entiendes. En realidad, Will no tiene que hacer nada, se trata de ampliar sus horizontes, ¿vale? Le vamos a mostrar qué hacen las otras personas que sufren discapacidades.

—Si tú lo dices.

Un murmullo apagado se extendió entre la multitud. Habían visto a los corredores, a cierta distancia. Si me ponía de puntillas, los distinguía, tal vez a unos tres kilómetros de distancia, abajo en el valle, un pequeño bloque de puntos blancos que se zarandeaban al abrirse paso por un camino húmedo y gris.

Miré el reloj. Habíamos estado ahí, a los pies de esa colina, tan bien llamada la Colina del Viento, durante casi cuarenta minutos, y ya no sentía los pies.

—He mirado qué tenemos por aquí y, si no quieres conducir demasiado, hay un partido en el centro de deportes dentro de un par de semanas. Hasta podría apostar sobre el resultado.

—¿Apostar?

—Así se sentiría partícipe sin tener que jugar. Ah, mira, ahí vienen. ¿Cuánto crees que van a tardar hasta llegar aquí?

Estábamos junto a la meta. Por encima de nuestras cabezas, una pancarta de lona que anunciaba «Meta del Triatlón de Primavera» ondeaba lánguidamente en la brisa.

—No lo sé. ¿Veinte minutos? ¿Un poco más? Tengo una chocolatina Mars de emergencia y la comparto si quieres. —Metí la mano en el bolsillo. Era imposible evitar que la lista ondeara al agarrarla con una sola mano—. Entonces, ¿qué más has averiguado?

—Dijiste que querías ir más lejos, ¿verdad? —Me señaló la mano—. Te has quedado con el pedazo más grande.

—Toma, entonces. Creo que la familia piensa que me estoy aprovechando.

—¿Qué? ¿Porque quieres que salga unos míseros días? Deberían agradecer que al menos alguien se tome la molestia. No parece que ellos estén dispuestos.

Treena tomó el otro pedazo de la chocolatina.

—En cualquier caso, el número cinco está bien. Hay una clase de informática a la que podría apuntarse. Les ponen algo en la cabeza, una especie de palo, y mueven la cabeza para teclear. Hay un montón de grupos de tetrapléjicos en Internet. Podría hacer muchísimos amigos. Así no tendría que salir tanto de casa. Incluso he hablado con una pareja en un chat. Eran simpáticos. Muy *normales* —Se encogió de hombros.

Nos comimos los trozos de chocolatina en silencio, observando cómo se acercaba un grupo de corredores de aspecto tristísimo. No vi a Patrick. Nunca lo veía. Tenía una cara que se volvía invisible de inmediato en medio de una multitud.

Mi hermana señaló el papel.

—Bueno, hora de la sección cultural. Aquí, un concierto especial para gente con discapacidades. Dijiste que es un tipo culto, ¿verdad? Bueno, solo tiene que sentarse ahí y dejarse llevar por la música. Te hace trascender los límites corporales, ¿no? Derek, el del bigote, me lo dijo en el trabajo. Me contó que a veces se volvía un poco ruidoso a causa de los que son verdaderamente discapacitados, que en ocasiones gritan, pero seguro que le gusta.

Arrugué la nariz.

—No sé, Treen...

—Te ha entrado miedo solo porque he usado la palabra «cultura». Solo tienes que sentarte ahí con él. Y no hacer ruido con la bolsa de las patatas fritas. O, si te apetece algo un poco más picante... —me sonrió—, hay un club de estriptis. Podrías llevarlo a Londres a verlo.

—¿Llevar a la persona que me da trabajo a ver un estriptis?

—Bueno, dices que le haces de todo..., limpiarle, darle de comer y todo eso. No veo qué tiene de malo que lo lleves a que se le ponga dura.

—¡Treena!

—Bueno, seguro que lo echa de menos. Hasta le podrías contratar a una para que bailase en su regazo.

Varias personas de la multitud giraron la cabeza. Mi hermana se estaba riendo. Era capaz de hablar de sexo como si nada. Como si fuera una especie de actividad recreativa. Como si no tuviera importancia.

—Y luego, por otra parte, están los grandes viajes. No sé qué te habías imaginado, pero podrías ir a catar vinos al Loira... Eso no está muy lejos, para empezar.

—¿Los tetrapléjicos se emborrachan?

—No lo sé. Pregúntale.

Fruncí el ceño al mirar la lista.

—Entonces..., voy y les digo a los Traynor que tengo previsto llevar a su hijo tetrapléjico con tendencias suicidas a gastarse el dinero en un club de estriptis y luego le arrastro a los Juegos Paralímpicos...

Treena me arrebató la lista.

—Bueno, no veo que a ti se te haya ocurrido nada maravilloso.

—Solo pensaba... No lo sé. —Me froté la nariz—. Me siento un poco intimidada, para serte sincera. Me cuesta convencerle incluso de salir al jardín.

—Bueno, esa no es la actitud adecuada, ¿verdad? Oh, mira. Ahí vienen. Mejor que sonriamos.

Nos abrimos paso entre la multitud y comenzamos a animar. Me resultó difícil gritar con la energía habitual en estos casos, pues apenas era capaz de mover los labios por el frío.

En ese momento vi a Patrick, con la cabeza gacha en medio de un mar de cuerpos en pleno esfuerzo, la cara resplandeciente por el sudor, los tendones del cuello en tensión y un gesto de angustia similar al de un torturado. Esa misma cara resplandecería de alegría en cuanto cruzara la meta, como si solo lograse alcanzar las alturas sumiéndose primero en los abismos personales más insondables. No me vio.

—¡Vamos, Patrick! —lancé un grito lánguido.

Y pasó en un santiamén, derecho a la línea de meta.

Treena no me habló durante dos días, dado que no había mostrado el entusiasmo necesario por su lista. Mis padres ni se percataron; sencillamente, estaban extasiados, pues yo había decidido no dejar mi trabajo. La dirección de la fábrica de muebles había convocado una serie de reuniones antes del fin de semana, y mi padre estaba convencido de que él se encontraría entre los despedidos. Todavía nadie con más de cuarenta años había sobrevivido a la matanza selectiva.

—Estamos muy agradecidos por tu ayuda, cielo —decía mi madre tan a menudo que me hacía sentir un poco incómoda.

Fue una semana extraña. Treena comenzó a preparar el equipaje para la universidad, y todos los días tenía que subir a hurtadillas para hurgar en sus maletas a ver qué cosas mías planeaba llevarse consigo. Casi toda mi ropa estaba a salvo, pero ya había recuperado un secador, mis gafas de sol imitación Prada y mi bolsa de aseo favorita, con dibujos de limones. Si le pedía explicaciones al respecto, se limitaba a encogerse de hombros y a decir: «Bueno, si nunca lo usas», como si eso fuera razón suficiente.

Así era Treena. Se creía con derecho a todo. Ni siquiera tras la llegada de Thomas había dejado de sentirse la pequeña de la familia: esa sensación arraigada de que todo el mundo giraba en torno a ella. De pequeña, cuando tenía una rabieta porque quería algo mío, mi madre me rogaba que se lo dejara, aunque solo fuera para recuperar la paz en la casa. Casi veinte años más tarde, nada en realidad había cambiado. Debíamos cuidar a Thomas para que Treena saliera por las noches, darle de comer para que Treena no se preocupara, comprarle a Treena los mejores regalos en Navidades y en los cumpleaños porque con Thomas «ella muchas veces tiene que prescindir de todo». Bueno, iba a tener que prescindir de mi maldita bolsa de aseo con dibujos de limones. Pegué una nota en mi puerta que decía: «Mis cosas son MÍAS. ¡FUERA!». Treena la arrancó y le dijo a mi madre que yo era la persona más infantil que había conocido y que Thomas era muchísimo más maduro que yo.

Pero me hizo pensar. Una tarde, después de que Treena saliera para asistir a su curso nocturno, me senté en la cocina mientras mi madre preparaba las camisas de mi padre para plancharlas.

—Mamá...

—Sí, cielo.

—¿Crees que podría quedarme la habitación de Treena cuando ella se marche?

Mi madre se detuvo, con una camisa a medio doblar sobre el pecho.

—No lo sé. No lo había pensado.

—Si ella y Thomas no van a estar aquí, lo justo sería que yo durmiera en una habitación de verdad. Sería una estupidez que se quedara vacía cuando ella vaya a la universidad.

Mi madre asintió y colocó con esmero la camisa en la cesta de la colada.

—Supongo que tienes razón.

—Y esa habitación debería haber sido mía desde el principio, que soy la mayor. Ella se la ha quedado solo por tener a Thomas.

Mi madre le vio el sentido a lo que decía.

—Es cierto. Yo hablo con Treena —dijo.

Supongo que habría sido una buena idea que yo hablara con mi hermana primero.

Tres horas más tarde irrumpió en el salón como un trueno.

—No te lo pensarías ni dos veces antes de profanar mi tumba, ¿verdad?

El abuelo se despertó con un sobresalto y se llevó la mano al pecho en un acto reflejo.

Alcé la vista de la televisión.

—¿De qué hablas?

—¿Dónde vamos a dormir Thomas y yo los fines de semana? No cabemos en el trastero. No hay otra habitación en la casa donde quepan dos camas.

—Exactamente. Y yo llevo encerrada ahí cinco años. —Ser consciente de que me equivocaba, aunque fuera un poco, me volvió más irritable de lo que habría deseado.

—No puedes quedarte con mi habitación. No es justo.

—Pero ¡si ni siquiera la vas a usar!

—¡Pero la necesito! Thomas y yo no cabemos en el trastero. Papá, ¡díselo!

El mentón de mi padre se hundió en el cuello de la camisa y cruzó los brazos sobre el pecho. Detestaba que nos peleáramos y solía dejar que mi madre se encargase de nosotras.

—Bajad la voz, chicas —dijo.

El abuelo negó con la cabeza, como si todo le resultara incomprensible. El abuelo negaba con la cabeza muchísimas veces últimamente.

—No te creo. Ahora entiendo por qué me ayudabas tanto a que me fuera.

—¿Qué? Claro, y que me rogaras que no dejara mi trabajo para ayudarte con las facturas era parte de mi siniestro plan, ¿a que sí?

—Qué hipócrita eres.

—Katrina, cálmate. —Mi madre apareció en la puerta, con los guantes de fregar cubiertos de espuma y agua que goteaba sobre la alfombra del salón—. Hablemos de esto con calma. No quiero que alteréis al abuelo.

Katrina se puso colorada, como cuando era pequeña y no conseguía lo que quería.

—En realidad, quiere que me vaya. De eso se trata. No puede esperar a que me marche, porque se muere de celos al ver que estoy haciendo algo con mi vida. Así que quiere ponérmelo difícil para volver a casa.

—Ni siquiera sabes si vas a venir a casa los fines de semana —grité, herida—. Yo necesito una habitación, no un armario, y tú te has quedado todo este tiempo con el mejor cuarto solo porque fuiste tan tonta como para quedarte preñada.

—¡Louisa! —exclamó mi madre.

—Sí, bueno, si no fueras tan estúpida como para ni siquiera encontrar un trabajo decente, ya vivirías en tu casita de mierda. Ya tienes edad para ello. ¿O pasa algo? ¿Es que por fin has comprendido que Patrick nunca te va a pedir que vayas a vivir con él?

—¡Ya basta! —El rugido de mi padre rompió el silencio—. ¡Ya he oído bastante! Treena, ve a la cocina. Lou, siéntate y cállate. Ya estoy bastante estresado sin tener que aguantar vuestras batallitas.

—Si crees que te voy a ayudar con tu porquería de lista, lo llevas claro —me dijo Treena entre dientes, mientras mi madre la llevaba a la cocina agarrada del brazo.

—Muy bien. Tampoco quería que me ayudaras, *gorrona* —repliqué, y esquivé una copia del *Radio Times* que mi padre me arrojó a la cabeza.

El sábado por la mañana fui a la biblioteca. Creo que no había estado ahí desde que iba al colegio: muy posiblemente por temor a que recordaran el libro de Judy Blume que había perdido en séptimo y que una mano oficial y sudorosa se extendiera al verme cruzar esas puertas victorianas para exigirme que pagara una multa de 3.853 libras.

No era como la recordaba. Al parecer, la mitad de los libros habían desaparecido, reemplazados por discos y vídeos, estantes enormes repletos de audiolibros e incluso puestos de tarjetas de felicitación. Y ya no reinaba el silencio. Llegaba el sonido de canciones y aplausos de la sala infantil, donde un grupo de madres y bebés estaban en pleno éxtasis. La sección donde solían dormitar los ancianos encima de los periódicos gratuitos había desaparecido, para dejar paso a una enorme mesa oval jalonada de ordenadores. Me senté cautelosa ante uno con la esperanza de que nadie me prestara atención. Los ordenadores, como los libros, son cosa de mi hermana. Por fortuna, habían previsto el ataque de pánico que iban a sentir personas como yo. Una bibliotecaria se detuvo a mi lado y me entregó una tarjeta laminada con instrucciones. No se quedó mirando por encima de mi hombro, sino que murmuró que estaría en el mostrador, por si necesitaba ayuda, y me dejó a solas con una silla poco firme y una pantalla en blanco.

El único ordenador que había tocado en varios años era el de Patrick. Patrick solo lo usaba para descargarse planes de entrenamiento o para comprar libros sobre técnicas deportivas en Amazon. Si hacía otras cosas con el ordenador, prefería no saberlo. Pero seguí las instrucciones de la bibliotecaria, comprobando dos veces cada paso. Y, qué sorpresa, funcionó. No solo funcionó, sino que además fue sencillo.

Cuatro horas más tarde tenía el primer borrador de mi lista.

Y nadie mencionó a Judy Blume. Para ser sincera, tal vez se debiera a que había utilizado el carné de mi hermana.

De vuelta a casa me pasé por la papelería y compré un calendario. No era uno de esos que pasas de página cada mes para descubrir una fotografía nueva de Justin Timberlake o de ponis de montaña. Era un calendario de pared, de los que hay en las oficinas, con las vacaciones bien señaladas. Lo compré con la rápida eficiencia de quien disfruta de las tareas administrativas más que de nada en el mundo.

Ya en casa, en mi pequeña habitación, lo abrí y lo colgué con cuidado de la puerta. Marqué el día en que comencé a trabajar para los Traynor, a comienzos de febrero, tras lo cual conté y señalé una fecha (el 12 de agosto), de la que apenas me separaban cuatro meses. Di un paso atrás y me quedé mirándolo un tiempo, intentando vislumbrar en ese pequeño anillo negro la importancia de lo que presagiaba. Mientras miraba, comencé a comprender en qué me había embarcado.

Ahora tendría que rellenar esos pequeños rectángulos blancos con acontecimientos que inspiraran felicidad, satisfacción o placer. Tendría que rellenarlos de todas las buenas experiencias que se me ocurriesen para un hombre cuyos brazos y piernas desvalidos le impedían alcanzar la felicidad por sí mismo. Tenía poco menos de cuatro meses de rectángulos impresos que llenar de salidas, viajes, visitas, comidas y conciertos. Debía encontrar los medios para hacerlo realidad, e investigar lo suficiente para que no saliera mal.

Y, además de todo esto, tendría que persuadir a Will.

Me quedé mirando el calendario, el bolígrafo en la mano. De repente, este pequeño trozo de papel laminado se convirtió en una responsabilidad enorme.

Disponía de ciento diecisiete días para convencer a Will Traynor de que tenía una razón para vivir.

11

En algunos lugares los cambios de las estaciones llegan acompañados de pájaros migratorios o del flujo y reflujo de las mareas. Aquí, en nuestro pequeño pueblo, llegan acompañados de turistas. Al principio, unos grupillos cautelosos, que bajaban de los trenes o de los coches con impermeables de colores chillones, agarrados a guías de viaje y carnés del National Trust; a continuación, a medida que el tiempo mejoraba y comenzaba la temporada, llegaban, desperdigados entre el estruendo de los autocares, abarrotando la calle mayor, estadounidenses, japoneses y grupos de colegiales extranjeros, que cercaban el perímetro del castillo.

En los meses de invierno pocos locales permanecían abiertos. Los dueños de las tiendas más prósperas aprovechaban esos largos y lúgubres meses para desaparecer de vacaciones en otros parajes, mientras que los más tenaces organizaban fiestas de Navidad y hacían caja con conciertos de villancicos o ferias de artesanía. Sin embargo, con las subidas de las temperaturas los aparcamientos del castillo se veían atestados, los bares del lugar servían muchísimos almuerzos de pan, queso y encurtidos y, al cabo de unos pocos domingos soleados, una vez más nuestro pueblo adormecido se había transformado en un destino turístico.

Subí a pie la colina, esquivando los primeros visitantes de esta temporada, que cargaban riñoneras de neopreno y guías turísticas muy ajadas, las cámaras en ristre, preparadas para capturar los recuerdos del castillo en primavera. Sonreí a unos pocos y me detuve a tomar fotografías de quienes me ofrecieron sus cámaras. Algunos lugareños se quejaban de la época turística: los atascos, los aseos públicos saturados, los pedidos de platos extraños en el café The Buttered Bun («¿No tienen sushi? ¿Y rollitos de primavera?»). Pero yo no. Disfrutaba con el aire fresco de los extranjeros, echando un vistazo a vidas tan lejanas a la mía. Me gustaba escuchar los acentos y averiguar de dónde procedían, estudiar la ropa de esas personas que jamás habían visto un catálogo de Next ni habían comprado un paquete de cinco calzoncillos en Marks and Spencer's.

—Pareces animada —observó Will mientras yo dejaba el bolso en el pasillo. Lo dijo como si fuera casi un insulto.

—Es que es hoy.

—¿Qué es hoy?

—Nuestra excursión. Vamos a llevar a Nathan a ver una carrera de caballos.

Will y Nathan se miraron el uno al otro. Casi me reí. Cómo me había relajado ver el tiempo que hacía: en cuanto me fijé en el sol, supe que todo iba a ir bien.

—¿Una carrera de caballos?

—Sí. Es en —saqué la libreta del bolsillo— Longfield. Si salimos ahora, llegaremos a tiempo para ver la tercera carrera. Y he apostado cinco libras por Man Oh Man, así que vámonos ya.

—Una carrera de caballos.

—Sí. Nathan nunca ha estado.

En honor de la ocasión, iba ataviada con mi vestido corto azul, un pañuelo con estampados de bridas al cuello y unas botas de montar.

Will me estudió con atención, dio vuelta a la silla y viró bruscamente para ver mejor a su otro cuidador.

—¿Es un viejo deseo tuyo, Nathan?

Le lancé a Nathan una mirada de advertencia.

—Sí —dijo, y sonrió—. Sí, lo es. Vamos a los caballitos.

Lo había prevenido, por supuesto. Lo llamé el viernes y le pregunté qué día le venía bien. Los Traynor habían accedido a pagarle horas extras (la hermana de Will había vuelto a Australia y creo que preferían que me acompañara alguien sensato), pero hasta el domingo no supe con certeza qué íbamos a hacer. Parecía un comienzo ideal: un agradable día fuera, a menos de media hora de distancia en coche.

—¿Y si digo que no quiero ir?

—Entonces me debes cuarenta libras —dije.

—¿Cuarenta libras? ¿Y por qué cuarenta libras?

—Mis ganancias. Cinco libras apostadas a ocho contra una. —Me encogí de hombros—. Man Oh Man es cosa segura.

Me dio la impresión de haberlo dejado sin palabras.

Nathan se golpeó las rodillas con las palmas de las manos.

—Suena muy bien. Además, hace un gran día —dijo—. ¿Quieres que lleve algo de comer?

—No —contesté—. Ahí hay un buen restaurante. Cuando gane mi caballo, yo invito.

—¿Has ido a las carreras a menudo? —preguntó Will.

Y, antes de que tuviera ocasión de decir algo más, le pusimos el abrigo y salimos corriendo al coche.

Lo tenía todo planeado. Iríamos al hipódromo un día hermoso y soleado. Habría purasangres lustrosos y de patas esbeltas, cuyos jinetes, en sus trajes relucientes, avanzarían apresurados. Tal vez tocaría una banda de música, o dos. Las gradas estarían llenas de público y encontraríamos un lugar excelente desde el que ondear los recibos de nuestras apuestas ganadoras. El lado competitivo de Will se despertaría y sería incapaz de resistir la tentación de calcular las probabilidades y ganar más que Nathan o yo. Lo tenía todo pensado. Y entonces, cuando ya hubiéramos tenido bastante con las carreras, iríamos al prestigioso restaurante del hipódromo a disfrutar de un banquete digno de reyes.

Debería haber escuchado a mi padre.

—¿Quieres saber la verdadera definición de una esperanza vana? —solía decir—. Planear una excursión familiar divertida.

Todo comenzó en el aparcamiento. Llegamos sin incidentes, y hasta comencé a sentir cierta confianza en que Will no volcaría si sobrepasaba los veinticinco kilómetros por hora. Había mirado las indicaciones en la biblioteca y parloteé animada hasta que llegamos, haciendo comentarios sobre el cielo azul, el campo, el escaso tráfico. No había colas para entrar en el hipódromo, lo cual, he de admitir, resultaba un poco menos festivo de lo que había esperado, y las señales indicaban con claridad dónde estaba el aparcamiento.

Pero nadie me había avisado del césped, un césped que había soportado un invierno húmedo y un sinfín de coches. Encontramos un espacio donde aparcar (lo que no resultó difícil, ya que estaba medio vacío) y, en cuanto bajamos la rampa, Nathan pareció preocupado.

—Es demasiado blando —advirtió—. Se va a hundir.

Eché un vistazo a las gradas.

—Si lo llevamos a ese camino, por ahí irá bien, ¿verdad?

—Pesa una tonelada esta silla —dijo—. Y el camino está a más de diez metros.

—Oh, vamos. Seguro que diseñan estas sillas para que aguanten un poco en suelos blandos.

Bajé la silla de Will con cuidado y observé cómo las ruedas se hundían varios centímetros en el barro.

Will no dijo nada. Parecía incómodo y había guardado silencio durante buena parte del trayecto de media hora. Nos situamos a su lado y toqueteamos los controles. Se había levantado un viento ligero y las mejillas de Will estaban sonrosadas.

—Venga —dije—. Vamos a hacerlo a mano. Seguro que podemos llevarla ahí entre nosotros dos.

Inclinamos a Will hacia atrás. Agarré una empuñadura y Nathan la otra y arrastramos la silla hacia el camino. Avanzábamos despacio, en buena medida porque necesitaba pararme a menudo, pues me dolían los brazos y mis botas inmaculadas se iban cubriendo de barro. Cuando al fin llegamos al camino, la manta de Will se había caído y estaba enganchada entre las ruedas, de modo que una esquina quedó embarrada y desgarrada.

—No te preocupes —dijo Will, con sequedad—. Es solo cachemir.

No le hice caso.

—Vale. Hemos llegado. Ahora, la parte divertida.

Ah, sí. La parte divertida. ¿A quién se le había ocurrido poner torniquetes a la entrada de un hipódromo? Ni que necesitaran controlar a las muchedumbres enardecidas. No había precisamente una multitud de ávidos aficionados a las carreras a punto de provocar disturbios si Charlie's Darling no llegaba tercero, ni jóvenes furiosas por no estar cerca de la pista. Miramos los torniquetes y la silla de ruedas, tras lo cual Nathan y yo nos miramos el uno al otro.

Nathan fue a la ventanilla y explicó nuestro problema a una mujer, que inclinó la cabeza para mirar a Will y señaló el otro extremo de las gradas.

—La entrada para discapacitados está por ahí —dijo.

Dijo «discapacitados» como si estuviera en un concurso de oratoria. La entrada se encontraba a casi doscientos metros. Cuando por fin llegamos, el cielo azul había desaparecido de repente y en su lugar una borrasca se cernía sobre nosotros. Como es natural, no había traído paraguas. Parloteé sin cesar, en un tono alegre, sobre qué divertido y ridículo era todo, e, incluso para mí misma, lo que decía era irritante.

—Clark —dijo Will, al fin—. Tranquila, ¿vale? Eres agotadora.

Compramos las entradas y, con un alivio inmenso por haber llegado, conduje a Will a un área cubierta a un lado de las gradas principales. Mientras Nathan preparaba la bebida de Will, tuve ocasión de observar a las personas que nos acompañaban.

Era una ubicación muy agradable, a pesar de las ocasionales ráfagas de lluvia. Por encima de nosotros, en un palco acristalado, unos hombres trajeados ofrecían copas de champán a mujeres con vestidos de boda. Tenía un aspecto acogedor y cálido, y sospeché que se trataba del palco principal, que aparecía en la ventanilla de entrada junto a un precio exorbitante. Llevaban unas pequeñas insignias que pendían de un cordel rojo que los identificaban como seres especiales. Me pregunté por un momento si sería posible colorear las nuestras, azules, pero decidí que, al ser las únicas personas con una silla de ruedas, llamaríamos demasiado la atención.

Junto a nosotros, dispersos entre los asientos y con tazas de poliestireno y petacas, había hombres en trajes de tweed y mujeres con elegantes abrigos acolchados. Tenían una apariencia más corriente y sus pequeñas insignias también eran azules. Sospechaba que muchos de ellos eran preparadores y mozos de cuadra o estaban relacionados con el mundo de los caballos. Al frente, junto a unas pequeñas pizarras blancas, se encontraban los apuntadores, que movían los brazos en un código de señales que yo no comprendía. Garabateaban nuevas combinaciones de cifras y las borraban de nuevo con las mangas.

Y entonces, como una parodia del sistema de clases, alrededor de la pista de carreras se formó un grupo de hombres con camisetas a rayas, que sostenían latas de cerveza y que daban la impresión de hallarse en plena excursión. Las cabezas afeitadas sugerían que servían en el ejército. De vez en cuando rompían a cantar o comenzaban un altercado ruidoso: entrechocaban cabezas o se echaban las manos al cuello. Cuando pasé ante ellos de camino al baño, silbaron al ver mi falda corta (al parecer, yo era la única persona en las gradas que llevaba falda) y yo les mostré el dedo detrás de mi espalda. Su interés en mí se desvaneció en cuanto aparecieron siete u ocho caballos a los que llevaban a los puestos de salida con eficiencia, a prepararse para la siguiente carrera.

Y entonces me sobresalté cuando la pequeña multitud que nos rodeaba rugió alegre y los caballos salieron disparados. Me levanté y contemplé su avance, transfigurada de repente, incapaz de contener el entusiasmo al ver esas colas que ondeaban y el esfuerzo descomunal de los jinetes, vestidos con colores brillantes, todos ellos luchando por el mismo puesto. Cuando el ganador cruzó la meta, me fue casi imposible no gritar.

Vimos la Copa Sisterwood y a continuación la Maiden Stakes, y Nathan ganó seis libras en cada apuesta. Will se negó a apostar. Vio las carreras, pero permanecía en silencio, la cabeza hundida en el alto cuello de la chaqueta. Pensé que tal vez, tras pasar tanto tiempo metido en casa, era comprensible que todo le resultase un poco extraño, y decidí que lo mejor era hacer como si nada.

—Creo que ahora viene tu carrera, la Copa Hempworth —dijo Nathan, que miraba una pantalla—. ¿Por quién dijiste que habías apostado? ¿Man Oh Man? —Sonrió—. No tenía ni idea de lo divertido que era ver las carreras cuando se ha apostado.

—¿Sabes? No te lo había dicho, pero yo tampoco había ido nunca a las carreras —confesé a Nathan.

—Me estás tomando el pelo.

—Tampoco he montado a caballo. A mi madre le dan muchísimo miedo. Ni siquiera me llevaba cerca de un establo.

—Mi hermana tiene dos, al lado de Christchurch. Los trata como a bebés. Y se gasta todo su dinero en ellos. —Se encogió de hombros—. Y ni siquiera se los va a comer.

La voz de Will se alzó hacia nosotros.

—Entonces, ¿cuántas carreras quedan para que hayas cumplido esa vieja ambición tuya?

—No seas gruñón. Como se suele decir, hay que probarlo todo al menos una vez —respondí.

—Creo que las carreras de caballos forman parte de la misma lista de excepciones que el incesto y la danza folclórica inglesa.

—Tú eres el que siempre me dices que he de ampliar mis horizontes. Seguro que te está encantando —dije—. Y deja ya de fingir lo contrario.

Salieron en ese momento. Man Oh Man iba de seda púrpura con rombos amarillos. Lo vi pegarse a la línea blanca, la cabeza extendida, las piernas del jinete plegadas, los brazos agitándose adelante y atrás por encima del cuello del caballo.

—¡Vamos, colega! —Nathan se entusiasmó, aun a su pesar. Tenía los puños cerrados y la mirada clavada en ese grupo impreciso de animales que avanzaban a toda velocidad al otro lado de la pista.

—¡Vamos, Man Oh Man! —grité—. ¡Vamos a cenar un buen bistec gracias a ti! —Observé cómo intentaba en vano recuperar terreno, las fosas nasales dilatadas, las orejas aplastadas contra la cabeza. Mi corazón dio un vuelco. Y entonces, cuando llegaron a la recta final, mis gritos comenzaron a perder energía—. Vale, un café —dije—. ¡Me conformo con un café!

A mi alrededor las gradas habían estallado en gritos y exclamaciones. Una chica daba brincos a dos asientos de nosotros, con la voz ronca de tanto gritar. Me descubrí saltando de puntillas. Y en ese momento bajé la vista y vi que Will tenía los ojos cerrados y una fina arruga surcaba su frente. Dejé de prestar atención a la pista y me arrodillé.

—¿Estás bien, Will? —dije, acercándome a él—. ¿Necesitas algo? —Tuve que gritar para hacerme oír en ese barullo.

—Un whisky —contestó—. Y doble.

Me quedé mirándolo y él abrió los ojos. Parecía completamente harto.

—Vamos a comer —le pedí a Nathan.

Man Oh Man, ese impostor de cuatro patas, pasó por la meta en un triste sexto puesto. Hubo otra ovación y la voz del presentador se alzó por la megafonía: «Señoras y señores, una victoria incontestable para Love Be A Lady, seguido de Winter, con Barney Rubble en tercer lugar, a dos cabezas».

Empujé la silla de Will entre grupos de espectadores que hacían caso omiso de nosotros; golpeé adrede los talones de quienes no reaccionaban tras el segundo ruego.

Acabábamos de llegar al ascensor cuando oí la voz de Will.

—Entonces, Clark, ¿quiere esto decir que me debes cuarenta libras?

El restaurante había sido reformado y la cocina estaba ahora al mando de un chef televisivo cuya cara aparecía en carteles por todo el hipódromo. Yo había consultado el menú de antemano.

—El plato de la casa es pato en salsa de naranja —expliqué a ambos hombres—. Tiene un estilo retro años setenta, al parecer.

—Como tu ropa —sentenció Will.

A resguardo del frío y lejos del gentío, Will se mostró un poco más animado. Había comenzado a mirar a su alrededor, en lugar de retraerse dentro de su mundo solitario. Me comenzó a rugir el estómago, que ya presentía una comida deliciosa y bien caliente. La madre de Will nos había dado ochenta libras, «por si acaso». Yo tenía pensado pagar mi comida y enseñarle el recibo y, por tanto, no sentía reparos en pedir lo que más me apeteciese, asado de pato retro o lo que fuese.

—¿Te gusta comer fuera, Nathan? —pregunté.

—Yo soy más de cerveza y comida para llevar —dijo Nathan—. Pero me alegra estar aquí.

—¿Cuándo fue la última vez que saliste a comer, Will? —pregunté.

Will y Nathan se miraron el uno al otro.

—Desde que yo estoy con él, nunca —respondió Nathan.

—Por extraño que parezca, no me entusiasma que me den de comer como a un bebé delante de desconocidos.

—En ese caso, vamos a pedir una mesa en un rincón —dije. Ya lo había previsto—. Y, si hay algún famoso, tú te lo pierdes.

—Porque los famosos abundan en un hipódromo de segunda y embarrado en pleno marzo.

—No me vas a estropear la ocasión, Will Traynor —repliqué, cuando se abrieron las puertas del ascensor—. La última vez que fui a un restaurante fue en una fiesta de cumpleaños infantil, en la única bolera de Hailsbury, y no había absolutamente nada que no estuviera rebozado. Incluso los niños.

Recorrimos el pasillo alfombrado junto a la silla de ruedas. El restaurante se extendía a un lado del hipódromo, tras una pared de cristal, y vi que había muchas mesas libres. Me rugió de nuevo el estómago.

—Hola —dije al entrar en la recepción—. Una mesa para tres, por favor. —*No mires a Will, por favor,* rogué a la mujer en silencio. *No le hagas sentir mal. Es importante que disfrute de esta experiencia.*

—Insignias, por favor —me contestó.

—¿Disculpe?

—La insignia del palco principal.

La miré, perpleja.

—Este restaurante es solo para miembros del palco principal.

Miré atrás, hacia Will y Nathan. No me oían, pero aguardaban, expectantes. Nathan estaba ayudando a Will a quitarse el abrigo.

—Hum... No sabía que no podíamos comer donde quisiéramos. Tenemos insignias azules.

La mujer sonrió.

—Lo lamento —dijo—. Solo miembros del palco principal. Está escrito en todo nuestro material promocional.

Respiré hondo.

—Vale. ¿Hay otros restaurantes por aquí?

—Me temo que el bufete, nuestra área informal, está cerrado por reformas, pero hay puestos cerca de las gradas donde venden comida. —Vio mi expresión de desánimo y añadió—: The Pig In A Poke está bastante bien. Sirven panecillos de cerdo asado. También tienen compota de manzana.

—Un puesto.

—Sí.

Me incliné hacia ella.

—Por favor —dije—. Venimos de lejos y a mi amigo no le sienta bien el frío. ¿No habría alguna manera de conseguir una mesa aquí? Es muy importante que esté en un lugar cálido. Es esencial que pase un buen día.

La mujer arrugó la nariz.

—Lo lamento mucho —contestó—. Me quedaría sin trabajo si cambio las reglas. Pero abajo hay una zona de descanso para discapacitados y podrían cerrar la puerta. No se ven las pistas desde ahí, pero es muy acogedor. Hay calefacción y todo. Podrían comer ahí.

Me quedé mirándola. Sentí que la tensión recorría todo mi cuerpo. Pensé que me iba a quedar completamente rígida.

Estudié el nombre que aparecía en la tarjeta de identificación.

—Sharon —dije—. Ni siquiera han empezado a llenarse las mesas. ¿No sería mejor que hubiera más comensales en lugar de dejar la mitad de estas mesas vacías? ¿Solo por una regla arcaica y clasista de un código retrógrado?

La sonrisa de la mujer destelló bajo la iluminación de los plafones.

—Señora, ya le he explicado la situación. Si obviamos las reglas por usted, tendríamos que hacerlo con todo el mundo.

—Pero no tiene sentido —insistí—. Es un lunes lluvioso a la hora de comer. Tienen mesas disponibles. Y nosotros estamos dispuestos a pagar. Una comida bien cara, con servilletas y todo. No queremos un panecillo de cerdo y sentarnos en un guardarropa sin vistas, por acogedor que sea.

Los comensales habían comenzado a girarse en sus asientos, curiosos, para ver el altercado de la entrada. Noté que Will parecía avergonzado. Will y Nathan habían comprendido que algo iba mal.

—En ese caso, me temo que debería haber comprado una insignia del palco principal.

—Vale. —Metí la mano en el bolso y comencé a hurgar, en busca del monedero—. ¿Cuánto cuesta esa insignia? —Pañuelos de papel, billetes viejos de autobús y un cochecito de Thomas cayeron al suelo. Ya no me importaba. Iba a ofrecerle a Will una comida pija en un restaurante—. Aquí está. ¿Cuánto es? ¿Otros diez? ¿Veinte? —Le arrojé un puñado de billetes.

La mujer me miró la mano.

—Lo lamento, señora, no las vendemos aquí. Esto es un restaurante. Tiene que volver a la entrada.

—La que está al otro lado de las pistas.

—Sí.

Nos quedamos mirándonos la una a la otra.

La voz de Will rompió el silencio.

—Louisa, vámonos.

De repente, sentí que mis ojos se cubrían de lágrimas.

—No —dije—. Esto es ridículo. Hemos venido hasta aquí. Esperadme donde estáis y yo voy a comprar las insignias del palco principal. Y luego comemos en este lugar.

—Louisa, no tengo hambre.

—Nos vamos a sentir mejor cuando hayamos comido. Podremos ver las carreras y todo. Va a estar bien.

Nathan dio un paso adelante y posó una mano en mi brazo.

—Louisa, creo que Will solo quiere volver a casa.

Nos habíamos convertido en el centro de atención de todo el restaurante. Los comensales nos recorrían con la mirada y se detenían en Will, a quien contemplaban con leve pena o disgusto. Lo lamenté por él. Me sentí como un absoluto fracaso. Alcé la vista para mirar a la mujer, que al menos tuvo la elegancia de mostrarse un poco avergonzada ahora que Will había hablado.

—Bueno, gracias —le dije—. Gracias por su amabilidad de mierda.

—Clark... —La voz de Will estaba cargada de advertencias.

—Me alegra que sean tan flexibles. Sin duda, voy a recomendarles a todos mis conocidos.

—¡Louisa!

Cogí el bolso y me lo eché bajo el brazo.

—Se olvida el cochecito —dijo la mujer mientras yo cruzaba la puerta que Nathan había abierto.

—Vaya, ¿también el cochecito necesita una maldita insignia? —dije y seguí a Nathan y a Will al ascensor.

Bajamos en silencio. Pasé la mayor parte de ese breve trayecto intentando que mis manos dejaran de temblar de furia.

Cuando llegamos abajo, Nathan murmuró:

—Creo que tal vez deberíamos comprar algo en uno de estos puestos. Ya han pasado unas cuantas horas desde que comimos. —Echó un vistazo a Will, así que supe a quién se refería en realidad.

—Vale —dije, de buen humor. Tomé un pequeño respiro—. Me encanta el cerdo crujiente. Vamos a buscar algo de cerdo asado.

Pedimos tres panecillos de cerdo con compota de manzana y nos refugiamos bajo un toldo a rayas mientras comíamos. Me senté en un pequeño cubo, de modo que estaba a la misma altura que Will, y le serví pequeños trozos, que cortaba con los dedos cuando era necesario. Detrás del mostrador, las dos mujeres que nos habían atendido fingían que no nos prestaban atención, pero reparé en que no dejaban de observar a Will por el rabillo del ojo y murmuraban entre sí cuando creían que no las mirábamos. *Pobre hombre*, casi las oía decir. *Qué modo más horrible de vivir*. Les lancé una mirada despiadada y las desafié a que volvieran a mirarlo así. Intenté no pensar demasiado en qué estaría sintiendo el pobre Will.

Había dejado de llover, pero el hipódromo, azotado por el viento, se había vuelto sombrío de repente, el suelo, marrón y verde, jalonado de recibos de apuestas perdedoras. El aparcamiento se fue vaciando con la llegada de la lluvia y a lo lejos oíamos el sonido distorsionado de la megafonía en pleno estruendo de otra carrera.

—Tal vez sea buena idea volver —dijo Nathan, que se limpió la boca—. Es decir, aquí se está bien, pero es mejor que evitemos el tráfico, ¿eh?

—Vale —contesté. Hice una bola con la servilleta de papel y la tiré a la papelera. Will rechazó la última parte de su panecillo.

—¿No le ha gustado? —preguntó la mujer mientras Nathan comenzaba a empujar la silla hacia el césped.

—No lo sé. Tal vez le habría gustado más si no hubiera venido acompañado de una guarnición de miraditas —dije, y arrojé los restos a la papelera con fuerza.

Sin embargo, lo de volver al coche fue más fácil decirlo que hacerlo. En las pocas horas que habíamos pasado en el hipódromo las llegadas y las salidas habían convertido el aparcamiento en un mar de barro. Incluso con la impresionante fuerza de Nathan y todo mi esfuerzo, no logramos llegar a mitad de camino del coche. Las ruedas resbalaban y gemían y no hallaban agarre. Tanto mis pies como los de Nathan patinaban en el barro, que iba trepando por nuestros zapatos.

—Así no vamos a llegar —dijo Will.

Me negué a escucharlo. No soportaba la idea de que nuestro día acabara así.

—Creo que vamos a necesitar ayuda —sugirió Nathan—. Ni siquiera puedo llevar la silla de vuelta al camino. Está atascada.

Will exhaló un suspiro. Nunca lo había visto tan hastiado.

—Podría llevarte hasta el asiento delantero, Will, si la inclino un poco. Y luego Louisa y yo intentaríamos mover la silla.

La voz de Will surgió de entre sus dientes apretados.

—No voy a acabar este día montado a caballito.

—Lo siento, colega —dijo Nathan—. Pero Lou y yo no podemos solos. Venga, Lou, tú eres más guapa que yo. ¿Por qué no vas a buscar a alguien que nos eche una mano?

Will cerró los ojos, apretó las mandíbulas y yo salí corriendo hacia las gradas.

No habría creído posible que tanta gente desatendiera un grito de ayuda cuando se trataba de una silla de ruedas atascada en el barro, en especial cuando el grito procedía de una joven en minifalda que lucía su sonrisa más encantadora. Por lo general, no se me dan bien los desconocidos, pero la desesperación me volvió temeraria. Caminé de grupo en grupo en las gradas, preguntando si me podrían dedicar unos minutos. Me miraban y miraban mi ropa como si les estuviera tendiendo una trampa.

—Es para un hombre en silla de ruedas —decía—. Está un poco atascado.

«Vamos a ver la siguiente carrera», contestaban. O: «Lo sentimos». O: «Si puede esperar hasta después de las dos y media... Hemos apostado en esta».

Llegué a pensar en echar el guante a uno o dos jinetes. Pero, al acercarme al recinto, vi que eran incluso más bajos que yo.

Cuando llegué a las pistas rebosaba furia contenida. Sospeché que, en vez de sonreír, gruñía a la gente. Pero ahí, por fin una alegría, vi a los tipos de camiseta a rayas. A las espaldas lucían el mensaje «Última batalla de Marky» y sostenían latas de Pilsner y Tennent's Extra. Sus acentos sugerían que venían del noreste y tuve la certeza de que no habían dejado de ingerir alcohol durante las últimas veinticuatro horas. Me ovacionaron cuando me acerqué y me esforcé en contener la tentación de volver a mostrarles el dedo.

—Muéstranos una sonrisa, cariño. Es el fin de semana de Marky el semental —farfulló uno, que me plantó en el hombro una mano del tamaño de un jamón.

—Es lunes. —Intenté no hacer una mueca al retirarle la mano.

—Estás de broma. ¿Ya es lunes? —Se tambaleó hacia atrás—. Bueno, deberías darle un beso, vale.

—En realidad —dije—, he venido a pediros un favor.

—Yo te hago todos los favores que quieras, muñeca. —Un lascivo guiño acompañó estas palabras.

Sus amigos se bambolearon en torno a él como plantas acuáticas.

—No, en serio. Necesito que ayudéis a mi amigo. Ahí en el aparcamiento.

—Ah, lo siento, no sé si estoy en condiciones de ayudarte, muñeca.

—Vamos. Va a empezar la carrera, Marky. ¿Has apostado? Creo que yo sí.

Se volvieron hacia la pista y perdieron interés en mí. Miré por encima del hombro al aparcamiento, donde vi la figura encorvada de Will y a Nathan que tiraba en vano de las empuñaduras. Me imaginé a mí misma de vuelta a casa, diciendo a los padres de Will que nos habíamos visto obligados a dejar la carísima silla de ruedas de Will en el aparcamiento. Y entonces vi el tatuaje.

—Es un soldado —dije, en voz alta—. Exsoldado.

Uno a uno, se dieron la vuelta.

—Fue herido. En Irak. Solo queríamos que pasara un buen día al aire libre. Pero nadie nos ayuda. —Mientras hablaba, mis ojos se empañaron de lágrimas.

—¿Un veterano? Estás de broma. ¿Dónde está?

—En el aparcamiento. He pedido ayuda a un montón de gente, pero nadie nos echa una mano.

Tardaron un minuto o dos en digerir lo que había dicho. Pero entonces se miraron unos a otros, asombrados.

—Vamos, muchachos. No podemos permitirlo. —Se tambalearon detrás de mí en una fila inestable. Los oí exclamar entre ellos, farfullar—. Malditos civiles... No tienen ni idea de nada...

Cuando llegamos, Nathan estaba de pie junto a Will, cuya cabeza se había hundido aún más en el cuello del abrigo por el frío, a pesar de que Nathan le había cubierto los hombros con una manta.

—Estos amables caballeros se han ofrecido a ayudarnos —dije.

Nathan miró las latas de cerveza. Tuve que admitir que no parecían caballeros andantes.

—¿Dónde quieres que lo llevemos? —dijo uno.

Los otros rodearon a Will, a quien saludaron con un gesto de la cabeza. Uno le ofreció una cerveza, incapaz de comprender, al parecer, que Will no podría cogerla.

Nathan señaló nuestro coche.

—Queremos llevarlo al coche. Pero antes tenemos que subirlo a ese soporte y dar marcha atrás hasta ahí.

—No hace falta —dijo uno, que dio unos golpecitos en la espalda de Nathan—. Nosotros lo llevamos hasta el coche, ¿a que sí, muchachos?

Todos asintieron al unísono. Comenzaron a situarse alrededor de la silla de Will.

Cambié de pie de apoyo, incómoda.

—No sé... Está demasiado lejos para que carguéis con él —me atreví a opinar—. Y la silla es muy pesada.

Estaban borrachos como cubas. Algunos de ellos apenas lograban sostener la lata de cerveza. Uno dejó la suya en mis manos.

—No te preocupes, muñeca. Todo sea por un veterano, ¿a que sí, muchachos?

—Jamás te dejaríamos aquí tirado, colega. Nunca abandonaríamos a uno de los nuestros, ¿verdad?

Vi la cara de Nathan y sacudí la cabeza frenéticamente al reparar en su expresión perpleja. No parecía probable que Will abriera la boca. Tenía un aspecto fúnebre y, cuando los hombres se agacharon junto a la silla y, con un grito, la alzaron entre todos, vagamente alarmado.

—¿Qué regimiento, muñeca?

Intenté sonreír, mientras rastreaba en mi memoria en busca de nombres.

—Rifles —dije—. Undécimo de rifles.

—No conozco el undécimo de rifles —dijo otro.

—Es un regimiento nuevo —tartamudeé—. Ultrasecreto. Ubicado en Irak.

Sus deportivas resbalaban sobre el barro y el corazón me dio un vuelco. La silla de Will iba a unos centímetros del suelo, como un sedán. Nathan salió corriendo en busca de la mochila de Will y abrió el coche por delante de nosotros.

—¿Esos muchachos entrenaban en Catterick?

—Eso mismo —dije, y cambié de tema—. Entonces, ¿quién de vosotros se casa?

Cuando al fin nos libramos de Marky y sus colegas, ya habíamos intercambiado nuestros números de teléfono. Hicieron una colecta y reunieron casi cuarenta libras para el fondo de rehabilitación de Will, y solo dejaron de insistir cuando les dije que lo que de verdad nos haría felices es que se tomaran una ronda en nuestro nombre. Tuve que besar a todos y cada uno de ellos. Casi estaba mareada por la peste a alcohol cuando acabé. No dejé de despedirlos con la mano hasta que desaparecieron en la tribuna y Nathan tocó el claxon para que subiera al coche.

—Fueron muy amables, ¿verdad? —comenté, de buen humor, encendiendo el motor.

—El alto me tiró toda la cerveza por la pierna —contestó Will—. Huelo como una cervecería.

—No puedo creerlo —dijo Nathan, cuando por fin salí por la puerta principal—. Mira. Hay aparcamientos reservados para discapacitados ahí mismo, justo al lado de la tribuna. Y sobre asfalto.

Will no dijo gran cosa durante el resto del día. Se despidió de Nathan cuando le dejamos en casa, tras lo cual guardó silencio mientras yo enfilaba la carretera hacia el castillo, casi vacío ahora que la temperatura había bajado, y al fin aparqué junto al pabellón.

Bajé la silla de Will, lo llevé dentro y le preparé una bebida caliente. Le cambié los zapatos y los pantalones, metí en la lavadora los que estaban manchados de cerveza y preparé el fuego, para que entrara en calor. Encendí la televisión y eché las cortinas para que la habitación resultara más acogedora en torno a nosotros, tal vez para contrarrestar el tiempo que habíamos pasado al aire libre. Pero, cuando me senté en el salón junto a él, noté, entre sorbos de té, que Will no hablaba, y no se debía ni a la fatiga ni a que quisiera ver la televisión. Simplemente, no hablaba conmigo.

—¿Es que... pasa algo? —pregunté, cuando hizo caso omiso de mi tercer comentario acerca de las noticias locales.

—Dímelo tú, Clark.

—¿Qué?

—Bueno, tú sabes todo lo que hay que saber acerca de mí. Dime qué pasa.

Me quedé mirándolo.

—Lo siento —dije, al fin—. Ya sé que hoy no ha salido como había planeado. Pero tenía la intención de que fuera una excursión agradable. De hecho, pensé que lo pasarías bien.

No añadí que él se había comportado adrede como un viejo gruñón, que no tenía ni idea de lo que me había costado el simple hecho de sacarlo de casa para que se divirtiera, que ni siquiera había intentado pasarlo bien. No le dije que, si me hubiera dejado comprar esas estúpidas insignias, tal vez habríamos disfrutado de una buena comida y todo lo demás habría caído en el olvido.

—Eso quiero decir.

—¿Qué?

—Oh, no eres diferente al resto.

—¿Qué quiere decir eso?

—Si te hubieras tomado la molestia de preguntarme, Clark. Si te hubieras tomado la molestia de consultarme acerca de esta divertidísima excursión al menos una vez, te lo habría dicho. Odio los caballos y odio las carreras de caballos. Desde siempre. Pero no te tomaste la molestia de preguntar. Decidiste qué me gustaría hacer y fuiste y lo organizaste. Has hecho lo que todo el mundo hace. Has decidido por mí.

Tragué saliva.

—No pretendía...

—Pero lo has hecho.

Alejó la silla de mí y, al cabo de un par de minutos más de silencio, comprendí que me estaba pidiendo que me fuera.

12

$\mathcal{R}$ecuerdo a la perfección qué día empecé a tener miedo.

Fue hace casi siete años, en los últimos días de un julio aletargado y caluroso, cuando las callejuelas que rodean el castillo estaban repletas de turistas y el aire se llenaba del sonido de sus pasos sin rumbo y las campanillas de las inevitables furgonetas de helados que se alineaban en lo alto de la colina.

Mi abuela había muerto hacía un mes, al cabo de una larga enfermedad, y ese verano se vio cubierto de una fina capa de tristeza; revestía con delicadeza todo lo que hacíamos, atenuaba nuestra tendencia, mía y de mi hermana, a lo teatral y puso fin a nuestra costumbre estival de salir de vacaciones breves y excursiones de un día. Mi madre pasaba casi todos los días ante la pila de fregar, la espalda rígida por el esfuerzo de contener las lágrimas, en tanto que mi padre desaparecía todas las mañanas de camino al trabajo con una expresión decidida y lúgubre, solo para volver horas más tarde con la cara reluciente por el sudor e incapaz de hablar antes de abrirse una cerveza. Mi hermana había vuelto a casa tras su primer año en la universidad y ya tenía la cabeza en otro lugar, muy lejos de nuestro pequeño pueblo. Yo había cumplido veinte años e iba conocer a Patrick antes de que pasaran tres meses. Estábamos disfrutando uno de esos raros veranos de libertad absoluta: no teníamos responsabilidades financieras, ni deudas, ni habíamos comprometido nuestro tiempo con nadie. Yo tenía un trabajo de temporada y todas las horas del mundo para practicar con mi maquillaje, ponerme tacones tan altos que estremecían a mi padre y averiguar, sin más, quién era yo en realidad.

Vestía con normalidad, por aquel entonces. O, mejor dicho, vestía como las otras chicas del pueblo: pelo largo, con las puntas hacia fuera a la altura de los hombros, vaqueros índigo, camisetas ajustadas que dejaban entrever unas cinturas estrechas y senos generosos. Pasábamos horas perfeccionando nuestro lápiz de labios y la tonalidad exacta de nuestra sombra de ojos. Todo nos quedaba bien, pero dedicábamos horas a quejarnos acerca de celulitis inexistentes y de imperfecciones invisibles en nuestra piel.

Y yo tenía ideas. Cosas que quería hacer. Uno de los muchachos que conocía del colegio había realizado un viaje alrededor del mundo y había vuelto convertido en un ser distante y desconocido, como si no fuera el mismo niño de once años con raspaduras en las rodillas que solía soltar escupitajos durante las dos clases seguidas de francés. Reservé un vuelo barato a Australia en un arrebato y buscaba a alguien que quisiera acompañarme. Me gustaba el aire exótico que le daban sus viajes a ese muchacho, el aura misteriosa. Había traído consigo los vientos favorables de un mundo enorme, y resultaba extrañamente cautivador. Aquí todo el mundo sabía algo acerca de mí, al fin y al cabo. Y, con una hermana como la mía, no me permitían olvidarlo.

Era viernes y había pasado el día trabajando como ayudante en un aparcamiento con un grupo de chicas a las que conocía del colegio, guiando a los visitantes a una feria artesanal que se celebraba en los terrenos del castillo. El día entero fue una sucesión de risas, de bebidas gaseosas bajo el sol ardiente, con un cielo azul y la luz que destellaba en las colmenas. No creo que hubiera un solo turista que no me sonriera ese día. Es muy difícil no sonreír a un grupo de chicas risueñas y joviales. Nos pagaban treinta libras y los organizadores se quedaron tan satisfechos con la afluencia de público que nos dieron otro billete de cinco libras a cada una. Lo celebramos emborrachándonos con algunos muchachos que habían trabajado en un aparcamiento lejano, junto al centro turístico. Hablaban con educación, vestían camisetas de rugby y tenían el pelo ondulado. Uno de ellos se llamaba Ed, dos estaban en la universidad (ya no recuerdo en cuál) y trabajaban también para ganar algo de pasta para las vacaciones. Les sobraba el dinero después de toda una semana de trabajo y, cuando se acabó el nuestro, ellos se mostraron encantados de invitar a bebidas a esas atolondradas lugareñas que ondeaban el cabello y se sentaban en el regazo unas de otras y soltaban gritos y bromeaban y los llamaban pijos. Se comunicaban en un idioma diferente; hablaban de años sabáticos y de veranos en Sudamérica y de viajes por Tailandia con la mochila a cuestas y de quién iba a solicitar una beca en el extranjero. Mientras escuchábamos y bebíamos, recuerdo que mi hermana se paró junto a la terraza de la cervecería, donde estábamos tirados sobre la hierba. Llevaba el jersey con capucha más extraño del mundo y no iba maquillada, y yo había olvidado que había quedado con ella. Le pedí que dijera a papá y a mamá que volvería un poco después de cumplir los treinta. Por alguna razón, esto me pareció divertidísimo. Ella alzó las cejas y se marchó como si yo fuera la persona más irritante que había conocido.

Cuando el Red Lion cerró las puertas, fuimos a sentarnos en el centro del laberinto del castillo. Alguien logró escalar por el portón y, tras muchos tropezones y risotadas, todos nos abrimos paso hasta el centro del laberinto y bebimos una sidra fuerte mientras alguien pasaba un porro. Recuerdo haber mirado las estrellas, sentirme desaparecer en esa profundidad infinita, mientras el suelo se tambaleaba con dulzura y daba bandazos como la cubierta de un barco enorme. Alguien tocaba una guitarra y yo llevaba unos zapatos rosas de satén y tacón alto que arrojé a la hierba y nunca fui a buscar. Pensé que probablemente era la dueña del universo.

Pasó una media hora antes de que cayera en la cuenta de que las otras chicas se habían ido.

Mi hermana me encontró, ahí en el centro del laberinto, algo más tarde, mucho después de que las estrellas quedaran ocultas tras las nubes nocturnas. Como ya he dicho, es muy inteligente. Más inteligente que yo, en cualquier caso.

Es la única persona que conozco capaz de encontrar la salida del laberinto sin titubear.

—Esto te va a hacer reír. Me he sacado el carné de la biblioteca.

Will estaba junto a su colección de discos. Dio la vuelta a la silla y esperó mientras yo colocaba la bebida en el portavasos.

—¿De verdad? ¿Qué estás leyendo?

—Oh, nada sensato. No te gustaría. Una historia de chico conoce chica. Pero a mí me entretiene.

—El otro día estabas leyendo mi Flannery O'Connor. —Tomó un sorbo de su bebida—. Cuando me sentía mal.

—¿Los cuentos? No puedo creer que te dieras cuenta.

—Era imposible no hacerlo. Dejaste el libro a un lado. Donde no lo alcanzo.

—Ah.

—No leas porquerías. Llévate a casa los cuentos de O'Connor. Lee sus relatos en vez de ese libro.

Estaba a punto de negarme cuando comprendí que no sabía muy bien por qué iba a negarme.

—Vale. Te lo devuelvo en cuanto lo haya terminado.

—¿Me pones algo de música, Clark?

—¿Qué te apetece?

Me lo dijo y, con un movimiento de cabeza, me indicó más o menos dónde estaba, y pasé discos hasta encontrarlo.

—Tengo un amigo que es el primer violín en la Albert Symphonia. Me llamó para decir que iba a tocar por aquí cerca la próxima semana. Esta pieza. ¿La conoces?

—No sé nada sobre música clásica. Es decir, a veces mi padre pone por error Clásica FM, pero...

—¿Nunca has ido a un concierto?

—No.

Pareció sinceramente asombrado.

—Bueno, una vez fui a ver Westlife. Pero no sé si eso cuenta. Fue mi hermana quien lo decidió. Ah, y una vez iba a ver a Robbie Williams para celebrar un cumpleaños, pero tuve una indigestión.

Will me lanzó una de sus miradas: esas miradas que sugerían que me habían encerrado en un sótano durante años.

—Deberías ir. Me ha ofrecido entradas. Va a estar muy bien. Lleva a tu madre.

Me reí y negué con la cabeza.

—No creo. Mi madre no querría ir, de verdad. Y tampoco es mi estilo.

—¿Igual que no era tu estilo ver películas con subtítulos?

Le miré con cara de pocos amigos.

—No soy tu proyecto, Will. Esto no es *My Fair Lady*.

—*Pigmalión*.

—¿Qué?

—La obra a la que te refieres. Es *Pigmalión*. *My Fair Lady* es el descendiente bastardo.

Lo fulminé con la mirada. No tuvo efecto alguno. Puse el CD. Cuando me di la vuelta, Will aún negaba con la cabeza.

—Qué pedazo de esnob eres, Clark.

—¿Qué? ¿*Yo*?

—Te niegas todas estas experiencias porque te dices a ti misma que no eres «ese tipo de persona».

—Pero es que no lo soy.

—¿Cómo lo sabes? No has hecho nada, no has ido a ningún lugar. ¿Acaso tienes la menor idea de qué tipo de persona eres?

¿Cómo iba a saber alguien como Will quién era yo? Casi me enfadé con él por empeñarse en no comprenderme.

—Vamos. Abre tu mente.

—No.

—¿Por qué?

—Porque me sentiría incómoda. Seguro que... Seguro que lo notarían.

—Notarían ¿el qué?

—Todo el mundo notaría que yo no soy como ellos.

—¿Cómo crees que me siento yo?

Nos miramos el uno al otro.

—Clark, vaya a donde vaya, la gente me mira como si yo no fuera igual que ellos.

Nos quedamos ahí, sentados en silencio, mientras la música comenzaba. El padre de Will hablaba por teléfono en el pasillo de la casa y el sonido de su risa apagada llegaba hasta el pabellón, como si procediera de un lugar muy lejano. *La entrada para discapacitados está por ahí*, había dicho la mujer en el hipódromo. Como si perteneciéramos a especies diferentes.

Me quedé mirando la cubierta del disco.

—Si tú vienes conmigo, voy.

—Pero sola no irías.

—Ni loca.

Nos quedamos ahí, mientras él digería mis palabras.

—Dios, qué dolor de cabeza eres.

—Eso dices siempre.

Esta vez no hice planes. No me hice ilusiones. Tan solo albergué una esperanza silenciosa porque, tras el desastre del hipódromo, Will aún estaba dispuesto a salir del pabellón. Su amigo, el violinista, nos envió las entradas gratuitas que había prometido, junto a un folleto informativo sobre el evento. Estaba a unos cuarenta minutos en coche. Hice mis deberes: comprobé la ubicación del aparcamiento para discapacitados y llamé al teatro de antemano para saber cuál era la mejor manera de llevar la silla de Will hasta las butacas. Nos íbamos a sentar delante. A mí me correspondía una silla plegable al lado de Will.

—En realidad, es el mejor lugar —dijo la mujer de la taquilla, de buen humor—. Impresiona más en la platea, tan cerca de la orquesta. A menudo siento la tentación de ir yo misma a sentarme ahí.

Me preguntó si querría que alguien nos recibiese en el aparcamiento para ayudarnos a llegar a nuestros asientos. Temerosa de que Will sintiese que llamábamos demasiado la atención, se lo agradecí y le dije que no.

A medida que se acercaba la tarde, no sé quién se fue poniendo más nervioso al respecto, si Will o yo. Aún me pesaba el fracaso de nuestra última salida y la señora Traynor no ayudó en nada, al entrar y salir del pabellón catorce veces para confirmar dónde y cuándo se iba a producir la excursión y qué íbamos a hacer exactamente.

Los cuidados vespertinos de Will tomaban un tiempo, dijo. Quería asegurarse de que alguien nos ayudaría. Nathan tenía otros planes. Y, al parecer, el señor Traynor había salido.

—Se tarda hora y media como poco —aseguró.

—Y es increíblemente tedioso —añadió Will.

Comprendí que buscaba una excusa para no ir.

—Yo me encargo —propuse—. Si Will me dice qué hacer. No me importa quedarme para ayudar. —Lo dije casi antes de comprender a qué me estaba comprometiendo.

—Qué bien, ya tenemos algo que nos hace ilusión a los dos —gruñó Will, una vez que su madre se hubo marchado—. Tú vas a disfrutar de una buena vista de mi trasero y yo voy a recibir un baño en la cama de alguien que se desmaya en cuanto ve un cuerpo desnudo.

—Yo no me desmayo al ver un cuerpo desnudo.

—Clark, no he visto a nadie tan incómodo como tú ante un cuerpo humano. Actúas como si fuera radiactivo.

—Entonces, que lo haga tu madre —repliqué.

—Sí, así seguro que me entran más ganas de ir al concierto.

Y luego surgió el problema del vestuario. No sabía qué ponerme.

Me equivoqué de ropa al ir al hipódromo. ¿Y si volvía a ocurrir? Le pregunté a Will qué debía ponerme y me miró como si estuviera loca.

—Van a bajar las luces —explicó—. Nadie te va a mirar. Todos se van a concentrar en la música.

—No sabes *nada de nada* sobre mujeres —dije.

Me llevé cuatro atuendos al final, que cargué en el autobús en un viejísimo portatrajes de mi padre. Solo así logré convencerme a mí misma para ir.

Nathan llegó a las cinco y media y, mientras se encargaba de Will, yo desaparecí en el baño a prepararme. Primero me probé el *look* que me parecía más «artístico»: un vestido verde fruncido, adornado con enormes cuentas de ámbar. Imaginé que quienes iban a conciertos serían muy creativos y extravagantes. Will y Nathan se me quedaron mirando cuando entré en el salón.

—No —dijo Will, categórico.

—Ese vestido le gustaría a mi madre —comentó Nathan.

—¿Por qué no me habías dicho que tu madre es Nana Mouskouri? —replicó Will.

Los oí riéndose cuando volví al baño.

El segundo era un vestido negro muy austero, cortado al bies, de cuello y puños blancos, que había hecho yo misma. Parecía, pensaba yo, elegante y parisino.

—Parece que estás a punto de servir los helados —dijo Will.

—Ay, colega, pero qué buena doncella serías —añadió Nathan, en tono de aprobación—. No dudes en ponerte ese por aquí. De verdad.

—No vas a tardar en pedirle que limpie el polvo de los rodapiés.

—Hay un poco de polvo, ahora que lo dices.

—Mañana —intervine— os vais a encontrar una sorpresa en el té.

Deseché el tercero (un traje de pantalones de campana amarillos) pues ya oía los comentarios sarcásticos de Will y, en su lugar, me puse la cuarta opción, un vestido *vintage* de satén rojo oscuro. Estaba diseñado para una generación más frugal, y siempre tenía que rezar en silencio para que la cremallera no se quedara atascada en la cintura, pero me hacía una silueta de estrella de cine de los años cincuenta, y era un vestido resultón, con el que siempre me sentía bien. Me pasé un bolero plateado por encima de los hombros, me até un pañuelo de seda gris al cuello, para cubrir el escote, me pinté los labios a juego y volví al salón.

—Caramba —exclamó Nathan, admirado.

Los ojos de Will recorrieron el vestido de arriba abajo. Solo entonces me di cuenta de que ahora vestía camisa y chaqueta.

Afeitado, con el pelo cortado, estaba sorprendentemente guapo. No pude contener una sonrisa al verlo. No tanto por su aspecto, sino porque se notaba que había hecho un esfuerzo.

—Eso es —dijo. Su voz era inexpresiva, extrañamente comedida. Cuando bajé la mano para ajustar el escote, añadió—: Pero quítate la chaqueta.

Tenía razón. Yo sabía que no quedaba del todo bien. Me la quité, la doblé con esmero y la dejé en el respaldo de una silla.

—Y el pañuelo.

Mi mano fue al cuello a toda velocidad.

—¿El pañuelo? ¿Por qué?

—No combina bien. Y da la impresión de que lo llevas para ocultar algo.

—Pero es que es verdad... Bueno, es que soy toda escote sin el pañuelo.

—¿Y? —Se encogió de hombros—. Mira, Clark, si vas a llevar un vestido como ese, tienes que llevarlo con confianza. Tienes que vestirlo tanto mental como físicamente.

—Solo tú, Will Traynor, te atreverías a decirle a una mujer cómo llevar un maldito vestido.

Aun así, me quité el pañuelo.

Nathan fue a preparar las cosas de Will. Yo estaba devanándome los sesos para añadir un comentario sobre lo condescendiente que era, cuando me di la vuelta y vi que aún me miraba.

—Estás maravillosa, Clark —dijo, en voz baja—. De verdad.

Con la gente común (lo que Camilla Traynor probablemente llamaría «gente de la clase trabajadora»), yo observaba unas cuantas pautas en lo que a Will se refería. La mayoría se quedaba mirando. Unos pocos sonreían, enternecidos, expresaban su compasión o me preguntaban en una especie de murmullo ensayado qué había ocurrido. A menudo, sentía la tentación de responder: «Por desgracia, un altercado con los servicios secretos», solo para ver cómo reaccionaban, pero nunca lo hice.

Este es el problema de las personas de clase media. Fingen que no miran, pero miran. Eran demasiado educados para quedarse mirando con descaro. En su lugar, tenían ese extraño hábito de echar un vistazo en la dirección de Will decididos a *no* mirarlo. Hasta que Will terminaba de pasar, momento en el cual las miradas lo seguían, incluso al tiempo que mantenían una conversación con otra persona. No obstante, no hablaban acerca de él. Porque eso sería una grosería.

Mientras avanzábamos por el vestíbulo de la sala de conciertos, donde se formaban grupos de personas elegantes, con el bolso y el programa en una mano y un gin tonic en la otra, vi que la misma reacción nos seguía como una pequeña ola hasta el patio de butacas. No sé si Will lo percibió. Sospeché que la única manera que Will tenía de soportarlo era fingir que no lo notaba.

Nos sentamos: éramos las dos únicas personas en los asientos centrales de la primera fila. A nuestra derecha había otro hombre en silla de ruedas, enfrascado en una animada conversación con las dos mujeres que lo flanqueaban. Los observé y deseé que Will se fijara en ellos. Pero no dejó de mirar al frente, la cabeza hundida entre los hombros, como si intentara volverse invisible.

Esto no va a salir bien, dijo una vocecilla.

—¿Quieres algo? —susurré.

—No —negó con la cabeza. Tragó saliva—. En realidad, sí. Algo me roza en el cuello.

Me incliné y pasé el dedo por el interior del cuello de la camisa; había una etiqueta dentro. Tiré, con la esperanza de arrancarla, pero opuso una tozuda resistencia.

—Camisa nueva. ¿Te está molestando mucho?

—No. Solo lo comenté para hacer la gracia.

—¿Tenemos tijeras en la mochila?

—No lo sé, Clark. Aunque no te lo creas, rara vez soy yo quien mete las cosas.

No había tijeras. Eché un vistazo detrás de mí, donde el público aún se acomodaba en sus asientos, entre murmullos y ojeadas al programa. Si Will no tenía ocasión de relajarse y concentrarse en la música, sería otro evento desaprovechado. No me podía permitir un segundo desastre.

—No te muevas —dije.

—¿Por qué...?

Antes de que terminara la frase, me incliné, aparté el cuello de la camisa y situé la boca contra el cuello de Will, tomando la molesta etiqueta entre los dientes. Tardé unos pocos segundos en arrancarla, y cerré los ojos, al tiempo que intentaba no fijarme en ese aroma tan masculino, el tacto de su piel contra la mía, lo poco apropiado de lo que estaba haciendo. Y entonces, por fin, sentí que cedía. Eché atrás la cabeza y abrí los ojos, triunfal, con la dichosa etiqueta entre los dientes.

—¡La tengo! —dije, sacándome la etiqueta de la boca, que tiré entre dos asientos.

Will me miró fijamente.

—¿Qué?

Me giré en el asiento y vi que los miembros del público de repente mostraban un súbito interés en sus programas. A continuación, me volví hacia Will.

—Oh, vamos, seguro que no es la primera vez que ven a una mujer mordisqueando el cuello de un hombre.

Por una vez, tuve la sensación de haberle dejado sin palabras. Will parpadeó un par de veces e hizo ademán de negar con la cabeza. Noté, divertida que tenía el cuello muy sonrosado.

Me alisé la falda.

—En cualquier caso —dije—, creo que los dos deberíamos estar agradecidos de que no fuera la etiqueta de los pantalones.

Y entonces, antes de que Will tuviera ocasión de responder, la orquesta salió con sus esmóquines y sus vestidos de gala y el público guardó silencio. Me emocioné un poco, a pesar de mí misma. Posé las manos sobre el regazo y me senté erguida en el asiento. Comenzaron a afinar y, de repente, el auditorio se llenó de un sonido único: el sonido más vivo y envolvente que jamás había escuchado. Me puso los pelos de punta y me cortó la respiración.

Will me miró de soslayo, aún con la expresión divertida de unos momentos antes. *Vale*, decía esa expresión. *Esto nos va a gustar.*

El director se subió al estrado, dio dos golpecitos con la batuta y se hizo un silencio absoluto. Sentí la inmovilidad, el auditorio vivo, expectante. Entonces, bajó la batuta y de repente todo se convirtió en sonido. Sentí la música como algo corporal; no solo llegaba a mis oídos, sino que me recorría por entero, me envolvía y me hacía vibrar. La piel me picaba y las palmas de la mano se humedecieron. Había creído que me aburriría. En cambio, fue lo más hermoso que jamás había escuchado.

Y mi imaginación dio unos giros inesperados; ahí sentada, me descubrí reflexionando sobre cuestiones en las que no había pensado durante años, me dominaron viejas emociones, nuevas ideas surgieron de mí como si mi percepción estuviera ampliándose hasta perder la forma. Fue casi excesivo, pero no deseé que cesara. Quería quedarme ahí sentada para siempre. Eché un vistazo furtivo a Will. Estaba absorto, ajeno a sí mismo. Aparté la vista, temerosa, de un modo inesperado, al mirarlo. Me daba miedo lo que estaría sintiendo, la profundidad de su pérdida, la amplitud de sus miedos. La vida de Will Traynor se había desarrollado mucho más allá de los límites de mis propias experiencias. ¿Quién era yo para decirle que debía vivir?

El amigo de Will nos envió una nota en que nos pedía que fuéramos a verlo entre bastidores, pero Will se negó. Se lo rogué una vez, pero vi en la tensión del mentón que no cambiaría de parecer. No lo culpé. Recordé cómo lo habían mirado sus antiguos compañeros de trabajo ese día: esa mezcla de pena, asco y, en lo más hondo, el profundo alivio de haber escapado de ese golpe del destino. Sospeché que solo sería capaz de soportar un número muy reducido de ese tipo de encuentros.

Esperamos hasta que el auditorio quedó vacío, tras lo cual empujé la silla de ruedas hasta el aparcamiento, y monté a Will sin incidentes. No hablé apenas; aún retumbaba la música en mis pensamientos y no quería que se apagara. Pensaba una y otra vez en lo mismo, en esa forma en que el amigo de Will se abandonaba a lo que estaba tocando. No sabía que la música era capaz de abrir puertas dentro de uno mismo, de transportarte a un lugar que ni el compositor habría previsto. Dejaba huellas en el aire alrededor de nosotros, como si arrastráramos su estela allá donde fuéramos. Durante un tiempo, sentados entre el público, había llegado a olvidar que Will estaba a mi lado.

Aparcamos junto al pabellón. Frente a nosotros, apenas visible sobre el muro, se alzaba el castillo, que nos contemplaba sereno desde lo alto de la colina, iluminado por la luna llena.

—Entonces, no eres el tipo de persona que escucha música clásica.

Miré por el retrovisor. Will sonreía.

—No me gustó ni un poquito.

—Ya me había fijado.

—En especial, no me gustó esa parte casi al final, cuando el violín tocaba solo.

—Me fijé en que no te había gustado esa parte. De hecho, creo que tenías lágrimas en los ojos por lo mucho que la detestabas.

Le devolví la sonrisa.

—De verdad, me encantó —dije—. No sé si me gustaría toda la música clásica, pero esta me pareció maravillosa. —Me froté la nariz—. Gracias. Gracias por llevarme.

Nos quedamos sentados en silencio, contemplando el castillo. Por la noche solía adquirir una especie de resplandor anaranjado por las luces que jalonaban las murallas. Pero esta noche, bajo la luna llena, parecía bañarse en un azul irreal.

—¿Qué tipo de música tocarían ahí? —pregunté—. Algo tendrían que escuchar.

—¿En el castillo? Cosas medievales. Laúd, cuerdas. No es lo que más me gusta, pero tengo alguna pieza que podría prestarte, si quieres. Deberías darte un paseo por el castillo escuchando esa música con auriculares, si de verdad quieres vivir la experiencia completa.

—No. En realidad, no me gusta ir al castillo.

—Siempre es así, cuando vives cerca de algún monumento.

Ofrecí una respuesta evasiva. Permanecimos sentados ahí otro rato, escuchando el motor, que se iba sumiendo en el silencio.

—Muy bien —dije, desabrochándome el cinturón—. Más vale que te llevemos dentro. Nos esperan los cuidados vespertinos.

—Espera un minuto, Clark.

Me giré en el asiento. La cara de Will estaba en la sombra y no la vi bien.

—Espera un momento. Solo un minuto.

—¿Estás bien? —Descubrí que mi mirada se dirigía a la silla, por miedo a que una parte de él estuviera aplastada o atrapada, a haber hecho algo mal.

—Estoy bien. Es solo que...

Vi el cuello blanco de la camisa y el contraste con la chaqueta oscura.

—No quiero entrar todavía. Solo quiero estar aquí sentado y no pensar en... —Tragó saliva. Incluso en la penumbra, noté que hacía un esfuerzo—. Solo... quiero ser un hombre que ha ido a un concierto con una chica vestida de rojo. Solo unos pocos minutos más.

Solté la manilla de la puerta.

—Claro.

Cerré los ojos y apoyé la cabeza en el asiento, y nos quedamos ahí sentados, juntos, durante un tiempo, dos personas que se dejaban llevar por una música recordada, medio ocultos a la sombra de un castillo en lo alto de una colina iluminada por la luna.

En realidad, mi hermana y yo no llegamos a hablar sobre lo sucedido esa noche en el laberinto. No sé si conocíamos las palabras para ello. Me estrechó un rato entre los brazos, tras lo cual pasó un tiempo ayudándome a encontrar la ropa, y entonces buscó en vano mis zapatos entre la hierba, hasta que le dije que no importaba. No me los habría vuelto a poner, de todos modos. Y entonces volvimos a casa, caminando despacio, yo descalza, ella con el brazo enlazado al mío, aunque no habíamos caminado así desde que ella empezó a ir a la escuela y mi madre insistía en que no la soltara.

Cuando llegamos a casa, nos quedamos en el porche y ella me limpió el pelo y luego los ojos con un pañuelo húmedo, y entonces abrimos la puerta y entramos como si nada hubiera ocurrido.

Nuestro padre aún estaba despierto, viendo un partido de fútbol.

—Habéis vuelto un poco tarde —dijo—. Ya sé que es viernes, pero...

—Vale, papá —contestamos al unísono.

Por aquel entonces, yo dormía en la habitación que hoy pertenece al abuelo. Subí apresurada las escaleras y, antes de que mi hermana tuviera ocasión de abrir la boca, cerré la puerta detrás de mí.

Me corté el pelo a la semana siguiente. Cancelé el billete de avión. No volví a salir con las chicas de mi antiguo colegio. Mi madre estaba demasiado sumida en sus propias preocupaciones para percibir nada, y mi padre siempre atribuía los cambios de ánimo en la casa, y mi nueva costumbre de encerrarme en mi habitación, a «problemas de mujeres». Yo había descubierto quién era, y era alguien muy diferente a esa chica risueña que se emborrachaba junto a desconocidos. Era alguien que no vestía nada que resultara sugerente. Ropa que nunca llamaría la atención al tipo de hombres que acudía al Red Lion.

La vida volvió a la normalidad. Empecé a trabajar en una peluquería y después en The Buttered Bun, y lo eché todo al olvido.

Habría pasado delante del castillo unas cinco mil veces desde ese día.

Pero no había vuelto a entrar en el laberinto desde entonces.

13

Patrick se encontraba al borde de la pista, donde corría sin moverse del sitio, con su camiseta y pantalones cortos nuevos de Nike que se le pegaban levemente a los muslos sudorosos. Me había acercado a saludarlo y a decirle que no iría a la reunión de los Diablos del Triatlón de esa noche. Nathan estaba librando y yo me había ofrecido a encargarme de los cuidados del final del día.

—Ya te has perdido tres reuniones seguidas.

—¿De verdad? —Conté con los dedos—. Supongo que sí.

—Tienes que venir la semana que viene. Vamos a planear el viaje del Norseman. Y no me has dicho qué quieres que hagamos en tu cumpleaños. —Comenzó a hacer estiramientos, alzando la pierna y llevando la rodilla al pecho—. ¿Y si vamos al cine? No quiero una cena a lo grande, no mientras entreno.

—Ah. Mis padres quieren preparar una cena especial.

Se agarró el talón y apuntó con la rodilla al suelo.

No pude evitar percibir que su pierna se estaba volviendo extrañamente fibrosa.

—No es lo mismo que una cita romántica, ¿verdad?

—Bueno, tampoco los multicines. De todos modos, creo que debería decirles que sí, Patrick. Mamá está un poco desanimada.

Treena se había ido el fin de semana anterior (sin mi bolsa de aseo con limones, que recuperé la noche previa a su marcha). Mi madre estaba devastada; se sentía incluso peor que cuando Treena se fue a la universidad por primera vez. Echaba de menos a Thomas como a un miembro amputado. Sus juguetes, tirados por el suelo del salón desde que era bebé, estaban recogidos en cajas. No había dedos de chocolate ni pequeños cartones de leche en el armario de la cocina. Ya no tenía una razón para pasear hasta la escuela a las tres y cuarto de la tarde, nadie con quien hablar en el breve trayecto a casa. Eran los únicos momentos que mi madre pasaba fuera de casa. Ahora no iba a ningún lugar, salvo por el viaje semanal al supermercado con mi padre.

Deambuló por la casa con aire ausente durante tres días, hasta que comenzó la limpieza de primavera con un vigor que asustó incluso al abuelo. Él le mostraba las encías en señal de protesta mientras ella intentaba pasar la aspiradora bajo la silla donde estaba sentado o le sacudía los hombros con un plumero. Treena había dicho que no volvería a casa durante las primeras semanas, para que Thomas tuviera ocasión de adaptarse. Cuando mi hermana llamaba por la noche, mi madre hablaba con ambos, tras lo cual lloraba media hora encerrada en su habitación.

—Últimamente siempre trabajas hasta tarde. Casi no te veo.

—Bueno, te pasas el día entrenando. De todos modos, me pagan bien, Patrick. No les voy a decir que no si me ofrecen horas extras.

Le fue imposible poner reparos a eso.

Nunca antes había ganado tanto dinero. Dupliqué la cantidad que daba a mis padres, depositaba un poco en una cuenta de ahorros cada mes y aún me sobraba más de lo que podía gastar. En parte se debía a que trabajaba tantas horas que casi siempre estaba en Granta House cuando las tiendas aún seguían abiertas. Además, no tenía ganas de ir de compras. Las horas libres las pasaba en la biblioteca, mirando cosas en Internet.

Un mundo nuevo se abrió ante mí en la pantalla de ese PC, página a página, y comencé a dejarme seducir por su canto de sirena.

Todo empezó con la carta de agradecimiento. Un par de días después del concierto, le dije a Will que deberíamos escribir a su amigo, el violinista, para darle las gracias.

—He comprado una bonita tarjeta al venir —expliqué—. Dime qué quieres que ponga y lo escribo. Hasta he traído mi mejor bolígrafo.

—Mejor que no —dijo Will.

—¿Qué?

—Ya me has oído.

—¿Mejor que no? Ese hombre nos regaló dos asientos en primera fila. Tú mismo dijiste que fue fantástico. Al menos podrías darle las gracias.

Las mandíbulas de Will estaban tensas, inamovibles.

Dejé el bolígrafo.

—¿Tan acostumbrado estás a que la gente te regale cosas que ya ni te molestas en darles las gracias?

—No tienes ni idea, Clark, de lo frustrante que es depender de otra persona para que escriba tus propias palabras. La frase «escribo en nombre de...» es humillante.

—¿Sí? Bueno, es mejor que nada —farfullé—. Yo le voy a dar las gracias de todos modos. No voy a mencionar tu nombre si realmente te vas a portar como un imbécil.

Escribí la tarjeta y la envié. No hablé más al respecto. Pero esa noche, con las palabras de Will aún en la cabeza, me dirigí a la biblioteca y, al ver un ordenador libre, me conecté a Internet. Busqué si existía algún aparato que permitiera a Will escribir. Al cabo de una hora, había descubierto tres: una especie de programa de reconocimiento de voz, otro que se basaba en el parpadeo de un ojo y, como había mencionado mi hermana, un dispositivo de grabación que se ponía en la cabeza.

Como era de prever, puso reparos al dispositivo que se llevaba en la cabeza, pero admitió que el programa de reconocimiento de voz tal vez fuera útil y, al cabo de una semana, gracias a la ayuda de Nathan, lo instalamos en su ordenador y lo configuramos de modo que, con el teclado sujeto a la silla, Will ya no necesitaba que nadie escribiera en su nombre. Al principio le daba un poco de vergüenza, pero, cuando le sugerí que comenzara siempre diciendo: «Escriba una carta, señorita Clark», lo superó.

Incluso la señora Traynor fue incapaz de encontrar un motivo de queja.

—Si existen otros dispositivos que pudieran serle útiles —dijo, con los labios aún fruncidos, como si le costase creer que acabara de ocurrir algo bueno—, no dudes en decírnoslo. —Miró a Will, nerviosa, como si temiera que estuviera a punto de arrancarse el micrófono de la mandíbula.

Tres días más tarde, justo cuando salía para ir al trabajo, el cartero me entregó una carta. La abrí en el autobús, pensando que sería una felicitación de cumpleaños anticipada de algún primo lejano. Decía, con tipografía informática:

Querida Clark:
Quería mostrarte que no soy del todo un imbécil egoísta. Y que agradezco tus esfuerzos.
Gracias.
Will

Solté tal carcajada que el conductor del autobús me preguntó si me había tocado la lotería.

Después de todos esos años en el trastero, con la ropa colgada en un armario del pasillo, la habitación de Treena me pareció un palacio. La primera noche la pasé dando vueltas en la cama con los brazos estirados, disfrutando por no tocar ambas paredes al mismo tiempo. Fui a la tienda de bricolaje y compré pintura y cortinas nuevas, así como una lámpara para la mesilla y unos estantes, que instalé yo misma. No es que se me dé bien ese tipo de cosas; supongo que quería ver si era capaz de hacerlo.

Me dediqué a redecorar: todas las noches, al volver del trabajo, pintaba durante una hora y, antes de que pasara una semana, incluso mi padre admitió que había hecho un buen trabajo. Dedicó un rato a observar mi obra, toqueteó las cortinas que había colgado yo misma y al fin dejó caer una mano sobre mi hombro.

—Tras este trabajo eres otra persona, Lou.

Compré una funda nórdica, una alfombra y unos cojines enormes, por si recibía alguna visita y le apetecía pasar un rato ahí. Aunque no iba a venir nadie. Colgué el calendario en la puerta. Nadie lo veía, excepto yo. Nadie más habría sabido qué significaba, de todos modos.

Me sentí un poco mal porque, cuando pusimos la cama plegable de Thomas junto a la de Treena en el trastero, casi no quedaba espacio, pero lo racionalicé: al fin y al cabo, ya no vivían aquí. Y el trastero solo lo usarían para dormir. No tenía sentido dejar vacía la habitación más amplia durante semanas.

Cada día iba al trabajo pensando a qué otros lugares llevar a Will. No tenía un plan concreto, sino que me centraba en que saliera todos los días, en intentar que estuviera contento.

Había días (cuando le escocían las extremidades o tenía una infección y yacía triste y con fiebre en la cama) más difíciles que otros. Pero en los buenos días había logrado varias veces sacarlo al aire libre, bajo el sol primaveral. Yo era consciente de que Will detestaba la compasión de los desconocidos más que nada en el mundo, así que lo llevaba en coche a parajes hermosos donde, durante una hora más o menos, podíamos estar a solas. Preparaba un picnic y nos sentábamos al borde de un campo, a disfrutar de la brisa, de estar lejos de casa.

—Mi novio quiere conocerte —le conté una tarde, mientras le ofrecía los pedacitos que arrancaba de un sándwich de queso con pepinillo.

Había conducido durante varios kilómetros fuera del pueblo, hasta subir una colina desde donde veíamos el castillo al otro lado del valle, del que nos separaba un campo con corderos.

—¿Por qué?

—Quiere saber con quién paso tanto tiempo por la noche.

Por extraño que parezca, noté que esto lo animaba.

—El Hombre Maratón.

—Creo que mis padres también.

—Me pongo nervioso cuando una chica me dice que quiere presentarme a sus padres. De todos modos, ¿cómo está tu madre?

—Igual.

—¿Y el trabajo de tu padre? ¿Alguna novedad?

—No. La semana que viene, según le dicen ahora. De todos modos, me preguntaron si quería invitarte a mi cena de cumpleaños este viernes. Todo muy informal. Solo familia, en realidad. Pero no pasa nada... Ya les dije que no te apetecería.

—¿Quién dice que no me apetecería?

—No te gustan los desconocidos. No te gusta comer delante de los demás. Y no te gusta cómo es mi novio. O sea, era obvio.

Ya lo tenía en mis manos. La mejor manera de conseguir que Will hiciera algo era decirle que no querría hacerlo. Aún persistía en él esa parte obstinada, dada a llevar la contraria.

Will masticó un momento.

—No. Voy a ir a tu cumpleaños. Así tu madre tendrá algo en lo que pensar, por lo menos.

—¿De verdad? Oh, Dios, si se lo digo va a empezar a limpiar y sacar brillo esta misma noche.

—¿Estás segura de que es tu madre biológica? ¿No debería existir cierta semejanza genética? Sándwich, por favor, Clark. Y con más pepinillo.

Solo bromeaba a medias. Mi madre entró en barrena ante la mera idea de recibir a un tetrapléjico en casa. Se llevó las manos a la cara en el acto, y de inmediato comenzó a reordenar el aparador, como si Will fuera a llegar en cuestión de minutos.

—Pero ¿y si necesita ir al baño? No tenemos un baño aquí abajo. No creo que papá pueda subirlo a cuestas. Yo podría ayudar..., pero no sabría dónde poner las manos. ¿Se encargaría Patrick?

—No te preocupes por esas cosas. De verdad.

—¿Y la comida? ¿Will solo come purés? ¿Hay algo que no pueda comer?

—No, solo necesita ayuda para coger las cosas.

—¿Quién va a hacer eso?

—Yo. Tranquila, mamá. Es simpático. Te va a caer bien.

Y así quedó decidido. Nathan recogería a Will, lo traería en coche y se pasaría dos horas más tarde para llevarlo de nuevo a casa y encargarse de los cuidados nocturnos. Yo me había ofrecido, pero ambos insistieron en que «me soltara el pelo» en mi cumpleaños. Era evidente que no conocían a mis padres.

A las siete y media, ni un minuto más ni un minuto menos, abrí la puerta para encontrarme a Will y a Nathan en el porche.

Will vestía una camisa y chaqueta elegantes. No sabía si sentirme complacida al ver que se había tomado la molestia o preocupada porque mi madre se pasaría las dos primeras horas de la velada temiendo no haberse arreglado lo suficiente.

—Hola.

Mi padre apareció en el vestíbulo detrás de mí.

—Ajá. ¿Estaba bien la rampa, jóvenes? —Había dedicado toda la tarde a montar una rampa de tablero aglomerado en la escalera de entrada.

Con cuidado, Nathan subió la silla de Will y la llevó a nuestro estrecho vestíbulo.

—Muy bien —dijo Nathan mientras yo cerraba la puerta detrás de él—. Estupenda. Las he visto peores en los hospitales.

—Bernard Clark. —Mi padre tendió la mano y estrechó la de Nathan. La tendió a Will antes de retirarla con un movimiento brusco y un súbito ataque de vergüenza—. Bernard. Disculpa... Eh... No sé cómo saludar a un... No te puedo dar la... —Comenzó a trastabillarse.

—Una reverencia es suficiente.

Mi padre me miró y entonces, al comprender que Will bromeaba, soltó una gran carcajada, aliviado.

—¡Ja! —dijo, y dio un golpecito a Will en el hombro—. Sí. Una reverencia. Qué bueno. ¡Ja!

Así se rompió el hielo. Nathan se despidió con un gesto de la mano y un guiño, y yo llevé a Will a la cocina. Mi madre, por fortuna, sostenía una fuente en las manos, así que se libró de sentir la misma zozobra.

—Mamá, este es Will. Will, Josephine.

—Josie, por favor. —Mi madre lo miró encantada, con los guantes del horno hasta los codos—. Qué alegría conocerte por fin, Will.

—Encantado —contestó—. No quiero interrumpir.

Mi madre dejó la fuente y se llevó la mano al pelo, lo que siempre era una buena señal. Lástima que olvidara quitarse los guantes primero.

—Disculpa —dijo—. Hay asado para cenar. El secreto es que esté en su punto, como ya sabes.

—En realidad, no —replicó Will—. No soy muy dado a cocinar. Pero me encanta la buena comida. Por eso tenía tantas ganas de venir.

—Entonces... —Mi padre abrió el frigorífico—. ¿Cómo lo hacemos? ¿Tomas la cerveza en... un vaso especial, Will?

Si de mi padre dependiera, le dije a Will, habría tenido un vaso especial para beber cerveza antes que una silla de ruedas.

—Es importante saber cuáles son tus prioridades —dijo mi padre. Hurgué en la mochila de Will hasta que encontré su taza.

—Cerveza está bien. Gracias.

Tomó un sorbo y yo fui a la cocina, cohibida, de repente, por nuestra casa pequeñita y desordenada, con su papel pintado de los años ochenta y los aparadores de la cocina arañados. La vivienda de Will tenía muebles elegantes y la decoración era discreta y de buen gusto. Nuestra casa daba la impresión de que el noventa por ciento de su contenido procedía de la tienda de todo a una libra. Los dibujos de Thomas cubrían todas las superficies desnudas de la pared. Pero, si se fijó, Will no dijo nada. Él y mi padre no tardaron en encontrar un tema de conversación: lo inútil que era yo. No me molestó. Así ambos estaban de buen humor.

—¿Sabías que una vez se estrelló contra una baliza y juró que la culpa era de la baliza?

—Tendrías que ver cómo baja la rampa. A veces es un deporte extremo bajar de ese coche...

Mi padre estalló en carcajadas.

Les dejé a lo suyo. Mi madre me siguió, desazonada. Colocó una bandeja con copas en la mesa, tras lo cual miró al reloj.

—¿Dónde está Patrick?

—Iba a venir directo del entrenamiento —dije—. Tal vez ha surgido algo.

—¿No podía dejarlo ni siquiera por tu cumpleaños? Este pollo se va a estropear si se retrasa más.

—Mamá, va a estar muy rico.

Esperé hasta que terminó con la bandeja y la estreché entre mis brazos. Estaba rígida de los nervios. Sentí un afecto súbito por ella. Seguro que no era fácil ser mi madre.

—De verdad. Todo va a estar muy rico.

Se desprendió de mí, me besó en la cabeza y se limpió las manos con el delantal.

—Ojalá estuviera aquí tu hermana. Se me hace raro celebrar algo sin ella.

A mí, en cambio, no. Solo por una vez, me estaba gustando ser el centro de atención. Tal vez suene infantil, pero era cierto. Me encantaba que mi padre y Will se rieran hablando de mí. Me encantaba que todo en esta cena (desde el pollo asado hasta la mousse de chocolate) fuera mi comida favorita. Me gustaba ser quien quería ser sin que la voz de mi hermana me recordase quién había sido.

Sonó el timbre de la puerta y mi madre se sacudió las manos.

—Ahí está. Lou, ¿por qué no empiezas a servir?

Patrick aún estaba colorado por el esfuerzo del ejercicio.

—Feliz cumpleaños, preciosa —dijo, inclinándose para besarme. Olía a loción para después del afeitado, a desodorante y a piel limpia, recién duchada.

—Mejor que entres enseguida. —Señalé el salón con un gesto—. Mamá está de los nervios por la hora.

—Oh. —Patrick miró el reloj—. Lo siento. Habré perdido la noción del tiempo.

—Pero no de *tus* tiempos, ¿eh?

—¿Qué?

—Nada.

Mi padre había llevado la mesa extensible al salón. También, siguiendo mis instrucciones, había trasladado un sofá a la otra pared para que Will no encontrara obstáculos al entrar. Will maniobró la silla de ruedas hasta el lugar que le había indicado, y se elevó un poco para estar a la misma altura que los demás. Yo me senté a su izquierda y Patrick, enfrente. Él, Will y el abuelo se saludaron con un movimiento de cabeza. Ya había advertido a Patrick que no intentara estrechar la mano de Will. Al sentarme noté que Will estudiaba a Patrick y me pregunté, por un momento, si sería tan encantador con mi novio como con mis padres.

Will inclinó la cabeza hacia mí.

—Si miras tras el respaldo de la silla, he traído una cosilla para la cena.

Me agaché y metí la mano en la mochila. Saqué una botella de champán Laurent-Perrier.

—En un cumpleaños siempre es necesario un buen champán —dijo.

—Oh, mira —exclamó mi madre, que traía los platos—. Qué maravilla. Pero no tenemos copas de champán.

—Estas valen —contestó Will.

—Yo lo abro. —Patrick cogió el champán, retiró el alambre y colocó los pulgares bajo el corcho. No dejaba de mirar a Will, como si fuera muy diferente a lo que se esperaba.

—Si lo haces así —observó Will—, va a salir por todos lados. —Alzó el brazo más o menos un centímetro, en un gesto vago—. Creo que suele salir mejor si sostienes el corcho e inclinas la botella.

—He aquí un hombre que sabe de champán —proclamó mi padre—. Ahí lo tienes, Patrick. ¿Inclinar la botella, dices? Vaya, quién se lo habría imaginado.

—Ya lo sabía —replicó Patrick—. Iba a hacerlo así.

El champán se abrió y se sirvió sin incidentes, y brindamos por mi cumpleaños.

El abuelo dijo algo que tal vez fuera «Chin, chin».

Me levanté y saludé. Llevaba un vestido corto amarillo, estilo años sesenta, comprado en una tienda de la beneficencia. La mujer pensaba que podía ser un Biba, aunque alguien le había arrancado la etiqueta.

—Que este sea el año en que nuestra Lou por fin madure —dijo mi padre—. Iba a decir «que haga algo con su vida», pero parece que por fin lo está haciendo. Tengo que decirte, Will, que desde que trabaja contigo…, bueno, es otra persona.

—Estamos muy orgullosos —señaló mi madre—. Y agradecidos. A ti. Por darle un empleo, quiero decir.

—Soy yo quien está agradecido —contestó Will. Me miró de soslayo.

—Por Lou —dijo mi padre—. Y por que le sigan yendo bien las cosas.

—Y por los miembros de la familia ausentes —añadió mi madre.

—¡Caray! —intervine—. Debería cumplir años más a menudo. Y pensar que casi todos los días solo me tomáis el pelo.

Comenzaron a hablar y mi padre contó una anécdota ridícula acerca de mí que hizo reír a mi madre. Fue bonito verlos alegres. Mi padre se había mostrado las últimas semanas agotado y mi madre ojerosa y distraída, como si tuviera la cabeza en otra parte. Quería saborear estos momentos, estos breves instantes en que olvidaban sus problemas y compartían bromas y cariño. Solo entonces comprendí que no me habría importado que Thomas estuviera ahí. O Treena, ya puestos.

Estaba tan ensimismada en mis pensamientos que tardé un minuto en fijarme en la expresión de Patrick. Mientras decía algo al abuelo, daba de comer a Will; doblé un trozo de salmón ahumado entre los dedos y lo acerqué a sus labios. Ya era una parte tan habitual de mi vida cotidiana que solo reparé en la intimidad del gesto cuando vi la expresión de pasmo en el rostro de Patrick.

Will dijo algo a mi padre y yo miré a Patrick fijamente, deseosa de que parara. A su izquierda, el abuelo llevaba el tenedor al plato con una glotonería indisimulada, emitiendo lo que llamábamos sus «ruidos de comer»: pequeños rugidos y murmullos de placer.

—Está riquísimo el salmón—dijo Will a mi madre—. De verdad, un sabor delicioso.

—Bueno, no es algo que comamos todos los días —respondió ella, sonriente—. Pero queríamos que fuera un día especial.

Deja de mirar, rogué a Patrick en silencio.

Al fin me vio y apartó la vista. Parecía furioso.

Di a Will otro trozo de salmón y luego un pedazo de pan cuando vi que le echaba un vistazo. Me había vuelto, comprendí en ese momento, tan sensible a sus necesidades que apenas me hacía falta mirarlo para saber qué quería. Patrick, al otro lado, comía con la cabeza gacha, cortando el salmón en trocitos pequeños que pinchaba con el tenedor. No tocó el pan.

—Entonces, Patrick —dijo Will, que tal vez percibió mi desazón—, Louisa me dice que eres entrenador personal. ¿Qué haces exactamente?

Cómo deseé que no hubiera preguntado. Patrick se lanzó a una perorata de vendedor sobre la motivación personal y cómo un cuerpo en forma ayudaba a tener una mente sana. A continuación, se explayó acerca de su programa de entrenamiento para el Norseman: las temperaturas del mar del Norte, las proporciones de grasa corporal adecuadas para correr una maratón, sus mejores tiempos en cada disciplina. Por lo general, a esas alturas yo ya no escuchaba, pero ahora, con Will junto a mí, no dejaba de pensar en qué inoportuno era. ¿Es que no podía explicarlo por encima y quedarse contento?

—De hecho, cuando Lou me dijo que ibas a venir, pensé en echarle un vistazo a mis libros a ver si encontraba una fisioterapia que recomendarte.

Casi me ahogo con el champán.

—Es toda una especialidad, Patrick. No creo que seas la persona indicada.

—Yo soy un especialista. Me dedico a las lesiones deportivas. Tengo formación médica.

—Esto no es un esguince, Pat. De verdad.

—Hace un par de años trabajé con un hombre que tenía un cliente tetrapléjico. Dice que ahora está casi completamente recuperado. Hace triatlones y todo.

—¡Imagínate! —dijo mi madre.

—Me habló de una nueva investigación en Canadá basada en que es posible entrenar los músculos para recordar las actividades pasadas. Si los ejercitas bastante, todos los días, es como una sinapsis cerebral: todo vuelve. Te apuesto algo a que, si te sometemos a un programa bueno de verdad, notarías cambios en tu memoria muscular. Al fin y al cabo, Lou me dice que antes eras todo un hombre de acción.

—Patrick —dije en voz alta—. No sabes de qué hablas.

—Solo intentaba...

—Bueno, pues *no* lo intentes. De verdad.

En la mesa se hizo el silencio. Mi padre tosió y se disculpó. El abuelo miró alrededor de la mesa en un silencio cauteloso.

Mi madre hizo el gesto de ofrecer más pan a todos, para a continuación cambiar de parecer.

Cuando Patrick habló de nuevo, su voz sonó como la de un mártir.

—Era solo una investigación que me pareció útil. Pero ya me callo.

Will alzó la vista y sonrió, con un semblante inexpresivo y educado.

—Sin duda, lo tendré en mente.

Me levanté para retirar los platos, con la esperanza de escaparme. Pero mi madre me riñó y me dijo que me sentara.

—Es tu cumpleaños —dijo, como si en otras ocasiones consintiera que la ayudaran—. Bernard, ¿por qué no vas a la cocina a por el pollo?

—Ja, ja. Esperemos que haya dejado de corretear por ahí, ¿eh? —Mi padre sonrió y mostró los dientes en una especie de mueca.

El resto de la cena transcurrió sin incidentes. Mis padres estaban encantados con Will. Patrick, no tanto. Patrick y Will apenas intercambiaron una palabra más. En algún momento, mientras mi madre servía las patatas asadas (con mi padre haciendo su numerito habitual de intentar robarlas), dejé de preocuparme. Mi padre hacía todo tipo de preguntas a Will sobre su vida anterior, incluso sobre el accidente, y Will parecía bastante cómodo para responder sin titubear. De hecho, me enteré de bastantes cosas que no me había contado antes. Su trabajo, por ejemplo, daba la impresión de ser bastante importante, aunque lo negara. Compraba y vendía empresas y se encargaba de lograr beneficios entretanto. Mi padre tuvo que insistir para sonsacarle que su idea de beneficios se elevaba a seis o siete cifras. Me descubrí a mí misma con la mirada clavada en Will, tratando de conciliar al hombre que conocía con ese ejecutivo despiadado de la gran ciudad. Mi padre le habló de la empresa que iba a comprar la fábrica de muebles y, cuando mencionó el nombre, Will asintió con la cabeza, casi compungido, y dijo que sí, que los conocía. Sí, era probable que él también hubiera hecho lo mismo. Por el modo en que lo dijo, el futuro del trabajo de mi padre no resultó muy esperanzador.

Mi madre miraba maravillada a Will y estaba absorta en él. Comprendí, al verla sonreír, que en algún momento a lo largo de la cena Will había pasado a ser un joven apuesto sentado a su mesa. No era de extrañar que Patrick estuviera tan molesto.

—¿Tarta de cumpleaños? —preguntó el abuelo en cuanto mi madre comenzó a retirar los platos.

Fue tan claro, tan sorprendente, que mi padre y yo nos miramos, boquiabiertos. Todo el mundo guardó silencio.

—No. —Caminé alrededor de la mesa y lo besé—. No, abuelo. Lo siento. Pero hay mousse de chocolate. Te va a gustar.

El abuelo asintió en señal de aprobación. Mi madre estaba radiante. Creo que ninguno de nosotros podría haber recibido un regalo mejor.

Llegó la mousse a la mesa y, junto a ella, un regalo cuadrado, del tamaño de una guía telefónica, envuelto en papel de seda.

—Hora de los regalos, ¿eh? —dijo Patrick—. Toma. Aquí está el mío. —Me sonrió al dejarlo en el centro de la mesa.

Yo le devolví la sonrisa. No era momento para discrepancias, al fin y al cabo.

—Vamos —me animó mi padre—. Ábrelo.

Abrí primero el de mis padres, desenvolviendo el papel con cuidado, para no rasgarlo. Era un álbum de fotografías, y en cada página había una foto de un año de mi vida. De bebé, junto a Treena, dos niñas de caras regordetas, en mi primer día en el instituto, llena de horquillas y con una falda enorme. Más reciente, había una de mí y de Patrick, esa en la que le llamaba cabrón. Y, vestida con una falda gris, en el primer día de mi nuevo trabajo. Entre las páginas había dibujos de la familia hechos por Thomas, cartas que mi madre había conservado de las excursiones escolares, donde, con letra de niña, hablaba de la playa, de helados perdidos y de gaviotas ladronas. Lo hojeé entero y solo dudé un momento cuando vi a esa chica de pelo oscuro y largo. Pasé de página.

—¿Me dejas verlo? —preguntó Will.

—No ha sido... nuestro mejor año —se excusó mi madre, mientras yo pasaba las páginas frente a él—. Es decir, estamos bien y no podemos quejarnos. Pero ya sabes cómo están las cosas. Y el abuelo vio algo en la tele acerca de hacer los regalos en vez de comprarlos, y pensé que sería algo..., ya sabes..., con un significado especial.

—Y es especial, mamá. —Se me habían cubierto los ojos de lágrimas—. Me encanta. Gracias.

—El abuelo escogió algunas fotografías —señaló.

—Es precioso —comentó Will.

—Me encanta —dije de nuevo.

La mirada de completo alivio que intercambiaron mi madre y mi padre fue lo más triste que había visto en toda mi vida.

—Ahora, el mío. —Patrick acercó la pequeña caja sobre la mesa. La abrí despacio, con una indefinida y breve sensación de pánico por si era un anillo de compromiso. Yo no estaba preparada. Apenas había comenzado a asimilar que ya tenía habitación. Abrí la cajita y, sobre el terciopelo azul, había una delgada cadena de oro con una pequeña estrella de colgante. Era algo dulce, delicado y no tenía nada que ver conmigo. No usaba ese tipo de joyas, nunca lo había hecho.

Dejé que mis ojos reposaran sobre ella mientras decidía qué decir.

—Es preciosa —dije, y Patrick se inclinó sobre la mesa y me la abrochó al cuello.

—Me alegra que te guste —contestó Patrick, y me dio un beso en la boca. Juro que era la primera vez que me besaba así delante de mis padres.

Will me observó, impasible.

—Bueno, creo que es la hora de tomar el postre —dijo mi padre—. Antes de que se caliente. —Se rio de su propia broma. El champán le había subido los ánimos.

—En la mochila tengo algo para ti —comentó Will, en voz baja—. La que está detrás de mi silla. El envoltorio es naranja.

Saqué el regalo de la mochila de Will.

Mi madre se detuvo con la cuchara de servir en la mano.

—¿Le has traído un regalo a Lou, Will? Qué amable. ¿No es un detalle, Bernard?

—Claro que sí.

El papel de envolver tenía unos quimonos chinos de colores brillantes. No me hizo falta mirarlo dos veces para saber que iba a guardarlo. Tal vez idearía algo que ponerme basándome en él. Retiré la cinta, que dejé a un lado para más tarde. Abrí el paquete y luego el papel de seda que había dentro, y ahí, mirándome, había algo de color negro y amarillo extrañamente familiar.

Saqué la tela del paquete y en mis manos encontré dos pares de leotardos, negros y amarillos. De mi talla, de una lana tan suave que casi se deslizaba entre los dedos.

—No me lo creo —dije. Comencé a reír: de un modo alegre, inesperado—. Oh, santo cielo. ¿Dónde los has encontrado?

—Encargué que me los hicieran. Te alegrará saber que di las instrucciones a la mujer con mi nuevo programa de reconocimiento de voz.

—¿Leotardos? —dijeron mi padre y Patrick al unísono.

—Ni más ni menos que los mejores leotardos de todos los tiempos.

Mi madre los miró con atención.

—Sabes, Louisa, estoy casi segura de que tenías un par igualito a esos cuando eras muy pequeña.

Will y yo intercambiamos una mirada.

No podía dejar de sonreír.

—Quiero ponérmelos ya —dije.

—Madre mía, se va a parecer al humorista Max Wall en una colmena —exclamó mi padre sacudiendo la cabeza.

—Ah, Bernard, es su cumpleaños. Que se ponga lo que quiera.

Salí corriendo y me los puse en el pasillo. Estiré la punta del pie para admirar lo ridículo que parecía. No creo que un regalo de cumpleaños me hubiera puesto tan contenta en mi vida.

Volví al salón. Will soltó una pequeña ovación. El abuelo golpeó la mesa con las manos. Mi madre y mi padre soltaron una carcajada. Patrick se limitó a mirar.

—No sé cómo decirte lo mucho que me gustan —dije—. Gracias. Gracias. —Estiré una mano y le toqué el hombro—. De verdad.

—También hay una tarjeta ahí dentro —respondió—. Ábrela en otro momento.

Mis padres se mostraron encantados con Will cuando se fue.

Mi padre, que estaba borracho, le agradeció una y otra vez que me diera trabajo y le hizo prometer que volvería.

—Si me quedo sin trabajo, a lo mejor me paso a ver un partido de fútbol contigo —dijo.

—Estupendo —contestó Will, aunque yo nunca le había visto siguiendo un partido de fútbol.

Mi madre le obligó a llevarse una porción de la mousse que había sobrado en un recipiente de plástico.

—Como te ha gustado tanto...

Qué caballero, dirían durante una buena hora después de su marcha. Un caballero de verdad.

Patrick salió al pasillo, con las manos en los bolsillos, como si quisiera contener la tentación de estrechar las de Will. Esa, al menos, fue mi conclusión más generosa.

—Me alegro de conocerte, Patrick —dijo Will—. Y gracias por el... consejo.

—Oh, solo intentaba que mi novia aprovechara al máximo su trabajo —replicó—. Eso es todo. —Hizo un hincapié evidente en el posesivo *mi*.

—Bueno, eres un hombre afortunado —comentó Will, mientras Nathan comenzaba a empujar la silla—. Sin duda, se le dan de maravilla los baños en la cama. —Lo dijo tan rápido que la puerta se cerró antes de que Patrick asimilara qué había dicho.

—No me habías dicho que lo bañabas en la cama. —Habíamos vuelto a la casa de Patrick, un piso nuevo en las afueras del pueblo. En los anuncios aseguraban que era para quien quería vivir por todo lo alto, aunque daba a la zona de hipermercados y solo era un tercer piso—. ¿Qué quiere decir eso? ¿Que le lavas la polla?

—No le lavo la polla. —Cogí la crema limpiadora, una de las pocas cosas que me era permitido llevar a la casa de Patrick, y comencé a limpiarme el maquillaje con movimientos amplios.

—Es lo que dijo.

—Te estaba tomando el pelo. Y, teniendo en cuenta la de veces que repetiste que *antes* era un hombre de acción, no le culpo.

—Entonces, ¿qué es lo que le haces? Es evidente que no me lo has contado todo.

—Lo lavo, a veces, pero solo hasta llegar a la ropa interior.

La mirada de Patrick lo dijo todo. Al final, apartó la vista, se quitó los calcetines y los arrojó al cesto de la ropa sucia.

—Tu trabajo no debería incluir eso. Nada de cuidados médicos, decía. Nada de cuidados íntimos. No era parte de la descripción del trabajo. —Una idea súbita cruzó su mente—. Podrías presentar una demanda. Despido indirecto, creo que lo llaman, cuando cambian las condiciones del trabajo.

—No seas ridículo. Y lo hago porque Nathan no puede estar siempre ahí, y para Will es horrible que se encargue un completo desconocido de una agencia. Y, además, ya me he acostumbrado. En realidad, no me molesta.

¿Cómo explicarle... que un cuerpo puede volverse tan familiar? Era capaz de cambiar los tubos de Will con una eficacia profesional, bañarle el torso con una esponja sin la menor interrupción en nuestra conversación. Ya ni siquiera sus cicatrices me impresionaban. Durante un tiempo, no veía más que un suicida en potencia. Ahora, era solo Will: el exasperante, voluble, inteligente y divertido Will, que me trataba con condescendencia y le gustaba actuar como si él fuera el profesor Higgins y yo Eliza Doolittle. Su cuerpo era solo una parte del todo, a la que había que tratar, a intervalos regulares, antes de volver a la conversación. Se había convertido, supuse, en la parte menos interesante de él.

—No puedo creerlo... Después de todo lo que hemos pasado juntos... De todo lo que tardaste en dejar que me acercara a ti..., y he aquí un desconocido con el que estás encantada de compartir su intimidad...

—¿Y si hablamos de esto en otro momento, Patrick? Es mi cumpleaños.

—No fui yo quien empezó con los baños en la cama y qué sé yo.

—¿Todo esto es porque es guapo? —pregunté—. ¿Es ese el problema? ¿Sería todo más fácil para ti si pareciese, ya sabes, una planta de verdad?

—Entonces, te parece guapo.

Me saqué el vestido por la cabeza y comencé a quitarme los leotardos, con cuidado, ya evaporados los restos de mi buen humor.

—No puedo creerme esto. No me puedo creer que estés celoso de él.

—No estoy celoso. —Su tono era despectivo—. ¿Cómo voy a estar celoso de un tullido?

Patrick me hizo el amor esa noche. Tal vez «hacer el amor» no sea la expresión correcta. Mantuvimos relaciones sexuales, una sesión maratoniana en la que se mostró decidido a exhibir su condición atlética, su fuerza, su vigor. Duró horas. Si hubiera podido balancearme en la lámpara del techo, creo que lo habría hecho. Fue agradable sentirse tan deseada, ser el centro de la atención de Patrick después de tantos meses de semiindiferencia. Pero una pequeña parte de mí se mantuvo distante durante todo ese tiempo. Sospechaba que no se trataba de mí, al fin y al cabo. No había tardado en deducirlo. Este pequeño espectáculo se debía a Will.

—¿Qué tal, eh? —Patrick se enroscó en torno a mí cuando hubo acabado, estrechando nuestros cuerpos pegajosos por el sudor, y me besó en la frente.

—Muy bien —dije.

—Te quiero, preciosa.

Y, satisfecho, se dio la vuelta, se pasó un brazo por encima de la cabeza y se quedó dormido en cuestión de minutos.

Como no me venía el sueño, salí de la cama y bajé a por mi bolso. Revolví en su interior, en busca del libro de relatos de Flannery O'Connor. Al sacarlo, el sobre cayó.

Me quedé mirándolo. Era la tarjeta de Will. No la había abierto en la mesa. Lo hice en ese momento, y sentí una inesperada esponjosidad en su interior. Saqué la tarjeta con cuidado y la abrí. Contenía diez billetes nuevos de cincuenta libras. Los conté dos veces, incapaz de creer lo que veían mis ojos. La tarjeta decía:

El bono de cumpleaños. Ni lo pienses. Es una exigencia legal. W

14

*M*ayo fue un mes extraño. Los periódicos y la televisión se llenaron de titulares acerca de lo que llamaban el «derecho a morir». Una mujer que padecía una enfermedad degenerativa había solicitado que la ley protegiera a su marido si la acompañaba a Dignitas una vez que el sufrimiento se volviera insoportable. Un joven futbolista se había suicidado tras convencer a sus padres de que lo llevaran ahí. La policía se involucró en el caso. Se iba a celebrar un debate en la Cámara de los Lores.

Vi las noticias y escuché las discusiones legales de los defensores de la vida y de célebres moralistas, y no supe muy bien qué partido tomar. Extrañamente, me parecía que todo esto no guardaba relación alguna con Will.

Mientras tanto, poco a poco fuimos aumentando la frecuencia de sus salidas... y la distancia a la que viajábamos. Habíamos ido al teatro, a ver una danza tradicional en su calle (Will mantuvo una expresión impasible ante los pañuelos y los cencerros, pero acabó un poco colorado por el esfuerzo), a un concierto al aire libre en una finca cercana (idea suya) y, una vez, a los multicines, donde, por no haberme informado bien, acabamos viendo una película sobre una joven que padecía una enfermedad terminal.

Pero yo sabía que él también había visto esos titulares. Había comenzado a usar el ordenador más a menudo desde que le compramos el nuevo programa, y había aprendido a usar el ratón moviendo el pulgar por el panel táctil. Ese laborioso ejercicio le permitía leer los periódicos del día por Internet. Una mañana, al llevarle una taza de té, lo encontré leyendo sobre el joven futbolista, un artículo extenso acerca de los pasos que había dado para poner fin a su vida. Cambió de página en cuanto se dio cuenta de que yo estaba detrás de él. Ese pequeño detalle me dejó un nudo en el pecho que tardó una media hora en deshacerse.

Repasé esa misma crónica en la biblioteca. Había comenzado a leer periódicos. Me esforzaba en encontrar los razonamientos más profundos: ese tipo de información no era siempre útil cuando se reducía a los hechos más básicos y crudos.

Los padres del futbolista fueron despedazados en los periódicos sensacionalistas. «¿CÓMO HAN PODIDO DEJARLE MORIR?», gritaban desde los titulares. No logré evitar sentirme de la misma manera. Leo McInerney tenía veinticuatro años. Había convivido con su lesión casi tres, es decir, no mucho más que Will. Sin duda, ¿no era demasiado joven para decidir que no quedaba nada por lo que vivir? Y entonces leí lo mismo que Will: no un artículo de opinión, sino una crónica con una concienzuda investigación acerca de lo que en verdad había ocurrido en la vida de este joven. Daba la impresión de que el escritor había tenido acceso a los padres.

Leo, decía, había jugado al fútbol desde los tres años. El fútbol lo era todo para él. La lesión ocurrió en un accidente que, según contaban, sucede «una vez entre un millón», en una fuerte entrada que salió mal. Los padres lo intentaron todo para animarlo, para mostrarle que su vida aún tenía sentido. Pero se hundió en una depresión. No era un deportista al que solo habían arrebatado la posibilidad de hacer deporte, sino incluso la de moverse o, en ocasiones, la de respirar sin asistencia médica. No disfrutaba de nada. Su vida, sembrada de infecciones, un sufrimiento, y dependía de la atención constante de los demás. Echaba de menos a sus amigos, pero se negaba a verlos. Le dijo a su novia que prefería no volver a verla. Les dijo a sus padres que ver a otras personas vivir una vida semejante a la que había planeado para sí mismo era insoportable, una especie de tortura.

Trató de suicidarse dos veces matándose de hambre hasta que lo hospitalizaron y, cuando volvía a casa, rogaba a sus padres que lo ahogaran mientras dormía. Al leer estas palabras, me erguí en mi asiento y me tapé los ojos con las manos hasta que fui capaz de respirar sin sollozar.

Mi padre perdió su trabajo. Fue muy valiente al respecto. Vino a casa esa tarde, se puso una camisa y una corbata y se dirigió al centro del pueblo en el siguiente autobús para registrarse en la Oficina de Empleo.

Ya había decidido, le explicó a mi madre, que se iba a presentar a lo que fuera, a pesar de ser un experto operario con muchos años de experiencia.

—No creo que pueda permitirme el lujo de ser tiquismiquis en estos momentos —le dijo, sin hacer caso a las protestas de mi madre.

A pesar de todo, si a mí me resultó difícil encontrar empleo, las perspectivas de un hombre de cincuenta y cinco años que solo había tenido un oficio no eran muy halagüeñas. Ni siquiera logró trabajo en un almacén o de guardia de seguridad, como reconocía, en un tono cada vez más desesperado, al volver a casa de otra entrevista. Siempre contrataban a un mocoso de diecisiete años poco de fiar, pues el gobierno pagaba parte de su salario, pero no mostraban interés en un hombre maduro con un excelente historial laboral. Tras un par de semanas de rechazos, a mis padres no les quedó más remedio que admitir que debían solicitar el subsidio, solo hasta pasar el bache, y dedicaban las tardes intentando descifrar incomprensibles formularios de cincuenta páginas en los que se les preguntaba cuántas personas usaban su lavadora y cuándo fue la última vez que habían salido del país (mi padre creía que había sido en 1988). Guardé el dinero que me había regalado Will por mi cumpleaños en el armario de la cocina. Pensé que se sentirían mejor al saber que disponían de un pequeño colchón.

Cuando me desperté por la mañana, descubrí que habían pasado el dinero, metido en un sobre, bajo la rendija de mi puerta.

Llegaron los turistas y el pueblo comenzó a animarse. El señor Traynor cada vez estaba menos tiempo en casa; su horario se volvió más exigente a medida que aumentaban las visitas al castillo. Lo vi en el pueblo un jueves por la tarde, cuando volvía a casa tras pasar por la tintorería. No habría sido nada inusual en sí mismo, salvo por el hecho de que iba abrazado a una pelirroja que claramente no era la señora Traynor. Cuando me vio, la soltó como si fuera una patata caliente.

Me di la vuelta, fingiendo contemplar un escaparate, sin saber muy bien si quería que él supiera que los había visto, e intenté con todas mis fuerzas no volver a pensar en ello.

El viernes siguiente al día en que mi padre se quedó sin trabajo, Will recibió un sobre: una invitación a la boda de Alicia y Rupert. En realidad, la tarjeta iba firmada por el coronel Timothy Dewar y su señora, los padres de Alicia, que invitaban a Will a celebrar el enlace de su hija con Rupert Freshwell. Llegó en un sobre de pergamino que también contenía el horario de las celebraciones y una nutrida lista de objetos que se podían comprar en tiendas de las que ni siquiera había oído hablar.

—Qué cara más dura tiene —observé al estudiar la caligrafía dorada y los bordes bruñidos de esa gruesa tarjeta—. ¿Quieres que la tire?

—Como quieras. —El cuerpo entero de Will era la viva imagen de la indiferencia.

Miré la lista.

—¿Qué diablos es una cuscusera?

Tal vez fue por la velocidad con que se giró y se enfrascó en el teclado del ordenador. Tal vez se debió al tono de su voz. Por alguna razón, guardé cuidadosamente la tarjeta en la carpeta de la cocina.

Will me dio otro libro de relatos, uno que había comprado en Amazon, y un ejemplar de *La reina roja*. Supe enseguida que no era mi tipo de libro.

—Ni siquiera cuenta una historia —dije tras leer la contraportada.

—¿Y? —respondió Will—. Sé un poco exigente contigo misma.

Lo intenté (no porque me interesara la genética), sino porque no habría soportado que Will se metiera una y otra vez conmigo si desistía. Así era él. En realidad, casi un abusón. Y lo más molesto de todo es que me interrogaba para saber cuánto llevaba leído de un libro, solo para asegurarse de que leía de verdad.

—No eres mi profesor —refunfuñaba yo.

—Gracias a Dios —respondía él, ofendido.

Este libro (que, para mi sorpresa, se leía muy bien) trataba de la batalla por la supervivencia. Aseguraba que las mujeres no escogían a los hombres por amor. Sostenía que las hembras de una especie siempre elegirían al macho más fuerte, para que su descendencia tuviera una buena oportunidad de sobrevivir. Ellas no podían evitarlo. Era la naturaleza la que elegía.

Yo no estaba de acuerdo. Y no me gustaba esa tesis. Percibía una inquietante segunda intención de la que intentaba convencerme. Will era físicamente débil, lisiado, a ojos de este autor. Eso lo convertía en una irrelevancia biológica. Por lo tanto, su vida no tendría valor alguno.

Habló y habló al respecto durante la mayor parte de la tarde, hasta que yo intervine.

—Hay una cosa en la que este tal Matt Ridley no ha pensado —dije.

Will alzó la vista de la pantalla del ordenador.

—¿Ah, sí?

—¿Y si el macho genéticamente superior es un gilipollas?

El tercer sábado de mayo, Treena y Thomas vinieron a casa. Mi madre salió por la puerta y recorrió el camino del jardín antes de que hubieran cruzado la calle. Thomas, juraba mientras lo agarraba con fuerza, había crecido varios centímetros desde la última vez. Cómo había cambiado, cuánto había crecido, qué hombrecito estaba hecho. Treena se había cortado el pelo y parecía extrañamente sofisticada. Vestía una chaqueta que no le había visto antes y unas sandalias de tiras. Me pregunté, mezquinamente, dónde habría encontrado el dinero.

—Entonces, ¿qué tal todo? —dije mientras mi madre acompañaba a Thomas alrededor del jardín, mostrándole las ranas del diminuto estanque. Mi padre veía un partido de fútbol con el abuelo y maldecía frustrado cuando desaprovechaban otra oportunidad.

—Genial. Muy bien. Es decir, es difícil sin tener ninguna ayuda con Thomas, y tardó un tiempo en adaptarse a la guardería. —Se inclinó hacia mí—. Pero no se lo digas a mamá: yo le dije que todo iba bien.

—Pero te gustan las clases.

Por la cara de Treena se extendió una sonrisa.

—Son maravillosas. No puedo explicarte, Lou, cómo me alegra usar de nuevo el cerebro. Siento que me ha faltado algo durante siglos... y que lo he encontrado de nuevo. ¿Suena muy tonto?

Negué con la cabeza. En realidad, me alegraba por ella. Quería hablarle de la biblioteca, de los ordenadores y de lo que había hecho por Will. Pero pensé que este era su momento. Nos sentamos en las sillas plegables, bajo el toldo maltrecho, y bebimos té. Noté que sus dedos eran del color perfecto.

—Mamá te echa de menos —dije.

—A partir de ahora vamos a volver casi todos los fines de semana. Solo necesitaba... Lou, no era para que Thomas se adaptara. Solo necesitaba un poco de tiempo para estar lejos de todo. Solo quería tiempo para ser otra persona.

Tenía un poco el aspecto de ser otra persona. Era extraño. Unas cuantas semanas fuera de casa y alguien no resultaba ya tan familiar. Tuve la sensación de que se estaba convirtiendo en una mujer de quien apenas sabía nada. Me sentí, por extraño que parezca, como si me estuviera dejando atrás.

—Mamá me contó que tu paralítico vino a cenar.

—No es mi paralítico. Se llama Will.

—Perdona. Will. Entonces, ¿va todo bien, la lista para no diñarla?

—Más o menos. Algunos viajes han salido mejor que otros. —Le conté el desastre del hipódromo y el inesperado triunfo del concierto de violín. Le hablé de nuestros picnics y se rio cuando le relaté mi cena de cumpleaños.

—¿Crees...? —Vi que trataba de encontrar la mejor manera de expresarse—. ¿Crees que vas a ganar?

Como si fuera un concurso.

Arranqué un zarcillo de la madreselva y comencé a quitarle las hojas.

—No lo sé. Creo que voy a necesitar mejorar mi táctica.
—Le conté qué había dicho la señora Traynor cuando sugerí ir al extranjero.

—No puedo creerme que fueras a un concierto de violín. ¡Tú, ni más ni menos!

—Me gustó.

Alzó una ceja.

—No. De verdad, me gustó. Fue... emotivo.

Me miró con atención.

—Mamá dice que es muy simpático.

—Es muy simpático.

—Y guapo.

—Una lesión medular no te convierte en Quasimodo.

—*Por favor, no digas tú también lo de qué trágica pérdida*, le rogué en silencio.

Pero tal vez mi hermana era más inteligente que eso.

—Bueno. Mamá se quedó muy sorprendida. Creo que esperaba ver a Quasimodo.

—Ese es el problema, Treen —dije, y arrojé el resto del té en el lecho de flores—. La gente siempre espera eso.

Esa noche, a la hora de cenar, mi madre estuvo muy animada. Había cocinado lasaña, el plato favorito de Treena, y a Thomas le dejaron que se acostara tarde. Comimos y conversamos y reímos y hablamos sobre temas distendidos, como el equipo de fútbol y mi trabajo o cómo eran los compañeros de Treena. Mi madre debió de preguntar a Treena unas cien veces si de verdad le iba bien sola, si necesitaba algo para Thomas, como si ellos tuvieran de sobra y le pudieran prestar algo. Me alegró haber advertido a Treena de sus problemas económicos. Dijo que no, con buen gusto y convicción. Solo más tarde se me ocurrió que debía preguntarle si eso era cierto.

A medianoche me despertó el sonido de un llanto. Era Thomas, en el trastero. Oí a Treena, que intentaba consolarlo, calmarlo, el sonido de la luz que se encendía y apagaba, y una cama que cambiaba de lugar. Tumbada en la oscuridad, mirando la luz que se filtraba entre las cortinas y daba al techo recién pintado, esperé a que pasara. Pero ese mismo llanto comenzó de nuevo a las dos. Esta vez oí a mi madre recorrer el pasillo y una conversación entre murmullos. Entonces, al fin, Thomas guardó silencio de nuevo.

A las cuatro me despertó el sonido de mi puerta al abrirse. Abrí y cerré los ojos, atontada, girándome hacia la luz. La silueta de Thomas se recortaba contra el umbral, con un pijama demasiado grande, su mantita favorita medio tirada por el suelo. No le veía la cara, pero se quedó ahí, inseguro, como si no supiera qué hacer.

—Ven aquí, Thomas —susurré. Cuando se acercó a mí, vi que estaba medio dormido. Sus pasos eran vacilantes, tenía el pulgar en la boca, la manta tan querida a un lado. Abrí el edredón y trepó a la cama junto a mí, tras lo cual hundió la cabeza despeinada en la otra almohada y se acurrucó en posición fetal. Lo arropé y me quedé ahí, mirándolo, maravillada ante la certeza e inmediatez de su sueño.

—Buenas noches, corazón —susurré y le di un beso en la frente, y una manita gordezuela se extendió y me agarró la camiseta, como si quisiera tener la certeza de que no me iba a ir.

—¿Cuál es el mejor lugar que has visitado?

Estábamos sentados en el cobertizo, a la espera de que pasara un chaparrón repentino para caminar por los jardines traseros del castillo. A Will no le gustaba ir al área principal: demasiada gente se le quedaba mirando. Pero estos jardines eran un tesoro oculto, poco visitados. Sus apartados huertos y jardines de árboles frutales estaban separados por senderos de guijarros por los que Will maniobraba la silla con alegría.

—¿En qué sentido? ¿Y qué es eso?

Serví un poco de sopa de un termo y la llevé a sus labios.

—Tomate.

—Vale. Dios, está que arde. Espera un minuto. —Entrecerró los ojos, mirando a lo lejos—. Escalé el monte Kilimanjaro al cumplir los treinta. Fue increíble.

—¿Hasta qué altura?

—Casi seis mil metros, hasta el pico Uhuru. Eso sí, los últimos trescientos metros casi los hice a gatas. La altitud te destroza.

—¿Hacía frío?

—No... —Me sonrió—. No es como el Everest. No en la estación en la que yo fui, al menos. —Echó un vistazo a la lejanía, perdido por un momento en sus recuerdos—. Fue hermoso. El techo de África, lo llaman. Cuando estás ahí arriba, es como si pudieras ver el fin del mundo.

Will guardó silencio durante un momento. Lo observé, preguntándome dónde estaría. Cuando manteníamos estas conversaciones, era como ese chico de mi clase, el que se había distanciado de nosotros al viajar tan lejos.

—Entonces, ¿qué más sitios te han gustado?

—La bahía Trou d'Eau Douce, en las islas Mauricio. Gente encantadora, playas bellísimas, estupendo para el submarinismo. Eh... El Parque Nacional de Tsavo, en Kenia, lleno de tierra rojiza y animales salvajes. Yosemite. En California. Paredes de roca tan altas que el cerebro es incapaz de procesar esa escala.

Me habló de una noche que pasó escalando, agarrado a un saliente a varios cientos de metros de altura, cómo tuvo que inmovilizarse a sí mismo en el saco de dormir y atarlo a la pared, pues, de haberse dado la vuelta mientras dormía, habría sido catastrófico.

—Acabas de describir mi peor pesadilla.

—También me gustan lugares más sofisticados. Sídney, me encantó. Los Territorios del Norte. Islandia. Hay un lugar no demasiado lejos del aeropuerto donde te puedes bañar en aguas termales. Es un paisaje extraño, nuclear. Oh, y montar a caballo por la China central. Fui a un lugar a dos días de la capital de la provincia de Sichuan y los lugareños me escupieron porque nunca habían visto a una persona blanca.

—¿Hay algún lugar donde no hayas estado?

Tomó un poco más de sopa.

—¿Corea del Norte? —Meditó—. Oh, y tampoco Disneylandia. ¿Te vale? Ni siquiera Eurodisney.

—Yo una vez compré un billete de avión para Australia. Pero no fui.

Se volvió hacia mí, sorprendido.

—Pasó algo. No es nada. Tal vez vaya algún día.

—Tal vez, no. Tienes que salir de aquí, Clark. Prométeme que no vas a pasar el resto de tus días atrapada en esta maldita parodia de postal de vacaciones.

—¿Prometerte? ¿Por qué? —Intenté hablar con un tono despreocupado—. ¿Es que te vas a algún lado?

—Es que... no aguanto pensar que te vas a quedar aquí para siempre. —Tragó saliva—. Eres demasiado inteligente. Demasiado interesante. —Apartó la mirada de mí—. Solo se vive una vez. En realidad, es tu deber que sea una vida plena.

—Vale —dije, cautelosa—. Entonces, dime adónde debería ir. ¿Dónde viajarías tú si pudieras ir a cualquier lugar?

—¿Ahora mismo?

—Ahora mismo. Y no vale decir el monte Kilimanjaro. Tiene que ser un lugar donde me imagine a mí misma.

Cuando su cara se relajaba, Will parecía otra persona. Una sonrisa se extendió por su rostro y entrecerró los ojos de placer.

—París. Me sentaría en la terraza de una cafetería en Le Marais y me tomaría un café y me comería unos cuantos cruasanes calientes con mantequilla sin sal y mermelada de fresa.

—¿Le Marais?

—Es un pequeño barrio en el centro de París. Está lleno de calles adoquinadas y edificios destartalados, y de homosexuales y judíos ortodoxos y mujeres de cierta edad que antes se parecían a Brigitte Bardot. Es el mejor lugar donde quedarse.

Me giré para mirarlo y bajé la voz.

—Podríamos ir. Podríamos ir en el Eurostar. Sería sencillo. Ni siquiera creo que necesitemos a Nathan. No he estado nunca en París. Me encantaría ir. Me encantaría, de verdad. Más aún con alguien que lo conoce tan bien. ¿Qué te parece, Will?

No me costó imaginarme en ese café. Estaba ahí, en esa mesa, tal vez admirando mi nuevo par de zapatos franceses, comprados en una boutique pequeñita y elegante, o cogiendo una pasta entre los dedos, con las uñas pintadas de un rojo muy parisino. Saboreé el café, olí el humo de los Gauloises de la mesa de al lado.

—No.

—¿Qué? —Tardé un momento en apartarme de esa mesa al aire libre.

—No.

—Pero me acabas de decir...

—No lo entiendes, Clark. No quiero ir ahí con..., con este cacharro. —Señaló con un gesto la silla de ruedas y habló en un tono cada vez más quedo—. Quiero estar en París siendo yo mismo, mi viejo yo. Quiero sentarme en una silla, inclinarme hacia atrás, vestido con mi ropa favorita, y que las parisinas, tan guapas, se me queden mirando, al igual que mirarían a cualquier otro hombre. No que aparten la vista enseguida en cuanto se fijen en ese hombre montado en un cochecito para bebés gigantesco.

—Pero lo podríamos intentar —me atreví a decir—. No tiene que ser...

—No. No, no podríamos. Porque ahora mismo puedo cerrar los ojos y saber exactamente qué se siente al estar en la Rue des Francs Bourgeois, con un cigarrillo en la mano, un zumo de mandarinas recién exprimido en la mesa, el aroma de las patatas al freírse, el ruido de un ciclomotor a lo lejos. Conozco a la perfección todas esas sensaciones. —Tragó saliva—. En cuanto vaya, convertido en este maldito ser contrahecho, todos esos recuerdos, todas esas sensaciones desaparecerán, borrados por el esfuerzo de situarse ante la mesa, de subir y bajar por las aceras parisinas, con unos taxistas que se negarían a llevarnos y la maldita batería de la silla de ruedas que no se cargaría en un interruptor francés. ¿Vale?

Su voz se había ido volviendo más cortante. Tapé el termo de nuevo. Me estudié los zapatos con suma atención, pues no quería mirarle a la cara.

—Vale —dije.

—Vale. —Will respiró hondo.

Bajo nosotros un autobús se detuvo para soltar otra carga de turistas frente a las puertas del castillo. Los observamos en silencio mientras salían del vehículo y se dirigían a la vieja fortaleza en una sola fila, obedientes, preparados para contemplar las ruinas de un tiempo remoto.

Es posible que reparara en que me había quedado un poco callada, pues se inclinó levemente hacia mí. Y su expresión se suavizó.

—Bueno, Clark. Parece que ya no llueve. ¿Dónde vamos a ir esta tarde? ¿Al laberinto?

—No. —La palabra surgió de mí con más rapidez de lo que me habría gustado y vi la mirada que me lanzó Will.

—¿Eres claustrofóbica?

—Algo así. —Comencé a recoger las cosas—. Volvamos a casa.

El siguiente fin de semana bajé a mitad de la noche en busca de agua. Últimamente me costaba conciliar el sueño y había descubierto que levantarme era preferible, un poco, al menos, a quedarme en la cama enzarzada en una batalla contra mis pensamientos.

No me gustaba estar despierta por la noche. No conseguía evitar preguntarme si Will estaría despierto, al otro lado del castillo, y mi imaginación no dejaba de intentar aventurarse en sus pensamientos. Era un lugar sombrío en el que adentrarse.

La verdad era esta: yo no había logrado nada. Y se me acababa el tiempo. Ni siquiera había sido capaz de convencerlo para viajar a París. Y, cuando me explicó el motivo, me resultó difícil llevarle la contraria. Tenía una razón excelente para declinar cualquier viaje que le sugiriese. Y, como me negaba a revelarle por qué tenía tantas ganas de que viniera conmigo, mi poder de persuasión era muy limitado.

Pasaba junto al salón cuando oí el sonido: una tos apagada, o tal vez una exclamación. Me paré, volví sobre mis pasos y fui hasta el umbral. Abrí la puerta con cuidado. En el suelo del salón, con los cojines del sofá colocados para formar una especie de cama improvisada, yacían mis padres, bajo el edredón para las visitas, con las cabezas a la altura de la estufa de gas. Nos quedamos mirándonos durante un momento en la penumbra, con el vaso inmóvil en la mano.

—¿Qué...? ¿Qué hacéis aquí?

Mi madre se apoyó en el codo para incorporarse.

—Chisss. No alces la voz. Solo... —Miró a mi padre—. Queríamos un cambio.

—¿Qué?

—Queríamos un cambio. —Mi madre miró a mi padre para que la respaldara.

—Le hemos dejado nuestra cama a Treena —dijo mi padre. Vestía una vieja camiseta azul con un desgarrón en el hombro y tenía el pelo aplastado sobre una sien—. Ella y Thomas no estaban a gusto en el trastero. Les dijimos que fueran a nuestra habitación.

—¡Pero no podéis dormir aquí! Así no vais a estar cómodos.

—Estamos bien, cielo —dijo mi padre—. De verdad.

Y entonces, mientras yo me esforzaba en vano en comprender, añadió:

—Solo son los fines de semana. Y tú no puedes dormir en ese trastero. Tienes que dormir bien, ahora que... —Tragó saliva—. Ahora que eres la única persona en esta familia que trabaja.

Mi padre, el muy zoquete, ni siquiera se atrevió a mirarme a los ojos.

—Vuelve a la cama, Lou. Vamos. Estamos bien. —Mi madre casi me echó.

Subí las escaleras, sin que los pies descalzos hicieran ruido alguno sobre la alfombra, consciente de la conversación entre susurros que tenía lugar abajo.

Vacilé ante la habitación de mis padres al oír algo que no había escuchado antes: los leves ronquidos de Thomas ahí dentro. A continuación, volví despacio por el rellano a mi habitación y cerré la puerta con cuidado. Me tumbé en mi cama enorme y me quedé mirando por la ventana a las luces de la calle, hasta que el amanecer (por fin, afortunadamente) me regaló unas escasas y preciosas horas de sueño.

Restaban setenta y nueve días en mi calendario. Comencé, una vez más, a sentirme inquieta.

Y no era la única.

La señora Traynor aguardó hasta que Nathan se hubo encargado de Will a la hora del almuerzo para pedirme que la acompañara a la casa. Se sentó en el salón y me preguntó cómo iban las cosas.

—Bueno, salimos más a menudo —dije. Ella asintió, como si estuviera de acuerdo—. Habla más que antes.

—Contigo, tal vez. —Soltó una risita que en realidad no se asemejaba a una risa en nada—. ¿Has hablado con él acerca de viajar al extranjero?

—Todavía no. Lo voy a hacer. Es que... ya sabe cómo es.

—En realidad, no me importa —dijo— si quieres ir a algún sitio. Sé que probablemente no nos mostráramos entusiasmados con tu idea, pero hemos hablado mucho al respecto y los dos estamos de acuerdo...

Nos quedamos ahí, sentadas, en silencio. Me había servido café en una taza con platillo. Tomé un sorbo. Siempre me sentía una ancianita al tener un platillo en el regazo.

—Bueno..., Will me ha contado que fue a tu casa.

—Sí, era mi cumpleaños. Mis padres prepararon una cena especial.

—¿Cómo se lo pasó?

—Bien. Muy bien. Fue muy amable con mi madre. —No pude evitar una sonrisa al recordarlo—. Es decir, mi madre está un poco triste porque mi hermana y su hijo se han mudado. Los echa de menos. Creo que... él quería consolarla un poco.

La señora Traynor pareció sorprendida.

—Qué... atento por su parte.

—Eso mismo piensa mi madre.

Removió el café.

—No recuerdo la última vez que Will aceptó venir a cenar con nosotros.

Indagó un poco más. Sin hacer preguntas directas, por supuesto: ese no era su estilo. Pero no pude ofrecerle las respuestas que quería. Algunos días yo tenía la impresión de que

Will era más feliz (salía sin rechistar ni una vez, bromeaba conmigo, me pinchaba, parecía un poco más interesado en el mundo exterior), pero ¿qué sabía yo en realidad? Dentro de Will percibía un inmenso mundo interior, al que nunca me consentía echar un vistazo. Las dos últimas semanas había tenido la incómoda sensación de que ese mundo iba creciendo.

—Parece un poco más feliz —dijo la señora Traynor. Casi me dio la impresión de querer consolarse a sí misma.

—Es verdad.

—Ha sido muy —su mirada osciló hasta llegar a mí— gratificante verlo un poco más como era antes. Soy muy consciente de que todas estas mejoras se deben a ti.

—No todas.

—A mí no me escucha. No lograba acercarme a él. —Posó la taza y el plato sobre una rodilla—. Es una persona especial, Will. Desde que llegó a la adolescencia, siempre tuve que reprimir la sensación de haber hecho algo mal a ojos suyos. Nunca he sabido muy bien qué era. —Intentó reírse, pero ese sonido no fue el de una risa. Me miró un momento y luego apartó la vista.

Fingí tomar un sorbo de café, aunque no quedaba nada en la taza.

—¿Te llevas bien con tu madre, Louisa?

—Sí —dije, y añadí—: Es mi hermana quien acaba con mi paciencia.

La señora Traynor miró por los ventanales a ese precioso jardín que había comenzado a florecer y ofrecía una agradable gama de tonos rosas, malvas y azules.

—Solo nos quedan dos meses y medio. —Habló sin volver la cabeza.

Dejé la taza sobre la mesa. Me moví con cuidado, para no hacer ruido.

—Hago lo que puedo, señora Traynor.

—Lo sé, Louisa. —Asintió con la cabeza.

Salí del salón.

Leo McInerney murió el 22 de mayo, en una habitación anónima de un apartamento en Suiza, con la camiseta de su equipo de fútbol y sus padres cerca de él. Su hermano menor se negó a ir, pero emitió un comunicado en el que afirmaba que nadie había recibido más amor o apoyo que su hermano. Leo bebió la solución letal de barbitúricos a las 3.47 de la tarde y sus padres dijeron que, al cabo de unos minutos, ya parecía sumido en un sueño profundo. Un observador, testigo de todo el suceso, dictaminó que murió poco después de las cuatro de la tarde y aportó una grabación para impedir acusaciones contra los padres.

—Parecía estar en paz —dijeron que declaró la madre—. Es lo único que me ofrece algo de consuelo.

Tanto ella como el padre de Leo fueron interrogados tres veces por la policía y corrieron el riesgo de ir a juicio. A su casa llegaban sin cesar cartas de odio. Ella parecía veinte años más vieja de lo que era. Y, a pesar de todo, había algo en su expresión cuando hablaba; algo que, junto al pesar y la furia y la ansiedad y la fatiga, revelaba un profundo, profundísimo, alivio.

—Por fin se pareció a nuestro Leo de nuevo.

15

Vamos, Clark. ¿Qué apasionantes eventos has planeado para esta noche?

Estábamos en el jardín. Nathan hacía la fisioterapia de Will, moviendo con delicadeza las rodillas, arriba y abajo, hacia el pecho, mientras Will yacía sobre una manta, la cara al sol, los brazos estirados, como si hubiera ido a broncearse a la playa. Yo estaba sentada en la hierba junto a ellos y comía un sándwich. Ya rara vez salía a la hora de comer.

—¿Por qué?

—Curiosidad. Me interesa saber qué haces cuando no estás aquí.

—Bueno... Esta noche tengo una sesión rápida de artes marciales, luego un helicóptero me va a llevar a Montecarlo a cenar. Y luego tal vez tome un cóctel en Cannes de camino a casa. Si alzas la vista más o menos a las dos de la madrugada, te saludaré al pasar —dije. Aparté los dos lados del sándwich para comprobar su interior—. Supongo que voy a terminarme mi libro.

Will miró a Nathan.

—Diez libras —dijo, sonriendo.

Nathan metió la mano en el bolsillo.

—Siempre igual —rezongó.

Clavé la mirada en ellos.

—Siempre igual ¿qué? —pregunté, mientras Nathan dejaba un billete en las manos de Will.

—Él dijo que ibas a leer un libro. Yo dije que ibas a ver la tele. Siempre gana.

Se me atragantó el sándwich.

—¿Siempre? ¿Habéis estado apostando sobre lo aburrida que es mi vida?

—Nosotros no lo diríamos así —contestó Will. Esa sutil mirada de culpabilidad desmentía sus palabras.

Me erguí.

—A ver si lo entiendo bien. ¿Habéis apostado dinero de verdad a que este viernes por la noche me quedaría en casa o leyendo un libro o viendo la tele?

—No —dijo Will—. Yo también había apostado a que irías a ver correr al Hombre Maratón.

Nathan soltó la pierna de Will. Le estiró el brazo y comenzó a masajearlo por la muñeca.

—¿Y si os dijera que iba a hacer algo completamente diferente?

—Pero nunca lo haces —señaló Nathan.

—En realidad, me lo quedo. —Arranqué el billete de la mano de Will—. Porque esta noche os habéis equivocado.

—¡Dijiste que ibas a leer! —protestó.

—Ahora tengo esto —dije, mostrando el billete de diez libras—. Voy a ir al cine. Toma ya. La ley de las consecuencias inesperadas, o como se llame.

Me levanté, guardé el dinero en el bolsillo y arrojé los restos de mi almuerzo en una bolsa de papel marrón. Estaba sonriendo cuando me alejé de ellos, pero, extrañamente, y por alguna razón que no comprendí de inmediato, mis ojos se cubrieron de lágrimas.

Esa mañana, antes de llegar a Granta House, había pasado una hora ante el calendario. Algunos días me sentaba y lo miraba desde la cama, rotulador en mano, intentando decidir adónde llevar a Will. Todavía no estaba convencida de ir mucho más lejos y, aun con la ayuda de Nathan, la idea de pasar la noche fuera me intimidaba.

Hojeé el periódico local, echando un vistazo a los partidos de fútbol y las ferias de pueblo, pero temía que, después de la debacle hípica, la silla de Will pudiera atascarse en el césped. Me preocupaba que se sintiera vulnerable en medio de la multitud. Descarté todo lo que estuviera relacionado con caballos, lo cual, en una zona como la nuestra, suponía una sorprendente cantidad de actividades al aire libre. Sabía que no querría ir a ver una carrera de Patrick, y el críquet y el rugby le resultaban indiferentes. Algunos días me sentía atrapada por mi incapacidad para tener nuevas ideas.

Tal vez Will y Nathan estaban en lo cierto. Tal vez yo era aburrida. Tal vez fuera la persona menos indicada en el mundo para planear aventuras que espoleasen las ganas de vivir de Will.

O un libro o la televisión.

Visto así, era difícil no estar de acuerdo al respecto.

Una vez que se fue Nathan, Will me encontró en la cocina. Estaba sentada ante la mesa pequeña, donde pelaba patatas para la cena, y no alcé la vista cuando situó la silla de ruedas en el umbral. Me observó tanto tiempo que las orejas se me pusieron rojas bajo ese escrutinio.

—Sabes —dije al fin—, podría haber sido muy antipática contigo antes. Podría haber dicho que tú tampoco haces nunca nada.

—No creo que Nathan estuviera dispuesto a apostar si le dijeras que yo iba a salir a bailar esta noche —dijo Will.

—Sé que era solo una broma —continué, tirando una larga monda de patata—. Pero me hiciste sentir muy mal. Si teníais que apostar acerca de mi aburrida vida, ¿acaso era necesario que Nathan y tú me lo dijerais? ¿No habría sido mejor que fuera una broma privada entre vosotros?

No dijo nada durante un tiempo. Cuando al fin alcé la vista, me estaba observando.

—Lo siento —se disculpó.

—No parece que lo sientas mucho.

—Bueno... Vale... Tal vez quería que lo oyeras. Quería que pensaras en lo que estás haciendo.

—¿En qué? ¿En cómo dejo pasar la vida...?

—Sí, eso mismo.

—Dios, Will. Ojalá dejaras de decirme qué tengo que hacer. ¿Y si me gusta ver la tele? ¿Y si no quiero hacer nada salvo leer un libro? —Mi voz se crispó—. ¿Y si estoy cansada cuando vuelvo a casa? ¿Y si no necesito que mis días estén llenos de una actividad frenética?

—Pero tal vez un día desees que hubiera sido así —murmuró, en voz baja—. ¿Sabes qué haría yo en tu lugar?

Dejé el pelador.

—Sospecho que me lo vas a decir de todos modos.

—Sí. Y no me da ninguna vergüenza hacerlo. Me apuntaría a clases nocturnas. Me formaría como costurera o diseñadora o lo que sea, con tal de que te guste de verdad. —Señaló con un gesto mi vestido, inspirado en los años sesenta, estilo Pucci, elaborado con la tela de unas cortinas del abuelo.

La primera vez que me vio con el vestido puesto mi padre me señaló con el dedo y gritó: «¡Eh, Lou, deja ya de disfrazarte!». Tardó cinco minutos en parar de reírse.

—Buscaría actividades que no costaran mucho: clases de gimnasia, natación, trabajos de voluntario, lo que sea. Aprendería música por mí mismo o saldría a dar largos paseos con el perro de alguien, o...

—Vale, vale. Me queda claro —dije, irritada—. Pero yo no soy tú, Will.

—Por fortuna para ti.

Nos quedamos ahí un rato. Will se acercó y subió la silla para que nos miráramos a los ojos por encima de la mesa.

—Vale —dije—. Entonces, ¿qué hacías tú cuando salías del trabajo? ¿Tan maravilloso era?

—Bueno, no tenía mucho tiempo después de trabajar, pero intentaba hacer algo cada día. Iba a escalar a un rocódromo, jugaba al squash, iba a conciertos, probaba nuevos restaurantes...

—Es fácil hacer esas cosas si se tiene dinero —protesté.

—Y salía a correr. Sí, de verdad —dijo cuando alcé una ceja—. E intentaba aprender los idiomas de los lugares que quería visitar. Y veía a mis amigos... o a esa gente que consideraba amigos míos. —Dudó un instante—. Y planeaba viajes. Buscaba lugares donde no había estado, cosas que me asustaran o me llevaran al límite. Una vez crucé el Canal de la Mancha a nado. Practiqué parapente. Subí montañas y las bajé esquiando. Sí —dijo, cuando vio que estaba dispuesta a interrumpirlo—. Sé que hay que tener dinero para muchas de estas cosas, pero no para otras. Además, ¿cómo crees que ganaba tanto dinero?

—¿Timando a la gente en Londres?

—Averigüé qué me haría feliz y averigüé qué quería hacer, y me formé para el trabajo que haría posible esas dos cosas.

—Tal como lo dices, parece muy sencillo.

—Es sencillo —dijo—. Pero lo cierto es que también supone un grandísimo esfuerzo. Y la gente no está dispuesta a hacer ese tipo de sacrificio.

Había terminado con las patatas. Tiré las mondas en el cubo, puse la sartén en el fogón y la dejé lista para luego. Me giré y me levanté con los brazos, de modo que me quedé sentada encima de la mesa, con las piernas colgando.

—Tuviste una vida grandiosa, ¿no?

—Sí. —Se acercó un poco y volvió a alzar la silla para que estuviéramos casi a la misma altura—. Por eso me pones de los nervios, Clark. Porque veo todo este talento, todo esta... —Se encogió de hombros—. Toda esta energía e inteligencia, y...

—No digas potencial.

—... potencial. Sí. Potencial. Y, por más que lo intento, no entiendo cómo puedes estar satisfecha con una vida tan minúscula. Esta vida que tiene lugar en un radio de poco más de cinco kilómetros y que no incluye a nadie capaz de sorprenderte, exigirte o mostrarte cosas que te dejen boquiabierta y no te dejen dormir de noche.

—Esa es tu forma de decirme que debería estar haciendo algo mucho más interesante que pelar patatas para ti.

—Te estoy diciendo que existe un mundo ahí fuera. Pero que te agradecería mucho si me pelaras las patatas primero. —Me sonrió y no pude evitar devolverle la sonrisa.

—¿No crees...? —comencé, pero me interrumpí.

—Sigue.

—¿No crees que en realidad para ti es más difícil... adaptarte, quiero decir? ¿Después de haber hecho todo lo que has hecho?

—¿Me estás preguntando si desearía no haber hecho todo eso?

—Solo me pregunto si te habría resultado más sencillo. Si tu vida hubiera sido minúscula. Vivir así, quiero decir.

—Nunca, jamás me arrepentiré de las cosas que he hecho. Porque casi todos los días, si estás atrapado en un cacharro como este, lo único que te queda son los lugares de tus recuerdos que aún puedes visitar. —Sonrió. Estaba tenso, como si le costara hablar—. Es decir, si me preguntas si preferiría recordar las vistas del castillo desde el mercado o esa bonita hilera de tiendas de la rotonda, la respuesta es no. Mi vida estuvo muy bien, gracias.

Me bajé de la mesa. No estaba segura de cómo había ocurrido, pero una vez más me había quedado sin palabras, en un callejón sin salida. Cogí la tabla de cortar del escurridor.

—Y, Lou, lo siento. Por lo de la apuesta.

—Sí. Bueno. —Me di la vuelta y comencé a aclarar la tabla de cortar en el fregadero—. No creas que te voy a devolver el billete.

Dos días más tarde Will acabó en el hospital con una infección. Una medida preventiva, según dijeron, si bien era evidente para todo el mundo que Will sufría dolores punzantes. Algunos tetrapléjicos no conservaban las sensaciones corporales, pero, si bien era insensible a la temperatura, por debajo del pecho Will percibía tanto el dolor como el tacto. Fui a verlo dos veces, y le ofrecía música y comidas apetitosas, así como mi compañía, pero sentí que me convertía en un estorbo, y no tardé en comprender que Will no deseaba que le prestaran tanta atención ahí dentro. Me dijo que fuera a casa y disfrutara de mi tiempo libre.

Un año antes habría desperdiciado esos días libres; habría curioseado por las tiendas, tal vez habría ido a ver a Patrick a la hora de comer. Probablemente habría visto la televisión durante el día y tal vez habría hecho un vago esfuerzo por ordenar la ropa. Habría dormido un montón.

Ahora, sin embargo, me sentía inquieta, fuera de lugar. Echaba de menos tener un motivo para levantarme temprano, un objetivo que llenara el día.

Tardé media mañana en comprender que estas horas podían ser útiles. Fui a la biblioteca y comencé a investigar. Miré todas las páginas sobre tetrapléjicos que encontré y averigüé cosas para hacer con Will cuando se recuperara. Escribí listas, detallando el equipamiento o el material necesario para cada evento.

Descubrí chats para quienes sufrían lesiones medulares y encontré a varios miles de hombres y mujeres similares a Will (que vivían ocultos en Londres, Sídney, Vancouver o al otro lado de la calle), ayudados por amigos o familiares o, en ocasiones, en una soledad desgarradora.

Yo no era la única cuidadora interesada en estas páginas. Había novias que preguntaban cómo ayudar a sus parejas a recuperar la confianza para salir de nuevo, maridos en busca de consejos sobre nuevo equipamiento médico. Había anuncios para sillas de ruedas que no se atascaban sobre la arena o el barro, ingeniosos asideros o accesorios hinchables para el baño.

Había unos códigos en las conversaciones. Deduje que LME era una lesión medular, que FC eran los físicamente capacitados, que ITU era una infección en el tracto urinario. Vi que las lesiones C4 y C5 eran mucho más graves que las C11 o C12: la mayoría de quienes sufrían estas últimas aún conservaban el uso de los brazos o el torso. Había historias de amor y duelo, de cónyuges a quienes les costaba sobrellevar las discapacidades de las esposas o de hijos pequeños. Había esposas que se sentían culpables por haber rezado para que sus esposos dejaran de maltratarlas..., solo para descubrir que nunca más lo harían. Había maridos que deseaban separarse de sus esposas discapacitadas pero temían la reacción de la comunidad. Se percibía fatiga y desesperación, y mucho humor negro: chistes sobre bolsas del catéter que explotaban, estupideces bienintencionadas de los que pretendían ayudar o accidentes de borrachos. Las caídas de las sillas era un tema recurrente. Y había debates acerca del suicidio: de quienes querían practicarlo y de quienes les animaban a concederse más tiempo, a aprender a ver la vida de otra forma. Leí todo sobre el tema y sentí que había descubierto una rendija secreta para adentrarme en los pensamientos de Will.

A la hora de comer salí de la biblioteca y fui a dar un breve paseo por el pueblo para aclararme las ideas. Me concedí el capricho de un sándwich de gambas y me senté en el muro, desde donde miré los cisnes del lago bajo el castillo. Hacía bastante calor para quitarme la chaqueta y dejé que el sol me bañara la cara. Era curiosamente relajante contemplar el ajetreo del resto de la gente. Tras pasar toda la mañana en el mundo de los confinados, caminar y comer al aire libre, bajo el sol, me dio la sensación de libertad.

Cuando terminé, caminé de vuelta a la biblioteca, donde me volví a sentar ante el ordenador. Respiré hondo y escribí un mensaje.

Hola. Soy la amiga/cuidadora de un tetrapléjico C5/C6 de 35 años. Era una persona exitosa y dinámica en su vida anterior y le resulta difícil adaptarse a su nueva existencia. De hecho, sé que no quiere vivir y estoy intentando encontrar un modo de hacerle cambiar de opinión. Por favor, ¿podría alguien decirme cómo hacerlo? Ideas de actividades que le podrían gustar o maneras de hacerle pensar de otro modo... Agradecería cualquier consejo.

Me llamé a mí misma Abeja Atareada. Me recliné en la silla, me mordí la uña un rato y al fin pulsé Enviar.

Cuando me senté ante el terminal a la mañana siguiente, vi que había recibido catorce respuestas. Entré en el chat y me quedé perpleja al ver la lista de nombres y las respuestas procedentes de personas de todo el mundo, a lo largo del día y de la noche. La primera decía:

> Querida Abeja Atareada:
> Bienvenida a los foros. Estoy seguro de que para tu amigo será un gran consuelo tener a alguien que se preocupa por él.

No estoy tan segura, pensé.

> Aquí casi todos hemos pasado un bache en algún momento de nuestras vidas. Tal vez tu amigo esté pasando el suyo. No permitas que te aleje de él. Sé optimista. Y recuérdale que no es a él a quien corresponde decidir cuándo llegamos y nos vamos de este mundo, sino al Señor. Él decidió cambiar la vida de tu amigo, en Su sabiduría infinita, y tal vez haya una lección que...

Pasé a la siguiente respuesta.

> Querida Abeja:
> No hay vuelta de hoja: ser tetrapléjico es un asco. Si tu amigo fue un tipo de acción, entonces le va a resultar más duro. Esto es lo que a mí me ayudó. Mucha compañía, incluso cuando quería estar solo. Buena comida. Buenos médicos. Buenas medicinas, antidepresivos de ser necesarios. No has dicho dónde vivís, pero, si es posible que entre en contacto con otras personas de la comunidad LME, tal vez sea de ayuda. Al principio, yo no tenía muchas ganas (creo que una parte de mí no quería admitir que era tetrapléjico), pero ayuda saber que no estás solo.
> Ah, y no le dejes ver películas como *La escafandra y la mariposa*. Qué deprimente.
> Dinos qué tal te va.
> Un abrazo,
> Ritchie

Busqué *La escafandra y la mariposa*. «La historia de un hombre que sufre una embolia que lo paraliza y de sus intentos de comunicarse con el mundo exterior», decía. Anoté el título en la libreta, sin saber muy bien si lo hacía para asegurarme de que Will no se topara con ella o para recordar que debía verla.

Las dos respuestas siguientes eran de un adventista del séptimo día y de un hombre cuyas sugerencias para que animara a Will ciertamente no formaban parte de mi contrato laboral. Me sonrojé y bajé hasta otro mensaje, temerosa de que alguien leyera la pantalla por encima del hombro. Y entonces vacilé ante la siguiente respuesta.

Hola, Abeja Atareada.

¿Por qué piensas que tu amigo, paciente o lo que sea ha de cambiar de opinión? Si yo supiera una manera de morir con dignidad, y si no supiera que iba a destrozar a mi familia, lo haría. He estado atrapado en esta silla ocho años ya, y mi vida es una constante sucesión de humillaciones y frustraciones. ¿De verdad te puedes poner en su piel? ¿Sabes qué se siente al ser incapaz de hacer de vientre sin ayuda? ¿Saber que para siempre jamás vas a estar atrapado en tu cama, incapaz de comer, vestirte, comunicarte con el mundo exterior sin que alguien te ayude? ¿No volver a tener relaciones sexuales? ¿Saber que vas a padecer llagas, mala salud e incluso necesitar respirador artificial? Pareces buena persona y no dudo de que tengas buenas intenciones. Pero tal vez no seas tú quien vaya a cuidarlo la semana que viene. Tal vez sea alguien que lo deprime o es incluso antipático. Eso, como todo lo demás, está fuera de su control. Nosotros sabemos que hay muy pocas cosas que controlemos: quién nos da de comer, quién nos viste, quién nos lava, quién nos receta medicinas. Vivir siendo consciente de ello es muy duro.

Por tanto, creo que estás haciendo la pregunta incorrecta. ¿Quiénes se creen los demás para decidir cómo han de ser nuestras vidas? Si esta no es la vida que quiere tu amigo, ¿no deberías estar preguntando cómo ayudarle a poner el punto final?

Un abrazo,

Gforce, Misuri, EE UU

Me quedé mirando el mensaje, con los dedos inmóviles sobre el teclado. Al cabo, bajé a las siguientes respuestas. Eran de otros tetrapléjicos que criticaban a Gforce por sus deprimentes palabras, que aseguraban haber encontrado un camino, que vivían una vida que merecía ser vivida. Se entabló una discusión que no tenía demasiado que ver con Will.

Y al fin el debate volvió a encauzarse. Hubo sugerencias de antidepresivos, masajes, recuperaciones milagrosas, relatos de cómo los miembros del foro habían hallado un nuevo sentido para sus vidas. Había unas cuantas sugerencias prácticas: catas de vino, música, arte y, especialmente, teclados adaptados.

«Una compañera», escribió Grace31, desde Birmingham. «Si tiene un ser amado, se sentirá con fuerzas para seguir adelante. Si no, yo me habría hundido ya muchas veces».

Esa frase siguió resonando en mi cabeza mucho después de haberme ido de la biblioteca.

Will salió del hospital el jueves. Lo recogí con su coche adaptado y lo llevé a casa. Estaba pálido y agotado y miró por la ventana, apático, durante todo el trayecto.

—No hay forma de dormir en esos lugares —explicó cuando le pregunté si estaba bien—. Siempre hay alguien que se queja en la cama de al lado.

Le dije que le dejaba el fin de semana para recuperarse, pero que ya tenía unas cuantas salidas planeadas. Le conté que iba a seguir su consejo y probar cosas nuevas, y que él tendría que acompañarme. Era una forma sutil de cambiar de táctica, pero sabía que era la única manera de que aceptara.

De hecho, había ideado un horario muy detallado para las próximas dos semanas. Todos los eventos estaban marcados con esmero en mi calendario con rotulador negro, en tanto que enumeraba las precauciones necesarias en rojo, y en verde los accesorios que necesitaría. Cada vez que miraba a la puerta me dominaba una ráfaga de entusiasmo, tanto por haber sido tan organizada como por la esperanza de que una de esas actividades cambiara la visión del mundo de Will.

Como dice siempre mi padre, el cerebro de la familia es mi hermana.

El trayecto a la galería de arte duró poco menos de veinte minutos. Y eso incluyendo tres vueltas a la manzana en busca de un lugar donde aparcar. Llegamos y, casi antes de que yo cerrara la puerta, Will declaró que todas las obras eran horribles. Le pregunté por qué y me dijo que, si yo no lo notaba con mis propios ojos, él no iba a explicarlo. El plan de ir al cine hubo de ser abandonado cuando el acomodador nos dijo, con aire compungido, que el ascensor no funcionaba. Otros, como la fallida tentativa de ir a nadar, necesitaron de más tiempo y organización: llamar a la piscina de antemano, reservar las horas extras de Nathan y, por último, cuando llegamos allí, el termo de chocolate caliente que bebimos en silencio en el aparcamiento cuando Will se negó en redondo a entrar.

El siguiente miércoles por la noche fuimos a escuchar a un cantante a quien Will había visto actuar en Nueva York. Fue un viaje agradable. Cuando escuchaba música, Will adoptaba una expresión de concentración ensimismada. La mayor parte del tiempo daba la impresión de no encontrarse presente del todo, como si una parte de sí forcejeara con el dolor, los recuerdos o los pensamientos más lúgubres. Pero con la música era diferente.

Y al día siguiente lo llevé a una cata de vinos, parte de un evento promocional que un viñedo celebraba en una tienda especializada. Tuve que prometer a Nathan que no lo emborracharía. Alcé cada copa para que Will la oliera y siempre reconocía el vino antes de probarlo. Me costó contener las risotadas al verlo escupir en la escupidera (era muy divertido), y Will me miró ceñudo y me dijo que no era más que una niña. El dueño de la tienda pasó del desconcierto por encontrarse ante un hombre en una silla de ruedas a la admiración. A medida que avanzó la tarde, se sentó y comenzó a abrir botellas, hablando de regiones y uvas con Will, mientras yo caminaba de un lado a otro mirando etiquetas, cada vez, sinceramente, más aburrida.

—Vamos, Clark. Aprende un poco —dijo Will, y me indicó que me sentara a su lado con un gesto.

—No puedo. Mi madre me enseñó que escupir era una grosería.

Los dos hombres se miraron como si yo estuviera loca. Y, aun así, Will no escupía siempre. Lo observé. Y el resto de la tarde fue sospechosamente hablador, de risa fácil e incluso más provocador de lo habitual.

Y entonces, de camino a casa, al atravesar un pueblo al que no solíamos ir, sentados, inmóviles, en medio del tráfico, eché un vistazo y vi un local de tatuajes.

—Siempre he querido hacerme un tatuaje —dije.

Debería haber sabido que era mejor no hacer ese tipo de comentarios delante de Will. Will no se andaba por las ramas. De inmediato, quiso saber por qué no me había hecho uno.

—Oh... No lo sé. Por el qué dirán, supongo.

—¿Por qué? ¿Qué dirían?

—Mi padre odia los tatuajes.

—¿Cuántos años me dijiste que tienes?

—Patrick también los odia.

—Y él *jamás* haría algo que a ti te disgustase.

—Tal vez me entre claustrofobia. Quizá cambie de opinión cuando ya me lo hayan hecho.

—Entonces, te lo quitas mediante láser, ¿vale?

Lo miré por el retrovisor. Tenía una mirada risueña.

—Vamos —dijo—. ¿Qué te gustaría hacerte?

Me di cuenta de que estaba sonriendo.

—No lo sé. Una serpiente, no. Ni el nombre de nadie.

—No me esperaba un corazón con un cartel que dijera mamá.

—¿Me prometes no reírte?

—Ya sabes que nunca me río. Oh, Dios, no te vas a tatuar un proverbio indio en sánscrito o algo por el estilo, ¿no? «Lo que no me mata, me hace más fuerte».

—No. Una abeja. Una abeja pequeñita, negra y amarilla. Me encantan.

Will asintió, como si fuera algo perfectamente razonable.

—¿Y dónde te harías el tatuaje?, si me permites la pregunta.

Me encogí de hombros.

—No lo sé. ¿En el hombro? ¿La cintura?

—Aparca. Ahí hay un lugar. Mira, a tu izquierda.

Aparqué en la acera y miré a Will.

—Vamos —dijo—. No tenemos nada más que hacer hoy.

—Vamos ¿adónde?

—Al local de tatuajes.

Comencé a reírme.

—Sí, claro.

—¿Por qué no?

—Has tragado en vez de escupir.

—No has respondido a mi pregunta.

Me volví en mi asiento. Hablaba en serio.

—No puedo entrar y hacerme un tatuaje. Así, sin más.

—¿Por qué no?

—Porque...

—Porque tu novio te lo dice. Porque aún tienes que ser una niña buena, aunque ya tengas veintisiete años. Porque te da miedo. Vamos, Clark. Vive un poco. ¿Qué te lo impide?

Miré a la calle, a la fachada del local de tatuajes. El escaparate, un tanto mugriento, exhibía un enorme corazón de neón y unas fotografías enmarcadas de Angelina Jolie y Mickey Rourke.

La voz de Will interrumpió mis cavilaciones.

—Vale. Yo me hago uno si tú te haces otro.

Me volví a mirarlo.

—¿Te harías un tatuaje?

—Si eso te convence, aunque sea por una vez, a salir de tu pequeña jaula...

Apagué el motor. Nos quedamos ahí, escuchando el rumor del motor que disminuía y el sordo murmullo de los coches que enfilaban la calle, junto a nosotros.

—Es para siempre.

—No tanto.

—Patrick lo va a detestar.

—Ya lo has dicho.

—Y es probable que pillemos una hepatitis con esas agujas sucias. Y vamos a tener unas muertes lentas, horribles y dolorosas. —Me volví hacia Will—. Tal vez no puedan hacerlo ahora. No ahora mismo.

—Tal vez no. Pero ¿no sería mejor ir a preguntar?

Dos horas más tarde salimos del local, yo con ochenta libras menos en el bolsillo y una venda en la cadera, donde la tinta aún se secaba. Como era relativamente pequeño, dijo el tatuador, lo iba a trazar y colorear en una sola visita. O sea, lista.

Tatuada. O, como sin duda diría Patrick, marcada de por vida. Bajo esa gasa blanca se ocultaba un pequeño abejorro, que escogí en un archivador de anillas que nos entregó el tatuador cuando entramos. Casi estaba histérica del entusiasmo. No dejaba de girar sobre mí misma para intentar verlo hasta que Will me dijo que parara o acabaría dislocándome algo.

Will se mostró tranquilo y contento en el local, por extraño que parezca. No le prestaron mayor atención. Ya habían tenido unos cuantos clientes tetrapléjicos, nos dijeron, lo que explicaba que se sintieran tan cómodos junto a él. Les sorprendió que Will dijera que sentía la aguja. Seis semanas antes habían terminado de trazar el diseño de una prótesis biónica a lo largo de la pierna de un tetrapléjico.

Un tatuador que llevaba un colgante en la oreja acompañó a Will a la habitación de al lado y, con ayuda de mi tatuador, lo tumbaron sobre una mesa especial, de modo que por la puerta abierta yo no veía más que sus piernas. Oí a los dos hombres que murmuraban y reían con el ruido de la aguja al fondo. El olor a antiséptico era punzante.

Cuando la aguja entró en contacto con mi piel, me mordí el labio, decidida a que Will no me oyera gritar. Me concentré en lo que estaría haciendo Will en la puerta de al lado, intenté escuchar su conversación, me pregunté qué habría escogido. Cuando por fin salió, una vez que el mío también estuvo listo, se negó a dejarme verlo. Sospeché que tendría algo que ver con Alicia.

—Eres muy mala influencia para mí, Will Traynor —dije, mientras abría la puerta del coche y bajaba la rampa. No lograba dejar de sonreír.

—Enséñamelo.

Eché un vistazo a la calle, me giré y bajé un poco la venda de la cadera.

—Está muy bien. Me gusta tu abejita. De verdad.

—Voy a tener que llevar pantalones de cintura alta cuando esté con mis padres durante el resto de mi vida. —Lo ayudé a acercar la silla a la rampa y la alcé—. Aunque si tu madre se entera de que tú también te has hecho uno...

—Le voy a decir que la chica de la Oficina de Empleo me llevó por el mal camino.

—Vale, Traynor, enséñame el tuyo.

Me miró fijamente con media sonrisa en los labios.

—Vas a tener que ponerle otra venda cuando lleguemos a casa.

—Sí. Ni que fuera la primera vez. Vamos. No nos vamos hasta que me lo enseñes.

—Entonces, levántame la camisa. A la derecha. Tu derecha.

Me incliné entre los asientos delanteros. Tiré de su camisa y retiré el trozo de gasa. Ahí, oscuro contra su piel pálida, había un rectángulo de tinta a franjas negras y blancas tan pequeño que tuve que mirarlo dos veces antes de comprender qué decía.

CONSUMIR ANTES DEL 19 DE MARZO DE 2007

Me quedé mirándolo. Casi me reí y luego mis ojos se llenaron de lágrimas.

—¿Es ese el día de...?

—El día de mi accidente. Sí. —Alzó la mirada al cielo—. Oh, por amor de Dios, no te pongas sentimental, Clark. Es solo una broma.

—Es divertido. De un modo macabro.

—A Nathan le va a encantar. Oh, vamos, no me mires así. Ni que estuviera estropeando un cuerpo perfecto.

Bajé la camisa de Will y me volví para poner en marcha el coche. No sabía qué decir. No sabía qué significaba todo aquello. ¿Estaba reconciliándose con su estado? ¿O era otra forma de mostrar el desprecio que le inspiraba su propio cuerpo?

—Eh, Clark, hazme un favor —dijo, justo cuando estaba a punto de arrancar—. Busca algo en la mochila. En el bolsillo de la cremallera.

Miré por el retrovisor y volví a echar el freno. Me incliné entre los asientos delanteros y metí la mano en la mochila, donde hurgué según sus instrucciones.

—¿Quieres un calmante? —Yo estaba a unos centímetros de su cara. No le había visto de tan buen color desde que volvimos del hospital—. Tengo en mi...

—No. Sigue buscando.

Saqué un trozo de papel y me senté de nuevo. Era un billete de diez libras doblado.

—Ahí tienes. El billete de las emergencias.

—¿Y?

—Es tuyo.

—¿Por qué?

—Ese tatuaje. —Me sonrió—. Hasta que te vi en la silla, ni por un segundo me creí que ibas a hacerlo.

16

No tenía vuelta de hoja. La organización para dormir seguía siendo un rompecabezas. Cada vez que Treena pasaba un fin de semana en casa, la familia Clark se adentraba en un juego nocturno y laborioso de intercambio de camas. El viernes por la noche, después de la cena, mis padres ofrecían su habitación y Treena la aceptaba, una vez que le habían asegurado que no era molestia alguna para ellos y que Thomas dormiría mucho mejor ahí. Así, decían, todo el mundo pasaría una buena noche.

Pero que mi madre durmiera abajo implicaba que necesitaba su edredón de siempre, sus almohadas e incluso las sábanas, ya que ella no dormía bien a menos que la cama estuviera tal y como le gustaba. Así, después de cenar, mi madre y Treena deshacían la cama de mis padres y ponían un nuevo juego de sábanas, junto a un protector de colchón, por si Thomas sufría un percance. La ropa de cama de mis padres, mientras tanto, era doblada y colocada en un rincón del salón, donde Thomas se lanzaba contra ella para luego atar las sábanas a las sillas y hacer una tienda de campaña.

El abuelo ofrecía su habitación, pero nadie la aceptaba. Olía a copias amarillentas del *Racing Post* y a tabaco rancio y habría sido necesario el fin de semana entero para limpiarla. Yo me sentía culpable (todo esto, al fin y al cabo, era culpa mía), pero al mismo tiempo sabía que no me ofrecería a volver al trastero. Para mí, se había convertido en una especie de fantasma, esa habitación angosta sin ventanas ni aire fresco. La sola idea de dormir ahí de nuevo bastaba para oprimirme el pecho. Tenía veintisiete años. Era quien traía el dinero a casa. No quería volver a dormir en un armario.

Un fin de semana sugerí ir a dormir a casa de Patrick y todo el mundo pareció secretamente aliviado. Pero entonces, mientras yo estaba fuera, Thomas toqueteó con sus dedos pegajosos mis cortinas nuevas y dibujó en mi edredón también nuevo con un rotulador, tras lo cual mis padres decidieron que ellos serían quienes dormirían en mi habitación, mientras Treena y Thomas se quedaban en la de ellos, donde, al parecer, esas travesuras no tenían importancia.

Con todos esos cambios de ropa de cama y todas esas coladas, que yo me fuera a casa de Patrick, admitió mi madre, no era demasiada ayuda.

Y, además, estaba Patrick. Patrick se había convertido en un hombre obsesionado. Comía, bebía, vivía y respiraba el Norseman. Su piso, por lo general inmaculado y de decoración espartana, rebosaba horarios de entrenamientos y planes dietéticos. Tenía una nueva bicicleta ligera que siempre estaba en el pasillo y que no me permitía ni tocar, por si interfería con sus ligerísimas y perfectamente ajustadas prestaciones.

Y rara vez estaba en casa, ni siquiera los viernes o sábados por la noche. Entre sus entrenamientos y mi horario laboral, nos habíamos habituado a pasar cada vez menos tiempo juntos. O bien lo seguía a la pista y lo veía correr en círculos hasta que hubiera completado un número exacto de kilómetros o bien me quedaba en casa y veía la televisión yo sola, acurrucada en un rincón de su enorme sofá de cuero. No había comida en la nevera aparte de unos palitos de pechuga de pavo y unas repugnantes bebidas energéticas con la misma densidad de los huevos de rana. Una vez Treena y yo probamos una y la escupimos, en medio de arcadas teatrales, como niñas pequeñas.

Lo cierto es que no me gustaba el apartamento de Patrick. Lo había comprado el año anterior, cuando al fin se convenció de que a su madre le iría bien sola. Su negocio prosperaba y me dijo que era importante que uno de los dos se convirtiese en propietario. Supongo que ese debería haber sido el momento de tener una conversación acerca de vivir juntos, pero no llegó a ocurrir, y a ninguno de los dos le gusta plantear temas incómodos. Como resultado, no había nada mío en ese apartamento, a pesar de todos los años que llevábamos juntos. Nunca se lo había dicho, pero yo prefería vivir en casa de mis padres, con todos sus ruidos y sus cosas, que en este apartamento de soltero, sin personalidad y sin encanto alguno, con sus plazas de aparcamiento adjudicadas y sus vistas privilegiadas del castillo.

Y, además, era un tanto solitario.

—Tengo que respetar el horario, preciosa —decía, si le hablaba al respecto—. Si hago menos de treinta y cinco kilómetros a estas alturas, no voy a conseguir un buen tiempo. —A continuación, me ofrecía las últimas noticias acerca de sus calambres en las piernas o me pedía que le pasara el protector térmico.

Cuando no entrenaba, iba a interminables reuniones con otros miembros de su equipo, con quienes comparaba materiales y repasaba los planes del viaje. Estar junto a ellos era como verme rodeada de gente que hablaba coreano. No tenía ni idea de qué significaban sus palabras ni demasiado interés en averiguarlo.

Y, dentro de siete semanas, se suponía que debía acompañarlos a Noruega. Aún no había decidido cómo decirle a Patrick que no había pedido tiempo libre a los Traynor. ¿Cómo iba a hacerlo? El Norseman se celebraba a menos de una semana del final de mi contrato. Supongo que era infantil por mi parte negarme a resolver ese asunto, pero, con toda sinceridad, por aquel entonces yo solo veía a Will y a un reloj que marcaba la cuenta atrás. Nada más me llamaba la atención.

Lo más irónico de todo era que ni siquiera dormía bien en el apartamento de Patrick. No sé a qué se debía, pero llegaba desde allí al trabajo sintiéndome como si hablara a través de una jarra de cristal, con aspecto de que me hubieran dado un puñetazo en cada ojo. Comencé a disimular las ojeras mediante maquillaje con la misma generosidad chapucera de cuando decoraba.

—¿Qué ocurre, Clark? —dijo Will.

Abrí los ojos. Estaba justo a mi lado, la cabeza ladeada, observándome. Tuve la sensación de que llevaba ahí un tiempo. Me llevé la mano a la boca en un gesto reflejo, por si había estado babeando.

La película que se suponía que habíamos estado viendo era ahora una lenta sucesión de títulos de crédito.

—Nada. Lo siento. Es que hace calorcito aquí. —Me incorporé.

—Es la segunda vez en tres días que te quedas dormida. —Estudió mi cara—. Y tienes un aspecto horrible.

Así que se lo dije. Le hablé de mi hermana y de los problemas para dormir en casa, de cómo no quería montar un jaleo porque cada vez que miraba la cara de mi padre veía una desesperación a duras penas contenida porque ni siquiera proporcionaba a su familia una casa donde todos pudiéramos dormir.

—¿Aún no ha encontrado nada?

—No. Creo que es por la edad. Pero no hablamos de ello. Es... —Me encogí de hombros—. Es demasiado incómodo para todos nosotros.

Esperamos a que la película se acabara, tras lo cual me acerqué al reproductor, saqué el DVD y lo devolví a su estuche. Me sentía mal al confesar a Will mis problemas. Eran vergonzosamente triviales comparados con los suyos.

—Ya me acostumbraré —dije—. Todo va a ir bien. Seguro.

Will pareció preocupado durante el resto de la tarde. Fui a lavarme, volví y le preparé el ordenador. Cuando le traje una bebida, giró la silla hacia mí.

—Es muy sencillo —dijo, como si reanudáramos una conversación—. Quédate a dormir aquí los fines de semana. Hay una habitación libre, estaría bien que alguien la usara.

Me quedé quieta, con la taza en la mano.

—No puedo aceptar.

—¿Por qué no? No voy a pagarte las horas extras que pases aquí.

Dejé la taza en el portavasos.

—Pero ¿qué pensaría tu madre?

—No tengo ni idea.

Supongo que se me notó la inquietud, porque añadió:

—No pasa nada. No muerdo.

—¿Qué?

—Si te preocupa que tenga un ingenioso plan secreto para seducirte, desenchufa la silla y punto.

—Qué gracioso.

—En serio. Piénsalo. Sería una opción para cuando la necesites. Las cosas tal vez cambien antes de lo que piensas. Tal vez tu hermana se canse de pasar los fines de semana en casa. O tal vez conozca a alguien. Pueden pasar un millón de cosas.

Y tú tal vez no estés aquí dentro de dos meses, le dije en silencio, y de inmediato me odié a mí misma por pensarlo.

—Dime una cosa —me pidió mientras se disponía a salir de la habitación—. ¿Por qué el Hombre Maratón no te ofrece su casa?

—Oh, lo ha hecho —dije.

Me miró, como si fuera a insistir en ese tema.

Y entonces cambió de opinión.

—Lo que he dicho. —Se encogió de hombros—. La oferta sigue en pie.

Cosas que le gustaban a Will:

1. Ver películas, en especial si eran extranjeras y con subtítulos. En ocasiones lograba convencerlo para poner un *thriller* de acción, incluso alguna dramática historia de amor, pero con las comedias románticas no había modo. Si osaba alquilar una, Will se pasaba las dos horas soltando *pffs* despectivos o señalando los clichés de la trama, de modo que yo no disfrutaba de la película.

2. Escuchar música clásica. Sabía un montón al respecto. También le gustaban algunas cosas modernas, pero decía que el jazz era más que nada un ruido pretencioso. Cuando vio el contenido de mi reproductor de MP3, soltó tal carcajada que casi se le salió un tubo.

3. Sentarse en el jardín, ahora que hacía calorcito. A veces me asomaba a la ventana y lo observaba mientras disfrutaba del sol en el rostro, la cabeza ladeada. Cuando le señalé su capacidad de permanecer inmóvil y disfrutar del momento (algo que yo no he llegado a aprender), me comentó que, si no puedes mover las piernas y los brazos, no te quedan muchas opciones.

4. Hacerme leer libros y revistas y luego hablar de ellos. *La información es poder, Clark,* me decía. Al principio, lo detestaba; era como haber vuelto al colegio y hacer exámenes de memoria. Pero, al cabo de un tiempo, comprendí que, en opinión de Will, no exis-

tían las respuestas equivocadas. En realidad, le gustaba que discutiera con él. Me preguntaba qué opinaba de ciertas noticias de los periódicos, no estaba de acuerdo conmigo respecto a los personajes de los libros. Parecía tener opiniones acerca de todo: sobre qué hacía el gobierno, si una empresa debería comprar a esta otra, si alguien debería acabar en la cárcel. Si pensaba que yo estaba siendo perezosa o repetía como un loro las ideas de mis padres o las de Patrick, soltaba un terminante: «No. Eso no es suficiente». Qué decepcionado se mostraba si yo decía que no sabía nada al respecto; había comenzado a anticiparme a él y ahora leía un periódico en el autobús de camino al pabellón, solo para sentirme preparada. «Buena observación, Clark», decía, y yo me hinchaba de satisfacción. Y entonces me reprendía a mí misma por permitir una vez más que Will me tratara de un modo condescendiente.

5. Afeitarse. Ahora, cada dos días, le enjabonaba el mentón y lo volvía presentable. Si no tenía un mal día, Will se reclinaba en su silla, cerraba los ojos y algo muy parecido al placer físico se extendía por su rostro. Tal vez solo eran imaginaciones mías. Tal vez solo veía lo que quería ver. Pero Will se sumía en un silencio completo mientras le pasaba, con delicadeza, la cuchilla por la piel. Cuando abría los ojos su expresión era más dulce, como la de alguien que se despierta de un sueño agradable. Su cara había recuperado el color, al pasar tanto tiempo al aire libre; tenía ese tipo de cutis que se bronceaba con facilidad. Yo guardaba las cuchillas en el armario del baño, en lo más alto, tras una enorme botella de acondicionador.

6. Hacer cosas de hombre. En especial con Nathan. En ocasiones, antes de los cuidados vespertinos, iban a sen-

tarse a un extremo del jardín y Nathan abría un par de cervezas. A veces lo oía hablar de rugby o bromear acerca de una mujer que habían visto en la televisión y no parecía en absoluto el Will al que yo estaba acostumbrada. Pero comprendí que era algo que necesitaba; necesitaba a alguien con quien hacer cosas de hombre. Era una pequeña parte «normal» en su vida extraña y retirada.

7. Hacer comentarios sobre mi ropa. En realidad, debería decir: hacer muecas al ver mi ropa. Salvo con los leotardos negros y amarillos. En las dos ocasiones en que me los había puesto, Will no dijo nada: se limitó a asentir, como si el mundo hubiera vuelto a ser un lugar acogedor.

—El otro día viste a mi padre por el pueblo.

—Ah, sí. —Yo tendía la ropa. El tendedero estaba escondido en lo que la señora Traynor llamaba el Jardín de la Cocina. Creo que no deseaba que algo tan mundano como la colada contaminase la vista de las fronteras de su dominio vegetal. Mi madre exhibía la ropa blanca que colgaba casi como una cuestión de honor. Era como un desafío a las vecinas: ¡A ver si superáis esto, señoras! Mi padre tuvo que emplearse a fondo para impedirle que instalara otro tendedero giratorio en el porche.

—Me preguntó si lo habías contado.

—Oh. —Mantuve una expresión estudiadamente inexpresiva. Y a continuación, como parecía estar esperando, añadí—: Evidentemente, no.

—¿Estaba con alguien?

Dejé la última pinza en la bolsa. La enrollé y la puse en el cesto vacío de la colada. Me giré hacia Will.

—Sí.

—Una mujer.

—Sí.

—¿Pelirroja?

—Sí.

Will pensó en ello un momento.

—Lo siento si crees que te lo debería haber dicho —añadí—. Pero... no parecía asunto mío.

—Y no es una conversación sencilla.

—No.

—Si te sirve de consuelo, Clark, no es la primera vez —dijo, y se dirigió de vuelta a la casa.

Deirdre Bellows repitió mi nombre dos veces antes de que yo alzara la vista. Iba garabateando en mi libreta nombres de lugares y signos de interrogación, ventajas e inconvenientes, y hasta me había olvidado de que iba en un autobús. Estaba intentando encontrar la manera de llevar a Will al teatro. Solo había uno a menos de dos horas en coche, y representaban *¡Oklahoma!* Era difícil imaginar a Will siguiendo con la cabeza el ritmo de «Oh, qué hermosa mañana», pero el teatro serio estaba en Londres. Y Londres aún parecía fuera de nuestro alcance.

Ya no era un problema sacar a Will de la casa, pero habíamos agotado las opciones disponibles a una hora de viaje y no tenía ni idea de cómo llevarlo más lejos.

—Perdida en tu mundo, ¿eh, Louisa?

—Ah. Hola, Deirdre. —Me eché a un lado en el asiento para dejarle sitio.

Deirdre era amiga de mi madre desde que eran niñas. Tenía una tienda de textiles y se había divorciado tres veces. Lucía una cabellera tan poblada que era casi como una peluca, así como un rostro carnoso y triste que daba la impresión de seguir soñando con el príncipe azul que la liberaría de todo esto.

—No suelo montarme en este autobús, pero tengo el coche en el garaje. ¿Qué tal estás? Tu madre me lo ha contado todo sobre tu trabajo. Parece *muy* interesante.

Así es crecer en un pueblo pequeño. Tu vida es del dominio público. No hay secretos: ni cuando me pillaron fumando en el aparcamiento de un supermercado a las afueras del pueblo con catorce años, ni cuando mi padre alicató de nuevo el aseo de abajo. Los detalles de la vida cotidiana eran el sustento de mujeres como Deirdre.

—Está bien, sí.

—Y bien pagado.

—Sí.

—Cómo me alegré por ti, después del cierre del café. Qué pena que lo cerraran. Estamos perdiendo todos los buenos comercios del pueblo. Recuerdo que antes teníamos un mercado, una panadería y una carnicería en la calle mayor. ¡Solo nos faltaba una tienda de candelabros!

—Mmm. —Vi cómo echaba un vistazo a mi lista y cerré la libreta—. En fin. Aún tenemos un lugar donde comprar cortinas. ¿Qué tal va la tienda?

—Oh, bien... Sí... ¿Qué es eso, entonces? ¿Algo del trabajo?

—Solo son cosas que a lo mejor le gustan a Will.

—¿Ese es tu paralítico?

—Sí. Mi jefe.

—Tu jefe. Bonita manera de decirlo. —Me dio un leve golpe con el codo—. Y a esa hermana tuya tan lista, ¿qué tal le va en la universidad?

—Le va bien. Y a Thomas.

—Va a acabar gobernando el país, esa. Aunque tengo que decirte, Louisa, que siempre me ha sorprendido que tú no te fueras antes que ella. Siempre pensamos que eras una niña brillante. No es que no lo seas ahora, claro.

Sonreí con educación. No sabía muy bien cómo reaccionar.

—Pero, bueno, alguien tiene que hacerlo, ¿eh? Y es beneficioso para tu madre que una de las dos esté contenta tan cerca de casa.

Quise contradecirla, y comprendí en ese momento que nada de lo que había hecho en los últimos siete años sugería que yo tuviera ambiciones o deseos que me llevaran más allá del final de mi calle. Seguí ahí sentada, mientras el viejo y cansado motor del autobús gruñía y trepidaba bajo nosotras, y tuve la súbita sensación de que el tiempo volaba, de estar perdiendo horas y horas en mis pequeños viajes por los mismos lugares. Dando vueltas y vueltas alrededor del castillo. Observando a Patrick dando vueltas y vueltas por la pista. Los mismos problemillas de siempre. Las mismas costumbres.

—Ah, vaya. Mi parada. —Deirdre se levantó pesadamente junto a mí, pasándose el bolso de charol por el hombro—. Dale un abrazo a tu madre de mi parte. Dile que mañana me paso a verla.

Alcé la vista, parpadeando.

—Me he hecho un tatuaje —dije de repente—. De una abeja.

Deirdre vaciló, agarrada a un lado del asiento.

—En la cadera. Un tatuaje de verdad. Es permanente —añadí.

Deirdre echó un vistazo a la puerta del autobús. Pareció un poco perpleja y entonces me dedicó lo que supuse que ella creía que era una sonrisa consoladora.

—Vaya, qué bien, Louisa. Como he dicho, dile a tu madre que me paso mañana.

Todos los días, mientras Will veía la televisión o estaba ocupado con sus cosas, yo me sentaba ante su ordenador y me esforzaba en encontrar ese evento mágico que le hiciera feliz. Pero, a medida que pasaba el tiempo, iba descubriendo que la lista de cosas que no podíamos hacer y de lugares a los que no podíamos ir había comenzado a superar a la otra de forma significativa. Así pues, regresé al foro de Internet en busca de consejos.

¡Ja!, dijo Ritchie. *Bienvenida a nuestro mundo, Abeja.*

Gracias a las conversaciones que siguieron, me enteré de que emborracharse sobre una silla de ruedas conllevaba unos riesgos muy concretos, como accidentes con el catéter, caídas por los bordillos de las aceras y acabar siendo llevado a la casa equivocada por otros borrachos. Me enteré de que no había un lugar donde las personas sanas fueran más o menos amables que en el resto, pero que París era el sitio del planeta menos indicado para las sillas de ruedas. Fue una decepción, pues una parte de mí, optimista y pequeña, aún albergaba la esperanza de viajar ahí con Will.

Empecé a elaborar una nueva lista: cosas que no se pueden hacer con un tetrapléjico.

1. Ir en el metro (casi todas las estaciones carecían de ascensores), lo que casi descartaba por completo la mitad de Londres a menos que estuviéramos dispuestos a pagar varios taxis.

2. Ir a nadar, sin ayuda, y a menos que el agua estuviera lo suficientemente cálida como para evitar los temblores involuntarios al cabo de unos pocos minutos. Incluso los vestuarios para discapacitados no son de gran ayuda sin un elevador de piscina. Y estaba por ver que Will accediera a utilizar un elevador de piscina.

3. Ir al cine, a menos que reserváramos una butaca en la primera fila o que los espasmos de Will fueran me-

nores ese día. Al ver *La ventana indiscreta,* estuve veinte minutos a cuatro patas limpiando las palomitas que un inesperado rodillazo de Will mandó por los aires.

4. Ir a una playa, a menos que la silla tuviera unas ruedas especiales, muy gruesas. Las de Will no eran así.

5. Volar una vez que la aerolínea ya hubiese cumplido con el cupo de discapacitados.

6. Ir a comprar, a menos que las tiendas tuvieran las rampas reglamentarias en su sitio. En las cercanías del castillo, muchos comercios se aprovechaban de su condición de edificio histórico para asegurar que era imposible colocarlas. Algunos incluso decían la verdad.

7. Ir a un lugar demasiado caluroso o demasiado frío (problemas de temperatura corporal).

8. Ir a un lugar de forma improvisada (había que preparar la mochila, comprobar dos veces la accesibilidad del trayecto).

9. Salir a comer, si se sentía cohibido al darle de comer o (según el estado del catéter) si los aseos del restaurante estaban al fondo de unas escaleras.

10. Hacer viajes largos en tren (agotadores, y resulta demasiado difícil subir una pesada silla de ruedas eléctrica al tren sin ayuda).

11. Cortarse el pelo en un día lluvioso (el pelo se quedó pegado a las ruedas de la silla de Will, y fue nauseabundo para ambos).

12. Ir a casa de amigos, a menos que tuvieran rampas para sillas de ruedas. Casi todas las casas tienen escaleras. Casi nadie tiene rampas. Nuestra casa era una rara excepción. De todos modos, Will decía que no quería ir a ver a nadie.

13. Bajar la colina del castillo bajo una lluvia torrencial (los frenos no eran siempre fiables y esa silla era demasiado pesada para mí).
14. Ir a algún lugar donde existiera la probabilidad de que hubiera borrachos. Will era un imán para los borrachos. Se agachaban, le arrojaban humo de tabaco encima y lo miraban con ojos grandes y conmovidos. A veces, incluso, intentaban empujar la silla.
15. Ir a algún lugar donde hubiera multitudes. A medida que se acercaba el verano, eso implicaba que salir por las cercanías del castillo era cada vez más difícil, y había que descartar la mitad de los lugares que se me ocurrían (ferias, teatro al aire libre, conciertos).

Cuando, en un intento de descubrir nuevas opciones, pregunté a los tetrapléjicos del foro qué es lo que más les gustaría hacer en el mundo, la respuesta fue casi siempre la misma: «Tener relaciones sexuales». Recibí muchos detalles no solicitados al respecto.

No fue de gran ayuda. Me quedaban tan solo ocho semanas y se me habían acabado las ideas.

Un par de días tras nuestra conversación bajo el tendedero, volví a casa para encontrarme a mi padre de pie en el pasillo. Esto habría sido un hecho inusual en sí mismo (las últimas semanas parecía haberse retirado al sofá durante el día, con la excusa de hacer compañía al abuelo), pero además vestía una camisa recién planchada, se había afeitado e impregnaba el pasillo con el aroma de Old Spice. Estoy casi segura de que tenía ese frasco de loción desde 1974.

—Aquí estás.

Cerré la puerta detrás de mí.

—Aquí estoy.

Estaba cansada y nerviosa. Había dedicado todo el trayecto de autobús a hablar por teléfono con una agencia de viajes sobre lugares que podía visitar con Will, pero ambos habíamos llegado a un punto muerto. Necesitaba llevarlo más lejos de casa. Pero al parecer no existía ningún sitio más allá de un radio de ocho kilómetros del castillo que quisiera visitar.

—¿Te molesta prepararte la merienda?

—Claro que no. Luego tal vez vaya a ver a Patrick al bar. ¿Por qué? —Colgué el abrigo en el perchero.

En el perchero había mucho más espacio ahora que no estaban los abrigos de Treena y Thomas.

—Voy a llevar a tu madre a cenar fuera.

Hice un pequeño cálculo mental.

—¿Me he perdido su cumpleaños?

—No. Vamos a celebrar algo. —Bajó la voz, como si fuera a decirme un secreto—. He encontrado trabajo.

—¡No! —Y entonces lo comprendí: se notaba en todo su cuerpo que se había quitado un peso de encima. Estaba más erguido, más sonriente. Había rejuvenecido.

—Papá, es fantástico.

—Lo sé. Tu madre está que no se lo cree. Y, ya sabes, estos meses han sido duros para ella, con la marcha de Treena y el abuelo y todo. Así que quería salir con ella esta noche, mimarla un poco.

—¿Y cuál es el trabajo?

—Voy a ser el encargado del mantenimiento. Ahí, en el castillo.

Parpadeé.

—Pero eso...

—El señor Traynor. Es verdad. Me llamó y me dijo que estaba buscando a alguien, y tu hombre, Will, le había dicho que yo estaba disponible. Fui esta tarde y le enseñé lo que sabía hacer y voy a estar un mes de prueba. Empiezo este sábado.

—¿Vas a trabajar para el padre de Will?

—Bueno, dijo que tengo que estar un mes de prueba, y pasar por todos los trámites necesarios y eso, pero me aseguró que no veía razón alguna para que no me quedara.

—Eso... Eso es estupendo —dije. Me sentí un poco desconcertada por la noticia—. Ni siquiera sabía que buscaban a alguien.

—Yo tampoco. Pero es maravilloso. Es un hombre que aprecia la calidad, Lou. Hablé con él acerca de la madera de roble y me mostró parte del trabajo del empleado anterior. No te lo creerías. Asombroso. Dijo que estaba muy impresionado con mi trabajo.

Estaba animado, más de lo que le había visto en varios meses.

Mi madre apareció junto a él. Se había pintado los labios y llevaba tacones altos.

—Y hay una furgoneta. Tiene su propia furgoneta. Y pagan bien, Lou. Incluso un poquito más que en la fábrica de muebles.

Mi madre miraba a mi padre como si fuera un héroe capaz de todo. Cuando se volvió hacia mí, su expresión sugería que yo debería hacer lo mismo. La cara de mi madre era capaz de contener un millón de mensajes, y este me dijo que debíamos dejar a mi padre disfrutar de ese momento.

—Es maravilloso, papá. De verdad. —Di un paso al frente y le abracé.

—Bueno, en realidad es a Will a quien deberías dar las gracias. Qué gran tipo. Cómo le agradezco que se acordara de mí.

Escuché cómo se iban de casa, los sonidos de mi madre ante el espejo del pasillo, las palabras repetidas de mi padre, que le aseguraba que estaba muy guapa, que iba bien así. Lo oí buscando en los bolsillos las llaves, la cartera, el cambio, seguido de unas breves risitas. Y entonces la puerta se cerró, oí el murmullo del coche que se alejaba y solo quedó el sonido distante de la televisión en la habitación del abuelo. Me senté en las escaleras. Y saqué el teléfono y marqué el número de Will.

Tardó un tiempo en responderme. Lo imaginé acercándose al dispositivo de manos libres, presionando el botón con el pulgar.

—¿Diga?

—¿Esto es cosa tuya?

Hubo una breve pausa.

—¿Eres tú, Clark?

—¿Le has conseguido un trabajo a mi padre?

Will habló como si se hubiera quedado sin aliento. Me pregunté, distraída, si estaba sentado en una buena postura.

—Creí que te alegraría.

—Y me ha alegrado. Es solo que... No lo sé. Me siento rara.

—No te sientas rara. Tu padre necesitaba un trabajo. El mío necesitaba un encargado competente.

—¿De verdad? —No logré que el escepticismo no se me notara en la voz.

—¿Qué?

—¿Esto no tendrá que ver con lo que me preguntaste el otro día? ¿Sobre si lo había visto con otra mujer?

Hubo una larga pausa. Lo imaginé ahí, en el salón, mirando por los ventanales.

Cuando habló, su tono era cauteloso.

—¿Crees que haría chantaje a mi padre para que le diera un trabajo al tuyo?

Dicho así, no sonaba muy probable.

Me senté de nuevo.

—Lo siento. No lo sé. Es que es raro. El momento. Es demasiada coincidencia.

—Entonces, alégrate, Clark. Es una buena noticia. A tu padre se le va a dar bien ese trabajo. Y eso quiere decir... —Will vaciló.

—Quiere decir ¿qué?

—... que algún día podrás irte y extender las alas sin preocuparte por cómo se ganarán la vida tus padres.

Fue como si me hubiera golpeado. Sentí que me quedaba sin aire en los pulmones.

—¿Lou?

—¿Sí?

—Te has quedado muy callada.

—Yo... —Tragué saliva—. Lo siento. Algo me ha distraído. El abuelo me llama. Pero sí. Gracias... por recomendarlo. —Tuve que dejar el teléfono. Porque, sin previo aviso, se me había hecho un nudo en la garganta y creí que no sería capaz de decir nada más.

Caminé hasta el bar. El aire estaba cargado del aroma de las nuevas flores y la gente sonreía al pasar junto a mí por la calle. No conseguí responder a ningún saludo. Lo único que sabía era que ya no podía seguir en esa casa, a solas con mis pensamientos. Encontré a los Diablos del Triatlón en la terraza de la cervecería, donde habían juntado dos mesas en un rincón, de las que sobresalían piernas y brazos que formaban ángulos vigorosos y rosados. Recibí unos cuantos saludos educados (ninguno de las mujeres) y Patrick se puso en pie, creando un pequeño espacio para mí a su lado. Comprendí que me habría encantado que Treena estuviera ahí.

La terraza estaba llena, con esa combinación tan inglesa de estudiantes gritones y vendedores recién salidos del trabajo en mangas de camisa. Este bar era uno de los favoritos de los turistas y, entre las voces inglesas, se alzaba una variedad de acentos: italianos, franceses, estadounidenses. Desde el muro occidental se veía el castillo y, tal como hacían cada verano, los turistas formaban colas para hacerse fotografías con el monumento al fondo.

—No te esperaba. ¿Quieres tomar algo?

—Dentro de un momento. —Solo quería sentarme, reposar la cabeza contra Patrick. Quería sentirme como antes: normal, sin preocupaciones. Quería dejar de pensar en la muerte.

—Hoy he hecho mi mejor tiempo. Veinticuatro kilómetros en 79,2 minutos.

—Qué bien.

—Lo estás bordando, ¿eh, Patrick? —dijo alguien.

Patrick apretó los puños e imitó el ruido de un motor que arranca.

—Qué bien. De verdad. —Intenté mostrarme complacida por él.

Tomé una bebida, y luego otra. Escuché sus conversaciones sobre distancias, arañazos en las rodillas y ataques de hipotermia al nadar. Dejé de escuchar y me dediqué a observar a las otras personas, a preguntarme cómo serían sus vidas. Todos ellos habrían vivido importantes sucesos en sus familias: bebés amados y perdidos, oscuros secretos, grandes alegrías y tragedias. Si ellos eran capaces de poner todo eso a un lado y disfrutar de una tarde soleada en el bar, yo también podía.

Y entonces le conté a Patrick que mi padre había encontrado trabajo. Su expresión fue similar a la mía al enterarme, imaginé. Tuve que repetirlo, solo para que estuviera seguro de haberme oído bien.

—Qué... oportuno. Los dos trabajando para él.

Quise contárselo todo en ese momento. Quise explicarle cómo todo dependía de mi batalla para mantener a Will con vida. Quise decirle cuánto miedo me daba que Will pareciera empeñado en liberarme de mis ataduras económicas. Pero sabía que no le diría nada. Aun así, mejor que le contase el resto mientras aún podía.

—Hum... Eso no es todo. Dice que me quede ahí cuando quiera, en la habitación de invitados. Para acabar con el problema que tenemos en casa con las habitaciones.

Patrick me miró.

—¿Vas a vivir en su casa?

—Tal vez. Es una buena oferta, Pat. Ya sabes cómo están las cosas en casa. Y tú nunca estás aquí. Me gusta ir a tu apartamento, pero... Bueno, si te soy sincera, ahí no me siento en casa.

Patrick aún tenía la mirada clavada en mí.

—Entonces, hazlo tu casa.

—¿Qué?

—Ven a vivir conmigo. Trae tus cosas. Tu ropa. Ya es hora de que vivamos juntos.

Solo más tarde, cuando pensé en ello, comprendí que Patrick parecía muy infeliz al decir estas palabras. No pareció un hombre que había comprendido al fin que ya no podía seguir viviendo lejos de su novia y quería celebrar la feliz unión de dos vidas. Pareció ser alguien que sentía que acababa de perder la partida.

—¿De verdad quieres que me mude a tu casa?

—Sí, claro. —Se frotó la oreja—. Es decir, no te estoy pidiendo que nos casemos ni nada. Pero tiene sentido, ¿verdad?

—Qué romanticón.

—Lo digo en serio, Lou. Ya tocaba hace tiempo, pero supongo que he estado liado con una cosa y luego con otra. Vente a vivir conmigo. Va a estar bien. —Me abrazó—. Va a estar muy bien.

A nuestro alrededor los Diablos del Triatlón habían reanudado diplomáticamente sus conversaciones. Se alzó una pequeña ovación cuando un grupo de turistas japoneses lograron la fotografía que querían. Los pájaros cantaban, el sol se ponía, el mundo daba vueltas. Quise formar parte de todo ello, no estar atrapada en una habitación silenciosa, preocupada por un hombre en silla de ruedas.

—Sí —dije—. Va a estar bien.

17

Lo peor de trabajar de cuidadora no es lo que la gente piensa. No es cargar ni limpiar, ni las medicinas y las toallitas y el distante pero siempre perceptible olor a desinfectante. Ni siquiera el hecho de que la mayoría de la gente dé por supuesto que te dedicas a ello porque no eres bastante inteligente para hacer otra cosa. Es el hecho de que, al pasar el día entero tan cerca de alguien, resulta imposible escaparse de su estado de ánimo. Y tampoco del propio.

Will se había mantenido distante conmigo toda la mañana, desde que le revelé mis planes. Un extraño ni lo habría notado, pero había menos bromas, menos parloteo intrascendente. No me preguntó nada de las noticias de los periódicos.

—Eso... ¿es lo que quieres hacer? —Sus ojos parpadearon, pero su rostro no reveló nada.

Me encogí de hombros. A continuación, asentí de un modo más contundente. Sentí que mi respuesta era un tanto infantil, evasiva.

—Ya era hora —dije—. Es decir, *tengo* veintisiete años.

Will estudió mi rostro. Algo se tensó en su mandíbula.

De repente me atrapó un cansancio insoportable. Sentí la extraña necesidad de disculparme, y no sabía muy bien por qué.

Will asintió, de un modo leve, y sonrió.

—Me alegro de que lo hayas resuelto todo —dijo, y salió de la cocina.

Estaba comenzando a enfadarme con él. No me había sentido tan juzgada por nadie como ahora por Will. Daba la impresión de que había concluido que, ahora que yo había decidido ir a vivir con mi novio, me había vuelto menos interesante. Como si hubiera dejado de ser su proyecto favorito. No le dije nada de todo esto, por supuesto, pero lo traté con la misma frialdad con que me trataba él a mí.

Fue, sinceramente, agotador.

Por la tarde, alguien llamó a la puerta de atrás. Me apresuré por el pasillo, con las manos aún mojadas de fregar, y abrí la puerta para encontrarme con un hombre de traje oscuro que sostenía un maletín.

—Oh, no. Somos budistas —dije con firmeza, cerrando la puerta al mismo tiempo que el hombre comenzaba a protestar.

Dos semanas antes un par de testigos de Jehová habían retenido a Will en la puerta de atrás durante un cuarto de hora, porque no funcionó la marcha atrás de la silla ante el felpudo mal colocado. Cuando por fin cerré la puerta, abrieron la rejilla de las cartas para gritar que él «más que nadie» debería esperar con ilusión la otra vida.

—Hum... He venido a ver al señor Traynor —dijo el hombre, así que entreabrí la puerta, cautelosamente. Durante todo el tiempo que llevaba en Granta House, nadie había venido a ver a Will por la puerta de atrás.

—Que entre —indicó Will, que apareció detrás de mí—. Le he pedido que viniera. —Como no me aparté, añadió—: Está bien, Clark... Es un amigo.

El hombre cruzó el umbral y me estrechó la mano.

—Michael Lawler —dijo.

Estaba a punto de añadir algo más, pero Will movió la silla entre nosotros y cortó cualquier amago de conversación.

—Vamos a estar en el salón. ¿Podrías hacernos café y dejarnos a solas un rato?

—Eh... Vale.

El señor Lawler me sonrió, un poco incómodo, y siguió a Will al salón. Cuando entré con la bandeja del café unos minutos más tarde, los dos hombres hablaban de críquet. Esa conversación sobre vueltas y carreras persistió hasta que se me acabaron los motivos para seguir ahí.

Tras limpiarme una mancha de polvo invisible de la falda, me erguí y dije:

—Bueno, os dejo.

—Gracias, Louisa.

—¿Seguro que no queréis nada más? ¿Unas galletas?

—Gracias, Louisa.

Will nunca me llamaba Louisa. Y nunca me había echado del salón antes.

El señor Lawler se quedó durante casi una hora. Tras completar mis tareas, me quedé en la cocina, preguntándome si tendría valor para escucharles sin que se dieran cuenta. No lo tenía. Me senté, comí dos dulces de bourbon, me mordí las uñas, escuché el bajo murmullo de sus voces y me pregunté por enésima vez por qué Will habría pedido a ese hombre que no usara la entrada principal.

No tenía aspecto de ser médico. Tal vez fuera asesor financiero, pero no tenía pinta de ello. Sin duda no era fisioterapeuta, terapeuta ocupacional o experto en dietética... u otro especialista de la legión que enviaban las autoridades locales para evaluar las necesidades siempre cambiantes de Will. A esos se los distinguía a kilómetros de distancia. Siempre parecían agotados, pero hacían gala de un buen humor animado y enérgico. Vestían prendas de lana de colores apagados, con zapatos cómodos, y conducían polvorientos coches familiares llenos de archivos y cajas con material sanitario. El señor Lawler tenía un BMW azul marino. Ese resplandeciente vehículo no era propio de un empleado del ayuntamiento.

Al fin, el señor Lawler reapareció. Cerró el maletín y se echó la chaqueta al brazo. Ya no tenía ese aspecto incómodo.

Llegué al vestíbulo en cuestión de segundos.

—Ah. ¿Le importaría indicarme dónde está el baño?

Así lo hice, sin decir palabra, y me quedé ahí, inquieta, hasta que apareció de nuevo.

—Muy bien. Eso es todo por ahora.

—Gracias, Michael. —Will no me miró—. Espero noticias tuyas.

—Te cuento a finales de esta semana —dijo el señor Lawler.

—Prefiero un correo electrónico a una carta, al menos por ahora.

—Sí, por supuesto.

Abrí la puerta trasera para que saliera. Entonces, cuando Will volvió al salón, lo seguí al patio y dije en tono desenfadado:

—¿Le espera un largo camino de vuelta?

Vestía un traje de buen corte; lucía un diseño urbano y un tejido caro.

—Londres, por desgracia. Aun así, espero que el tráfico no esté muy mal a estas horas de la tarde.

Salí a la calle detrás de él. El sol estaba en lo alto del cielo y tuve que entrecerrar los ojos para mirarle.

—Entonces..., hum..., ¿en qué parte de Londres trabaja?

—Regent Street.

—¿La famosa Regent Street? Qué bien.

—Sí. No es mal lugar, no. Muy bien. Gracias por el café, señorita...

—Clark. Louisa Clark.

El hombre se detuvo y me miró durante un instante, mientras me preguntaba si había reparado en mis torpes intentos de sonsacarle quién era.

—Ah, la señorita Clark —dijo, y su sonrisa profesional reapareció de inmediato—. Gracias.

Dejó el maletín en el asiento de atrás, con cuidado, se subió al coche y se fue.

Esa noche me pasé por la biblioteca antes de ir a la casa de Patrick. Podría haber usado su ordenador, pero no quería hacerlo sin pedirle permiso, así que esto me pareció más sencillo. Me senté ante el terminal y en el motor de búsqueda tecleé Michael Lawler y Regent Street, Londres. *La información es poder,* dije a Will en silencio.

Hubo 3.290 resultados, y los tres primeros revelaron a un tal «Michael Lawler, abogado, especialista en testamentos, albacea y poderes notariales», que trabajaba en esa misma calle. Me quedé mirando la pantalla durante unos minutos, hasta que tecleé de nuevo su nombre, esta vez en el buscador de imágenes, y ahí estaba, en alguna sala de juntas, con un traje oscuro: Michael Lawler, especialista en testamentos y albacea, el mismo hombre que había pasado una hora a solas con Will.

Me fui a vivir con Patrick esa noche, en esa hora y media entre el final de mi jornada y el momento en que él se dirigía a la pista de atletismo. Me lo llevé todo, salvo la cama y las nuevas cortinas. Patrick llegó en su coche y cargamos mis cosas en bolsas de basura. En dos viajes lo llevamos todo, menos mis libros escolares, a su apartamento.

Mi madre lloró; pensaba que me estaba obligando a marcharme.

—Por el amor de Dios, cariño. Ya es hora de que se marchara. Ya tiene veintisiete años —le dijo mi padre.

—Pero aún es mi niña —replicó ella, obligándome a aceptar una tarta de frutas y una bolsa de viaje llena de productos de limpieza.

No sabía qué decirle. Ni siquiera me gustaba la tarta de frutas.

Fue sorprendentemente fácil encontrar sitio para mis pertenencias en el apartamento de Patrick. Él tenía muy pocas cosas y yo, casi nada, después de todos esos años en el trastero. Lo único que no encajó fue mi colección de CD, que al parecer solo podía combinar con la suya tras pegarles una pegatina a los míos y ponerlos en orden alfabético.

—Como si estuvieras en tu casa —no dejaba de decir, como si yo fuera una invitada. Los dos estábamos nerviosos, y nos tratábamos con una extraña torpeza, como si fuese nuestra primera cita. Mientras sacaba mis cosas de las bolsas, Patrick me trajo té y dijo:

—Pensé que esta podría ser tu taza. —Me mostró dónde estaba todo en la cocina, tras lo cual repitió, varias veces—: Por supuesto, pon las cosas donde quieras. No me importa.

Había vaciado dos cajones y un armario en la habitación libre. Los otros dos cajones estaban llenos de su ropa de entrenamiento. Yo no sabía que existían tantas variantes de prendas de licra y lana. Mi ropa, con sus colores brillantes, dejó un buen espacio vacío y las perchas colgaban desoladas en el armario.

—Tendré que comprarme más cosas para llenarlo —dije mientras lo miraba.

Patrick se rio nervioso.

—¿Qué es eso?

Miraba mi calendario, clavado en la pared desnuda, con sus ideas en verde y los eventos ya planeados en negro. Cuando algo salía bien (la música, la cata de vinos), dibujaba una cara sonriente al lado. Cuando no era así (el hipódromo, la galería de arte), se quedaba vacío. Había pocos eventos para las próximas dos semanas: Will se había aburrido de los lugares cercanos y aún no era capaz de convencerlo para aventurarse más lejos. Miré a Patrick. Vi que observaba la fecha del 12 de agosto, ahora subrayada y con marcas de exclamación.

—Hum... Son solo recordatorios del trabajo.

—¿Crees que no te van a renovar el contrato?

—No lo sé, Patrick.

Patrick cogió el bolígrafo, miró el mes siguiente y anotó bajo la semana 28: «Hora de comenzar a buscar trabajo».

—Así estás cubierta, pase lo que pase —dijo. Me besó y me dejó sola.

Coloqué las cremas con cuidado en el baño, metí mis cuchillas, la hidratante y los tampones en el armario de espejo. Puse algunos libros en una pulcra fila en el suelo de la habitación vacía, bajo la ventana, incluyendo los nuevos títulos que Will me había comprado en Amazon. Patrick me prometió instalar unos estantes cuando tuviera tiempo.

Y entonces, cuando se marchó a correr, me senté a mirar por la ventana la zona industrial hacia el castillo, y practiqué, en silencio, a decir la palabra «casa».

Soy un desastre guardando secretos. Treena dice que me toco la nariz en cuanto pienso en decir una mentira. Es un indicador infalible. Mis padres aún bromean sobre las notas que escribía para disculpar mi ausencia tras unos novillos. «Querida señorita Trowbridge», decía. «Por favor, disculpe la ausencia de Louisa Clark en las clases de hoy, pues me siento muy mal, con problemas de mujeres». A mi padre le costó no estallar en carcajadas mientras me soltaba el sermón.

Una cosa era no revelar los planes de Will a mis padres (se me daba bien guardar secretos a mis padres, es una de las cosas que aprendemos al crecer, al fin y al cabo), pero soportar toda esa ansiedad yo sola era algo muy diferente.

Pasé las siguientes noches tratando de descifrar las intenciones de Will, y pensando cómo detenerlo, sin dejar de darle vueltas ni cuando Patrick y yo charlábamos o cocinábamos juntos en esa pequeña cocina. (Ya estaba descubriendo nuevas cosas acerca de él, como que era cierto que conocía cien maneras diferentes de cocinar la pechuga de pavo). Por la noche hacíamos el amor: era casi obligatorio en estos momentos, como si debiéramos aprovechar hasta el límite nuestra nueva libertad. Daba la impresión de que Patrick sentía que yo le debía algo, dado que estaba siempre tan cerca de Will. Pero, en cuanto Patrick conciliaba el sueño, yo me perdía una vez más en mis pensamientos.

Solo quedaban siete semanas.

Y Will estaba haciendo planes, y yo no.

La semana siguiente, si Will percibió mi preocupación, no dijo nada. Cumplimos con las rutinas de nuestras costumbres diarias: lo llevaba a dar breves paseos por el campo, cocinaba su comida, cuidaba de él mientras estaba en casa. Will había dejado de bromear sobre el Hombre Maratón.

Hablaba con él acerca de los últimos libros que me había recomendado: *El paciente inglés* (me encantó) y un *thriller* sueco (que no me gustó tanto). Éramos atentos el uno con el otro, casi demasiado educados. Echaba de menos sus insultos, sus reproches, cuya ausencia solo realzaba la sensación de amenaza que se cernía sobre mí.

Nathan nos observó a ambos, como si contemplara una nueva especie.

—¿Habéis discutido? —me preguntó un día en la cocina, mientras yo colocaba la compra.

—Mejor que le preguntes a él —dije.

—Él me respondió con esas mismas palabras.

Me miró de refilón antes de entrar en el baño para abrir el botiquín de Will.

Tras la visita de Michael Lawler, aguanté tres días antes de llamar a la señora Traynor. Le pregunté si podríamos vernos en algún lugar que no fuera la casa y decidimos quedar en un pequeño café que acababa de abrir en los jardines del castillo. El mismo café, irónicamente, que me había costado mi empleo.

Era un local mucho más elegante que The Buttered Bun, con sillas y mesas de roble blanqueado. Servían sopa casera elaborada con hortalizas de verdad y tartas sofisticadas. Y no era posible pedir un café normal: solo tenían lattes, capuchinos o macchiatos. Entre los clientes no había obreros ni peluqueras. Me senté ante mi té y me pregunté si la Dama del Diente de León se sentiría cómoda aquí, leyendo el periódico toda la mañana.

—Louisa, siento el retraso. —Camilla Traynor entró apresurada, el bolso bajo el brazo, vestida con una camisa de seda gris y unos pantalones azul marino.

Contuve el impulso de levantarme. Aún me resultaba imposible hablar con ella y no sentir que se estaba haciendo una entrevista.

—Me retuvieron en el tribunal.

—Lo siento. Sacarla así del trabajo, quiero decir. Yo... Bueno, creo que esto no debía esperar.

Levantó una mano y movió los labios para pedir algo a la camarera, quien le trajo un capuchino en apenas unos segundos. Entonces, la señora Traynor se sentó frente a mí. Ante su mirada me sentí transparente.

—Will recibió la visita de un abogado en casa —dije—. He descubierto que es albacea y especialista en testamentos.

—No se me ocurrió una manera más delicada de comenzar la conversación.

La señora Traynor me miró como si la hubiera golpeado en la cara. Comprendí, demasiado tarde, que tal vez albergaba la esperanza de que le iba a dar una buena noticia.

—¿Un abogado? ¿Estás segura?

—Lo busqué en Internet. Trabaja en Regent Street. En Londres —añadí innecesariamente—. Se llama Michael Lawler.

Parpadeó varias veces, como si intentara asimilar mis palabras.

—¿Te contó Will todo esto?

—No. Creo que él no quería que yo lo supiera. Yo... me enteré de su nombre y lo busqué.

Llegó el café. La camarera lo dejó en la mesa, frente a ella, pero la señora Traynor no pareció darse cuenta.

—¿Quería algo más? —preguntó la muchacha.

—No, gracias.

—El especial del día es tarta de zanahoria. La hacemos aquí mismo. Tiene un relleno de crema delicioso...

—No. —La voz de la señora Traynor fue cortante—. Gracias.

La muchacha se quedó ahí solo un momento, para que notáramos que se sentía ofendida, y se marchó con la libreta bailando en una mano de forma llamativa.

—Lo siento —dije—. Me pidió que, si pasaba algo importante, se lo contara. Casi no he dormido esta noche porque no sabía bien si hacerlo.

Casi no quedaba color en su rostro.

Supe cómo se sentía.

—¿Cómo está él? ¿Se..., se te han ocurrido otras ideas? ¿Salidas?

—No tiene muchas ganas. —Le hablé de París y de las listas que había recopilado.

Mientras yo hablaba, percibí cómo daba vueltas a la cabeza, cómo hacía cálculos, estimaciones.

—A cualquier sitio —dijo, al fin—. Yo lo pago. Un viaje a donde quieras. Pago tus gastos. Y los de Nathan. A ver si... A ver si consigues que se anime. —Asentí—. Si hay algo más que se te ocurra... para concedernos más tiempo. Como es obvio, te seguiría pagando el salario pasados los seis meses.

—Eso..., eso, de verdad, no es un problema.

Acabamos los cafés en silencio, ambas absortas en nuestros pensamientos. Mientras la observaba, discretamente, noté que su peinado inmaculado estaba salpicado de canas, que tenía unas ojeras tan grandes como las mías. Comprendí que no me sentía mejor por habérselo dicho, por compartir con ella la carga de mi ansiedad exacerbada..., pero ¿qué otra opción tenía? Cada día que pasaba, todo se volvía más importante. El sonido del reloj, que dio las dos, la despertó de su ensimismamiento.

—Supongo que debería volver al trabajo. Por favor, cuéntame cualquier cosa que... se te ocurra, Louisa. Tal vez sea mejor si mantenemos estas conversaciones lejos del pabellón.

Me levanté.

—Oh —dije—. Debería darle mi nuevo número. Me acabo de mudar. —Mientras la señora Traynor buscaba un bolígrafo en el bolso, añadí—: Me he ido a vivir con Patrick..., mi novio.

No sé por qué esta noticia le sorprendió tanto. Se quedó perpleja, y entonces me dio un bolígrafo.

—No sabía que tuvieras novio.

—No sabía que debía decírselo.

Se levantó y apoyó una mano en la mesa.

—Will mencionó el otro día que tú..., que pensaba que tal vez te mudaras al pabellón. Los fines de semana.

Garabateé el número de la casa de Patrick.

—Bueno, pensé que sería más sencillo para todo el mundo si me mudaba con Patrick. —Le entregué el trozo de papel—. Pero no está muy lejos. Es por la zona industrial. No va a afectar a mi horario. Ni a mi puntualidad.

Nos quedamos ahí, de pie. La señora Traynor parecía nerviosa, se pasaba la mano por el pelo, se tocaba la cadena que llevaba al cuello. Al fin, como si no pudiera evitarlo, lo soltó:

—¿Tanto te habría costado esperar? ¿Solo unas semanas?

—¿Perdone?

—Will... Creo que Will te tiene mucho cariño. —Se mordió el labio—. No veo cómo... No veo cómo esto ayuda en nada.

—Un momento. ¿Me está diciendo que no debería haberme ido a vivir con mi novio?

—Solo digo que no es el momento ideal. Will se encuentra en un estado muy vulnerable. Todos estamos haciendo lo posible para animarlo..., y tú...

—¿Y yo qué? —Vi que la camarera nos observaba, con la libreta inmóvil en la mano—. Yo ¿qué? ¿Me he atrevido a tener una vida fuera del trabajo?

La señora Traynor bajó la voz.

—Estoy haciendo todo lo que está en mis manos, Louisa, para evitar... eso. Ya sabes a qué nos enfrentamos. Y solo digo que, dado que te tiene tanto cariño, ojalá hubieras esperado un poco más antes de... restregarle tu felicidad por la cara.

Me costó creer lo que estaba oyendo. Sentí que me sonrojaba y respiré hondo antes de hablar de nuevo.

—¿Cómo se atreve a sugerir que yo haría algo para herir los sentimientos de Will? Lo he hecho todo —bufé—. He hecho todo lo que se me ha ocurrido. Me he devanado los sesos, lo he sacado de casa, he hablado con él, le he leído, lo he cuidado. —Mis últimas palabras me salieron del pecho como explosiones—. Le he limpiado. Le he cambiado el maldito catéter. Le he hecho reír. He hecho más que su maldita familia.

La señora Traynor se quedó inmóvil. Se irguió todo lo que pudo y se metió el bolso bajo el brazo.

—Creo que esta conversación probablemente ha llegado a su fin.

—Sí. Sí, señora Traynor. Probablemente, sí.

Se dio la vuelta y salió del café a toda prisa.

Cuando la puerta se cerró de golpe, reparé en que yo también estaba temblando.

Esa conversación con la señora Traynor me dejó los nervios de punta durante un par de días. No dejaba de oír sus palabras, esa idea de que le estaba *restregando mi felicidad por la cara*. No creí que a Will le afectara nada de lo que yo hiciera. Cuando dio la impresión de desaprobar mi decisión de irme a vivir con Patrick, pensé que se debía a que Patrick no le caía bien y no a lo que sintiera por mí. Aún más, no creo que yo pareciera muy feliz al contárselo.

En casa no lograba deshacerme de la sensación de angustia. Era como una corriente subterránea que me recorría y se alimentaba de todo lo que hacía.

—¿Habríamos hecho esto si mi hermana no necesitara mi habitación? —pregunté a Patrick.

Me observó como si yo fuera boba. Se inclinó y me arrimó a él, besándome en la cabeza. Luego miró hacia abajo.

—¿Tienes que ponerte ese pijama? No me gustas cuando llevas pijamas.

—Son cómodos.

—Son como los que lleva mi madre.

—No voy a llevar corpiño y ligueros todas las noches solo para que estés contento. Y no has respondido a mi pregunta.

—No lo sé. Probablemente. Sí.

—Pero nosotros no hablábamos del tema, ¿verdad?

—Lou, casi todas las personas se van a vivir juntas porque es sensato. Que ames a alguien no significa que no veas las ventajas económicas y prácticas.

—Es que... No quiero que pienses que yo he forzado esta situación. No quiero sentir que he forzado esta situación.

Patrick suspiró y se tumbó de espaldas.

—¿Por qué las mujeres siempre tienen que analizar y analizar una situación hasta que se convierte en un problema? Yo te quiero, tú me quieres, llevamos juntos casi siete años y no quedaban habitaciones en la casa de tus padres. En realidad, es muy sencillo.

Pero no parecía tan sencillo.

Parecía que estaba viviendo una vida que no había sido capaz de prever.

Ese viernes llovió todo el día: gotas cálidas y pesadas, como si estuviéramos en los trópicos, que llenaban las canaletas y doblegaban los tallos de los nuevos brotes, como si suplicaran. Nathan vino y se fue, con una bolsa de plástico en la cabeza. Will vio un documental sobre pingüinos y más tarde, cuando se situó frente al ordenador, me mantuve ocupada, de modo que no fuera necesario que habláramos. Entre nosotros el malestar era punzante y estar en la misma habitación que él todo el tiempo solo empeoraba las cosas.

Por fin comencé a comprender los consuelos de la limpieza. Fregué los suelos, limpié las ventanas y cambié los edredones. Fui un remolino de actividad constante. Ni una mota de polvo escapó de mí, ni un rastro de té de mis atenciones forenses. Estaba limpiando los grifos del baño con papel de cocina humedecido con vinagre (consejo de mi madre) cuando oí la silla de Will detrás de mí.

—¿Qué haces?

Estaba agachada en la bañera. No me di la vuelta.

—Estoy quitando la cal de tus grifos.

Sentí que me observaba.

—Repite eso —dijo, al cabo de un rato.

—¿Qué?

—Repite lo que acabas de decir.

Me erguí.

—¿Por qué? ¿Tienes problemas de oído? Estoy quitando la cal de tus grifos.

—No, lo que quiero es que te escuches a ti misma. No hay ninguna razón para quitar la cal de mis grifos, Clark. Mi madre no lo va a notar, a mí no me importa y ahora el baño apesta como una pescadería. Además, me gustaría salir.

Me aparté un mechón de pelo de la cara. Era cierto. Sin duda flotaba un olorcillo a abadejo en el aire.

—Vamos. Por fin ha dejado de llover. Acabo de hablar con mi padre. Me ha dicho que nos va a dar las llaves del castillo después de las cinco, cuando se van los turistas.

No me agradaba la idea de tener que mantener una conversación educada mientras paseábamos por los jardines del castillo. Pero la idea de salir del pabellón era tentadora.

—Vale. Dame cinco minutos. A ver si consigo quitarme esta peste a vinagre de las manos.

La diferencia entre mi educación y la de Will era que él se sentía con derecho a todo sin ser altanero. Creo que si creces así, con padres ricos, en una buena casa, si vas a los mejores colegios y a restaurantes caros por costumbre, es probable que goces de la sensación de que las cosas buenas acabarán llegando, que tu lugar en el mundo es, cómo no, elevado.

Will hizo escapadas a los jardines vacíos del castillo durante toda su infancia, dijo. Su padre le permitía deambular por el lugar, confiando en que no tocaría nada. Tras las cinco y media de la tarde, cuando los últimos turistas se habían ido, y los jardineros comenzaban a podar y recortar, mientras el servicio de limpieza vaciaba las papeleras y barrían los cartones vacíos de refresco y las chocolatinas conmemorativas, el castillo se convertía en su patio de recreo. Al mismo tiempo que me lo contaba, consideré que, si a Treena y a mí nos hubieran dejado el castillo entero para nosotras solas, no nos habríamos creído nuestra suerte y nos habría dado un síncope.

—La primera vez que besé a una chica fue frente al puente levadizo —dijo, aminorando la marcha para mirar hacia el puente mientras caminábamos por la grava.

—¿A esa chica le dijiste alguna vez que eras el dueño del lugar?

—No. Tal vez debería haberlo hecho. Me dejó una semana más tarde por el tipo que trabajaba en el mercado.

Me di la vuelta y me quedé mirándolo, asombrada.

—¿Terry Rowlands? ¿De pelo negro y largo, con tatuajes hasta los codos?

Will alzó una ceja.

—Ese mismo.

—Aún trabaja ahí, ¿sabes? En el mercado. Por si te hace sentir mejor.

—No creo que se muriese de envidia al saber cómo he acabado —dijo Will, y una vez más dejé de hablar.

Era extraño ver el castillo así, en silencio, los dos únicos visitantes salvo el viejo jardinero, a lo lejos. En lugar de mirar a los turistas, distraída por sus acentos y sus vidas ajenas, me descubrí a mí misma observando el castillo quizá por primera vez, y comencé a absorber parte de su historia. Sus muros de piedra se alzaban en ese lugar desde hacía más de ochocientos años. Aquí habían nacido y muerto personas, había habido corazones llenos de amor y corazones rotos. Ahora, en silencio, casi oíamos esas voces, esos pasos en el camino.

—Vale, hora de la verdad —dije—. ¿Alguna vez has paseado por aquí y has fingido en secreto que eras una especie de príncipe guerrero?

Will me miró de refilón.

—¿Sinceramente?

—Claro.

—Sí. Una vez llegué a coger una espada de la pared del gran salón. Pesaba una barbaridad. Recuerdo que me quedé de piedra al pensar que no sería capaz de ponerla de nuevo en su sitio.

Habíamos llegado al pozo de la colina y desde ahí, frente al foso, veíamos el extenso tramo de hierba alta que iba hasta el muro en ruinas que una vez marcó los límites del castillo. Más allá se extendía el pueblo, los carteles de neón y las luces del tráfico, el ajetreo de la hora punta de un pueblo pequeño. Aquí arriba todo estaba en silencio, salvo los pájaros y el leve murmullo de la silla de Will.

Will detuvo la silla y la giró, para mirar los jardines.

—Me sorprende que no nos hayamos conocido antes —dijo—. Cuando crecíamos, digo. Seguro que nuestros caminos se cruzaron.

—¿Por qué? No nos movíamos exactamente en los mismos círculos. Y yo habría sido el bebé que iba en su cochecito mientras tú blandías tu espada.

—Ah. Se me olvidaba... Soy un vejestorio comparado contigo.

—Ocho años más que yo, sin duda eso te convierte en un hombre maduro —dije—. Ni siquiera cuando era adolescente mi padre me habría dejado salir con alguien tan mayor.

—¿Ni aunque fuera el dueño del castillo?

—Bueno, eso habría cambiado las cosas, obviamente.

El dulce olor de la hierba se alzaba en torno a nosotros mientras paseábamos y la silla de Will silbaba entre los charcos del camino. Me sentí aliviada. Nuestra conversación no era como las de antes, pero tal vez eso era de esperar. La señora Traynor tenía razón: para Will siempre sería difícil ver cómo los demás continuaban con sus vidas. Apunté en una nota mental que debía pensar con más cuidado cómo influirían mis acciones en su vida. No quería volver a estar enfadada.

—Vamos a cruzar el laberinto. Hace siglos que no lo hago.

Estas palabras me arrancaron de mis pensamientos.

—Oh. No, gracias. —Eché un vistazo y vi al instante dónde estábamos.

—¿Por qué? ¿Te da miedo perderte? Vamos, Clark. Es un desafío. A ver si eres capaz de memorizar la ruta por la que entras y después regresar siguiendo tus pasos. Te voy a cronometrar. Antes lo hacía sin parar.

Miré hacia la casa.

—De verdad, no me apetece. —Solo pensar en ello me había creado un nudo en el estómago.

—Ah. Una vez más, eludiendo el riesgo.

—No es eso.

—No pasa nada. Vamos a seguir con nuestro aburrido y pequeño paseíto y volvamos al aburrido y pequeño pabellón.

Sabía que estaba bromeando. Pero su tono me afectó. Pensé en Deirdre, en el autobús, en su comentario sobre qué suerte que una de nosotras se hubiera quedado en casa. La mía iba a ser una vida pequeña, de ambiciones vulgares.

Eché un vistazo al laberinto, a esa jaula densa y oscura de setos. Me estaba portando de una forma ridícula. Tal vez llevaba años portándome de una forma ridícula. Ya todo formaba parte del pasado, al fin y al cabo. Y yo había seguido adelante.

—Solo recuerda hacia dónde giras y luego sigue tus pasos para salir. No es tan difícil como parece. De verdad.

Lo dejé solo en el camino antes de tener la oportunidad de pensarlo bien. Respiré hondo y pasé junto al cartel que advertía «Prohibido el paso a niños no acompañados por un adulto», a zancadas, apresurada, entre los setos oscuros y húmedos sobre los que aún resplandecían las gotas de lluvia.

No es tan difícil, no es tan difícil, me descubrí murmurándome a mí misma. *Es solo un montón de setos viejos.* Giré a la derecha, luego a la izquierda, por una abertura en los setos. Giré de nuevo a la derecha, a la izquierda, y mientras avanzaba repasaba en mi mente los pasos que me llevarían a la salida. *Derecha. Izquierda. Abertura. Derecha. Izquierda.*

Mi corazón se aceleró un poco, de modo que oí la sangre bombeando en mis orejas. Me obligué a pensar en Will, al otro lado de los setos, que estaría mirando el reloj. Era solo una prueba tonta. Yo ya no era esa joven inocente. Tenía veintisiete años. Vivía con mi novio. Tenía un empleo de responsabilidad. Era una persona diferente.

Giré, avancé en línea recta y giré de nuevo.

Y en ese instante, casi sin previo aviso, el pánico se alzó dentro de mí como la bilis. Creí ver a un hombre escabulléndose al final de un seto. Aunque me dije que no eran más que imaginaciones mías, el esfuerzo de tranquilizarme me hizo olvidar la dirección inversa. *Derecha. Izquierda. Abertura. Derecha. ¿Derecha?* ¿Fue ahí donde me equivoqué? El aliento quedó preso en mi garganta. Me obligué a seguir adelante, solo para descubrir que había perdido la orientación por completo. Me detuve y miré en torno a mí, hacia las sombras, en un intento de averiguar dónde quedaba el oeste.

Y, ahí, de pie, comprendí que sería incapaz. No podía seguir allí. Di vueltas frenéticas y comencé a caminar hacia lo que pensé que sería el sur. Iba a encontrar la salida. Ya tenía veintisiete años. No pasaba nada. Pero entonces oí de nuevo las voces, la rechifla, las risas burlonas. Vi cómo salían y entraban entre los resquicios del seto, sentí que mis pasos, ebrios, se tambaleaban sobre mis tacones altos, las despiadadas espinas del seto al caerme cuando intentaba enderezarme.

—Quiero irme ya —les dije, con una voz pastosa y titubeante—. Ya basta, tíos.

Y todos ellos desaparecieron. El laberinto quedó en silencio, salvo por unos murmullos distantes que tal vez fueran ellos al otro lado del seto..., o tal vez el viento entre las hojas.

—Quiero irme ya —repetí, con una voz que incluso a mis oídos sonaba insegura. Alcé la vista al cielo, desequilibrada unos instantes por esa vasta masa de espacio negro que se alzaba sobre mí. Y entonces me sobresalté cuando alguien me agarró por la cintura: el de pelo oscuro. El que había ido a África.

—No puedes irte aún —dijo—. Vas a estropearnos el juego.

Fue entonces cuando lo supe, solo por el tacto de sus manos en mi cintura. Comprendí que el equilibrio se había roto, que el comedimiento había comenzado a evaporarse. Y me reí, le aparté la mano como si fuera una broma, reacia a hacerle saber que yo sabía. Le oí llamar a sus amigos a voz en grito. Y me escapé de su lado, corriendo de repente, los pies hundiéndose entre la hierba mojada. Los oí a todos en torno a mí, las voces que se alzaban, los cuerpos que no veía, y el pánico me cerraba la garganta. Estaba demasiado desorientada para saber dónde me encontraba. Los setos, que no dejaban de bambolearse, se arrojaban contra mí. Seguí caminando, giré en las esquinas, a trompicones, me metí por las aberturas, intenté alejarme de esas voces. Pero la salida no aparecía nunca. Allí donde girara me encontraba con otro tramo de seto, y otra voz burlona.

Me di de bruces con una abertura, eufórica durante un breve instante al creerme cerca de la libertad. Pero al cabo de un momento vi que había regresado al centro de nuevo, donde todo había comenzado. Casi me caí de bruces al verlos a todos ahí, de pie, como si se hubieran quedado a esperarme.

—Aquí estás —dijo uno de ellos, al tiempo que me agarraba del brazo—. Os dije que tenía ganas. Vamos, Lulú, dame un besito y te digo dónde está la salida. —Hablaba con una voz dulce y que se arrastraba.

—Danos un besito a todos y te decimos dónde está la salida.

Sus caras estaban borrosas.

—Yo solo... Yo solo quiero que...

—Vamos, Lou. Te gusto, ¿a que sí? Te has pasado toda la tarde sentada en mi regazo. Un besito. ¿Qué tiene de malo?

Oí una risilla.

—¿Y me dices dónde está la salida? —Mi voz resultaba patética, incluso para mí.

—Solo uno. —Se acercó.

Sentí su boca contra la mía, una mano que me estrujaba el muslo.

Se apartó, y oí cómo le cambiaba la respiración.

—Y ahora le toca a Jake.

No sé qué dije en ese momento. Alguien me tenía agarrada del brazo. Oí las risas, sentí una mano en el pelo, otra boca contra la mía, insistente, invasora, y entonces...

—*Will...*

Estaba sollozando, hecha un ovillo. *Will.* Decía su nombre, una y otra vez, con una voz rota que surgía de algún lugar remoto de mi pecho. Oí a alguien a lo lejos, más allá del seto.

—¿Louisa? Louisa, ¿dónde estás? ¿Qué pasa?

Yo estaba en un rincón, bajo un seto, tan dentro como me fue posible. Las lágrimas me nublaban la visión y me abrazaba a mí misma con fuerza. No iba a ser capaz de salir. Me quedaría ahí atrapada para siempre. Nadie me encontraría.

—Will...

—¿Dónde...?

Y ahí estaba, enfrente de mí.

—Lo siento. —Lo miré con el rostro crispado—. Lo siento. No... puedo.

Will levantó el brazo un par de centímetros..., tan alto como podía.

—Oh, cielos, ¿qué...? Ven aquí, Clark. —Se movió hacia delante y entonces se miró el brazo, frustrado—. Qué asco de brazos inútiles... No pasa nada. Respira hondo. Ven aquí. Respira. Despacio.

Me limpié los ojos. Al verlo, el pánico comenzó a mitigarse. Me levanté, de modo vacilante, e intenté recuperar la compostura.

—Lo siento. Yo... no sé qué ha pasado.

—¿Eres claustrofóbica? —La cara de Will, a unos centímetros de la mía, reflejaba preocupación—. Sabía que no querías ir. Pero... Pero pensé que solo era...

Cerré los ojos.

—Quiero irme ya.

—Agárrate a mi mano. Vamos a salir.

Solo tardó unos pocos minutos en sacarme. Se sabía el laberinto de memoria, me dijo mientras caminábamos, con esa voz tranquila, consoladora. De niño fue un desafío para él aprenderse el camino. Entrelacé mis dedos con los suyos y sentí la calidez de sus manos como una forma de consuelo. Qué tonta me sentí al darme cuenta de lo cerca que había estado de la entrada todo el tiempo.

Nos paramos ante un banco, al lado de la entrada, y busqué tras el respaldo de la silla un pañuelo de papel. Nos sentamos ahí, en silencio, yo al borde del banco, a su lado, mientras esperábamos a que se me pasara el sollozo.

Will me lanzaba miradas de refilón.

—Entonces... —dijo al fin, cuando tuvo la impresión de que yo podría hablar sin desmoronarme de nuevo—. ¿Me vas a decir qué ocurre?

Retorcí el pañuelo entre las manos.

—No puedo.

Will cerró la boca.

Tragué saliva.

—No es por ti —dije, atropelladamente—. No he hablado con nadie de... Es... Es una estupidez. Y pasó hace mucho tiempo. Creí que no..., que podría...

Sentí que tenía la mirada fija en mí y deseé que apartara la vista. Mis manos no dejaban de temblar y un millón de nudos me estrujaban el estómago.

Negué con la cabeza e intenté decirle que había ciertas cosas de las que no podía hablar. Quise volver a tomar su mano, pero no me atreví. Era consciente de su mirada, casi oía sus preguntas no formuladas.

Debajo de nosotros, dos coches habían aparcado cerca de la puerta. Salieron dos figuras (era imposible distinguirlas desde esta distancia) y se abrazaron. Se quedaron ahí unos minutos, hablando tal vez, y volvieron a montar en sus coches y partieron en direcciones opuestas. Los miré, pero no atiné a pensar. Mi mente era un yermo helado. Ya no sabía qué decir acerca de nada.

—Bien. A ver qué te parece —dijo Will, por fin. Me giré, pero no me estaba mirando—. Te voy a contar algo que no le he contado nunca a nadie. ¿Vale?

—Vale. —Expectante, estrujé el pañuelo hasta que se convirtió en una pelota en mis manos.

Will respiró hondo.

—Me da muchísimo miedo cómo va a acabar esto. —Dejó que esa frase flotara en el aire, entre nosotros, y entonces, en voz baja y tranquila, prosiguió—. Sé que casi todo el mundo piensa que vivir así es lo peor que le puede pasar a alguien. Pero podría ser mucho peor. Podría llegar a ser incapaz de respirar por mí mismo, incapaz de hablar. Podría tener problemas circulatorios que causaran la amputación de mis extremidades. Podría acabar hospitalizado indefinidamente. Esta vida no es gran cosa, Clark. Pero cuando pienso en cómo podría empeorar... algunas noches, tumbado en la cama, no logro ni respirar.

Tragó saliva.

—¿Y sabes qué? Nadie quiere oírme hablar de esas cosas. Nadie quiere que hable de tener miedo, o del dolor, o de sentir miedo a morir por cualquier estúpida infección. Nadie quiere saber qué se siente cuando sabes que nunca más volverás a acostarte con alguien, que nunca más vas a comer algo que tú mismo has cocinado, que no podrás abrazar a tus hijos. Nadie quiere saber que a veces siento tal claustrofobia, atrapado en esta silla, que me entran ganas de gritar como un loco al pensar que voy a pasar otro día así. Mi madre pende de un hilo y no me perdona que aún quiera a mi padre. Mi hermana me guarda rencor porque una vez más la he eclipsado... y porque mi lesión significa que no puede odiarme de verdad, como cuando éramos niños. Mi padre solo quiere que todo desaparezca. Al final, todos quieren ver el lado bueno. Necesitan que yo mire el lado bueno.

Hizo una pausa.

—Necesitan creer que existe un lado bueno.

Parpadeé ante la oscuridad.

—¿Yo también lo hago? —dije, en voz baja.

—Tú, Clark —se miró las manos—, eres la única persona con la que siento que puedo hablar desde que acabé en esta maldita silla.

Y, entonces, se lo conté todo.

Tomé su mano, la misma que me había guiado hasta la salida del laberinto, y clavé la mirada entre mis pies y respiré hondo y le conté la noche entera, y cómo se habían reído de mí y cómo se habían burlado de lo borracha que estaba, y cómo me había desmayado y cómo más tarde mi hermana dijo que tal vez fuera algo bueno no recordar lo que me habían hecho, pero esa media hora de no saber me acecharía para siempre desde entonces. Yo la llené. La llené con sus risas, sus cuerpos y sus palabras. La llené con mi humillación. Le conté cómo veía esas caras cada vez que me aventuraba a salir del pueblo, y cómo Patrick y mi madre y mi padre y mi vida pequeña estaban bien para mí, con todos sus problemas y limitaciones. Así me sentía a salvo.

Cuando terminamos de hablar, el cielo se había oscurecido y tenía catorce mensajes en el móvil para preguntar dónde estábamos.

—No hace falta que te diga que no fue culpa tuya —dijo, en voz baja.

Sobre nosotros el cielo se había vuelto inalcanzable e infinito.

Retorcí el pañuelo entre las manos.

—Sí. Bueno. Aún me siento... responsable. Bebí demasiado, para presumir. Coqueteé todo el rato. Yo fui...

—No. Los responsables fueron ellos.

Nadie me había dicho esas palabras antes. Incluso la mirada compasiva de Treena contenía una acusación velada. *Bueno, si no te emborracharas y tontearas con hombres que no conoces...*

Los dedos de Will estrecharon los míos. Un movimiento leve, pero sólido.

—Louisa. No fue culpa tuya.

Lloré. Esta vez no fueron unos sollozos. Las lágrimas me abandonaron en silencio, señal de que algo más me abandonaba. La culpa. El miedo. Otras emociones para las que no tenía palabras. Apoyé la cabeza en el hombro de Will, con delicadeza, y él inclinó la suya hasta que reposó contra la mía.

—De verdad. ¿Me estás escuchando?

Murmuré que sí.

—Entonces, te voy a contar algo bueno —dijo, y esperó, como si quisiera cerciorarse de que le estaba prestando toda mi atención—. Algunos errores... tienen consecuencias mayores que otros. Pero no dejes que sea esa noche lo que te defina.

Sentí que su cabeza se ladeaba contra la mía.

—Tú, Clark, tienes la opción de que eso no ocurra.

De mí salió un suspiro largo y estremecedor. Nos quedamos ahí, sentados en silencio, y dejé que sus palabras me impregnaran. Podría haber estado así toda la noche, por encima del resto del mundo, con la cálida mano de Will en la mía, sintiendo que lo peor de mí poco a poco se iba alejando.

—Hora de volver —dijo Will, al cabo de un rato—. Antes de que llamen a la policía para buscarnos.

Solté su mano y me levanté, un poco remisa, sintiendo la brisa fresca en la piel. Y entonces, casi lujuriosamente, tendí los brazos por encima de la cabeza. Estiré los dedos en el aire nocturno, mientras la tensión de las últimas semanas, quizás de los últimos años, se disipaba un poco, y exhalé un suspiro.

Debajo de mí las luces del pueblo titilaron, formando un círculo de luz entre la oscuridad del campo que nos rodeaba. Me volví hacia Will.

—¿Will?

—¿Sí?

Apenas lo veía en la penumbra, pero sabía que me estaba mirando.

—Gracias. Gracias por venir a buscarme.

Will negó con la cabeza y dirigió la silla hacia el camino.

18

*D*isneyworld está bien.

—Ya se lo he dicho, nada de parques temáticos.

—Ya sé que lo ha dicho, pero es que no son solo montañas rusas y tazas de té girantes. En Florida están los estudios de cine y el centro científico. En realidad, es muy educativo.

—No creo que un directivo de treinta y cinco años necesite actividades educativas.

—Hay baños para discapacitados en cada esquina. Y el personal es increíblemente atento. Hacen todo lo que está en sus manos.

—Y ahora me va a decir que hay atracciones especiales para discapacitados, ¿verdad?

—Acogen a todo el mundo. ¿Por qué no prueba Florida, señorita Clark? Si no le gusta, vaya a SeaWorld. Y siempre hace un tiempo estupendo.

—Si es Will contra la orca, sé quién saldría peor parado. No dio muestras de haberme oído.

—Y es una de las empresas mejor valoradas por su trato a los discapacitados. ¿Sabía que cumplen muchas de las peticiones que hacen a la fundación Make-a-Wish personas que se están muriendo?

—Will *no* se está muriendo. —Colgué al agente de viajes justo cuando Will entraba. Me hice un lío al dejar el auricular en su sitio y cerré el bloc de golpe.

—¿Todo bien, Clark?

—Sí. —Sonreí de buen humor.

—Estupendo. ¿Tienes un buen vestido?

—¿Qué?

—¿Qué haces este sábado?

Will esperó expectante mi respuesta. Mi cerebro aún estaba atascado en el combate entre una orca y un agente de viajes.

—Eh... Nada. Patrick va a estar entrenando todo el día. ¿Por qué?

Esperó unos segundos antes de decirlo, como si quisiera paladear el placer de sorprenderme.

—Vamos a ir a una boda.

No llegué a saber muy bien por qué Will había cambiado de opinión acerca del enlace de Alicia y Rupert. Sospeché que en su decisión pesó en gran medida su tendencia a llevar la contraria: nadie esperaba que fuera, tal vez Alicia y Rupert menos que nadie. Quizá se tratara de una forma de ponerle punto final a la historia. Pero creo que, a lo largo de los dos últimos meses, Alicia había perdido el poder de hacerle daño.

Decidimos que nos las podríamos arreglar sin la ayuda de Nathan. Llamé para asegurarme de que la carpa donde se celebraba no sería un problema para la silla de ruedas de Will. Alicia se atolondró de tal modo al enterarse de que no íbamos a declinar la invitación que comprendí que esa tarjeta estampada solo era para mantener las apariencias.

—Eh..., bueno..., hay un escalón muy pequeño para subir a la carpa, pero creo que los operarios que lo están instalando dijeron que podían poner una rampa... —Se quedó sin palabras.

—Eso sería maravilloso. Gracias —dije—. Nos vemos entonces.

Nos conectamos a Internet y escogimos el regalo de bodas. Will se gastó ciento veinte libras en un marco plateado y sesenta en un jarrón que le pareció «nauseabundo del todo». Me asombró que se gastara tanto dinero en alguien a quien ni siquiera apreciaba, pero después de semanas de trabajar para los Traynor había comprendido que su concepto del dinero era diferente. Escribían cheques de cuatro cifras sin pensárselo dos veces. Una vez vi un extracto bancario de Will, olvidado en la mesa de la cocina. Tenía bastante dinero para comprar nuestra casa dos veces..., y eso solo en esa cuenta.

Decidí llevar mi vestido rojo, en parte porque sabía que a Will le gustaba (y supuse que ese día necesitaría muchas pequeñas alegrías), y en parte porque no me atrevía a ponerme ningún otro vestido mío para semejante ocasión. Will no tenía ni idea de cuánto miedo me daba ir a una boda de la alta sociedad, más aún de ayudante. Cada vez que pensaba en esas voces estridentes y las miradas críticas, me entraban ganas de pasar el día viendo correr a Patrick. Tal vez era una tontería que me preocuparan tales cosas, pero no lograba evitarlo. Solo pensar en los invitados mirándonos de arriba abajo se me hacía un nudo en el estómago.

No le conté nada a Will, pero temía por él. Ir a la boda de una ex era un acto masoquista en el mejor de los casos, pero asistir a una celebración llena de antiguos conocidos y colegas del trabajo, para verla casarse con un viejo amigo, me parecía un método infalible para sumirse en una depresión. Intenté sugerirlo el día anterior, pero no me hizo caso.

—Si a mí no me preocupa, Clark, no veo por qué ha de preocuparte a ti —dijo.

Llamé a Treena y se lo conté todo.

—Mira a ver si lleva ántrax o explosivos en la silla de ruedas —se limitó a decir.

—Es la primera vez que consigo llevarlo a cierta distancia de casa y va a ser un desastre.

—¿Tal vez quiera recordarse a sí mismo que hay cosas peores que morir?

—Qué graciosa.

Solo me prestó atención a medias. Estaba preparándose para un curso de una semana para «líderes empresariales en potencia» y necesitaba que mi madre y yo cuidáramos de Thomas. Iba a ser maravilloso, dijo. Algunos de los nombres principales de la industria estarían presentes. Su tutor la había recomendado y Treena era la única participante que no tendría que pagarse las tasas. Noté que, mientras hablaba conmigo, también hacía algo en el ordenador. Oía los dedos sobre el teclado.

—Qué bien —dije.

—Es en una facultad de Oxford. Y no es en el antiguo politécnico. Es en Oxford de verdad, la ciudad de las agujas de ensueño.

—Genial.

Treena hizo una pausa.

—No tiene tendencias suicidas, ¿verdad?

—¿Will? No más que de costumbre.

—Bueno, algo es algo. —Oí la notificación de la llegada de un correo electrónico.

—Me tengo que ir, Treen.

—Vale. Que lo pases bien. Ah, y no te pongas ese vestido rojo. Tiene demasiado escote.

La mañana de la boda amaneció luminosa y agradable, como me esperaba. Las mujeres como Alicia siempre se salían con la suya. Alguien se habría encargado de avisar a los dioses de la meteorología.

—Qué comentario tan resentido, Clark —dijo Will cuando se lo conté.

—Sí, bueno, ya sabes de quién he aprendido.

Nathan llegó temprano para preparar a Will y así salir antes de las nueve. Era un trayecto de dos horas y yo había planeado el viaje con esmero, con paradas solo donde había buenas instalaciones. Me preparé en el baño: me cubrí con medias las piernas recién depiladas, me maquillé y me desmaquillé de nuevo, no fuera a ser que los invitados pijos pensaran que era una fulana. No osé pasarme el pañuelo por el cuello, pero llevé un chal con el que podría envolverme si me sentía demasiado expuesta.

—No está mal, ¿eh? —Nathan dio un paso atrás y ahí estaba Will, con traje oscuro, camisa azul lavanda y corbata. Iba recién afeitado y lucía un leve bronceado. La camisa resaltaba la viveza del color de sus ojos. De repente, tenían el reflejo de la luz del sol.

—No está mal —dije..., porque, por alguna extraña razón, no quise comentar lo guapo que estaba—. Va a lamentar casarse con ese cubo de grasa.

Will alzó los ojos al cielo.

—Nathan, ¿ya está todo en la mochila?

—Sí. Todo listo. —Se volvió hacia Will—. Nada de besuquear a las damas de honor, ¿eh?

—Como si tuviera ganas —dije—. Van a ir todas con cuellos altos festoneados y van a oler a caballo.

Los padres de Will vinieron a despedirse. Sospeché que acababan de tener una discusión, pues la señora Traynor no se podría haber mantenido más alejada de su marido a menos que hubiera estado en un condado diferente. Mantuvo los brazos cruzados, tensa, y siguió así hasta que di marcha atrás para que Will entrara en el coche. No me miró ni una sola vez.

—No lo emborraches demasiado, Louisa —dijo la señora Traynor mientras limpiaba una pelusa imaginaria del hombro de su hijo.

—¿Por qué? —replicó Will—. Yo no voy a conducir.

—Cuánta razón tienes, Will —comentó su padre—. Yo siempre he necesitado un buen trago o dos para sobrevivir a una boda.

—Incluso a la tuya —murmuró la señora Traynor, que añadió en voz alta—: Estás muy guapo, cariño. —Se arrodilló para ajustar el dobladillo de los pantalones de Will—. De verdad, muy guapo.

—Tú también —dijo el señor Traynor, que me lanzó una mirada zalamera cuando salí del coche—. Muy llamativa. Da una vuelta para que te veamos, Louisa.

Will apartó la silla.

—No tiene tiempo, papá. Nos vamos, Clark. Creo que es de mala educación llegar en silla de ruedas detrás de la novia.

Me subí al coche, aliviada. Con la silla de Will bien acoplada en la parte de atrás y la chaqueta del traje en el asiento de al lado para que no se arrugara, nos pusimos en marcha.

Habría sido capaz de describir la casa de los padres de Alicia incluso antes de llegar. De hecho, mi imaginación acertó tan de pleno que Will me preguntó por qué me reía cuando aminoré la marcha. Una enorme rectoría georgiana, de largos ventanales en parte ocultos tras las glicinas, con un camino de entrada de guijarros diminutos, era la casa perfecta para un coronel. Ya veía la infancia de Alicia entre esas paredes, con el pelo dividido en dos pulcras trenzas rubias mientras montaba a horcajadas en su primer poni.

Dos hombres con chalecos reflectantes dirigían el tráfico hacia un campo entre la casa y la iglesia de al lado. Bajé la ventanilla.

—¿Se puede aparcar junto a la iglesia?

—Los invitados por ahí, señora.

—Bueno, llevamos una silla de ruedas y ahí se va a hundir en la hierba —dije—. Necesitamos quedarnos junto a la iglesia. Mire, voy a aparcar allí.

Los hombres se miraron el uno al otro y murmuraron algo entre ellos. Antes de que tuvieran ocasión de decir algo más, aparqué en ese lugar solitario junto a la iglesia. *Y aquí empieza*, me dije a mí misma, mirando a Will a los ojos por el retrovisor al mismo tiempo que apagaba el motor.

—Tranquila, Clark. Todo va a salir bien —dijo.

—Estoy muy tranquila. ¿Por qué dices eso?

—Eres de lo más transparente. Además, te has mordido cuatro uñas mientras conducías.

Aparqué, me bajé del coche, me envolví en el chal y pulsé los controles que bajaban la rampa.

—Vale —dije cuando las ruedas de la silla entraron en contacto con el suelo. Al otro lado de la calle, en el campo, la gente salía de enormes coches alemanes, mujeres vestidas de rosa que gruñían a sus maridos cuando los tacones se hundían en la hierba. Eran todas esbeltas, de piernas largas, vestidas con colores pálidos y sutiles. Me toqueteé el pelo, preguntándome si mi pintalabios sería demasiado llamativo. Sospeché que parecería uno de esos envases rojos de ketchup.

—Entonces..., ¿a qué jugamos hoy?

Will siguió mi mirada.

—¿Quieres que te sea sincero?

—Sí. Necesito saberlo. Y no me digas que a dejarlos boquiabiertos. ¿Estás planeando algo horrible?

Los ojos de Will me miraron. Azules, insondables. Se me hizo un nudo en el estómago.

—Vamos a portarnos de maravilla, Clark.

El nudo comenzó a estrecharse, como si quisiera encogerme el tórax. Me dispuse a decir algo, pero Will me interrumpió.

—Mira, vamos a hacer lo que sea para divertirnos —dijo.

Divertirnos. Como si ir a la boda de una ex fuera menos doloroso que una endodoncia. Pero era la elección de Will. El día de Will. Respiré hondo, intentando recuperar la compostura.

—Una excepción —dije, ajustándome el chal por decimocuarta vez.

—¿Cuál?

—No hagas de Christy Brown. Si haces de Christy Brown, me voy a casa y te dejo aquí con esta panda de pijos.

Cuando Will se dio la vuelta y comenzó a dirigirse a la iglesia, le oí murmurar: «Aguafiestas».

La ceremonia transcurrió sin incidentes. Alicia estaba tan ridículamente bella como me esperaba, el cutis bronceado, el vestido de seda color hueso cortado al bies, que se ceñía a su esbelta figura como si no osase apartarse sin pedir permiso. Me quedé mirándola mientras avanzaba flotando por el pasillo, y me pregunté qué se sentiría al ser alta y de piernas largas y tener el aspecto de alguien a quien la mayoría de nosotros solo veíamos en carteles publicitarios. Me pregunté si un equipo de profesionales se había encargado de peinarla y maquillarla. Me pregunté si llevaría faja. Por supuesto que no. Habría escogido algo de encaje, leve y sutil, esa ropa interior propia de mujeres cuyo cuerpo no necesita retoque alguno y que yo no podría pagar con el salario de una semana.

Mientras el párroco sermoneaba con monotonía y las damas de honor, con sus zapatillas de bailarina, cambiaban de postura en los bancos, eché un vistazo a mi alrededor, a los otros invitados. Casi todas las mujeres parecían recién salidas de las páginas de una revista de sociedad. Los zapatos, que combinaban a la perfección con el tono de sus vestidos, daban la impresión de no haber sido usados antes. Las más jóvenes se alzaban con elegancia sobre tacones de diez centímetros, con uñas cuidadas a la perfección. Las más maduras, con tacones menos llamativos, iban ataviadas con vestidos sobrios, de hombreras con costuras de seda y sombreros que desafiaban la fuerza de la gravedad.

Era menos interesante mirar a los hombres, pero casi todos tenían ese aspecto que a veces percibía en Will: el de riqueza, el de tener derecho a todo, esa certeza de que la vida va a ser agradable. Me pregunté qué empresas dirigirían, qué mundos habitaban. Me pregunté si se fijaban en las personas como yo, que cuidaban a sus hijos o les servían en los restaurantes. *O que hacían estriptis a sus colegas de negocios,* pensé, recordando mis entrevistas en la Oficina de Empleo.

En las bodas a las que yo iba se separaba a las familias del novio y de la novia, por miedo a que alguien se saltara los requisitos de su libertad condicional.

Will y yo nos sentamos al fondo de la iglesia, con la silla de Will a la derecha del banco. Observó brevemente a Alicia cuando recorrió el pasillo, pero, salvo ese momento, miró al frente, con una expresión impasible. Cuarenta y ocho coristas (los conté) cantaron en latín. Rupert sudaba bajo su esmoquin y alzó una ceja, como si se sintiera complacido y aturdido al mismo tiempo. Nadie aplaudió ni vitoreó cuando les proclamaron marido y mujer. Rupert estuvo un poco torpe, se lanzó hacia la novia como si fuera a darse una zambullida y no acertó con la boca. Me pregunté si las clases altas consideraban una vulgaridad demostrarse cariño en el altar.

Y entonces se acabó. Will ya se dirigía hacia la salida de la iglesia. Le miré a la nuca, erguida y curiosamente digna, y quise preguntarle si venir había sido un error. Quise saber si aún sentía algo por ella. Quise decirle que, a pesar de las apariencias, esa bobalicona bronceada no se merecía un hombre como él y que... No sabía qué más quería decirle.

Solo deseaba que se sintiera mejor.

—¿Estás bien? —pregunté, al llegar a su altura.

A fin de cuentas, el novio debería haber sido él.

Will parpadeó un par de veces.

—Sí —dijo. Soltó un pequeño suspiro, como si lo hubiera estado conteniendo. Y entonces alzó la vista para mirarme—: Venga, vamos a beber algo.

La carpa se encontraba entre las cercas de un jardín cuya puerta de entrada, de hierro forjado, estaba adornada con guirnaldas de rosas pálidas. El bar, al fondo, ya estaba abarrotado, así que sugerí a Will que me esperase fuera mientras iba a buscarle una bebida. Me abrí paso entre las mesas cubiertas de manteles de lino blanco, que tenían más cubiertos y copas de lo que había visto nunca. Las sillas de respaldos dorados eran como las que se ven en programas de moda, y un farol blanco colgaba sobre cada centro de mesa, de fresias y lilas. El aire estaba cargado del aroma de las flores, hasta tal punto que me resultó agobiante.

—¿Pimm's? —preguntó el barman, cuando llegué al frente.

—Eh... —Miré a mi alrededor y vi que era la única bebida que servían—. Ah. Vale. Dos, por favor.

El barman me sonrió.

—Las otras bebidas vienen luego, al parecer. Pero la señorita Dewar quería que todo el mundo comenzara con Pimm's. —Me lanzó una mirada de leve complicidad. Con un sutil movimiento de la ceja, me quedó muy claro qué pensaba al respecto.

Me quedé mirando esa limonada rosada. Mi padre decía que los más ricos eran siempre los más tacaños, pero me asombraba que ni siquiera comenzaran la boda con alcohol.

—Supongo que está bien así, entonces —dije y tomé ambas copas.

Cuando encontré a Will, un hombre hablaba con él. Joven, con gafas, estaba en cuclillas, con un brazo reposando sobre la silla de Will. El sol estaba en lo alto del cielo y tuve que entrecerrar los ojos para verlos. De repente comprendí la razón de todos esos sombreros de ala ancha.

—Qué gran alegría volver a verte, Will —decía—. La oficina no es lo mismo sin ti. No debería decirlo..., pero no es lo mismo. De ningún modo.

Parecía un joven contable, de esos que solo se sienten cómodos si llevan un traje.

—Eres muy amable.

—Fue muy extraño. Como si te hubieras caído de un acantilado. Un día estabas ahí, a cargo de todo, y al día siguiente tuvimos que...

Alzó la vista cuando reparó en mi presencia.

—Ah —dijo, y sentí que su mirada bajaba hasta mi pecho—. Hola.

—Louisa Clark, te presento a Freddie Derwent.

Puse la copa de Will en el portavasos de la silla y estreché la mano del joven.

Su mirada recuperó altura.

—Ah —dijo de nuevo—. Y...

—Soy amiga de Will —expliqué, y entonces, no sé muy bien por qué, apoyé la mano en el hombro de Will.

—La vida no te va tan mal, entonces —dijo Freddie Derwent, con una risa que recordaba un poco a una tos. Se ruborizó un poco al hablar—. Bueno..., hora de socializar. Ya sabes cómo son estas cosas... Al parecer, tenemos que verlas como una oportunidad de hacer nuevos contactos profesionales. Pero me alegro de verte, Will. De verdad. Y..., y a usted, señorita Clark.

—Parecía simpático —comenté cuando se fue. Levanté la mano del hombro de Will y tomé un largo sorbo de mi Pimm's. En realidad, estaba más rico de lo que parecía. Me había alarmado un poco que llevara pepino.

—Sí. Sí, es un buen chico.

—No resultó demasiado incómodo.

—No. —Los ojos de Will se encontraron con los míos—. No, Clark, no fue incómodo en absoluto.

Como si ver a Freddie Derwent las hubiera inspirado, durante la siguiente hora varias personas se acercaron a Will para saludarlo. Algunos se mantuvieron un tanto apartados, como si eso les librara del dilema de darle la mano, mientras que otros se arremangaban los pantalones y se ponían en cuclillas, casi a sus pies. Yo permanecí al lado de Will y apenas abrí la boca. Noté que se ponía rígido cuando dos hombres se acercaron.

Uno de ellos, corpulento y pomposo, con un puro entre los dientes, se quedó sin palabras al llegar junto a Will y solo atinó a decir: «Qué bonita boda, ¿eh? La novia estaba guapísima». Supuse que no estaba al tanto de la vida romántica de Alicia.

El otro, que daba la impresión de ser un rival de negocios de Will, adoptó un tono más diplomático, pero esa mirada implacable y las preguntas directas acerca de su estado pusieron tenso a Will. Eran como dos perros que daban vueltas el uno en torno al otro, decidiendo si mostrar los colmillos.

—El nuevo director general de mi antigua empresa —dijo Will, cuando el hombre al fin se despidió con un gesto de la mano—. Creo que solo quería asegurarse de que no iba a intentar robarle el puesto.

El sol se volvió más fiero y el jardín se convirtió en un infierno fragante. La gente se refugió bajo la sombra de los árboles. Llevé a Will al umbral de la carpa, preocupada por su temperatura corporal. Dentro de la marquesina unos ventiladores gigantescos habían vuelto a la vida y ronroneaban perezosos sobre nuestras cabezas. En la distancia, bajo el cobijo de un cenador, tocaba un cuarteto de cuerda. Era como la escena de una película.

Alicia, que flotaba alrededor del jardín (una visión etérea, que besaba el aire y exclamaba), no se acercó a nosotros.

Observé cómo Will se bebía dos copas de Pimm's y me alegré en secreto.

Sirvieron la comida a las cuatro de la tarde. Pensé que era una hora extraña para comenzar un banquete, pero, como señaló Will, se trataba de una boda. El tiempo se había dilatado y había perdido todo su significado, borrado, en cualquier caso, por bebidas sin fin y conversaciones sin rumbo. No sé si se debía al calor o al ambiente, pero cuando llegamos a nuestra mesa casi me sentí borracha. Cuando me puse a parlotear incoherentemente con el anciano sentado a mi izquierda, acepté que era una posibilidad evidente.

—¿El Pimm's ese lleva algo de alcohol? —pregunté a Will, tras lograr derribar el contenido del salero sobre mi regazo.

—Más o menos lo mismo que una copa de vino. En cada uno.

Lo miré horrorizada. A ambos.

—Estás de guasa. ¡Era de frutas! Creí que eso significaba que no llevaba alcohol. ¿Cómo te voy a llevar a casa?

—Vaya cuidadora estás hecha —dijo. Alzó una ceja—. ¿Cuánto me das por no chivarme a mi madre?

La actitud de Will ese día me tenía boquiabierta. Pensé que me iba a encontrar con Will el Taciturno o con Will el

Sarcástico. O, cuando menos, con Will el Silencioso. Pero se había mostrado encantador con todo el mundo. Ni la llegada de la sopa a la hora de comer lo ofuscó. Se limitó a preguntar con educación si alguien querría cambiarle la sopa por el pan, y las dos muchachas al otro lado de la mesa, que se declararon «intolerantes al trigo», casi le arrojaron sus panecillos.

Cuanto más nerviosa me ponía mi embriaguez, más animado y despreocupado se volvía Will. La anciana sentada a su derecha resultó ser una antigua parlamentaria que había luchado por los derechos de los discapacitados y era una de las pocas personas a las que había visto hablar con Will sin el menor desconcierto. En cierto momento vi que le llevaba a la boca un trocito de *roulade*. Cuando se levantó un momento de la mesa, Will masculló que esa anciana había escalado el Kilimanjaro.

—Me encantan estas viejas damas —dijo—. No me cuesta imaginarla con una mula y un paquete de sándwiches. Es fuerte como ella sola.

No fui tan afortunada con el hombre sentado a mi izquierda. Tardó cuatro minutos (tras un breve interrogatorio acerca de quién era yo, dónde vivía, a quién conocía en la fiesta) en decidir que nada de lo que yo dijera le resultaría de interés. Se volvió hacia la mujer a su izquierda y me dejó ahí, en silencio, enfrascada en mi comida. En cierto momento, cuando comenzaba a sentirme muy incómoda, sentí que el brazo de Will se movía en la silla, a mi lado, y su mano cayó en mi brazo. Alcé la vista y me guiñó un ojo. Tomé la mano y la estreché, agradecida por su atención. Y entonces Will echó para atrás la silla unos centímetros y así pasé a formar parte de la conversación con Mary Rawlinson.

—Me cuenta Will que cuidas de él —dijo. Tenía unos penetrantes ojos azules y unas arrugas que demostraban que era inmune a las tentaciones de los tratamientos cutáneos.

—Eso intento —contesté, mirando a Will.

—¿Y siempre te has dedicado a esto?

—No. Antes... trabajaba en un café. —No creo que hubiera revelado ese detalle a ningún otro invitado a esa boda, pero Mary Rawlinson asintió en señal de aprobación.

—Siempre he pensado que ese sería un trabajo interesante. Si te gusta la gente y eres un poco cotilla, como yo. —Su sonrisa fue radiante.

Will llevó el brazo de vuelta a su silla.

—Estoy intentando animar a Louisa a que haga algo más con su vida, a que amplíe sus horizontes.

—¿Qué tenías pensado? —me preguntó.

—No lo sabe —dijo Will—. Louisa es una de las personas más inteligentes que conozco, pero no consigo que vea las posibilidades que tiene.

Mary Rawlinson le lanzó una mirada incisiva.

—No seas tan condescendiente, cariño. Ella puede responder muy bien por sí misma.

Parpadeé.

—Tú, mejor que nadie, deberías saber eso —añadió.

Will pareció a punto de decir algo, pero cerró la boca. Se quedó mirando la mesa y negó un poco con la cabeza, pero sonreía.

—Bueno, Louisa, imagino que tu trabajo actual te exige un esfuerzo mental agotador. Y no creo que este joven sea un cliente fácil.

—Qué razón tiene.

—Pero Will está en lo cierto en cuanto a estudiar posibilidades. Aquí tienes mi tarjeta. Formo parte de la junta directiva de una organización benéfica que promueve la educación para adultos. Tal vez te gustaría considerar algo diferente para tu futuro.

—Estoy muy contenta trabajando con Will, gracias.

Aun así, tomé la tarjeta que me ofrecía, un poco sorprendida con que a semejante mujer le interesara lo que hiciera con mi vida. Pero, en el momento de aceptar esa tarjeta, me sentí una impostora. Era del todo imposible que pudiera dejar de trabajar, aunque hubiese sabido qué quería estudiar. No estaba convencida de ser el tipo de persona que se adapta a la educación para adultos. Y, además, mi gran prioridad era que Will siguiera viviendo. Estaba tan ensimismada en mis pensamientos que por un momento dejé de escucharlos.

—... es maravilloso que hayas superado el bache, por así decirlo. Sé que es durísimo adaptarse de forma tan drástica a una vida con nuevas expectativas.

Me quedé mirando los restos de mi salmón escalfado. No había oído a nadie hablar con Will de ese modo.

Will frunció el ceño y se giró para mirarla.

—No estoy seguro de haber superado el bache —dijo, en voz baja.

Ella lo observó durante un momento y me lanzó una mirada.

Me pregunto si mi cara me traicionó.

—Todo toma su tiempo, Will —dijo, posando un instante la mano en su brazo—. Y es algo que a tu generación le cuesta aceptar. Habéis crecido con la expectativa de que todo saldría como queríais casi al instante. Todos esperáis vivir la vida que habéis escogido. En especial, un joven de éxito como tú. Pero toma su tiempo.

—Señora Rawlinson... Mary... No tengo esperanzas de recuperarme —señaló Will.

—No hablo de una recuperación física —puntualizó ella—. Hablo de aprender a aceptar una nueva vida.

Y en ese momento, justo cuando esperaba oír la respuesta de Will, nos interrumpió el ruido de una cuchara que golpeaba contra un cristal y todos se callaron para los discursos.

Apenas escuché lo que dijeron. Me pareció una sucesión de invitados engreídos y emperifollados que hacían referencias a personas y lugares que yo no conocía y provocaban risillas educadas. Me senté y me dediqué a las trufas de chocolate negro que acababan de servir en cestas de plata, y me bebí tres tazas de café a tal velocidad que ya no solo me sentía borracha, sino además excitable e hiperactiva. Will, por otra parte, era la viva imagen de la tranquilidad. Observó cómo los invitados aplaudían a su exnovia y escuchó el soporífero discurso de Rupert acerca de lo perfecta y maravillosa que era. Nadie mencionó la presencia de Will. No sé si se debía a que no querían herir sus sentimientos o a que su presencia resultaba un tanto embarazosa para todos. En ocasiones, Mary Rawlinson se inclinaba y susurraba algo al oído de Will, y él asentía levemente, como si estuviera de acuerdo.

Cuando los discursos por fin terminaron, apareció un ejército de camareros que comenzó a despejar el centro de la sala para el baile. Will se inclinó hacia mí.

—Mary me ha recordado que hay un excelente hotel aquí cerca. Llama a ver si tienen habitaciones libres.

—¿Qué?

Mary me entregó un nombre y un teléfono garabateados en una servilleta.

—Está bien, Clark —dijo, en voz baja, para que ella no le oyera—. Yo pago. Vamos, así no tienes que seguir preocupándote por lo mucho que has bebido. Coge la tarjeta de crédito de la mochila. Es probable que te pidan el número.

Cogí la tarjeta y mi móvil y fui a un rincón remoto del jardín. Tenían dos habitaciones libres, dijeron: una individual y otra doble, en la planta baja. Sí, estaban adaptadas para discapacitados.

—Perfecto —contesté, y entonces tuve que contener un pequeño chillido cuando me dijeron el precio. Les di el número de la tarjeta de crédito de Will, un poco mareada al leer los números.

—¿Y bien? —preguntó Will cuando reaparecí.

—Las he reservado, pero... —Le dije el precio de las habitaciones.

—Está bien —comentó—. Ahora llama a tu chico para decirle que vas a pasar la noche fuera y luego ve a buscar otra bebida. De hecho, trae seis. No sabes cuánto me gustaría ver cómo te pillas una buena cogorza a costa del padre de Alicia.

Y así lo hice.

Algo ocurrió esa noche. Se atenuaron las luces, así que nuestra mesita quedó menos expuesta, la brisa nocturna moderó la fragancia embriagadora de las flores y la música y el vino y el baile nos ayudaron, aquí, en el más improbable de los lugares, a pasarlo bien. No había visto a Will tan relajado antes. Encajado entre Mary y yo, hablaba y sonreía a la anciana, y al verlo feliz por un instante se desviaron las habituales miradas de recelo o de pena de los demás. Me obligó a quitarme el chal y a sentarme erguida. Le quité la chaqueta y le aflojé la corbata, y ambos intentamos no reírnos de las personas que bailaban. Es imposible explicar lo bien que me sentí al ver cómo se movían esos pijos. Los hombres parecían haber sido electrocutados y las mujeres señalaban con el dedo a las estrellas y se mostraban acomplejadas incluso cuando giraban sobre sí mismas.

Mary Rawlinson murmuró «Cielo santo» varias veces. Me miró. Su lengua se volvía más vivaz tras cada bebida.

—¿No quieres ir a menear el trasero, Louisa?

—Dios, no.

—Muy sensato por tu parte. He visto mejores bailes en la discoteca para jóvenes granjeros.

A las nueve recibí un mensaje de Nathan.

¿Todo bien?

Sí. De maravilla, aunque parezca increíble. Will se lo está pasando muy bien.

Y era cierto. Lo observé soltar una carcajada por un comentario de Mary y en mi interior algo se volvió extraño y tenso. Para mí, este momento era una demostración de que las cosas podían salir bien. Podía ser feliz, rodeado de la gente indicada, si se le permitía ser Will en lugar del Hombre en Silla de Ruedas, la lista de síntomas, el objeto de la compasión ajena.

Y entonces, a las diez de la noche, comenzaron las canciones lentas. Observamos a Rupert dar vueltas con Alicia por la pista de baile y recibir el aplauso indulgente de los espectadores. El cabello de Alicia había comenzado a ponerse mustio y echó los brazos al cuello de Rupert como si necesitara ayuda para mantener el equilibrio. Los brazos de Rupert la rodearon y se posaron en la parte baja de su espalda. Hermosa y bella como era, sentí un poco de lástima por ella. Pensé que era probable que no comprendiera lo que había perdido hasta que fuera demasiado tarde.

A medias de la canción, otras parejas se unieron, de modo que quedaron parcialmente ocultos a la vista, y me distrajo Mary, que hablaba del salario de los cuidadores, hasta que de repente alcé la vista y ahí estaba, justo enfrente de nosotros, la supermodelo en su vestido de seda blanco. El corazón me dio un vuelco.

Alicia saludó a Mary con un gesto de la cabeza y se inclinó un poco por la cintura para que Will la oyera en medio de la música. Tenía una expresión un poco tensa, como si hubiera tenido que convencerse a sí misma para acercarse.

—Gracias por venir, Will. De verdad. —Me miró, pero no me dijo nada.

—Es un placer —dijo Will, con soltura—. Estás preciosa, Alicia. Ha sido un gran día.

Por un momento, la sorpresa se reflejó en el rostro de Alicia. Y, al cabo, una leve añoranza.

—¿De verdad? ¿Lo dices de verdad? Creo... Es decir, hay tantas cosas que quiero decirte...

—De verdad —dijo Will—. No hace falta. ¿Recuerdas a Louisa?

—Sí.

Hubo un breve silencio.

Vi que Rupert rondaba por atrás, sin quitarnos ojo de encima. Alicia lo miró y luego alzó una mano en un gesto desdibujado que tal vez era una despedida.

—Bueno, de todos modos, muchas gracias, Will. Eres una estrella por haber venido. Y gracias por el...

—El espejo.

—Por supuesto. Me encantó el espejo. —Se levantó y se dirigió a su marido, quien se dio la vuelta tras agarrarla del brazo.

Observamos cómo cruzaban la pista de baile.

—No le has comprado un espejo.

—Lo sé.

La pareja aún hablaba, y Rupert nos lanzaba breves miradas. Daba la impresión de que no creía que Will hubiera sido amable. En realidad, yo tampoco podía creerlo.

—¿Es que... no te ha incomodado? —le pregunté.

Will apartó la vista de los novios.

—No —dijo, y me sonrió. Fue una sonrisa un tanto ladeada y alcohólica, y sus ojos estaban tristes y reflexivos al mismo tiempo.

Y entonces, cuando la pista de baile se despejó durante un momento, me descubrí a mí misma diciendo:

—¿Qué te parece, Will? ¿Nos echamos un bailecito?

—¿Qué?

—Venga. Vamos a dar a estos jodidos mequetrefes algo de lo que hablar.

—Ah, qué bien —dijo Mary, que alzó la copa—. Qué jodida maravilla.

—Vamos. Ahora que hay una canción lenta. Porque no creo que puedas dar saltitos con ese cacharro.

No le di opción. Con cuidado, me senté en el regazo de Will y le pasé los brazos por el cuello para no caerme. Me miró a los ojos durante un minuto, como si intentara decidir si sería capaz de rechazarme. Entonces, asombrosamente, Will se dirigió a la pista de baile y comenzó a trazar pequeños círculos bajo las luces centelleantes de la bola de espejos.

Me sentí, al mismo tiempo, cohibida y levemente exultante. Estaba sentada de tal modo que el vestido se me había subido hasta los muslos.

—Déjalo así —me murmuró Will al oído.

—Es que...

—Vamos, Clark. No me falles.

Cerré los ojos y rodeé el cuello de Will con los brazos, apoyé la mejilla contra la suya y respiré el aroma cítrico de su loción para después del afeitado. Sentí que tarareaba al compás de la música.

—¿Están ya horrorizados? —dijo. Abrí un ojo y eché un vistazo entre las penumbras.

Una pareja sonreía de modo alentador, pero la mayoría daba la impresión de no saber cómo reaccionar. Mary me saludó alzando la bebida. Y entonces vi que Alicia tenía la mirada clavada en nosotros, con una expresión, por un instante, decaída. Cuando vio que la miraba, se dio la vuelta y susurró algo a Rupert, que negó con la cabeza, como si estuviéramos haciendo algo bochornoso.

Sentí que una sonrisa pícara se extendía por mi rostro.

—Oh, sí —dije.

—Ja. Acércate más. Qué bien hueles.

—Y tú también. Aunque si sigues girando a la izquierda voy a acabar vomitando.

Will cambió de dirección. Con los brazos aún alrededor de su cuello, me aparté para mirarlo, ahora que ya no me sentía cohibida. Will me miraba el pecho. Para ser justa, en esa postura habría sido difícil que mirara a otra parte. Alzó la vista de mi escote y arqueó una ceja.

—¿Sabes? Solo arrimas tanto el pecho porque estoy en una silla de ruedas —murmuró.

Lo miré fijamente.

—Si no estuvieras en una silla de ruedas, ni me mirarías el pecho.

—¿Qué? Por supuesto que sí.

—No. Habrías estado demasiado ocupado siguiendo con los ojos a esas rubias tan altas de piernas interminables y pelo largo, esas que huelen el dinero a cuarenta pasos. Y, de todos modos, yo no habría estado aquí. Yo me encontraría ahí, sirviendo las bebidas. Sería una de los invisibles.

Will parpadeó.

—¿Y? ¿Tengo razón o no?

Will echó un vistazo primero al bar y luego a mí.

—Sí. Pero en mi defensa, Clark, yo era un imbécil.

Solté tal carcajada que nos miraron incluso más personas. Intenté enderezar el gesto.

—Lo siento —farfullé—. Creo que estoy un poco histérica.

—¿Sabes qué?

Me habría pasado toda la noche mirando su cara. Las arrugas que se le formaban en el contorno de los ojos. El lugar donde el cuello se unía al hombro.

—¿Qué?

—A veces, Clark, tú eres la única razón que tengo para levantarme por las mañanas.

—Entonces, vamos a alguna parte. —Las palabras salieron de mi boca antes incluso de que supiera que iba a pronunciarlas.

—¿Qué?

—Vamos a alguna parte. Una semana, solo para divertirnos. Tú y yo. Ni uno solo de estos...

Will esperó.

—¿Imbéciles?

—... imbéciles. Di que sí, Will. Vamos.

Sus ojos no se apartaron de los míos.

No sé qué le estaba diciendo. No sé de dónde habían salido esas palabras. Solo sabía que si no lograba que aceptara esta noche, con las estrellas y las flores, las risas y Mary, no tendría otra ocasión.

—Por favor.

Los segundos que pasaron antes de oír su respuesta se me hicieron eternos.

—Vale —dijo.

19

Nathan

Pensaban que no nos daríamos cuenta. Al día siguiente, cuando por fin volvieron de la boda, más o menos a la hora de comer, la señora Traynor estaba tan enfadada que a duras penas atinaba a hablar.

—Podríais haber llamado —dijo.

Se había quedado tan solo para asegurarse de que volvían bien. Desde que yo había llegado a las ocho de la mañana, la había oído recorriendo el pasillo de un lado a otro.

—Os habré llamado y enviado mensajes a los dos unas dieciocho veces. Hasta que no llamé a la casa de los Dewar y alguien me dijo que «el hombre en silla de ruedas» se había ido a un hotel, no supe que no habíais sufrido un accidente de coche.

—«El hombre en silla de ruedas». Qué bonito —observó Will.

Pero se notaba que no le había molestado. Estaba relajado y sobrellevaba la resaca con humor, aunque me daba la impresión de que algo le dolía. Solo cuando su madre comenzó a ir contra

Louisa, Will dejó de sonreír. La interrumpió y le dijo que, si tenía algo que decir, se lo dijese a él, pues había sido decisión suya pasar la noche fuera y Louisa solo había accedido.

—Por lo que a mí respecta, madre, ya tengo treinta y cinco años y no he de dar explicaciones a nadie si decido pasar una noche en un hotel. Ni siquiera a mis padres.

La señora Traynor se quedó mirando a ambos, masculló algo acerca de una «simple cortesía» y se fue.

Louisa parecía un poco inquieta, pero Will se acercó y le murmuró algo, y fue en ese momento cuando lo vi. Ella se puso un poco colorada y se rio, una de esas risas de cuando sabemos que no deberíamos reírnos. Una de esas risas que revelan una complicidad. Y entonces Will se volvió hacia ella y le pidió que se lo tomara con calma el resto del día. Ve a casa, cámbiate, tal vez échate una siestecilla.

—No voy a dar un paseo por el castillo con alguien que acaba de pasar una noche de desenfreno y depravación.

—¿Una noche de desenfreno? —No logré ocultar mi sorpresa.

—No ese tipo de desenfreno —dijo Louisa, que me dio con el pañuelo y agarró el abrigo para marcharse.

—Llévate el coche —dijo Will—. Así te va a resultar más fácil volver.

Observé los ojos de Will, que la siguieron hasta que desapareció por la puerta.

Habría apostado siete contra cuatro basándome solo en esa mirada.

Se hundió un poco cuando ella se fue. Era como si se hubiera estado conteniendo hasta que tanto su madre como Louisa se hubieran ido. Lo había estado observando con atención y, en cuanto dejó de sonreír, me di cuenta de que no me gustaba su aspecto. Tenía manchas en el cutis, había hecho dos muecas de dolor cuando pensaba que nadie estaba mirando y noté, incluso desde esta distancia, que tenía la piel de gallina. Una pequeña señal de alarma comenzó a sonar, distante pero estridente, en mi cabeza.

—¿Estás bien, Will?

—Estoy bien. No te preocupes.

—¿Me vas a decir dónde te duele?

Se mostró un poco resignado entonces, como si supiera que no era posible ocultármelo. Llevábamos mucho tiempo trabajando juntos.

—Vale. Un pequeño dolor de cabeza. Y..., eh... Necesito que me cambies los tubos. Creo que cuanto antes mejor.

Lo había pasado de la silla a la cama y ahora comenzaba a preparar el material.

—¿A qué hora lo hizo Lou esta mañana?

—No lo hizo. —Se le escapó un gesto de dolor. Y parecía que se sentía culpable—. Anoche tampoco.

—¿Qué?

Le tomé el pulso y cogí el medidor de presión arterial. Cómo no, estaba por las nubes. Cuando le puse la mano en la frente, la retiré cubierta de una fina capa de sudor. Fui al botiquín y trituré unas medicinas vasodilatadoras. Se las di con agua y comprobé que se bebía hasta la última gota. Entonces lo incorporé, le pasé las piernas a un lado de la cama y cambié los tubos sin perder tiempo y sin quitarle el ojo de encima.

—¿DA?

—Sí. No ha sido tu decisión más sensata, Will.

La disreflexia autonómica era nuestra peor pesadilla. Era la exageradísima sobrerreacción del cuerpo de Will ante el dolor, la incomodidad (o, por ejemplo, un catéter que no se había vaciado), la tentativa vana y torpe del sistema nervioso para permanecer al mando. Podía aparecer sin previo aviso y causar una debacle en su cuerpo. Estaba pálido y tenía la respiración entrecortada.

—¿Cómo está tu piel?

—Me pica un poco.

—¿La vista?

—Bien.

—Ah, tío. ¿Crees que necesitamos ayuda?

—Dame diez minutos, Nathan. Estoy seguro de que ya has hecho todo lo necesario. Dame diez minutos.

Will cerró los ojos. Comprobé de nuevo la presión arterial y me pregunté cuánto debería esperar antes de llamar a una ambulancia. La DA me causaba pavor porque era imposible saber cómo iba a evolucionar. La había padecido una vez antes, cuando yo comenzaba a trabajar con él, y acabó en un hospital durante dos días.

—De verdad, Nathan. Yo te diré si creo que tenemos un problema.

Suspiró, y le ayudé a reclinarse, apoyado contra la cabecera de la cama. Me explicó que Louisa se había emborrachado tanto que él no había querido arriesgarse a dejarle manejar el equipamiento.

—A saber dónde habría metido Lou esos condenados tubos. —Se rio a medias al decirlo. Louisa casi tardó media hora en sacarlo de la silla y llevarlo a la cama, dijo. Ambos acabaron por los suelos dos veces—. Por fortuna, estábamos tan borrachos por entonces que creo que ninguno de los dos sintió nada. —Lou tuvo suficiente lucidez como para llamar a recepción y pedir la ayuda de un portero para levantarlo—. Buen tipo. Tengo el vago recuerdo de haber insistido a Louisa para que le diera una propina de cincuenta libras. Así supe que estaba borracha como una cuba, pues estuvo de acuerdo.

Will temió que Louisa, cuando al fin salió de la habitación, no llegara a la suya. Tuvo visiones de ella acurrucada en las escaleras, como una bolita roja.

Mi propia visión de Louisa Clark fue un poco menos generosa en esos momentos.

—Will, colega, creo que la próxima vez deberías preocuparte un poco más por ti mismo, ¿eh?

—Estoy bien, Nathan. Estoy bien. Ya me siento mejor.

Sentí que me miraba mientras le tomaba el pulso.

—De verdad. No fue culpa de ella.

La presión arterial le había bajado. Su color volvía a la normalidad a ojos vista. Dejé escapar un suspiro antes de saber que lo estaba conteniendo.

Charlamos un rato, para pasar el tiempo mientras todo volvía a la normalidad, y hablamos de los eventos del día anterior. No parecía ni siquiera un poco apesadumbrado respecto a su ex. No dijo gran cosa, pero, a pesar de estar a todas luces agotado, tenía buen aspecto.

Le solté la muñeca.

—Bonito tatuaje, por cierto.

Me miró con un gesto irónico.

—Ni se te ocurra pedirme que te tire a la basura.

A pesar de los sudores, del dolor y de la infección, por una vez me dio la impresión de que tenía algo en mente que no era esa obsesión que lo consumía. No pude evitar pensar que, si la señora Traynor lo hubiera sabido, no habría reaccionado de esa forma tan destemplada.

No le hablamos de lo ocurrido a la hora de la comida (Will me obligó a darle mi palabra), pero, cuando volvió esa tarde, Lou estaba muy callada. Se la veía pálida, con el pelo recién lavado y recogido, como si intentara tener un aspecto de persona sensata. Más o menos supe cómo se sentía; a veces, cuando se está de parranda hasta altas horas de la madrugada, uno se siente bien por la mañana, pero solo porque la borrachera aún persiste. La vieja resaca solo está jugueteando, intentando decidir dónde soltar la dentellada. Supuse que le habría mordido más o menos a la hora de comer.

Pero, al cabo de un rato, resultó evidente que no era la resaca lo único que la molestaba.

Will le preguntó una y otra vez por qué estaba tan callada, hasta que ella dijo:

—Sí, bueno, he descubierto que no es muy sensato pasar la noche fuera cuando te acabas de ir a vivir con tu novio.

Sonrió al decirlo, pero era una sonrisa forzada, y Will y yo supimos que se habrían cruzado palabras muy duras.

No culpé al tipo. Yo no habría querido que mi señora pasara la noche con otro, aunque fuera tetrapléjico. Y ese tipo ni siquiera sabía cómo la miraba Will.

No hicimos gran cosa esa tarde. Louisa vació la mochila de Will y mostró los champús, acondicionadores, costureros y gorros de ducha que se había traído del hotel. («No os riáis», dijo. «A esos precios, Will pagó toda una fábrica de champú»). Vimos una película de animación japonesa que, según Will, era perfecta para las resacas, y me quedé, en parte porque quería estar pendiente de su presión arterial, y en parte, para ser sincero, porque me sentí un poco travieso. Quería ver cómo reaccionaban cuando dijese que les iba a hacer compañía.

—¿De verdad? —dijo Will—. ¿Te gusta Miyazaki?

Se corrigió de inmediato y dijo que sin duda me encantaría, claro que sí..., era una gran película..., bla, bla, bla. Pero ahí estaba. Me alegré por él, en cierto sentido. Había pensado en una única cosa durante demasiado tiempo, este chico.

Así pues, vimos la película. Bajé las persianas, desconecté el teléfono y observé esos extraños dibujos animados de una niña que acaba en un universo paralelo, entre un montón de criaturas raras, la mitad de las cuales no se sabía si eran buenas o malvadas. Lou se sentó justo al lado de Will. Le alcanzaba la bebida y, en una ocasión, le limpió el ojo cuando se le metió algo. Era muy tierno, en realidad, si bien una parte de mí se preguntaba cómo diablos acabaría todo esto.

Y entonces, mientras Louisa subía las persianas y nos preparaba té, se miraron el uno al otro como dos personas que se preguntaban si compartir un secreto, y me dijeron que se iban a ir. Diez días. Aún no sabían adónde, pero sería lejos y saldría bien. ¿Iría con ellos a ayudarlos?

¿Acaso un perro rechazaría un hueso?

Tuve que quitarme el sombrero ante la muchacha. Si alguien me hubiera dicho hace cuatro meses que Will haría un viaje largo (qué diablos, que lo sacarían de esa casa), le habría respondido que le hacían falta más cervezas para montar un guateque. Eso sí, antes de irnos, le hablé con discreción acerca de los cuidados médicos de Will. No podíamos volver a correr un riesgo como el de la noche anterior si nos veíamos atrapados en medio de ninguna parte.

Incluso se lo dijeron a la señora T cuando se pasó a saludar, justo cuando Louisa se marchaba. Fue Will quien lo soltó, como si fuera algo tan normal como un breve paseo alrededor del castillo.

Tengo que decirlo: yo estaba encantado. Esa condenada página de póquer se había tragado todo mi dinero y ni siquiera tenía planes para ir de vacaciones este año. Incluso le perdoné a Louisa ser tan estúpida como para escuchar a Will cuando le dijo que no le cambiara los tubos. Y, en serio, eso me había cabreado mucho. O sea, todo marchaba de maravilla, y yo iba silbando cuando me puse el abrigo, soñando ya con playas de arena blanca y mares azules. Incluso me puse a pensar si podría encajar una breve visita a casa, en Auckland.

Y entonces las vi: la señora Traynor de pie junto a la puerta trasera, mientras Lou esperaba a cruzar la calle. No sé de qué habrían hablado ya, pero las dos tenían un gesto sombrío.

Solo oí la última frase, pero, para ser sincero, con eso me bastó.

—Espero que sepas lo que estás haciendo, Louisa.

20

*T*ú ¿qué?

Estábamos en las colinas, a las afueras del pueblo, cuando se lo dije. Patrick se encontraba a medias de una carrera de veinticinco kilómetros y quería que lo cronometrara mientras lo seguía en bicicleta. Como montar en bicicleta se me daba un poco peor que la física cuántica, la tarea dio lugar a una generosa porción de insultos y frenazos por mi parte y de gritos exasperados por la suya. De hecho, quería recorrer cuarenta kilómetros, pero le dije que el sillín no aguantaría tanto y, además, uno de nosotros tenía que hacer la compra semanal después de ir a casa. Se nos habían acabado la pasta dentífrica y el café instantáneo. Eso sí, el café solo lo tomaba yo. Patrick se había pasado al té de hierbas.

Al llegar a lo alto de la colina Sheepcote, yo jadeante y con piernas que pesaban como plomo, decidí soltarlo ahí mismo. Pensé que aún le quedaban quince kilómetros para llegar a casa y recuperar el buen humor.

—No voy a ir al Norseman.

Patrick no se detuvo, pero casi. Se giró para mirarme, mientras sus piernas aún seguían moviéndose, y parecía tan conmocionado que casi me estrello contra un árbol.

—¿Qué? ¿Por qué?

—Es que... tengo trabajo.

Se volvió hacia la carretera y recuperó la velocidad anterior. Ya habíamos pasado la cima de la colina y tuve que frenar con todas mis fuerzas para no adelantarlo.

—Entonces, ¿cuándo tomaste esta decisión? —Habían aparecido gotas de sudor en la frente de Patrick y se le marcaban los tendones de las pantorrillas. Si los miraba mucho tiempo, perdía el equilibrio.

—Este fin de semana. Solo quería estar segura.

—Pero ya hemos reservado tu vuelo y todo.

—Es easyJet. Te devolveré las treinta y nueve libras, si tanto te molesta.

—No es eso. Pensé que ibas a venir a apoyarme. Dijiste que vendrías a animarme.

Qué bien se le daba a Patrick enfurruñarse. Cuando comenzábamos a salir, solía tomarle el pelo con eso. Lo llamaba el viejito gruñón. Me hacía reír y a él lo irritaba tanto que dejaba de estar enfurruñado solo para que me callara.

—Oh, vamos. Ya ves cómo te apoyo. Ya sabes que odio montar en bici. Pero estoy aquí para apoyarte.

Recorrimos casi dos kilómetros antes de que volviera a hablar. Tal vez no fueran más que imaginaciones mías, pero pensé que el martilleo de los pies de Patrick contra el suelo había adquirido un tono decidido y lúgubre. El pueblo se extendía bajo nosotros mientras yo resoplaba en los tramos cuesta arriba y no conseguía evitar que el corazón me latiera a toda velocidad cada vez que pasaba un coche. Iba en la vieja bici de mi madre (Patrick no me dejaba ni acercarme a su velocísima bicicleta) y no tenía marchas, así que a menudo me quedaba atrás.

Echó un vistazo en mi dirección y aminoró la marcha un poquito para que recuperara el terreno perdido.

—Entonces, ¿por qué no pueden contratar a alguien de la agencia? —dijo.

—¿A alguien de la agencia?

—Para ir a la casa de los Traynor. Es decir, si llevas con ellos seis meses, seguro que tienes derecho a unas vacaciones.

—No es tan sencillo.

—No veo por qué no. Comenzaste a trabajar ahí sin saber nada, al fin y al cabo.

Contuve la respiración, lo cual fue difícil, teniendo en cuenta que pedalear me había dejado sin aliento.

—Porque tiene que ir de viaje.

—¿Qué?

—Tiene que ir de viaje. Y nos necesitan a mí y a Nathan para ayudarlo.

—¿Nathan? ¿Quién es Nathan?

—El cuidador médico. El tipo al que conociste cuando Will vino a casa de mi madre.

Vi cómo Patrick pensaba. Se limpió el sudor de los ojos.

—Y antes de que lo preguntes —añadí—, no, no tengo una aventura con Nathan.

Patrick redujo el paso y se quedó mirando el asfalto, hasta que casi pasó a correr sin moverse del lugar.

—¿Qué es esto, Lou? Porque..., porque me parece que se está borrando la línea que separa lo que es el trabajo y lo que es... —se encogió de hombros— normal.

—No es un trabajo normal. Ya lo sabes.

—Pero Will Traynor parece que tiene prioridad sobre todo lo demás últimamente.

—Ah, claro, no como esto. —Retiré las manos del manillar y señalé con un gesto los pies en movimiento de Patrick.

—Esto es diferente. Él te llama, tú vas corriendo.

—Y si tú vas corriendo, yo voy corriendo. —Intenté sonreír.

—Qué graciosa. —Se dio la vuelta.

—Son seis meses, Pat. Seis meses. Tú fuiste el que dijo que debía aceptar este trabajo. No me culpes por tomármelo en serio.

—No creo... No creo que sea el trabajo... Es que... creo que hay algo que no me estás contando.

Dudé solo un momento, pero fue un momento demasiado largo.

—Eso no es cierto.

—Pero no vas a venir conmigo al Norseman.

—Ya te lo he dicho, yo...

Patrick negó con la cabeza levemente, como si no me oyera bien. Comenzó a bajar corriendo por la carretera, a alejarse de mí. Por la rigidez de su espalda, supe que estaba muy enfadado.

—Oh, vamos, Patrick. ¿No podríamos parar un minuto y charlar de esto?

Habló con un tono testarudo.

—No. Me estropearía el tiempo.

—Entonces, para el cronómetro. Solo cinco minutos.

—No. Tengo que hacerlo en condiciones reales.

Comenzó a correr más rápido, como si hubiera adquirido nuevas fuerzas.

—¿Patrick? —dije. De repente, me costó mantenerme a su altura. Se me resbalaban los pies sobre los pedales, maldije y solté una patada a un pedal para que volviera a su lugar—. ¿Patrick? ¡Patrick!

Le miré fijamente a la nuca y las palabras salieron de mi boca antes de saber qué estaba diciendo.

—Vale. Will quiere morir. Quiere suicidarse. Y este viaje es mi último intento para que cambie de opinión.

Las zancadas de Patrick se acortaron y luego se volvieron más lentas. Se detuvo en la carretera, la espalda recta, aún sin mirarme. Se dio la vuelta, despacio. Al fin había dejado de correr.

—Repítelo.

—Quiere ir a Dignitas. En agosto. Estoy intentando que cambie de opinión. Y esta es mi última oportunidad.

Me miró como si no supiera si creerme.

—Sé que parece una locura. Pero tengo que hacerle cambiar de opinión. Por eso... Por eso no voy al Norseman.

—¿Por qué no me lo habías dicho antes?

—Tuve que prometer a su familia que no se lo diría a nadie. Para ellos sería horrible si se supiera. Horrible. Mira, ni siquiera él sabe que lo sé. Todo ha sido... muy complicado. Lo siento. —Le tendí la mano—. Si no, te lo habría contado todo.

No respondió. Parecía abatido, como si yo hubiera hecho algo espantoso. Frunció un poco el ceño y tragó saliva, dos veces.

—Pat...

—No. Ahora... Ahora necesito correr, Lou. Yo solo. —Se pasó una mano por el pelo—. ¿Vale?

Tragué saliva.

—Vale.

Por un momento, dio la impresión de haber olvidado por qué estábamos ahí. Se puso en marcha de nuevo y lo miré desaparecer por la carretera, frente a mí, la cabeza al frente, decidida, las piernas devorando la carretera bajo él.

Envié el mensaje al día siguiente de volver de la boda.

¿Alguien me podría recomendar un buen lugar para que un tetrapléjico viva aventuras? Busco algo que esté bien para alguien sano, algo que haga olvidar a mi amigo por un momento su depresión, lo limitada que es su vida. En realidad, no sé qué busco, pero agradezco todas las sugerencias. Es urgente.

Abeja Atareada.

Al conectarme de nuevo me quedé mirando la pantalla, perpleja. Había recibido ochenta y nueve respuestas. Recorrí la pantalla de arriba abajo, incapaz de creer que todas ellas estuvieran relacionadas con mi pregunta inicial. A continuación, eché un vistazo a mi alrededor, a los otros usuarios de los ordenadores de la biblioteca, con unas ganas enormes de que uno me mirara para contárselo. ¡Ochenta y nueve respuestas! ¡A una sola pregunta!

Había relatos de puenting para tetrapléjicos, de natación, de piragüismo, incluso de paseos a caballo con la ayuda de una montura especial. (Cuando vi el vídeo que habían enlazado en la respuesta, sentí una decepción al saber que Will no soportaba los caballos. Parecía muy divertido).

Nadaban junto a delfines y buceaban con ayudantes. Había sillas flotantes que le permitirían ir de pesca y bicicletas adaptadas que lo llevarían campo a través. Algunos habían colgado fotografías o vídeos de sí mismos mientras tomaban parte en estas actividades. Unos pocos recordaron, entre ellos Ritchie, mis mensajes anteriores y quisieron saber qué tal le iba.

Todo esto parecen buenas noticias. ¿Se siente mejor?

Tecleé una respuesta rápida:

Tal vez. Pero tengo la esperanza de que este viaje marque la diferencia.

Ritchie respondió:

¡Esa es mi chica! Si dispones del dinero para organizarlo, ¡todo es posible!

Scootagirl escribió:

No olvides poner fotos de él con el arnés. ¡Me encanta la expresión de los tíos cuando están boca abajo!

Los adoré (a los tetras y a sus cuidadores) por su valor, generosidad e imaginación. Esa tarde dediqué dos horas a anotar sus sugerencias y seguí los enlaces a las páginas que recomendaban e incluso hablé con algunos en el chat. Cuando salí, ya tenía destino: iríamos a California, al rancho Four Winds, un centro especializado que ofrecía una ayuda experta «de tal modo que hasta se te olvidará que necesitabas esa ayuda», según su página web. El rancho en sí, un edificio de madera a ras de suelo ubicado en un claro de bosque en Yosemite, lo había construido un antiguo especialista de escenas peligrosas para el cine que se negaba a que su lesión medular limitara las cosas que podía hacer, y el libro de visitas estaba lleno de viajeros felices y agradecidos que aseguraban que la estancia les había cambiado la perspectiva acerca de su discapacidad... y acerca de ellos mismos. Al menos seis usuarios del chat habían estado ahí y todos dijeron que había dado un giro a sus vidas.

Adaptado a las sillas de ruedas, ofrecía todos los servicios de un hotel de lujo. Había bañeras a ras de suelo con discretos asideros y masajistas especializados. Había auxiliares sanitarios y un cine con espacios para las sillas de ruedas junto a las butacas normales. Había una bañera de hidromasaje accesible al aire libre, desde donde se podía contemplar las estrellas. Pasaríamos ahí una semana y a continuación unos pocos días en la costa, en un hotel donde Will podría nadar y disfrutar de la costa escarpada. Mejor aún, había descubierto un final apoteósico para las vacaciones que Will no olvidaría jamás: un salto en paracaídas con la asistencia de instructores formados para ayudar a tetrapléjicos. Contaban con un equipo especial con el que sujetar a Will al monitor (al parecer, lo más importante era proteger las piernas para que las rodillas no les golpeasen en la cara).

Iba a mostrarle el folleto del hotel, pero no le diría nada acerca de esto. Sencillamente, aparecería ahí junto a él y lo vería saltar. Durante unos minutos escasos y preciosos Will sería ingrávido y libre. Habría escapado de esa temida silla. Habría escapado de la gravedad.

Imprimí toda la información y puse esa hoja en primer lugar. Cada vez que la miraba, nacía en mí el germen de una ilusión: porque sería mi primer viaje al extranjero y porque podría ser lo que había estado buscando.

Podría ser lo que haría cambiar a Will de parecer.

A la mañana siguiente, en la cocina, se lo mostré a Nathan, ambos sigilosamente inclinados sobre el café como si estuviéramos conspirando en la clandestinidad. Nathan hojeó los papeles que había impreso.

—He hablado con otros tetrapléjicos acerca del salto en paracaídas. No existe ningún impedimento médico para hacerlo. Disponen de unos arneses especiales que alivian la presión en la médula.

Estudié el rostro de Nathan con ansiedad. Sabía que Nathan no apreciaba mucho mis habilidades para cuidar del bienestar médico de Will. Para mí era importante que viera con buenos ojos mis planes.

—Este lugar dispone de todo lo que podríamos necesitar. Dicen que, si llamamos con antelación y llevamos receta, incluso nos conseguirían cualquier medicina genérica que necesitáramos, así que no corremos el riesgo de quedarnos sin ellas.

Nathan frunció el ceño.

—Tiene buena pinta —dijo, al fin—. Has hecho un gran trabajo.

—¿Crees que le va a gustar?

Se encogió de hombros.

—No tengo ni idea. Pero... —me devolvió los papeles— nos has sorprendido a todos, Lou. —Su sonrisa era socarrona y solo se apreciaba en un lado de la cara—. No hay ningún motivo para que no nos sorprendas de nuevo.

Antes de irme por la noche, le mostré mis planes a la señora Traynor.

Acababa de aparcar el coche y dudé antes de acercarme a ella, pues Will podría vernos por la ventana.

—Sé que es caro —dije—. Pero... creo que tiene una pinta maravillosa. De verdad, pienso que Will podría pasar los mejores momentos de su vida. Si..., si sabe qué quiero decir.

Lo miró todo en silencio y a continuación estudió los precios que había calculado.

—Yo pago mis gastos, si quiere. Por el alojamiento y la comida. No quiero que nadie piense...

—Está bien —dijo, interrumpiéndome—. Haz lo que tengas que hacer. Si crees que puedes convencerlo para ir, entonces haz las reservas.

Comprendí lo que quería decir. No había tiempo para intentar nada más.

—¿Crees que podrás convencerlo? —preguntó.

—Bueno... Si yo... Si finjo que es... —tragué saliva— en parte porque es un deseo mío. Will cree que no he hecho gran cosa con mi vida. No deja de decirme que tendría que viajar. Que debería... hacer cosas.

La señora Traynor me miró con suma atención. Asintió.

—Sí. Eso parece muy propio de Will. —Me devolvió los papeles.

—Yo... —Respiré hondo y entonces, para mi sorpresa, descubrí que era incapaz de hablar. Tragué saliva, dos veces—. Lo que ha dicho antes. Yo...

La señora Traynor no dio la impresión de estar dispuesta a esperar a que hablara. Agachó la cabeza y llevó esos dedos esbeltos a la cadena que llevaba al cuello.

—Sí. Bueno, me tengo que ir. Te veo mañana. Dime qué te responde.

Esa noche no fui al apartamento de Patrick. Tenía intención de ir, pero algo me alejó del polígono industrial y, en su lugar, crucé la calle y subí al autobús que pasaba por mi casa. Caminé los ciento ochenta pasos que me separaban de ella y entré. Era una noche cálida y todas las ventanas se hallaban abiertas para que entrara la brisa. Mi madre estaba cocinando y canturreaba en la cocina. Mi padre, sentado en el sofá con una taza de té, mientras el abuelo dormitaba en su sillón, con la cabeza ladeada. Thomas dibujaba con esmero sobre sus zapatos con un rotulador negro. Saludé y pasé ante ellos, preguntándome cómo era posible que en tan poco tiempo ya no sintiera que esa fuera mi casa.

Treena trabajaba en mi habitación. Llamé a la puerta y entré para encontrarla ante mi escritorio, encorvada sobre una pila de libros de texto, con unas gafas que no le había visto antes. Era extraño verla rodeada de cosas que yo había escogido para mí misma, que los dibujos de Thomas ocultaran ya las paredes que yo había pintado con tanto esmero, que esos garabatos aún ensuciaran la esquina de mi cortina. Tuve que hacer un esfuerzo para no dejarme llevar por el resentimiento.

Me miró por encima del hombro.

—¿Me ha llamado mamá? —dijo. Echó un vistazo al reloj—. Creí que le iba a dar de merendar a Thomas.

—Está en ello. Le va a dar palitos de pescado.

Treena me miró y se quitó las gafas.

—¿Te encuentras bien? Estás hecha un asco.

—Tú también.

—Lo sé. Me puse a dieta, una estúpida dieta desintoxicante. Me ha dado urticaria. —Se llevó una mano al mentón.

—No necesitas ponerte a dieta.

—Sí. Bueno..., hay un tipo en Contabilidad 2 que me gusta. Pensé en hacer un esfuerzo. La urticaria siempre te vuelve más atractiva, ¿verdad?

Me senté en la cama. Era mi edredón. Sabía que Patrick lo detestaría, con esas alocadas formas geométricas. Me sorprendió que Katrina lo usara.

Treena cerró el libro y se reclinó en la silla.

—Entonces, ¿qué está pasando?

Me mordí el labio, hasta que me lo preguntó de nuevo.

—Treen, ¿crees que yo podría volver a estudiar?

—¿Estudiar? ¿Qué?

—No lo sé. Algo relacionado con la moda. Diseño. O tal vez solo costura.

—Bueno..., claro que hay cursos. Seguro que hay uno en mi uni. Lo podría mirar, si quieres.

—Pero ¿aceptan a personas como yo? ¿Personas sin cualificaciones?

Arrojó el bolígrafo al aire y lo cogió al vuelo.

—Oh, les encantan los estudiantes maduros. En especial, los estudiantes maduros con una ética del trabajo ya demostrada. Tal vez tengas que hacer un curso de adaptación, pero no veo por qué no. ¿Por qué? ¿Qué pasa?

—No lo sé. Es algo que dijo Will hace algún tiempo. Que debería..., que debería hacer algo con mi vida.

—¿Y?

—Y no dejo de pensar..., tal vez ya sea hora de que yo haga lo que tú estás haciendo. Ahora que papá tiene trabajo, tal vez tú no seas la única capaz de hacer algo de provecho con su vida.

—Tendrías que pagar.

—Lo sé. He estado ahorrando.

—Sospecho que tal vez sea un poco más de lo que has conseguido ahorrar.

—Podría solicitar una beca. O tal vez un préstamo. Y tengo bastante para sobrevivir durante un tiempo. He conocido a una parlamentaria que dijo que tenía contactos con una agencia que podría ayudarme. Me dio su tarjeta.

—Un momento —dijo Katrina, que se giró en la silla—, no lo entiendo. Pensé que querías continuar con Will. Pensé que el objetivo de todo esto era que siguiera con vida y tú siguieras trabajando para él.

—Lo sé, pero... —Alcé la vista al techo.

—Pero ¿qué?

—Es complicado.

—También lo es la flexibilización cuantitativa. Pero aun así sé que significa imprimir dinero.

Se levantó de la silla y fue a cerrar la puerta de la habitación. Bajó la voz para que nadie nos oyera.

—¿Crees que vas a perder? ¿Crees que va a...?

—No —dije atropelladamente—. Bueno, espero que no. Tengo planes. Grandes planes. Luego te los enseño.

—Pero...

Estiré los brazos por encima de la cabeza y entrelacé los dedos.

—Pero... me gusta Will. Un montón.

Me estudió. Adoptó esa cara de pensar tan suya. No hay nada más aterrador que la expresión pensativa de mi hermana cuando te clava la mirada.

—Oh, mierda.

—No...

—Vaya, *esto* sí que es interesante.

—Lo sé. —Dejé caer los brazos.

—Quieres un trabajo. Para poder...

—Es lo que me dicen los otros tetras. Los tetras con los que hablo en los foros. No se puede ser ambas cosas. No se puede ser la cuidadora y la... —Alcé las manos para cubrirme la cara.

Sentí que tenía su mirada clavada en mí.

—¿Lo sabe él?

—No. Ni siquiera sé si yo lo sé. Es que... —Me eché sobre la cama de mi hermana, boca abajo. Olía a Thomas. Con un ligero toque a mermelada—. No sé qué pensar. Solo sé que la mayor parte del tiempo preferiría estar con él antes que con cualquier otra persona.

—Incluido Patrick.

Y ahí estaba, a plena vista. La verdad es que apenas lograba aceptarlo yo misma.

Sentí que las mejillas se me ruborizaban.

—Sí —confesé al edredón—. A veces, sí.

—Joder —dijo mi hermana, al cabo de un minuto—. Y yo que pensaba que a mí me gustaba complicarme la vida.

Se tumbó junto a mí y miramos el techo. Abajo oímos al abuelo que silbaba sin ritmo, acompañado por los ruidos de Thomas, que estrellaba una y otra vez un vehículo de control remoto contra un rodapié. Por alguna razón inexplicable, mis ojos se cubrieron de lágrimas. Al cabo de un minuto, sentí que los brazos de mi hermana me rodeaban.

—Qué jodida loca —dijo, y ambas comenzamos a reírnos.

—No te preocupes —la tranquilicé, limpiándome la cara—. No voy a hacer ninguna tontería.

—Bien. Porque, cuanto más pienso en ello, más creo que se debe a la intensidad de la situación. No es real, es parte de todo este drama.

—¿Qué?

—Bueno, es una situación a vida o muerte, al fin y al cabo, y todos los días te enclaustras en la vida de este hombre, te encierras en ese extraño secreto. Eso crea una sensación de intimidad falsa. Eso, o sufres de un extraño complejo de Florence Nightingale.

—Créeme, no se trata de eso, de verdad.

Nos quedamos ahí, mirando al techo.

—Pero es una locura, pensar en querer a alguien que no puede..., ya sabes, corresponderte. Tal vez todo esto no sea más que una reacción de pánico por haberte ido por fin a vivir con Patrick.

—Lo sé. Tienes razón.

—Y los dos lleváis juntos muchísimo tiempo. Es normal que te atraigan otras personas.

—Sobre todo cuando Patrick está obsesionado con ser el Hombre Maratón.

—Y tal vez vuelvas a tener problemas con Will. Es decir, aún recuerdo cuando pensabas que era un imbécil.

—A veces aún lo pienso.

Mi hermana cogió un pañuelo y me limpió los ojos. Luego apartó algo con el pulgar de mi mejilla.

—Dicho todo esto, es buena idea ir a la universidad. Porque, para decirlo a las claras, tanto si las cosas con Will acaban de pena como si no, vas a necesitar un trabajo de verdad. No vas a dedicarte a esto para siempre.

—Con Will las cosas no van a acabar de pena, como dices. Él... va a estar bien.

—Claro que sí.

Mi madre estaba llamando a Thomas. La oíamos cantando en el piso de abajo, en la cocina. «Thomas. Tomtomtomtom Thomas...».

Treena suspiró y se frotó los ojos.

—¿Vas a volver a casa de Patrick esta noche?

—Sí.

—¿Quieres ir a tomar algo al Spotted Dog y enseñarme esos planes? Voy a ver si mamá puede acostar a Thomas. Vamos, tú invitas, ahora que estás tan forrada que vas a ir a la universidad.

Eran las diez menos cuarto cuando volví a la casa de Patrick.

Mis planes, asombrosamente, habían recibido la completa aprobación de Katrina. Ni siquiera había hecho eso tan suyo de añadir: «Sí, vale, pero sería incluso mejor si...». Hubo un momento en que me pregunté si solo intentaba ser amable, porque era evidente que yo estaba perdiendo un poco los estribos. Pero no dejaba de decir cosas como: «¡Vaya, no me puedo creer que hayas descubierto esto! Tienes que sacar un montón de fotografías cuando se tire del puente». O: «¡Imagina qué cara va a poner cuando le hables del salto en paracaídas! ¡Va a ser fantástico!».

Cualquiera que nos hubiera mirado en el bar habría pensado que éramos dos amigas que se llevaban a las mil maravillas.

Aún reflexionando sobre todo esto, entré en silencio. El apartamento estaba a oscuras desde fuera y me pregunté si Patrick se habría acostado temprano como parte de su programa de entrenamiento intensivo. Dejé el bolso en el suelo del pasillo y abrí la puerta del salón, mientras pensaba qué amable había sido al dejar una luz encendida para mí.

Y entonces lo vi. Estaba sentado a la mesa, puesta para dos, con una vela en el centro. Cuando cerré la puerta detrás de mí, Patrick se levantó. Ya se había consumido la mitad de la vela.

—Lo siento —dijo.

Lo miré fijamente.

—Fui un idiota. Tienes razón. Este trabajo tuyo son solo seis meses y me he comportado como un crío. Debería estar orgulloso de que estés haciendo algo tan meritorio y de que te lo estés tomando tan en serio. Fui un poco... exagerado. O sea, lo siento. De verdad.

Me tendió la mano. La tomé entre las mías.

—Está muy bien que intentes ayudarle. Es admirable.

—Gracias. —Le apreté la mano.

Cuando habló de nuevo, fue después de respirar un momento, como si hubiera logrado soltar un discurso memorizado de antemano.

—He preparado la cena. Me temo que es ensalada otra vez. —Pasó junto a mí de camino al frigorífico y sacó dos platos—. Te prometo que vamos a salir a darnos un buen banquete cuando acabe el Norseman. O tal vez cuando tenga que empezar a tomar carbohidratos. Es que... —Resopló—. Supongo que no he tenido mucho tiempo para pensar últimamente. Supongo que eso es parte del problema. Y tienes razón. No hay ningún motivo para que me sigas. El triatlón es asunto mío. Tienes todo el derecho a quedarte a trabajar.

—Patrick... —dije.

—No quiero discutir contigo, Lou. ¿Me perdonas?

Su mirada rebosaba ansiedad y olía a colonia. Esos dos hechos cayeron sobre mí, lentamente, como una losa.

—Pero siéntate —continuó—. Vamos a comer y luego... No sé. Vamos a pasarlo bien. Hablemos de algo diferente. No de correr. —Soltó una risa forzada.

Me senté y miré a la mesa.

En ese momento, sonreí.

—Esto está muy bien —dije.

Patrick realmente era capaz de hacer maravillas con la pechuga de pavo.

Nos comimos la ensalada de verduras, la ensalada de pasta y la ensalada de mariscos, además de una ensalada de frutos exóticos que había preparado como postre, y yo bebí vino mientras que él seguía con su agua mineral. Tardamos, pero al final comenzamos a relajarnos. Ahí, enfrente de mí, había un Patrick a quien no había visto desde hacía mucho tiempo. Era divertido, atento. Se controló para no decir nada acerca de los maratones y se reía cada vez que notaba que la conversación giraba hacia ese tema. Sentí los pies de Patrick bajo los míos y nuestras piernas se entrelazaron, y poco a poco una sensación tensa e incómoda comenzó a disolverse en mi pecho.

Mi hermana estaba en lo cierto. Mi vida se había vuelto extraña y aislada de todo el mundo que conocía: la difícil situación de Will y sus secretos me habían anegado. Tenía que hacer un esfuerzo para no perder de vista el resto de mí misma.

Comencé a sentirme culpable por la conversación que había mantenido con mi hermana. Patrick no me dejaba levantarme, ni siquiera para ayudarle a quitar la mesa. A las once y cuarto se levantó y llevó los platos y las fuentes a la cocina y comenzó a cargar el lavavajillas. Yo me quedé en mi asiento, escuchándolo, pues me hablaba desde el otro lado de ese pequeño umbral. Me froté el lugar donde el hombro y el cuello se unen, para intentar deshacer los nudos que parecían estar incrustados ahí. Cerré los ojos, intenté relajarme y pasaron unos minutos antes de que me fijara en que la conversación había cesado.

Abrí los ojos. Patrick se encontraba en la puerta y sostenía la carpeta con mis planes. Tenía en las manos varios papeles.

—¿Qué es todo esto?

—Es... el viaje. Ese del que te he hablado.

Observé cómo hojeaba todos los papeles que le había mostrado a mi hermana, fijándose en el itinerario, las fotografías, la playa de California.

—Creí... —Cuando recuperó la voz, sonó extrañamente apagada—. Creí que ibas a Lourdes.

—¿Qué?

—O..., no sé..., al hospital de Stoke Mandeville... o a alguna parte. Cuando dijiste que no podías venir porque tenías que ayudarlo, creí que era un trabajo de verdad. Fisio, o curación por la fe, o algo así. Esto parece... —Negó con la cabeza, incrédulo—. Parecen las mejores vacaciones de tu vida.

—Bueno..., más o menos, eso es lo que es. Pero no para mí. Para él.

Patrick hizo una mueca.

—No... —dijo, negando con la cabeza—. Tú no te lo pasarías bien, claro. Bañeras de hidromasaje bajo las estrellas, nadar con delfines... Oh, mira: «Los lujos de un hotel de cinco estrellas» y «Servicio de habitaciones veinticuatro horas». —Alzó la vista hacia mí—. Esto no es un viaje de trabajo. Es una maldita luna de miel.

—¡Eso no es justo!

—¿Y esto sí? ¿Tú... de verdad crees que te voy a esperar aquí sentado mientras te vas con otro hombre a unas vacaciones como estas?

—También viene su cuidador.

—Ah. Ah, sí. *Nathan.* Entonces está todo bien, claro.

—Patrick, vamos... Es complicado.

—Entonces, explícamelo. —Me arrojó los papeles—. Explícamelo, Lou. Explícamelo de tal manera que pueda entenderlo.

—Para mí es importante que Will quiera vivir, que vea en el futuro cosas buenas.

—¿Y entre esas cosas buenas estás tú?

—Eso no es justo. Mira, ¿alguna vez te he pedido que dejes de trabajar en lo que te gusta?

—Mi trabajo no incluye hidromasajes con otros hombres.

—Bueno, no me importaría. ¡Puedes darte hidromasajes con otros hombres! ¡Todas las veces que quieras! Ya está. —Intenté sonreír, con la esperanza de que él me devolviera la sonrisa.

Pero no picó el anzuelo.

—¿Cómo te sentirías tú, Lou? ¿Cómo te sentirías si te dijera que iba a ir a una convención de gimnasia con, no sé, Leanne, la de los Diablos, porque necesita que la animen?

—¿Que la animen? —Pensé en Leanne, con su pelo rubio ondeante y sus piernas perfectas, y me pregunté vagamente por qué se le había ocurrido precisamente ese nombre.

—¿Y cómo te sentirías si te dijera que ella y yo saldremos a cenar a menudo y tal vez vayamos a bañeras de hidromasajes o viajemos por ahí juntos? A algún lugar a unos diez mil kilómetros de aquí, solo porque estaba un poco desanimada. ¿De verdad no te molestaría?

—Will no está un poco desanimado, Pat. Quiere matarse. Quiere ir a Dignitas y acabar con su vida. —Oí la sangre que palpitaba en mis oídos—. Y no le des la vuelta de ese modo. Tú fuiste quien llamó a Will tullido. Tú fuiste el que dejó muy claro que no sería una amenaza para ti. «El jefe perfecto», dijiste. Alguien por quien no merecía la pena preocuparse.

Volvió a dejar la carpeta en la encimera.

—Bueno, Lou... Ahora estoy preocupado.

Hundí la cara entre las manos y me quedé así un minuto. Fuera, en el pasillo, oí abrirse la puerta contra incendios y las voces de unas personas que se apagaron cuando esta se cerró detrás de ellas.

Patrick recorría con la mano, despacio, hacia delante y hacia atrás, el borde de los armarios de la cocina. Un pequeño músculo se le marcó en el mentón.

—¿Sabes cómo me siento, Lou? Siento que estoy corriendo, pero que siempre voy un poco por detrás del resto. Siento... —Respiró hondo, como si intentara recobrar la compostura—. Siento que algo malo aguarda a la vuelta de la siguiente curva, y que todo el mundo sabe de qué se trata menos yo.

Alzó los ojos hacia los míos.

—No creo estar siendo poco razonable. Pero no quiero que vayas. No me importa si no quieres ir al Norseman, pero no quiero que vayas a estas... vacaciones. Con él.

—Pero yo...

—Llevamos casi siete años juntos. Y has conocido a este hombre, has tenido este trabajo, durante cinco meses. Cinco meses. Si vas con él, me estás diciendo algo sobre nuestra relación. Sobre qué sientes por mí.

—Eso no es justo. No tiene nada que ver con nosotros —protesté.

—Sí tiene que ver con nosotros, si decides ir a pesar de todo lo que acabo de decir.

Cuando recuperé la voz, hablé en un susurro.

—Pero él me necesita.

Tan pronto como lo dije, tan pronto oí esas palabras y vi cómo se retorcían y reagrupaban en el aire, supe cómo me habría sentido si él me hubiera dicho lo mismo a mí.

Patrick tragó saliva, negó con la cabeza un poco, como si le costara asimilar lo que acababa de decir. Dejó la mano a un lado de la encimera y a continuación me miró.

—Nada de lo que diga va a cambiar las cosas, ¿verdad?

Así era Patrick. Siempre más inteligente de lo que yo me esperaba.

—Patrick, yo...

Patrick cerró los ojos, solo un momento, se dio la vuelta y salió del salón, dejando los últimos platos vacíos en el aparador.

21

Steven

*L*a chica se mudó el fin de semana. Will no nos dijo nada ni a Camilla ni a mí, pero un sábado por la mañana, aún con el pijama puesto, entré en el pabellón a ver si Will necesitaba ayuda, pues Nathan se había retrasado, y ahí estaba ella, caminando por el pasillo con un tazón de cereales en una mano y el periódico en la otra. Se sonrojó al verme. No sé por qué: yo iba con un pijama perfectamente decente. Recuerdo que pensé, más adelante, que hubo una época en que era perfectamente normal encontrarse con bellas jovencitas que salían de la habitación de Will por la mañana.

—Solo le traigo el correo a Will —dije, y lo mostré.

—Aún no se ha levantado. ¿Quiere que lo avise? —Se llevó la mano al pecho escudándose tras el periódico. Llevaba una camiseta de Minnie Mouse y unos pantalones bordados como los que usaban las mujeres en Hong Kong años atrás.

—No, no. No si está dormido. Mejor que descanse.

Cuando se lo dije a Camilla, pensé que le agradaría la noticia. Al fin y al cabo, cómo se había enojado cuando la joven se fue a vivir con su novio. Pero solo se mostró un poco sorprendida, tras lo cual adoptó esa tensa expresión que significaba que ya se estaba imaginando todo tipo de consecuencias indeseables. No lo llegó a expresar, pero tengo la certeza de que no veía con buenos ojos a Louisa Clark. Aunque, ya puestos, no sé a quién veía con buenos ojos Camilla últimamente. Daba la impresión de estar anclada en el desencanto.

No llegamos a saber la verdadera razón que había motivado la mudanza de Louisa (Will solo habló de unos «problemas de familia»), pero no paraba quieta. Cuando no cuidaba de Will, se lanzaba a limpiar y lavar, iba o venía a toda prisa de la agencia de viajes o de la biblioteca. La habría reconocido en cualquier parte del pueblo porque siempre llamaba la atención. Vestía la ropa más colorida que jamás había visto fuera de los trópicos: vestidos cortos con colores de piedras preciosas y zapatos extrañísimos.

Le habría dicho a Camilla que su presencia animaba el lugar. Pero ya no era sensato hacer ese tipo de comentarios a Camilla.

Al parecer, Will le dio permiso para usar su ordenador, pero ella se negó y siguió utilizando el de la biblioteca. No sé si temía que pensáramos que era una aprovechada o si no quería que Will viera qué estaba haciendo.

En cualquier caso, Will parecía un poco más feliz ahora que ella estaba por aquí. Un par de veces me llegaron sus conversaciones por la ventana abierta y estoy convencido de que oí a Will reírse. Hablé con Bernard Clark, solo para asegurarme de que le parecía bien la situación, y dijo que era un poco complicado, pues había roto con su novio de siempre y en su casa todo parecía estar en el aire. También mencionó que había solicitado plaza en un curso para continuar con sus estudios.

Decidí no contarle esa parte a Camilla. No quería que comenzara a pensar qué podía significar todo aquello. Will dijo que le gustaba la moda y ese tipo de cosas. Louisa, sin duda, estaba de buen ver, y tenía una figura estupenda..., pero, sinceramente, no sé quién diablos habría comprado el tipo de ropa que ella se ponía.

Un lunes por la noche Louisa preguntó si Camilla y yo la podríamos acompañar al pabellón, con Nathan. Había cubierto la mesa con folletos, horarios, los documentos del seguro y otras cosas que había imprimido de Internet. Había copias para cada uno de nosotros, en carpetas de plástico transparente. Lo tenía todo organizadísimo.

Quería, dijo, mostrarnos sus planes para las vacaciones. (Louisa ya había advertido a Camilla de que iba a hacer como si todas esas actividades fueran para disfrute de ella, pero aun así vi que la mirada de Camilla se volvía más acerada a medida que Louisa detallaba todas las reservas que había realizado).

Era un viaje extraordinario, que daba la impresión de estar repleto de actividades inusuales, cosas que no me imaginaba a Will haciendo ni siquiera antes del accidente. Pero, cada vez que mencionaba algo (descenso de ríos, puenting o lo que fuera), alzaba un documento frente a Will en el que se mostraba que otras personas con el mismo tipo de lesión formaban parte de esa actividad y decía: «Si voy a probar todas esas cosas que debería probar, según tú, entonces vas a tener que hacerlas conmigo».

Tengo que admitirlo: me quedé impresionado con ella. Era una jovencita llena de recursos.

Will la escuchó y vi que leía los documentos que colocaba frente a él.

—¿Dónde has encontrado toda esta información? —dijo, al fin.

Louisa alzó una ceja.

—La información es poder, Will —contestó.

Y mi hijo sonrió, como si hubiera dicho algo especialmente sagaz.

—Entonces... —concluyó Louisa, una vez que se acabaron las preguntas—. Salimos dentro de ocho días. ¿Es todo de su agrado, señora Traynor? —Se percibía un leve tono de desafío en la manera en que lo dijo, como si la retara a que dijera que no.

—Si eso es lo que queréis hacer, entonces me parece bien —respondió Camilla.

—¿Nathan? ¿Aún contamos contigo?

—Por supuesto.

—Y... ¿Will?

Todos lo miramos. Hubo una época, no hace demasiado tiempo, en que una sola de estas actividades habría sido impensable. Hubo una época en que Will se habría negado en redondo solo para regodearse en el malestar de su madre. Siempre había sido así, este hijo nuestro: muy capaz de hacer lo contrario de lo que debía solo para que nadie pensara que había dado el brazo a torcer. No sé de dónde adquirió ese rasgo, esa necesidad de rebelarse. Tal vez a ello se debía que fuera un negociador tan brillante.

Alzó los ojos y me miró, con una mirada indescifrable, y sentí que me ponía tenso. Y entonces miró a la joven y sonrió.

—¿Por qué no? —dijo—. No voy a perderme cómo Clark se lanza por unos rápidos.

El cuerpo de la joven dio la impresión de desinflarse un poco, por el alivio, como si hubiera temido que se negara.

Es extraño: admito que, cuando apareció en nuestras vidas, al principio no me fie mucho de ella. A pesar de todas sus bravatas, Will se encontraba en una situación vulnerable. Me daba un poco de miedo que fuera capaz de manipularlo. Es un hombre joven y rico, al fin y al cabo, y esa condenada Alicia que se había arrojado a los brazos de su amigo le había hundido la autoestima.

Pero vi cómo Louisa lo miraba, con una extraña mezcla de orgullo y gratitud, y de repente sentí una inmensa alegría por tenerla ahí. Aunque no hablábamos de ello, mi hijo se hallaba en la más insostenible de las situaciones. Pese a que no sé muy bien cómo lo hacía, ella al menos parecía ofrecerle una pequeña tregua.

Durante unos días, en la casa persistió un ambiente sutil pero sin duda festivo. Camilla irradiaba una discreta esperanza, si bien se negó a admitir ante mí que se trataba de eso. Yo conocía su forma de pensar: en realidad, ¿qué teníamos que celebrar, después de todo? Por la noche, ya tarde, la oí hablar por teléfono con Georgina, justificándose por haber accedido. Hija de su madre, Georgina ya buscaba la manera en que Louisa podría estar aprovechándose de la situación de Will.

—Se ofreció a pagarse sus gastos, Georgina —dijo Camilla. Y añadió—: No, cariño. No creo que tengamos opción. Nos queda muy poco tiempo y Will ha aceptado, así que solo voy a desear que todo vaya bien. Creo que tú deberías hacer lo mismo.

Sabía cuánto le costaba defender a Louisa, ser amable con ella. Pero toleraba a esa joven porque sabía, tan bien como yo, que era nuestra única forma de hacer un poco feliz a nuestro hijo.

Louisa Clark se había convertido, aunque ninguno de nosotros lo admitiese en voz alta, en nuestra única esperanza de mantenerlo con vida.

Anoche salí a tomar algo con Della. Camilla estaba visitando a su hermana, así que fuimos a dar un paseo junto al río en el camino de vuelta.

—Will se va a ir de vacaciones —dije.

—Qué maravilla —respondió.

Pobre Della. Sabía que se esforzaba en contener su necesidad de preguntarme acerca de nuestro futuro, de considerar cómo influiría este evento inesperado, pero supuse que no lo haría nunca. No hasta que todo quedara resuelto.

Caminamos, contemplamos los cisnes, sonreímos a los turistas que salpicaban en sus barcas bajo el sol vespertino, y ella habló sobre lo maravilloso que sería para Will, que tal vez demostraba que estaba aprendiendo a adaptarse a su situación. Eran palabras enternecedoras, pues yo sabía muy bien que, en cierto sentido, tenía razones legítimas para desear que todo llegara a su fin. Al fin y al cabo, fue el accidente de Will lo que truncó nuestros planes de vivir juntos. Seguro que en secreto esperaría que mis responsabilidades respecto a Will acabaran algún día, para ser así libre.

Y yo caminé a su lado, sintiendo el tacto de su mano en mi brazo, escuchando su voz cantarina. No podía decirle la verdad: esa verdad que solo unos pocos de nosotros sabíamos. Que si esa joven fracasaba con sus ranchos y su puenting, sus hidromasajes y todo lo demás, qué paradoja, me convertiría en un hombre libre. Porque yo solo dejaría a mi familia si Will decidía, después de todo, que aún quería ir a ese lugar infernal en Suiza.

Yo lo sabía, y Camilla lo sabía. Aunque ninguno de los dos lo quisiera admitir. Solo tras la muerte de mi hijo yo sería libre para vivir la vida que deseaba.

—No —dijo Della, al ver mi expresión.

Querida Della. Ella sabía en qué estaba pensando aunque no lo supiera ni yo mismo.

—Son buenas noticias, Steven. De verdad. Nunca se sabe, tal vez sea el comienzo de una nueva vida para Will, una vida independiente.

Puse la mano sobre la de ella. Un hombre más valiente tal vez le habría confesado qué estaba pensando en realidad.

Un hombre más valiente la habría dejado marchar hace mucho tiempo..., a ella y quizá también a mi esposa.

—Tienes razón —dije, con una sonrisa forzada—. Esperemos que vuelva con un montón de historias sobre el puenting o cualquiera de esos horrores que a los jóvenes les gusta infligirse a sí mismos.

Me dio un pequeño codazo.

—Tal vez te haga poner uno en el castillo.

—¿Descenso de ríos por el foso? —dije—. Lo consideraré como posible atracción para el próximo verano.

Con esa imagen improbable en la cabeza, paseamos, riendo de vez en cuando, por el camino hasta el cobertizo.

Y entonces Will contrajo neumonía.

22

Fui corriendo a urgencias. Gracias a la distribución laberíntica del hospital y mi natural incapacidad para orientarme, tardé siglos en encontrar el ala de cuidados intensivos. Tuve que preguntar tres veces antes de que alguien me señalara la dirección correcta. Por fin, abrí las puertas de la sala C12, jadeante y sin aliento, y ahí, en el pasillo, estaba Nathan, leyendo un periódico. Alzó la vista cuando me acerqué.

—¿Cómo está?

—Con oxígeno. Estable.

—No lo entiendo. El viernes por la noche se sentía bien. Tosió un poco el sábado por la mañana, pero..., pero ¿esto? ¿Qué ha pasado?

Mi corazón latía a toda prisa. Me senté un momento para intentar recuperar el aliento. Llevaba corriendo casi desde que recibí el mensaje de Nathan una hora antes. Nathan se incorporó y dobló el periódico.

—No es la primera vez, Lou. Le entra alguna bacteria en los pulmones, su tos no funciona como debería y se viene abajo enseguida. El sábado por la tarde intenté algunas técnicas expectorantes, pero le dolía demasiado. Le entró fiebre de repente y luego un dolor punzante en el pecho. Tuvimos que llamar a una ambulancia por la noche.

—Mierda —dije, doblada sobre mí misma—. Mierda, mierda, mierda. ¿Puedo entrar?

—Está muy grogui. No creo que puedas hablar con él. Y la señora T está ahí dentro.

Dejé la mochila junto a Nathan, me lavé las manos con loción antibacteriana, abrí la puerta y entré.

Will yacía en medio de la cama del hospital, cubierto con una manta azul, conectado al suero y rodeado de varias máquinas que emitían ruidos intermitentes. La cara estaba parcialmente oculta tras una máscara de oxígeno y tenía los ojos cerrados. El cutis presentaba un aspecto grisáceo, con un tono azul blanquecino que me cortó la respiración. La señora Traynor estaba sentada junto a él, una mano apoyada en el brazo tapado de Will. Tenía la mirada perdida en la pared de enfrente.

—Señora Traynor —dije.

Alzó la vista, sobresaltada.

—Oh. Louisa.

—¿Cómo...? ¿Cómo está? —Quise acercarme y tomar la otra mano de Will, pero no fui capaz de sentarme. Me quedé ahí, junto a la puerta. En la cara de la señora Traynor había tal expresión de abatimiento que temí que mi mera presencia la importunara.

—Un poco mejor. Le han dado unos antibióticos muy fuertes.

—¿Hay... algo que pueda hacer?

—No creo, no. Solo..., solo nos queda esperar. El médico se pasará dentro de una hora más o menos. Espero que nos pueda dar algo más de información.

El mundo pareció haberse detenido. Me quedé ahí un poco más, dejando que los ruidos incesantes de las máquinas marcaran su ritmo en mi conciencia.

—¿Quiere que me encargue yo un rato? ¿Para que pueda tomarse un descanso?

—No. Creo que me voy a quedar.

Una parte de mí albergaba la esperanza de que Will oyera mi voz. Una parte de mí deseaba que abriera los ojos sobre esa máscara de plástico y que murmurara: «Clark, ven y siéntate, por el amor de Dios. Haces que el lugar parezca desordenado».

Pero no se movió.

Me limpié la cara con una mano.

—¿Quiere..., quiere que le traiga algo de beber?

La señora Traynor alzó la vista.

—¿Qué hora es?

—Las diez menos cuarto.

—Vaya, ¿de verdad? —Negó con la cabeza, como si le costara creerlo—. Gracias, Louisa. Eso sería..., eso sería muy amable. Tengo la sensación de llevar aquí muchísimo tiempo.

Había tenido libre el viernes, en parte porque los Traynor insistieron en que me debían un día, pero sobre todo porque para conseguir el pasaporte no me quedaba más remedio que ir a Londres en tren y hacer cola en Petty France. Me pasé por la casa el viernes por la noche, en el camino de vuelta, para mostrar a Will mi botín y para comprobar que su pasaporte aún era válido. Me pareció que estaba un poco callado, pero no había nada extraño en ello. Algunos días se sentía más incómodo que otros. Supuse que se trataba de uno de esos días. Para ser sincera, estaba tan concentrada en los planes del viaje que apenas lograba pensar en nada más.

Dediqué el sábado por la mañana a recoger mis cosas de la casa de Patrick junto a mi padre, y por la tarde fui a comprar a la calle mayor con mi madre (necesitaba un bañador y algunos artículos imprescindibles durante un viaje) y pasé en casa de mis padres las noches del sábado y el domingo. Estuvimos un tanto apretados, ya que Treena y Thomas también habían venido. El lunes por la mañana me levanté a las siete, lista para ir a casa de los Traynor antes de las ocho. Llegué para encontrarme la casa cerrada, tanto la puerta delantera como la trasera. No había ninguna nota. Me quedé ante el porche y llamé a Nathan tres veces sin recibir respuesta. Por fin, tras haber permanecido sentada en el porche durante cuarenta y cinco minutos, llegó un mensaje de Nathan.

Estamos en el hospital del condado. Will tiene neumonía. Sala C12

Nathan se marchó y yo me quedé sentada frente a la habitación de Will durante otra hora. Hojeé las revistas que al parecer alguien había dejado olvidadas sobre la mesa en 1982, tras lo cual saqué un libro de bolsillo de la mochila e intenté leer, pero me resultó imposible concentrarme.

Vino la doctora, pero no osé seguirla a la habitación, con la madre de Will ahí dentro. Cuando salió, quince minutos más tarde, la señora Traynor apareció tras ella. No sé si me lo contó solo porque necesitaba hablar con alguien y yo era la única persona que tenía cerca, pero lo hizo con una voz entrecortada por el alivio, pues la doctora confiaba en que la infección estaba bajo control. Se trataba de una cepa bacteriana de especial virulencia. Había sido una suerte que Will fuera al hospital en el momento oportuno. Su «o...» tiñó el silencio que se abrió entre nosotras.

—Entonces, ¿qué tenemos que hacer ahora? —pregunté.

La señora Traynor se encogió de hombros.

—Esperar.

—¿Quiere que le traiga algo de comer? ¿O tal vez prefiere que me quede con Will mientras sale un rato?

Muy de vez en cuando, entre la señora Traynor y yo se establecía algo cercano a la comprensión. Su expresión se ablandó un instante, y, de repente sin su habitual rigidez, noté que estaba cansadísima. Creo que había envejecido diez años desde que me contrató.

—Gracias, Louisa —dijo—. Me encantaría ir a casa a cambiarme de ropa, si no te importa quedarte. No quiero que Will esté solo.

Cuando se marchó, entré, cerré la puerta tras de mí y me senté a su lado. Will tenía un aspecto extrañamente ausente, como si el Will que yo conocía se hubiera ido de viaje y hubiera dejado atrás un cuerpo vacío. Me pregunté, por un momento, si morir era así. Enseguida me obligué a mí misma a dejar de pensar en la muerte.

Me senté y observé cómo el reloj marcaba las horas y oí los murmullos ocasionales del exterior y el suave rumor de los zapatos sobre el linóleo. Dos veces vino una enfermera y comprobó varios medidores, pulsó un par de botones y tomó su temperatura, pero Will ni se movió.

—Está... bien, ¿verdad? —le pregunté.

—Está dormido —dijo, con un tono tranquilizador—. Probablemente, lo mejor para él ahora mismo. Intenta no preocuparte.

Qué fácil era decirlo. Pero, en esa habitación de hospital, me sobraba tiempo para meditar. Pensé en Will y en la velocidad aterradora en que había caído gravemente enfermo. Pensé en Patrick y en cómo, mientras recogía mis cosas de su apartamento, descolgaba y enrollaba el calendario de pared, doblaba y guardaba la ropa que había colocado con tanto esmero en los cajones, mi tristeza nunca alcanzó la opresora sensación que esperaba. No me sentí desolada ni abrumada, ni nada de lo que cabría esperar tras romper con tu pareja de varios años. Me sentía tranquila, un poco triste, y tal vez algo culpable, tanto por mi parte de responsabilidad en la ruptura como por no sentir lo que tal vez debería estar sintiendo. Le envié dos mensajes para decirle que lo lamentaba muchísimo y que le deseaba lo mejor en el Norseman. No me respondió.

Al cabo de una hora, me incliné, retiré la manta que cubría el brazo de Will y ahí, pálida contra la sábana blanca, yacía su mano. Tenía una cánula al dorso, sujeta con gasa. Cuando le di la vuelta, las cicatrices aún estaban amoratadas en las muñecas. Me pregunté si alguna vez perderían intensidad o si siempre le recordarían lo que había intentado hacer.

Con delicadeza, tomé esos dedos entre los míos y cerré la mano en torno a ellos. Eran cálidos, los dedos de alguien lleno de vida. Extrañamente, me calmaron tanto, ahí, entre los míos, que los dejé así, contemplando esos callos que delataban una vida no del todo vivida ante un escritorio, esas uñas rosadas que ya para siempre tendrían que ser cortadas por otra persona.

Las manos de Will eran manos de hombre, atractivas y firmes, con dedos cuadrados. Era difícil mirarlas y creer que carecían de fuerza, que jamás volverían a recoger algo de una mesa, acariciar un brazo o cerrar el puño.

Recorrí los nudillos con mi dedo. Una parte de mí se preguntó si debería sentirme avergonzada si Will abría los ojos en ese momento, pero no me importó. Tuve casi la total certeza de que para él era bueno tener la mano así, en la mía. Con la esperanza de que, al otro lado de la barrera de su sueño narcotizado, él estaría de acuerdo, cerré los ojos y aguardé.

Al fin Will despertó, poco después de las cuatro. Yo estaba fuera, en el pasillo, tumbada sobre las sillas, leyendo un periódico viejo, y me levanté de un salto cuando la señora Traynor salió para avisarme. Parecía haberse quitado un peso de encima

cuando me explicó que Will estaba hablando y que quería verme. Dijo que iba a bajar a llamar al señor Traynor.

Y entonces, como si fuera incapaz de contenerse, añadió:

—Por favor, no lo canses.

—Claro que no —contesté.

Mi sonrisa fue encantadora.

—Hola —dije, asomando la cabeza por la puerta.

Giró lentamente su rostro hacia mí.

—¿Qué hay?

Tenía la voz ronca, como si hubiera pasado las últimas
treinta y seis horas gritando y no en la cama de un hospital. Me
senté y lo miré. Will bajó la vista.

—¿Quieres que levante la máscara un momento?

Asintió. Agarré la máscara y la subí con cuidado por la
cabeza. Dejó una fina capa de humedad en la piel, así que tomé
un pañuelo de papel y le limpié la cara con delicadeza.

—Entonces, ¿cómo te sientes?

—He tenido días mejores.

Sin previo aviso, se me formó un nudo en la garganta e
intenté tragar.

—No sé. Harías cualquier cosa por llamar la atención,
Will Traynor. Seguro que todo esto solo ha sido...

Will cerró los ojos, lo que me interrumpió en medio de la
frase. Cuando los abrió de nuevo, había un amago de disculpa.

—Lo siento, Clark. Creo que hoy no estoy para bromas.

Nos quedamos ahí, sentados. Y yo hablé, permitiendo
que mi voz llenara esa pequeña habitación verde pálido, y le
conté cómo había sacado mis cosas del apartamento de Patrick,
qué fácil fue encontrar mis discos entre los suyos, gracias a su
insistencia en mantener un sistema de catalogación.

—¿Estás bien? —preguntó cuando acabé. Su mirada era
compasiva, como si esperara que me doliera más de lo que me
dolía.

—Sí. Claro. —Me encogí de hombros—. En realidad, no está tan mal. De todos modos, tengo otras cosas en las que pensar.

Will se quedó en silencio.

—El caso es que —dijo, al cabo de un tiempo— no creo que vaya a hacer puenting dentro de unos días.

Lo sabía. Me lo había esperado desde que recibí el mensaje de Nathan. Pero oír esas palabras fue como recibir un golpe.

—No te preocupes —dije, intentando que mi voz pareciera serena—. Está bien. Ya iremos en otra ocasión.

—Lo siento. Sé que te hacía mucha ilusión.

Llevé la mano a su frente y le alisé el pelo.

—Shh. De verdad. No tiene importancia. Solo quiero que te pongas bien.

Cerró los ojos con una leve mueca de dolor. Sabía qué significaban esas líneas alrededor de los ojos, esa expresión resignada. Significaban que tal vez no habría otra ocasión. Significaban que Will pensaba que nunca volvería a sentirse bien.

Me pasé por Granta House al volver del hospital. El padre de Will, con un aspecto casi tan exhausto como el de la señora Traynor, me abrió la puerta. Vestía un chaquetón encerado algo desgastado, como si estuviera a punto de salir. Le dije que la señora Traynor estaba con Will de nuevo, y que los antibióticos habían surtido efecto, pero que me había pedido que le dijera que iba a pasar la noche en el hospital otra vez. Por qué no se lo decía ella misma, no lo sé. Tal vez tenía demasiadas cosas en la cabeza.

—¿Qué aspecto tiene?

—Un poco mejor que esta mañana —dije—. Bebió algo mientras yo le hacía compañía. Ah, y le soltó una grosería a una de las enfermeras.

—Genio y figura.

—Sí, genio y figura.

Solo por un momento vi que la boca del señor Traynor se contraía y sus ojos relucían. Miró por la ventana y luego me volvió a mirar a mí. Pensé que tal vez él habría preferido que yo apartara la mirada.

—Tercer ataque. En dos años.

Tardé un minuto en comprender sus palabras.

—¿De neumonía?

El señor Traynor asintió.

—Pobrecillo. Will es muy valiente, ya sabes. Bajo toda esa bravuconería. —Tragó saliva y asintió, como si hablara consigo mismo—. Es bueno que tú seas capaz de verlo, Louisa.

No supe qué hacer. Estiré la mano y le toqué el brazo.

—Lo veo.

Asintió levemente, tras lo cual tomó su panamá del perchero del vestíbulo. Farfulló algo que tal vez fuera un agradecimiento o una despedida, pasó junto a mí y salió por la puerta principal.

Sin Will, en el pabellón reinaba un extraño silencio. Comprendí cuánto me había acostumbrado al distante sonido de su silla eléctrica al moverse de un lado a otro, a los susurros de las conversaciones con Nathan en la habitación de al lado, al discreto murmullo de la radio. Ahora las habitaciones estaban silenciosas y el aire formaba un vacío a mi alrededor.

Preparé una bolsa de viaje con todas las cosas que podría necesitar al día siguiente, como ropa limpia, cepillo de dientes, peine y medicinas, además de los auriculares, por si se sentía bastante bien para escuchar música. Mientras lo hacía, tuve que reprimir una sensación de pánico extraña y creciente. Una vocecilla subversiva no dejaba de susurrar dentro de mí: *Así sería todo si él hubiera muerto.* Para acallarla, encendí la radio, en un intento de insuflar vida en el pabellón. Limpié un poco, hice la cama de Will con sábanas recién lavadas y recogí unas flores del jardín, que puse en el salón. Y entonces, cuando ya lo tenía todo preparado, eché un vistazo a mi alrededor y vi la carpeta de las vacaciones sobre la mesa.

Iba a dedicar el día siguiente a repasar todo ese papeleo para cancelar los viajes y las excursiones que había reservado. Era imposible saber cuándo se sentiría Will con fuerzas para hacerlos. La doctora había hecho hincapié en que necesitaba descansar, completar su tratamiento de antibióticos, mantenerse caliente y seco. Los descensos de ríos y el submarinismo no formaban parte de la convalecencia.

Me quedé mirando las carpetas, todo ese esfuerzo, trabajo e imaginación que había necesitado para prepararlas. Me quedé mirando el pasaporte para el que había tenido que esperar en una larga cola, recordando esa sensación creciente de entusiasmo mientras viajaba en tren a Londres y, por primera vez desde que había trazado el plan, me sentí del todo abatida. Solo quedaban tres semanas y había fracasado. Mi contrato iba a expirar y no había hecho nada para hacer cambiar a Will de idea. Temía incluso preguntarle a la señora Traynor qué haríamos a continuación. De repente, me sentí abrumada. Apoyé la cabeza en las manos y me quedé así, en ese pabellón silencioso.

—Buenas noches.

Alcé la cabeza, con un sobresalto. Nathan estaba ahí, llenando esa pequeña cocina con su corpulencia. Llevaba una mochila al hombro.

—Solo he venido a dejar unas medicinas que necesitan receta para cuando Will vuelva. ¿Estás... bien?

Me limpié los ojos con un gesto brusco.

—Sí, claro. Lo siento. Solo... un poco agobiada con todo lo que hay que cancelar.

Nathan se quitó la mochila del hombro y se sentó frente a mí.

—Es una putada, desde luego. —Cogió la carpeta y comenzó a hojear el contenido—. ¿Quieres que te eche una mano mañana? No me necesitan en el hospital, así que podría pasarme una hora por la mañana. Para ayudarte con las llamadas.

—Qué amable. Pero no. No pasa nada. Supongo que será más sencillo si lo hago yo todo.

Nathan preparó té y nos sentamos a tomarlo uno frente al otro. Creo que era la primera vez que Nathan y yo hablábamos de verdad... o, al menos, sin Will entre ambos. Me habló de un cliente anterior suyo, un tetrapléjico C3/C4 con ventilación mecánica, que había caído enfermo al menos una vez al mes durante el tiempo que trabajó para él. Me habló de los otros ataques de neumonía que había sufrido Will, el primero de los cuales casi acabó con su vida y del que tardó semanas en recuperarse.

—Se le pone una mirada... —dijo—. Cuando está muy enfermo. Da miedo. Como si... se batiera en retirada. Como si casi no estuviera ahí.

—Lo sé. Odio esa mirada.

—Will es... —comenzó. Y entonces, de repente, apartó los ojos de mí y cerró la boca.

Nos quedamos ahí, sentados, agarrando nuestras tazas. Por el rabillo del ojo estudié a Nathan, observando ese rostro abierto y amable que por un momento parecía haberse cerrado. Y comprendí que estaba a punto de hacerle una pregunta cuya respuesta ya conocía.

—Tú lo sabes, ¿verdad?

—¿El qué?

—Lo que... quiere hacer.

El silencio en esa cocina cayó de forma súbita e intensa.

Nathan me miró con atención, como si sopesara su respuesta.

—Lo sé —dije—. No debería saberlo, pero lo sé. Para eso..., para eso eran las vacaciones. Para eso eran todas las excursiones. Para intentar que cambiara de parecer.

Nathan dejó la taza en la mesa.

—Me lo preguntaba —comentó—. Parecías... estar llevando a cabo una misión.

—Lo estaba. Lo estoy.

Negó con la cabeza, no sé si para decirme que no me diera por vencida o que no había nada que hacer.

—¿Qué vamos a hacer, Nathan?

Se tomó unos momentos antes de volver a hablar.

—¿Sabes qué, Lou? Me cae muy bien Will. No me importa reconocerlo: quiero a ese tipo. Ya llevo con él dos años. Lo he visto en sus peores momentos y también en sus días buenos, y todo lo que tengo que decirte es que yo no me pondría en su piel ni por todo el dinero del mundo.

Tomó un trago de té.

—Ha habido ocasiones en que me he quedado por la noche y él se despertaba gritando porque en su sueño aún caminaba y esquiaba y hacía cosas y, solo durante esos pocos minutos, cuando ha bajado la guardia y está todo demasiado reciente, le resulta insoportable saber que no volverá a hacer nada de eso. Le resulta insoportable. Me sentaba junto a él y nada de lo que decía, nada, servía para mejorar las cosas. Le han tocado las peores cartas que te puedes imaginar. ¿Y sabes qué? Lo miré anoche y pensé en su vida y en lo que probablemente le espera... y, aunque no hay nada en este mundo que me gustaría más que verlo feliz, yo..., yo no le juzgo por lo que quiere hacer. Es su elección. Debería ser su elección.

Había comenzado a quedarme sin respiración.

—Pero... eso era antes. Todos admitisteis que eso era antes de que yo llegara. Ahora Will es diferente. Es diferente conmigo, ¿verdad?

—Sí, claro, pero...

—Pero si no tenemos fe en que se puede sentir mejor, incluso estar mejor, ¿cómo va a mantener él la fe en que le esperan cosas buenas?

Nathan dejó la taza en la mesa. Me miró a los ojos.

—Lou. No va a mejorar.

—Eso no lo sabes.

—Lo sé. A menos que haya un espectacular avance en la investigación de células madre, Will va a pasar otra década en esa silla. Él lo sabe, aunque sus padres no quieran admitirlo. Y eso es solo una parte del problema. La señora T quiere mantenerlo con vida a toda costa. El señor T piensa que en cierto momento deberíamos dejarle decidir.

—Por supuesto que va a decidir, Nathan. Pero tiene que ver cuáles son sus opciones.

—Es un tipo inteligente. Sabe exactamente cuáles son sus opciones.

Mi voz se alzó en esa cocina angosta.

—No. Te equivocas. Me estás diciendo que estaba en esa situación antes de que yo viniera. Me estás diciendo que no ha cambiado de parecer ni siquiera un poquito desde que estoy aquí.

—No puedo leerle los pensamientos, Lou.

—Sabes que he cambiado su forma de pensar.

—No, sé que está dispuesto a hacer lo que sea para hacerte feliz.

Me quedé mirándolo.

—Entonces, si piensas que nada de esto le beneficia, ¿por qué te molestas en venir? ¿Por qué querías ir a ese viaje? ¿Solo porque eran unas bonitas vacaciones?

—No. Quiero que viva.

—Pero...

—Pero quiero que viva si él quiere vivir. Si no es así, al obligarlo a seguir adelante, tú, yo, por mucho que lo queramos, nos habremos convertido en otro hatajo de imbéciles que no sabe respetar su voluntad.

Las palabras de Nathan retumbaron en el silencio. Me limpié una lágrima solitaria de la mejilla e intenté que mi corazón volviera a latir con normalidad. Nathan, al parecer avergonzado ante mis lágrimas, se rascó distraído el cuello, tras lo cual, al cabo de un minuto, me pasó un trozo de papel de cocina.

—No puedo permitir que ocurra, Nathan.

Nathan no dijo nada.

—No puedo.

Miré mi pasaporte, que reposaba en la mesa de la cocina. La fotografía era horrible. Parecía otra persona. Alguien cuya vida y cuya forma de ser no tenían nada que ver con las mías. Me quedé mirándola, pensativa.

—¿Nathan?

—¿Qué?

—Si organizo otro tipo de viaje, algo que los doctores aprueben, ¿vendrías con nosotros? ¿Me ayudarías a pesar de todo?

—Por supuesto que sí. —Se levantó, aclaró la taza y se echó la mochila al hombro. Se dio la vuelta para mirarme antes de salir de la cocina—. Pero tengo que ser sincero contigo, Lou. No creo que ni siquiera tú seas capaz de lograrlo.

23

$\mathscr{E}$xactamente diez días más tarde, el padre de Will nos dejó en el aeropuerto de Gatwick. Nathan forcejeó para subir las maletas a un carrito mientras yo comprobaba una y otra vez que Will iba cómodo..., hasta que se hartó de mí.

—Cuidaos. Y que tengáis buen viaje —dijo el señor Traynor, que dejó caer una mano sobre el hombro de Will—. No hagáis demasiadas tonterías. —Y me guiñó el ojo al decir eso.

La señora Traynor no logró escaparse del trabajo para venir. Sospeché que en realidad eso significaba que no estaba dispuesta a pasar dos horas en coche junto a su marido.

Will asintió pero no dijo nada. Había permanecido en un silencio inquietante durante el trayecto en coche, mirando por la ventanilla con esa expresión impenetrable, sin hacer caso ni a Nathan ni a mí, que hablábamos del tráfico y de las cosas que se nos habían olvidado en casa.

Incluso mientras recorríamos la terminal del aeropuerto, dudé si estábamos haciendo lo correcto. La señora Traynor se había negado en redondo a que Will partiera. No obstante, desde el día en que él aceptó mi plan revisado, supe que temía decirle a su hijo que no debía ir. Durante esa última semana, pareció tener miedo de hablar con nosotros. Se sentaba junto a Will en silencio y solo se comunicaba con los médicos. O se atareaba en el jardín, podando con una eficacia asombrosa.

—Los de la aerolínea van a venir a recibirnos. Se supone que lo harán —dije al tiempo que llegábamos al mostrador de facturación, donde repasé todos los documentos.

—Tranquila. No van a tener a alguien ahí plantado ante la puerta —dijo Nathan.

—Pero la silla tiene que viajar como «equipo médico frágil». Lo pregunté tres veces a la mujer del teléfono. Y tenemos que asegurarnos de que no se van a poner raritos con el material sanitario que Will lleva a bordo.

La comunidad *online* de tetrapléjicos me había proporcionado un montón de información, advertencias, derechos legales y listas que repasar. Había comprobado tres veces con la línea aérea que nos asignarían asientos en primera fila, que Will embarcaría en primer lugar y que no lo sacarían de la silla hasta que nos encontráramos ante la puerta. Nathan permanecería junto a la silla para retirar la palanca de control y activar el funcionamiento manual, tras lo cual plegaría la silla con cuidado, protegiendo los pedales. Él en persona supervisaría el cargamento para evitar daños. Tendría una etiqueta rosa para avisar a los portadores de su fragilidad extrema. Nos habían asignado tres asientos en la misma fila para que Nathan pudiera llevar a cabo cualquier intervención médica a salvo de miradas entrometidas. La aerolínea nos había asegurado que los reposabrazos de los asientos se podían alzar, de modo que Will no sufriría moratones en las caderas al pasarlo de la silla de ruedas a su asiento. Will permanecería con nosotros todo el tiempo. Y seríamos los primeros en bajar del avión.

Todo esto formaba parte de mi «lista del aeropuerto». Venía antes de la «lista del hotel», pero después de la «lista del día anterior a la partida» y el itinerario. Incluso con todas esas precauciones, los nervios me traicionaban.

Cada vez que miraba a Will me preguntaba si había hecho lo correcto. Él había recibido la autorización para viajar apenas la noche anterior. Comió poco y pasó gran parte del día durmiendo. Parecía no solo agotado por su enfermedad, sino cansado de la vida, extenuado por nuestras interferencias, por nuestras evidentes tentativas de iniciar una conversación, por nuestra incesante determinación a mejorar su vida. Toleraba mi presencia, pero tuve la sensación de que preferiría estar solo. Will no sabía que estar solo era lo único que no podría hacer.

—Ahí está la azafata —dije cuando una joven uniformada, de sonrisa luminosa, se acercó con una tablilla hacia nosotros.

—Vaya, pues sí que va a ser de mucha ayuda al montar a Will —rezongó Nathan—. Me apuesto algo a que no es capaz de levantar una gamba congelada.

—Ya nos apañaremos —dije—. Nosotros solos nos arreglamos.

Se había convertido en mi lema desde que decidí qué quería hacer. Desde esa conversación con Nathan en el pabellón, me dominaba el afán renovado de demostrar que se equivocaban. Solo porque no tuviéramos ocasión de disfrutar de las vacaciones que había planeado no significaba que Will fuera a quedarse mirando por la ventana.

Me conecté a los foros y los inundé de preguntas. ¿Cuál sería un buen lugar para que convaleciera un Will más débil? ¿Alguien más sabía dónde podíamos ir? El clima era mi principal preocupación: el de Inglaterra era demasiado inestable (no hay nada más deprimente que un centro turístico en la costa inglesa bajo una lluvia incesante). En gran parte de Europa hacía demasiado calor en julio, lo que descartaba Italia, Grecia, el sur de Francia y otras zonas costeras. Porque tuve una visión. Vi a Will relajándose junto al mar. El problema era que, con solo unos pocos días para planearlo antes de ir, las posibilidades de convertirla en realidad eran cada vez más escasas.

En el foro me dijeron que lo sentían mucho y compartieron muchas, muchísimas historias acerca de la neumonía. Al parecer, era la espada de Damocles que los acechaba a todos. Me sugirieron unos cuantos lugares adonde ir, pero ninguno me atrajo. O, mejor dicho, no creí que a Will le encandilaran. No quería llevarlo a un balneario ni a un lugar donde viera a gente en su mismo estado. En realidad, no sabía qué quería, pero repasé la lista de sugerencias hasta el final y supe que ninguna era lo que buscaba.

Fue Ritchie, ese incondicional del chat, quien al fin acudió a mi rescate. La misma tarde que dieron el alta a Will escribió:

Dame tu dirección de correo electrónico. Mi primo es agente de viajes. Le he hablado del caso.

Llamé al número que me dio y hablé con un hombre de mediana edad con el acento cerrado de Yorkshire. Cuando me dijo lo que tenía en mente, en algún rincón de mi memoria sonó una señal de aprobación. Y, al cabo de dos horas, lo teníamos todo decidido. Me sentí tan agradecida que casi lloré.

—No es nada, pequeña —dijo—. Lo que importa es que consigas que ese amigo tuyo se lo pase bien.

Resumiendo, para cuando partimos me sentía casi tan extenuada como Will. Pasé días enteros solucionando las más nimias necesidades a la hora de viajar con un tetrapléjico y, hasta la misma mañana en que salimos, no tuve la convicción de que Will se sentiría con fuerzas para venir. Ahora, sentada junto al equipaje, le eché una ojeada. Se le veía retraído y pálido en ese aeropuerto ajetreado, y me pregunté de nuevo si no me habría equivocado. Me dio un súbito ataque de pánico. ¿Y si caía enfermo otra vez? ¿Y si cada minuto se le hacía insufrible, al igual que en el hipódromo? ¿Y si había malinterpretado toda la situación y lo que Will necesitaba no era un viaje de aventuras, sino diez días en casa, en la cama de siempre?

Pero no disponíamos de diez días. Era ahora o nunca. Era mi única oportunidad.

—Es nuestro vuelo —dijo Nathan, al volver de las tiendas libres de impuestos. Me miró y alzó una ceja. Respiré hondo.

—Vale —respondí—. Vamos.

El vuelo, a pesar de esas doce largas horas en el aire, no fue la pesadilla que me temía. Nathan demostró ser un experto en llevar a cabo los cuidados de Will bajo una manta. El personal de la aerolínea era solícito y discreto, y trataron con cuidado la silla. Tal como prometieron, Will subió en primer lugar y lo pasaron a su asiento sin lastimarlo, tras lo cual se acomodó junto a nosotros.

Al cabo de una hora de vuelo, comprendí que ahí, sobre las nubes, extrañamente, con el asiento inclinado y bien sujeto para permanecer estable, Will era más o menos igual a todos los que estábamos a bordo. Atrapados frente a una pantalla, sin lugar al que ir y sin nada que hacer: a diez mil metros de altura, muy poco lo diferenciaba de los otros pasajeros. Comió, vio una película y, durante la mayor parte del tiempo, durmió.

Nathan y yo sonreímos cautelosos e intentamos comportarnos como si todo fuera de maravilla. Miré por la ventanilla, absorta en pensamientos tan desdibujados como las nubes sobre las que volábamos, incapaz de pensar todavía en que para mí este viaje no se trataba solo de un desafío logístico, sino de una gran aventura: yo, Lou Clark, al fin me dirigía a la otra punta del mundo. No lo veía. Por aquel entonces, no veía nada salvo a Will. Me sentía como mi hermana cuando dio a luz a Thomas. «Es como si mirara por un embudo», me dijo. «El mundo se ha encogido y solo somos él y yo».

Me había enviado un mensaje cuando estábamos en el aeropuerto:

Tú puedes. Estoy orgullosísima de ti. Bss

Saqué el teléfono solo para leerlo, emocionada de repente, tal vez por su elección de palabras. O tal vez porque estaba cansada y asustada y aún me costaba creer que había llegado tan lejos. Por fin, para bloquear mis pensamientos, encendí mi pequeña pantalla de televisión y vi sin prestar atención una serie cómica estadounidense hasta que los cielos se oscurecieron a nuestro alrededor.

Y entonces me desperté para descubrir que una azafata junto a nosotros servía el desayuno, que Will hablaba con Nathan acerca de una película que acababan de ver y (qué sorpresa tan increíble) que nos encontrábamos a una hora de aterrizar en las islas Mauricio.

No llegué a creer que nada de esto fuera a ocurrir hasta que llegamos al aeropuerto internacional Sir Seewoosagur Ramgoolam. Aparecimos algo mareados en Llegadas, rígidos aún tras el vuelo, y casi lloré de alivio al ver al conductor del taxi adaptado. Esa primera mañana, mientras el taxista nos llevaba al complejo turístico a toda velocidad, apenas me fijé en la isla. Cierto, los colores eran más llamativos que en Inglaterra, el cielo más intenso, de un azul celeste que se extendía hasta el infinito. Vi que era exuberante y verde, bordeada por kilómetros de cultivos de caña de azúcar. El mar se veía como una franja de mercurio entre las colinas volcánicas. En el aire flotaba el aroma a jengibre. El sol reinaba tan alto en el cielo que tuve que entrecerrar los ojos bajo esa luz blanca. Estaba tan agotada que me sentía como si alguien me hubiera despertado dentro de las páginas de una revista de sociedad.

Pero, incluso mientras mis sentidos forcejeaban con ese entorno desconocido, mi mirada volvía una y otra vez a Will, a ese rostro pálido y de gesto cansado, a esa cabeza hundida entre los hombros. Y entonces recorrimos una entrada de vehículos flanqueada por palmeras, nos detuvimos frente a un edificio bajo y el taxista salió antes de que nos diéramos cuenta y descargó nuestro equipaje.

Declinamos el té helado y el paseo alrededor del hotel. Encontramos la habitación de Will, dejamos las maletas, lo acostamos en su cama y, casi antes de correr las cortinas, se durmió de nuevo. Y ahí estábamos. Lo había conseguido. Al salir de su habitación, por fin exhalé un gran suspiro mientras Nathan contemplaba por la ventana las olas blancas del arrecife de coral. No sé si se debió al viaje o a encontrarme en el lugar más bello que jamás había visto, pero me sentí conmovida hasta las lágrimas.

—Está bien —dijo Nathan, al ver mi expresión. Y entonces, de un modo inesperado, se acercó a mí y me envolvió en un abrazo de oso—. Relájate, Lou. Todo va a salir bien. De verdad. Lo has hecho de maravilla.

Pasaron casi tres días antes de que comenzara a creérmelo. Will durmió la mayor parte de las primeras cuarenta y ocho horas... y de repente, de un modo asombroso, empezó a tener mejor aspecto. Su cutis recuperó el color y desaparecieron esas ojeras azuladas. Sus espasmos disminuyeron y recuperó el apetito de nuevo: recorría despacio ese bufé interminable y extravagante, diciéndome qué quería en el plato. Supe que había vuelto a su ser cuando me desafió a probar cosas que no habría probado de otro modo: curris criollos picantes y mariscos cuyos nombres no reconocía. Enseguida, antes que yo, pareció estar como en casa. Y no era de extrañar. Tuve que recordarme que, durante la mayor parte de su vida, este era su dominio (el mundo, la inmensidad de las costas), no ese pequeño pabellón a la sombra del castillo.

Tal como prometió, el hotel le proporcionó una silla de ruedas especial, de ruedas anchas, y casi todas las mañanas Nathan lo montaba en ella y los tres paseábamos hasta la playa, yo con una sombrilla para protegerlo si el sol se volvía demasiado intenso. Pero nunca fue así; esa parte sureña de la isla era célebre por sus brisas marinas y, fuera de temporada, las temperaturas del complejo rara vez sobrepasaban los veintipocos grados. Nos parábamos en una pequeña playa cerca de un paraje rocoso, que no quedaba a la vista del hotel principal. Desplegaba mi silla, la colocaba junto a la de Will, bajo una palmera, y observábamos a Nathan, que intentaba surfear o hacer esquí acuático (a veces lo animábamos a gritos, con alguna que otra burla ocasional), desde nuestro lugar en la arena.

Al principio el personal del hotel quería ayudar a Will casi demasiado: se brindaban a empujar la silla y le ofrecían refrescos sin cesar. Les explicamos qué era lo que no necesitábamos y de buen humor cesaron en sus intentos. De todos modos, estaba bien, durante esos momentos en que yo no estaba junto a él, ver que los conserjes o los recepcionistas se acercaban a conversar con él o le indicaban algún lugar que creían sería de su agrado. Un joven desgarbado, Nadil, pareció nombrarse a sí mismo el cuidador extraoficial de Will cuando Nathan no estaba. Un día salí y me lo encontré, junto a un amigo, bajando a Will de su silla a una tumbona que había colocado bajo nuestro árbol.

—Así mejor —dijo, alzando los pulgares cuando me acerqué por la arena—. Llámeme cuando el señor Will quiera volver a la silla.

Estaba a punto de protestar y decirles que no deberían haberlo movido. Pero Will, tumbado y con los ojos cerrados, tenía tal expresión de satisfacción inesperada que me limité a cerrar la boca y asentir.

En cuanto a mí, a medida que mi ansiedad respecto a la salud de Will comenzó a mitigarse, llegué a sospechar, poco a poco, que me encontraba en el paraíso. Jamás, en ningún momento de mi vida, había imaginado que me alojaría en un lugar como este. Todas las mañanas me despertaba el sonido de las olas que rompían, suavemente, en la costa y el canto de pájaros desconocidos que se llamaban desde los árboles. Miraba al techo y veía la luz del sol jugueteando entre las hojas y, en la puerta de al lado, oía una conversación apagada que me hacía saber que Will y Nathan se habían despertado mucho antes que yo. Me vestía con pareos y bañadores y disfrutaba así de la calidez del sol sobre los hombros y la espalda. Mi piel se volvió pecosa, mis uñas clarearon y comencé a sentir la rara felicidad de los pequeños placeres de la existencia en semejante lugar: caminar por la playa, comer platos desconocidos, nadar en un agua cálida y cristalina donde los peces negros miraban con timidez bajo las rocas volcánicas, o contemplar el rojo intensísimo de la puesta de sol en el horizonte. Poco a poco, los últimos meses comenzaron a desvanecerse. Para mi vergüenza, apenas pensé en Patrick.

Nuestros días adquirieron una rutina. Desayunábamos juntos, los tres, en mesas suavemente protegidas del sol alrededor de la piscina. Will solía tomar macedonia, que yo le acercaba a la boca con la mano, y a veces seguía con una tortita de plátano, a medida que su apetito fue aumentando. A continuación íbamos a la playa, donde nos quedábamos (yo leía, Will escuchaba música) mientras Nathan practicaba deportes acuáticos. Will insistía en que lo intentara, pero al principio me negué. Solo quería estar cerca de él. Como no dejó de insistir, dediqué una mañana a hacer surf y piragüismo, pero prefería pasar el tiempo junto a él.

De vez en cuando, si Nadil estaba por ahí y no había mucha actividad en el complejo, entre el joven y Nathan metían a Will en las cálidas aguas de la piscina más pequeña. Nathan lo sujetaba bajo la cabeza para que flotara. Will no decía gran cosa cuando lo hacían, pero se mostraba satisfecho, como si el cuerpo recuperara sensaciones hacía mucho tiempo olvidadas. El torso, tan pálido hasta entonces, adquirió un tono dorado. Las cicatrices palidecieron y comenzaron a desaparecer. Cada vez se sentía más cómodo sin camisa.

A la hora de comer volvíamos a uno de los tres restaurantes del complejo. Todas las superficies del complejo estaban revestidas de baldosas, salvo unos pequeños escalones y pendientes, lo que significaba que Will se desplazaba en su silla con total autonomía. Era un logro pequeño, pero ser capaz de ir a pedir una bebida sin que lo acompañáramos suponía, más que un descanso para mí o Nathan, la momentánea eliminación de una de las frustraciones cotidianas de Will: depender por completo de otras personas. Aunque aquí no teníamos muchas razones para movernos. Estuviéramos donde estuviéramos, en la playa o junto a la piscina, o incluso en el balneario, un miembro sonriente del personal aparecía con un refresco que suponía de nuestro agrado, decorado, por lo general, con una flor rosada y aromática. Incluso tumbados en la playa, pasaba un pequeño buggy y un camarero sonriente nos ofrecía agua, zumo de frutas o una bebida más fuerte.

Por las tardes, cuando más subían las temperaturas, Will volvía a su habitación y se echaba una siesta de un par de horas. Yo nadaba en la piscina o leía mi libro, tras lo cual, ya de noche, nos encontrábamos de nuevo para cenar en el restaurante que había junto a la playa. No tardé en aficionarme a los cócteles. Nadil dedujo que, si colocaba un vaso alto, con una pajita del tamaño correcto, en el portavasos de Will, Nathan y yo no necesitábamos ayudarle. Al caer la noche, los tres hablábamos de nuestras infancias y nuestras primeras parejas, de nuestros primeros trabajos y nuestras familias, de otras vacaciones que habíamos vivido, y poco a poco vi a Will renacer.

Salvo que Will era diferente. Este lugar le había proporcionado una paz que no había sentido en ningún momento desde que lo conocí.

—Se lo pasa bien, ¿eh? —dijo Nathan cuando se reunió conmigo en el bufé.

—Sí, creo que sí.

—¿Sabes? —Nathan se inclinó hacia mí, reacio a que Will notara que hablábamos de él—. Creo que el rancho y todas esas aventuras habrían estado bien. Pero, al verlo ahora, pienso que este lugar era la mejor opción.

No le revelé lo que había decidido el primer día, cuando nos registramos, con un nudo en el estómago por la ansiedad, calculando ya cuántos días quedaban hasta el regreso a casa. Tenía que intentar, cada uno de esos diez días, olvidar por qué estábamos aquí: el contrato de seis meses, mi calendario cuidadosamente elaborado, todo lo que había ocurrido antes. Solo debía vivir el momento e intentar animar a Will a hacer lo mismo. Tenía que ser feliz, con la esperanza de que él también lo fuera.

Me serví otra rodaja de melón y sonreí.

—Entonces, ¿cuál es el plan de esta noche? ¿Vamos a un karaoke? ¿O tus orejas aún no se han recuperado de la sesión de anoche?

La cuarta noche, Nathan anunció, solo con el más leve de los rubores, que tenía una cita. Karen era una compatriota que se alojaba en el hotel de al lado y habían quedado en ir al pueblo juntos.

—Solo para asegurarme de que está a salvo. Ya sabéis... No sé si este es un buen lugar para que vaya sola.

—No —dijo Will, que asintió juiciosamente—. Muy caballeroso por tu parte, Nate.

—Creo que eres muy responsable. Muy cívico —añadí yo.

—Siempre he admirado a Nathan por su generosidad. Especialmente, cuando se trata del sexo opuesto.

—Idos a la mierda, los dos —sonrió Nathan, y desapareció.

Karen no tardó en convertirse en parte de nuestras costumbres. Nathan desaparecía con ella casi todas las noches y, si bien regresaba para cumplir con sus deberes nocturnos, le concedimos tácitamente todo el tiempo para que se divirtiera.

Además, en secreto, me alegré. Me caía bien Nathan y le agradecía haber venido, pero prefería estar a solas con Will. Me gustaba el tono cáustico al que recurría cuando no había nadie más alrededor, la intimidad que se había establecido entre nosotros. Me gustaba cómo giraba la cara y me miraba divertido, como si yo hubiese resultado ser mucho más de lo que se esperaba al principio.

En la penúltima noche, le dije a Nathan que no me importaba si quería traer a Karen al complejo. Estaba pasando las noches en su hotel y sabía que eso le creaba dificultades, pues debía caminar veinte minutos para volver y encargarse de Will por la noche.

—No me importa. Si te da..., ya sabes..., un poco de privacidad.

Estaba contento, perdido ya en la perspectiva de la noche que se avecinaba, y no pensó más en mí salvo para decir:

—Gracias, colega.

—Qué amable eres —dijo Will cuando se lo conté.

—Qué amable eres tú, querrás decir —repliqué—. Es tu habitación la que he cedido para la causa.

Esa noche llevamos a Will a la mía y Nathan lo ayudó a subirse a la cama y le dio sus medicinas mientras Karen esperaba en el bar. Me cambié en el baño, donde me puse una camiseta y unas bragas, abrí la puerta y fui al sofá con la almohada bajo el brazo. Percibí que Will me miraba y sentí una extraña timidez considerando que había pasado la mayor parte de la semana caminando de un lado a otro en biquini. Ahuequé la almohada sobre el brazo del sofá.

—¿Clark?

—¿Qué?

—De verdad, no tienes por qué dormir ahí. En esta cama cabe un equipo de fútbol entero.

Lo extraño es que ni siquiera me lo pensé. Así eran las cosas, a esas alturas. Tal vez pasar los días semidesnudos en la playa nos había relajado a todos. Tal vez fue saber que Nathan y Karen se abrazaban al otro lado de la pared, en un refugio que nos excluía. Tal vez solo quería estar cerca de él. Comencé a acercarme a la cama, hasta que me estremeció el súbito estrépito de un trueno. Las luces vacilaron y alguien gritó en el exterior. En la habitación de al lado oímos las carcajadas de Nathan y Karen.

Fui hacia la ventana y descorrí la cortina, sintiendo una brisa repentina, la abrupta bajada de las temperaturas. Allá en el mar la tormenta se había desatado con furia. El destello de unos rayos espectaculares y centelleantes iluminó el cielo durante un instante y entonces, como un añadido de última hora, el impetuoso golpeteo de un diluvio cayó sobre el tejado de nuestro pequeño bungaló, con tal intensidad que al principio apagó todos los otros sonidos.

—Voy a cerrar las contraventanas —dije.

—No, no las cierres.

Me di la vuelta.

—Abre las puertas. —Will señaló hacia fuera con un gesto—. Quiero verlo.

Vacilé, tras lo cual abrí poco a poco las puertas de cristal de la terraza. La lluvia arreciaba contra el complejo hotelero y en nuestra terraza se formaban ríos de agua que iban a dar al mar. Sentí la humedad en la cara, la electricidad en el aire. El vello de los brazos se me erizó.

—¿Lo sientes? —dijo Will, detrás de mí.

Me quedé ahí, dejando que esa carga me anegara, que esos destellos luminosos se grabaran bajo mis párpados. Mi respiración quedó ahogada en la garganta.

Me di la vuelta, me acerqué a la cama y me senté en el borde. Mientras Will observaba, me incliné hacia delante y con delicadeza tiré de su cuello bronceado hacia mí. Ya sabía cómo moverlo, sabía cómo servirme de su peso, de su solidez, para lograrlo. Mientras lo sostenía cerca de mí, me incliné y coloqué una almohada grande y blanca bajo sus hombros antes de soltarlo sobre esa suave blandura. Will olía a sol, como si le hubiera penetrado bajo la piel, y me descubrí a mí misma oliéndolo en silencio, como si Will fuera un manjar delicioso.

Entonces, sintiendo aún la humedad, subí a la cama junto a él, tan cerca que nuestras piernas se tocaron, y juntos contemplamos ese fuego blanco azulado de los rayos que caían sobre las olas, esas escaleras plateadas de lluvia, esa masa de agua turquesa que se mecía con delicadeza y yacía a tan solo unos treinta metros de distancia.

Alrededor de nosotros, el mundo se encogió hasta ser solo el sonido de la tormenta, el mar malva y azul oscuro y las cortinas de gasa que ondeaban al viento. Olí las flores del loto en la brisa nocturna, oí los sonidos distantes de vasos que se entrechocaban y de sillas arrastradas de forma apresurada, de la música de una fiesta lejana, sentí la carga de la naturaleza desatada. Llevé la mano hasta la mano de Will y la tomé en la mía. Pensé, por un instante, que no volvería a sentir una conexión tan intensa con el mundo, con otro ser humano.

—No está mal, ¿eh, Clark? —dijo Will en medio del silencio. Ante la tormenta, su expresión se quedó fija y tranquila. Se volvió un momento y me sonrió, y vi algo en su mirada, algo triunfante.

—No —dije—. No está nada mal.

Me quedé ahí, escuchando su respiración, cada vez más lenta y profunda, el sonido de la lluvia, sentí sus dedos cálidos entrelazados con los míos. No quise volver a casa. Pensé que tal vez nunca volvería. Aquí, Will y yo nos sentíamos seguros, encerrados en nuestro pequeño paraíso. Cada vez que pensaba en viajar de vuelta a Inglaterra, la garra del miedo se aferraba a mi estómago y comenzaba a apretar.

Todo va a salir bien. Intenté repetirme las palabras de Nathan. *Todo va a salir bien.*

Al fin, me giré sobre un costado, de espaldas al mar, y miré a Will. Él volvió la cabeza para mirarme en la penumbra y sentí que me estaba diciendo lo mismo. *Todo va a salir bien.* Por primera vez en la vida, intenté no pensar en el futuro. Intenté existir sin más, dejar que las sensaciones de la noche me invadieran. No sé cuánto tiempo permanecimos así, mirándonos el uno al otro, pero poco a poco los párpados de Will comenzaron a pesar, hasta que murmuró, con tono de disculpa, que creía que se iba a... Su respiración se volvió más honda y cayó en las profundidades del sueño, así que ahora estaba solo yo, mirándole a la cara, observando esos párpados que se separaban un poco cerca de la comisura de los ojos, y esas nuevas pecas de su nariz.

Me dije a mí misma que estaba en lo cierto. Tenía que estar en lo cierto.

La tormenta por fin amainó poco después de la una de la madrugada y desapareció en algún lugar del mar, con sus destellos de furia cada vez más débiles, hasta que al fin cesaron del todo, y se dispuso a imponer su tiranía meteorológica en algún otro lugar distante. Poco a poco el aire se serenó a nuestro alrededor, las cortinas se aquietaron, las últimas gotas de agua cayeron como un borboteo. En algún momento de la madrugada me levanté, soltando con delicadeza la mano de Will, y cerré los ventanales, de modo que la habitación volvió al silencio. Will dormía: un sueño plácido y profundo del que rara vez disfrutaba en casa.

Yo no dormí. Me quedé ahí, tumbada, mirándolo, e intenté no pensar en nada.

Ocurrieron dos cosas el último día. Una fue que, debido a la presión de Will, me animé a hacer submarinismo. Había insistido durante días, diciendo que no podía viajar hasta aquí, tan lejos, y no meterme bajo el agua. Se me había dado fatal el windsurf (a duras penas logré alzar la vela sobre las olas) y en mis tentativas con el esquí acuático había pasado casi todo el tiempo recorriendo boca abajo la bahía. Pero Will insistió y el día anterior se presentó a la hora de comer diciendo que me había apuntado en un curso de submarinismo para principiantes.

No empezó bien. Will y Nathan se sentaron al otro lado de la piscina, mientras mi instructor intentaba convencerme de que no dejaría de respirar bajo el agua, pero al saber que esos dos me miraban me sentí un cero a la izquierda. No soy estúpida: comprendía que la botella de oxígeno que cargaba a la espalda mantendría funcionando mis pulmones, que no me iba a ahogar. Pero cada vez que metía la cabeza bajo el agua me daba un ataque de pánico y salía a toda prisa a la superficie. Era como si mi cuerpo se negase a creer que iba a respirar bajo varios miles de litros de la mejor agua clorada de las islas Mauricio.

—Creo que no puedo hacerlo —dije al salir por séptima vez, resoplando.

James, mi instructor, echó un vistazo a Will y a Nathan.

—No puedo —insistí, enfadada—. No estoy hecha para esto.

James dio la espalda a los dos hombres, me dio un golpecito en el hombro y señaló con un gesto las aguas abiertas.

—Para algunas personas es más fácil ahí fuera —dijo, con tranquilidad.

—¿En el mar?

—Algunas personas se sienten mejor cuando están en lo más profundo. Vamos. Salgamos con la barca.

Tres cuartos de hora más tarde, contemplaba bajo el agua un colorido paisaje oculto hasta entonces, sin pensar, olvidados ya todos mis temores, que la botella de oxígeno tal vez fallara, que me hundiría en el fondo del mar y moriría bajo el agua. Me distrajeron los secretos de un mundo nuevo. En el silencio, roto solo por el amplificado sonido de mi propia respiración, admiré bancos de diminutos peces iridiscentes y otros más grandes, negros y blancos, que me miraban con caras inexpresivas e indagadoras, entre anémonas de mar que se mecían suavemente y filtraban las dulces corrientes de agua en busca de su alimento invisible. Vi paisajes distantes, dos veces más coloridos y variados que los de la tierra. Vi cuevas y hondonadas donde acechaban criaturas desconocidas, seres furtivos que relucían bajo los rayos del sol. No quería salir. Me podría haber quedado ahí para siempre, en ese mundo silencioso. Solo cuando James comenzó a gesticular señalando el manómetro comprendí que no tenía otra opción.

Apenas atiné a hablar cuando, radiante, recorrí la playa para acercarme a Will y Nathan. Mi mente aún estaba poblada de las imágenes que acababa de ver y mis extremidades aún me impulsaban a avanzar bajo el agua.

—¿A que está bien? —dijo Nathan.

—¿Por qué no me lo dijiste? —exclamé a Will, arrojando las aletas sobre la arena, frente a él—. ¿Por qué no me obligaste a hacerlo antes? ¡Todo eso! ¡Estaba todo justo ahí, todo este tiempo! ¡Justo bajo mis narices!

Will me miró sin apartar la vista. No dijo nada, pero una amplia sonrisa se extendió por su rostro.

—No lo sé, Clark. Hay gente con la que no sirve de nada hablar.

Esa noche me concedí permiso para emborracharme. No era solo porque nos íbamos al día siguiente. Por primera vez sentí que Will se encontraba bien y que podía dejarme llevar. Me puse un vestido de algodón blanco (ahora que estaba bronceada, vestir de blanco no me daba el aspecto de un cadáver envuelto en una mortaja) y unas sandalias de tiras plateadas y, cuando Nadil me ofreció una flor escarlata y me pidió que me la pusiera en el pelo, no me mofé de él como habría hecho una semana antes.

—Vaya, hola, Carmen Miranda —dijo Will cuando me uní a ellos en el bar—. Qué belleza.

Estaba a punto de replicar con un comentario sarcástico cuando comprendí que me observaba con sincera admiración.

—Gracias —dije —. Tú tampoco estás nada mal.

Había una discoteca en el hotel principal del complejo, así que, poco antes de las diez de la noche (cuando Nathan ya se había marchado con Karen), nos dirigimos a la playa, desde donde se oía la música, con el agradable cosquilleo de tres cócteles que ralentizaban mis movimientos.

Oh, pero qué playa tan hermosa. Era una noche cálida y la brisa traía los aromas de barbacoas distantes, de lociones de piel, del olor leve y salado del mar. Will y yo nos detuvimos junto a nuestro árbol favorito. Alguien había encendido una fogata en la playa, tal vez para cocinar, y no quedaba más que un montón de brasas resplandecientes.

—No quiero volver a casa —declaré en la oscuridad.

—Es difícil irse de un lugar como este.

—Creía que lugares como este solo existían en las películas —dije, volviéndome para mirarlo—. En realidad, me ha hecho preguntarme si estarías diciendo la verdad sobre todo lo demás.

Will sonrió. Tenía una expresión relajada y feliz y entornó los ojos al mirarme. Por primera vez, observé a Will sin que el miedo me royera las entrañas.

—Te alegras de haber venido, ¿verdad? —pregunté, cautelosa.

—Oh, sí —asintió.

—¡Ja! —Solté un puñetazo al aire.

Y entonces, cuando alguien subió el volumen de la música del bar, me quité las sandalias y comencé a bailar. Era una tontería, una actitud de la que me habría avergonzado cualquier otro día. Pero en ese momento, en esa oscuridad envolvente, desinhibida por haber dormido tan poco, ante el fuego y el mar inabarcable y bajo el cielo infinito, entre los sonidos de la música y la sonrisa de Will y los latidos de mi corazón, a punto de explotar con algo que no supe identificar, solo necesitaba bailar. Bailé, entre risas, olvidada mi timidez, sin preocuparme de si alguien nos veía. Percibí cómo me miraba Will y supe que él lo sabía: esta era la única respuesta posible a los últimos diez días. Qué diablos, a los últimos seis meses.

La canción terminó y me dejé caer, sin aliento, a sus pies.

—Tú... —dijo Will.

—¿Qué? —Mi sonrisa era pícara. Me sentía receptiva, eléctrica. Casi dejé de considerarme responsable de mí misma.

Will negó con la cabeza.

Me levanté, despacio, aún descalza, caminé hasta su silla y me dejé caer en su regazo, de modo que mi cara quedó a unos centímetros de la suya. Después de la noche anterior, ya no parecía un atrevimiento tan enorme.

—Tú... —Sus ojos azules, que fulguraban con la luz del fuego, se clavaron en los míos. Olía a sol, a hoguera, a un aroma intenso y cítrico.

Sentí que algo cedía, muy dentro de mí.

—Tú... eres de lo que no hay, Clark.

Hice lo único que se me ocurrió. Me incliné y junté mis labios con los suyos. Will vaciló, solo un momento, y me besó. Y solo durante un instante me olvidé de todo: de las mil y una razones por las que no debería hacerlo, de mis miedos y del motivo por el que habíamos venido. Lo besé, respirando el aroma de su piel, sintiendo su suave pelo bajo los dedos y cuando me devolvió el beso todo desapareció y quedamos únicamente Will y yo, en una isla en medio de ninguna parte, bajo miles de estrellas titilantes.

Y entonces él se apartó.

—Lo... Lo siento. No...

Mis ojos se abrieron. Alcé la mano para tocarle la cara, para recorrer esos huesos hermosos. Sentí la leve aspereza de la sal bajo los dedos.

—Will... —comencé—. Tú puedes. Tú...

—No. —Tenía el frío del acero, esa palabra—. No puedo.

—No comprendo.

—No quiero hablar de ello.

—Hum... Creo que vas a tener que hablar de ello.

—No puedo hacer esto porque no puedo ser... —Tragó saliva—. No puedo ser el hombre que quiero ser al estar contigo. Y eso significa que todo esto —me miró a la cara— solo es... otro recordatorio de lo que no soy.

No le solté la cara. Apoyé la frente en la suya y nuestras respiraciones se entremezclaron, y dije, en voz tan baja que solo él me podría oír:

—No me importa... lo que crees que puedes o no puedes hacer. No es todo blanco y negro. De verdad... He hablado con otras personas en la misma situación y... hay cosas que son posibles. Formas en que los dos podemos ser felices... —Comencé a trastabillarme un poco. Me sentí rara al mantener esta conversación. Alcé la vista y lo miré a los ojos—. Will Traynor —dije, en un susurro—. Así son las cosas. Creo que podemos...

—No, Clark —comenzó.

—Creo que podemos hacer todo tipo de cosas. Sé que esta no es una historia de amor convencional. Sé que hay muchísimas razones por las que ni siquiera debería decirte lo que te estoy diciendo. Pero te quiero. De verdad. Me di cuenta cuando dejé a Patrick. Y creo que tú tal vez me quieres un poquito.

Will no dijo nada. Sus ojos bucearon en los míos y vi en ellos el enorme peso de la tristeza. Le acaricié el pelo, que aparté de las sienes, como si así pudiera alejar sus penas, y Will inclinó la cabeza para apoyarse en la palma de mi mano, y se quedó así.

Tragó saliva.

—Tengo que contarte algo.

—Lo sé —susurré—. Lo sé todo.

La boca de Will se cerró. El aire se volvió inmóvil a nuestro alrededor.

—Sé lo de Suiza. Sé... por qué firmé un contrato de seis meses.

Apartó la cabeza de mi mano. Me miró y luego alzó la vista al cielo. Se le hundieron los hombros.

—Lo sé todo, Will. Lo he sabido durante meses. Y, Will, por favor, escúchame... —Tomé su mano derecha entre las mías y me la acerqué al pecho—. Sé que podemos con esto. Sé que no es lo que tú habrías escogido, pero sé que puedo hacerte feliz. Y solo puedo decir que tú me haces..., tú me haces ser alguien que ni siquiera había imaginado. Me haces feliz incluso cuando me tratas fatal. Prefiero estar contigo, incluso con ese tú que a ti te parece tan poca cosa, antes que con cualquier otra persona del mundo.

Durante una fracción de segundo, sus dedos estrecharon los míos y ese gesto me llenó de valor.

—Si te resulta demasiado raro porque trabajo para ti, entonces lo dejo y me voy a trabajar a otra parte. Quería decirte algo: he solicitado plaza en una universidad. He investigado mucho por Internet, he hablado con otros tetrapléjicos y cuidadores de tetrapléjicos y he aprendido muchísimo, muchísimo, sobre cómo hacer funcionar lo nuestro. Así que puedo hacerlo, y estar contigo. ¿Lo ves? Lo he pensado todo, lo he investigado todo. Así soy ahora. Es tu culpa. Me has cambiado. —Hablaba medio riendo—. Me has convertido en mi hermana. Pero con mejor gusto para la ropa.

Will había cerrado los ojos. Con su mano entre las mías, alcé los nudillos y los besé. Sentí su piel contra la mía y supe, con una certeza con la que nunca antes había sabido nada, que no podría dejarlo marchar.

—¿Qué dices? —susurré.

Podría haberlo mirado a los ojos para siempre.

Habló en voz tan baja que por un momento creí que no lo había oído bien.

—¿Qué?

—No, Clark.

—¿No?

—Lo siento. No es suficiente.

Bajé su mano.

—No entiendo.

Will esperó antes de hablar, como si, por una vez, le costara encontrar las palabras adecuadas.

—No es suficiente para mí. Esto, todo mi mundo, ni siquiera contigo en él. Y créeme, Clark, toda mi vida ha cambiado para mejor desde tu llegada. Pero no es suficiente para mí. Esta no es la vida que yo quiero.

Ahora fui yo quien se apartó.

—Y lo sé: sé que podría ser una buena vida. Sé que, contigo cerca, tal vez incluso fuera una muy buena vida. Pero no sería mi vida. Yo no soy como esas personas con quienes has hablado. Esta vida no se parece en nada a la vida a la que yo aspiro. Ni siquiera se acerca. —La voz se le entrecortó. Su expresión me dio miedo.

Tragué saliva, negando con la cabeza.

—Tú... una vez me dijiste que esa noche en el laberinto no tenía por qué definirme. Dijiste que podía escoger qué me definía. Bueno, tú no tienes que dejar que esa..., esa silla te defina.

—Pero me define, Clark. No me conoces, no realmente. Nunca me viste antes de este cacharro. Me encantaba mi vida, Clark. De verdad, me encantaba. Me encantaba mi trabajo, mis viajes, todo lo que yo era. Me gustaba la actividad física. Me encantaba montar en moto, arrojarme de edificios. Me encantaba aplastar a mis adversarios en los negocios. Me encantaba tener relaciones sexuales. Un montón de relaciones sexuales. La mía era una *vida grandiosa*. —Había alzado la voz—. No estoy diseñado para existir en este cacharro... y, desde todos los puntos de vista, es lo que me define. Es lo único que me define.

—Pero ni siquiera le estás dando una oportunidad —susurré. Mi voz parecía negarse a salir de mi pecho—. No me estás dando una oportunidad *a mí*.

—No se trata de darte una oportunidad. Durante estos seis meses, he observado cómo te convertías en una persona diferente, alguien que apenas comienza a ver sus posibilidades. No tienes ni idea de lo feliz que me ha hecho. No quiero que estés atada a mí, a mis citas en el hospital, a las restricciones de mi vida. No quiero que te pierdas todas las cosas que otro hombre podría ofrecerte. Y, egoístamente, no quiero que un día me mires y sientas un poco de remordimiento o pena por...

—¡Jamás pensaría eso!

—No lo sabes, Clark. No tienes ni idea de cómo saldrían las cosas. No tienes ni idea de cómo te vas a sentir dentro de otros seis meses. Y no quiero verte todos los días, verte desnuda, ver cómo caminas por el pabellón con esa ropa tuya tan alocada y no..., no ser capaz de hacerte lo que quiero hacerte. Oh, Clark, si supieras lo que quiero hacerte ahora mismo. Y yo... No puedo vivir con eso en la cabeza. No puedo. No soy yo. No puedo ser un hombre que simplemente... acepta.

Bajó la vista a la silla y se le descompuso la voz.

—Nunca aceptaré esto.

Yo estaba llorando.

—Por favor, Will. Por favor, no digas eso. Tan solo dame una oportunidad. Danos una oportunidad.

—Shh. Escucha. Tú, más que nadie. Escucha lo que digo. Esto..., esta noche..., es lo más maravilloso que podrías haber hecho por mí. Lo que me has dicho, lo que has hecho al traerme aquí..., sabiendo que al conocerte yo era un completo imbécil, es asombroso que hayas rescatado de dentro de mí algo digno de amar. Pero —sus dedos estrecharon los míos— tiene que acabar aquí. Basta de silla. Basta de neumonías. Basta de extremidades que escuecen. Basta de dolor y de cansancio y de despertarme ya de mañana deseando que se acabe el día. Cuando volvamos, voy a ir a Suiza. Y, si es verdad que me quieres, Clark, nada me haría más feliz que me acompañaras.

Mi cabeza salió disparada hacia atrás.

—¿Qué?

—No voy a mejorar. Lo más probable es que cada vez me ponga más enfermo y mi vida, ya tan limitada, se vaya reduciendo más. Es lo que me han dicho los médicos. Hay una serie de afecciones que me invaden por dentro. Las siento. No quiero seguir sufriendo, ni seguir atrapado en este cacharro, ni depender de nadie, ni temer el futuro. Por eso te pido, si sientes lo que dices que sientes, que lo hagas. Ven conmigo. Concédeme el final que deseo.

Lo miré horrorizada, la sangre bombeando en mis oídos. Apenas lograba comprender sus palabras.

—¿Cómo puedes pedirme algo así?

—Lo sé, es...

—Te digo que te quiero y que quiero compartir mi vida contigo, ¿y tú me pides que vaya a ver cómo te matas?

—Lo siento. No pretendía que sonara tan brusco. Pero no me queda mucho tiempo.

—¿Qué...? ¿Qué? ¿Por qué?, ¿ya tienes la reserva hecha? ¿Hay alguna cita que no quieras perderte?

Vi que la gente del hotel se detenía, tal vez al oír nuestras voces, pero no me importó.

—Sí —dijo Will, al cabo de una pausa—. Sí, tengo una cita. Ya he pasado la consulta. La clínica ha aceptado mi caso. Y mis padres han accedido a ir el 13 de agosto. Vamos a tomar un avión el día anterior.

La cabeza me daba vueltas. Quedaba menos de una semana.

—No me lo creo.

—Louisa...

—Pensé... Pensé que ibas a cambiar de parecer por mí.

Will inclinó la cabeza y me miró. Su voz era suave y su mirada amable.

—Louisa, no voy a cambiar de parecer por nada. Prometí a mis padres seis meses y eso es lo que les voy a dar. Gracias a ti, ese tiempo ha sido más precioso de lo que te imaginas. Gracias a ti, estos seis meses han dejado de ser una prueba de resistencia...

—¡No!

—¿Qué?

—No digas otra palabra. —Me ahogaba—. Qué egoísta eres, Will. Qué estúpido. Incluso si existiera la más remota posibilidad de que te acompañara a Suiza..., incluso si pensabas que yo, después de todo lo que he hecho por ti, estaría dispuesta a ello, ¿es eso todo lo que tienes que decirme? Te he abierto mi corazón de par en par. Y todo lo que se te ocurre decir es: «No, no eres bastante para mí. Y ahora quiero que vengas a ver la cosa más horrorosa que podrías imaginarte». Lo que más he temido desde que te conocí. ¿Es que no sabes lo que me estás pidiendo?

La furia me dominaba. Estaba de pie frente a él, aullando como una loca.

—Vete a la mierda, Will Traynor. A la mierda. Ojalá no hubiera aceptado este condenado trabajo. Ojalá no te hubiera conocido. —Rompí a llorar, salí corriendo por la playa y volví a mi habitación, lejos de él.

Su voz, que me llamaba, resonó en mis oídos mucho tiempo después de haber cerrado la puerta.

24

Para un transeúnte no hay nada más desconcertante que ver a un hombre en silla de ruedas implorando a la mujer que debería cuidarlo. Al parecer, no está muy bien visto enfadarse con el discapacitado al que atiendes.

Más aún cuando resulta evidente que es incapaz de moverse y dice, con una amabilidad exquisita: «Clark, por favor, ven aquí. Por favor».

Pero no pude. No podía ni mirarlo. Nathan se encargó de preparar el equipaje de Will y me reuní con ellos en el vestíbulo a la mañana siguiente (Nathan aún resacoso) y, desde el momento en que estuvimos juntos, me negué a hacer nada que tuviera que ver con él. Me sentía tan furiosa como desdichada. Una voz dentro de mi cabeza me exigía alejarme de Will tanto como fuera posible. Ir a casa. No volver a verlo.

—¿Estás bien? —dijo Nathan, que apareció a mi lado.

En cuanto llegamos al aeropuerto me había apartado de ellos para dirigirme al mostrador de facturación.

—No —dije—. Y no quiero hablar de ello.

—¿Resaca?

—No.

Hubo un breve silencio.

—¿Esto significa lo que creo que significa? —De repente, se volvió sombrío.

No me fue posible hablar. Asentí con la cabeza y observé que el mentón de Nathan se tensaba durante un instante. Sin embargo, era más fuerte que yo. Al fin y al cabo, era un profesional. Al cabo de unos minutos regresó junto a Will, le mostró algo que había visto en una revista y se preguntó en voz alta qué posibilidades tendría cierto equipo de fútbol del que eran aficionados. Al verlos, nadie se habría imaginado la trascendencia de la noticia que acababa de comunicarle.

Logré mantenerme ocupada durante la espera en el aeropuerto. Encontré miles de pequeñas tareas que hacer: me ocupé de las etiquetas de las maletas, compré café, leí periódicos, fui al baño..., todo lo cual significaba que no tenía ni que mirar a Will. Y que no tenía que hablar con él. Pero de vez en cuando Nathan desaparecía y nos quedábamos solos, sentados el uno al lado del otro, y en esa breve distancia que nos separaba retumbaban las recriminaciones que no nos decíamos en voz alta.

—Clark —comenzaba.

—No —le interrumpía—. No quiero hablar contigo.

Mi frialdad me sorprendió a mí misma. Sin duda, sorprendió a las azafatas del avión. Las vi susurrando entre ellas sobre cómo me giraba rígidamente para apartarme de Will, cómo me ponía los auriculares o miraba fijamente por la ventanilla.

Por una vez, Will no se enfadó. Eso era casi lo peor de todo. No se enfadó, no se volvió sarcástico y se limitó a guardar silencios cada vez más prolongados, hasta el punto de casi no hablar. Al pobre Nathan le correspondió mantener las conversaciones, preguntarnos por el té, el café o los envases que nos sobraban de cacahuetes tostados, o si nos importaba que pasara por encima de nosotros para ir al baño.

Tal vez ahora parezca una chiquillada, pero no se trataba solo de un problema de orgullo herido. No lo soportaba. No soportaba pensar que iba a perderlo, que fuera tan testarudo, tan decidido a negarse a ver el lado bueno de las cosas, que no cambiara de parecer. No podía creerme que ni siquiera fuera a posponer la fecha de la cita, como si estuviera escrita en piedra. Un millón de razones silenciosas retumbaban en mi mente. *¿Por qué esta vida no es suficiente para ti? ¿Por qué no soy yo suficiente para ti? ¿Por qué no confiaste en mí? Si hubiéramos tenido más tiempo, ¿habría sido diferente?* De vez en cuando me sorprendía a mí misma mirando sus manos bronceadas, esos dedos cuadrados, a unos centímetros de los míos, y recordaba cómo nuestros dedos se entrelazaron (la calidez de su piel, la ilusión, incluso en esa inmovilidad, de un tipo de fuerza) y se me hacía un nudo en la garganta, hasta que apenas lograba respirar y debía ir al baño, donde me apoyaba contra el lavabo y sollozaba en silencio bajo la fría luz. En unas pocas ocasiones, cuando pensaba en lo que Will iba a hacer, tuve que contener la necesidad de ponerme a gritar; me sentía poseída por la locura y pensé que lo mejor sería sentarme en el pasillo y aullar y aullar hasta que apareciera alguien. Hasta que alguien me asegurara que no iba a hacerlo.

Así, aunque parecía una chiquillada, aunque el personal de vuelo me considerara (pues no hablaba con Will, ni lo miraba, ni le daba de comer) la más despiadada de las mujeres, yo sabía que solo lograría sobreponerme a estas horas de forzosa proximidad si fingía que él no estaba ahí. Si hubiera creído que Nathan se las arreglaría solo, habría cambiado de vuelo, tal vez incluso habría desaparecido hasta saber que un continente entero nos separaba, no solo unos centímetros imposibles.

Los dos hombres se quedaron dormidos, lo que fue un pequeño alivio: un breve descanso en medio de tanta tensión. Me quedé mirando la televisión y, a cada kilómetro que nos acercábamos a casa, el corazón se volvía más sombrío y la ansiedad más intensa. Se me ocurrió que mi fracaso no era solo mío; los padres de Will se iban a sentir devastados. Probablemente, me culparían. No me extrañaría que la hermana de Will me demandara. Y mi fracaso también era el de Will. Había fracasado al intentar convencerlo. Le había ofrecido todo lo que tenía, incluso a mí misma, y nada de lo que le había mostrado le había convencido de que existía una razón para vivir.

Tal vez, llegué a pensar, se merecía a alguien mejor que yo. Alguien más inteligente. Alguien como Treena habría pensado en mejores alternativas. Habría encontrado un artículo desconocido sobre una investigación médica que le habría sido de gran ayuda. Tal vez le habría hecho cambiar de parecer. Saber que tendría que vivir con esta sospecha durante el resto de mi vida me hizo sentir vértigo.

—¿Quieres beber algo, Clark? —La voz de Will interrumpió mis pensamientos.

—No. Gracias.

—¿Mi codo ocupa demasiado espacio en tu reposabrazos?

—No. Está bien.

Solo durante esas últimas horas, en la oscuridad, me permití mirarlo. Mis ojos se apartaron poco a poco de la brillante pantalla de la televisión hasta que lo pude observar a hurtadillas en la penumbra de esa pequeña cabina. Y al mirar ese rostro, tan bronceado, tan apuesto, que dormía plácidamente, una lágrima solitaria cayó por mi mejilla. Tal vez, consciente de algún modo de mi escrutinio, Will se movió, sin despertarse. Y, ahora que no me veía el personal de vuelo, ni Nathan, le subí la manta hasta el cuello, lentamente, y le arropé con delicadeza para que, en el frescor del aire acondicionado de la cabina, Will no tuviera frío.

Nos esperaban en la puerta de llegada. Por alguna razón, supe que ahí estarían. Sentía cómo se expandía dentro de mí una sensación de malestar al empujar la silla de Will ante el control de pasaportes, donde nos despachó un funcionario bien intencionado, a pesar de mis oraciones para que nos viéramos obligados a esperar, atascados en una cola de horas, de días si fuera posible. Pero no: cruzamos esa vasta extensión de linóleo, mientras yo empujaba el carrito del equipaje y Nathan la silla de ruedas de Will, y, en cuanto se abrieron las puertas de cristal, ahí estaban, de pie tras la barrera, uno al lado del otro, en una extraña muestra de unidad. Vi que la cara de la señora Traynor se iluminaba un instante al ver a Will y pensé, distraída: *Claro, tiene un aspecto estupendo.* Y, para mi vergüenza, me puse las gafas de sol, no para ocultar mi extenuación, sino para que no viera en mi expresión lo que tendría que revelarle.

—¡Mírate! —exclamó—. Will, estás estupendo. De verdad, estupendo.

El padre de Will se agachó y dio unos golpecitos en la silla de su hijo, en la rodilla, en la cara sonriente.

—Cuando Nathan nos dijo que ibais a la playa todos los días, no nos lo creíamos. ¡Y a nadar! ¿Cómo estaba el agua? ¿Agradable y cálida? Por aquí ha llovido a raudales. ¡Un agosto típico!

Por supuesto. Nathan les habría enviado mensajes o los habría llamado. Como si fueran a dejarnos ir todo ese tiempo sin mantener algún tipo de contacto.

—Era... Era un lugar asombroso —dijo Nathan. Él, también, se había vuelto taciturno, pero intentó sonreír, aparentar que estaba como siempre.

Estaba petrificada, aferrada al pasaporte como si estuviera a punto de partir a otro país. Tuve que recordarme a mí misma que debía respirar.

—Bueno, pensamos que os apetecería una cena especial —dijo el padre de Will—. Hay un restaurante estupendo en el Intercontinental. Os invitamos a champán. ¿Qué os parece? Tu madre y yo pensamos que sería un buen trato.

—Claro —dijo Will. Estaba sonriendo a su madre, quien lo miraba como si quisiera preservar esa sonrisa para siempre. ¿Cómo te atreves?, quise gritarle. ¿Cómo te atreves a mirarla así cuando sabes lo que vas a hacerle?

—Vamos, entonces. Tengo el coche en el aparcamiento para discapacitados. Está muy cerca. Estaba seguro de que estaríais sufriendo el desfase horario. Nathan, ¿quieres que lleve alguna maleta?

Mi voz interrumpió la conversación.

—En realidad —dije, mientras sacaba mi equipaje del carrito—, creo que me voy. Gracias, de todos modos.

Estaba concentrada en mi maleta, sin mirarlos a propósito, pero incluso en el alboroto del aeropuerto percibí el breve silencio que provocaron mis palabras.

Fue el señor Traynor quien rompió ese silencio.

—Vamos, Louisa. Va a ser una pequeña celebración. Queremos que nos contéis todo acerca de vuestras aventuras. Quiero saberlo todo sobre esa isla. Y te prometo que no hace falta que nos lo cuentes todo. —Casi se rio.

—Sí. —La voz de la señora Traynor tenía un tono discreto—. Ven, Louisa.

—No. —Tragué saliva, intenté sonreír. Mis gafas de sol eran un escudo—. Gracias. Pero prefiero volver.

—¿Adónde? —dijo Will.

Comprendí qué quería decir. En realidad, no tenía un lugar al que volver.

—Voy a ir a casa de mis padres. Está bien.

—Ven con nosotros —dijo. Habló con amabilidad—. No te vayas, Clark. Por favor.

Quise echarme a llorar. Pero supe con una certeza absoluta que no podría quedarme cerca de él.

—No. Gracias. Espero que disfrutéis de la comida. —Me eché la bolsa de viaje al hombro y, antes de que tuvieran ocasión de volver a hablar, me alejé de ellos y me engulleron las multitudes de la terminal.

Casi estaba en la parada del autobús cuando la oí. Camilla Traynor, cuyos tacones repicaban contra el suelo, se acercó a mí, casi a la carrera.

—Para. Louisa. Por favor, para.

Me di la vuelta y la vi abriéndose paso entre los viajeros de una cola de autobús, apartando adolescentes con mochilas igual que Moisés apartó las aguas. Las luces del aeropuerto le iluminaron el pelo y lo tiñeron de un color cobrizo. Llevaba una elegante pashmina gris, plegada artísticamente sobre un hombro. Recuerdo que pensé en lo hermosa que debió de ser tan solo unos pocos años atrás.

—Por favor. Por favor, para.

Me paré y eché un vistazo a la calle, deseando que apareciera el autobús cuanto antes, que me recogiera y me llevara muy lejos. Que ocurriera algo. Un pequeño terremoto, tal vez.

—¿Louisa?

—Se lo ha pasado bien. —Mi voz sonaba crispada. Qué extraño: igual que la de ella, pensé.

—Tiene buen aspecto. Muy buen aspecto. —Me miró fijamente, de pie en la acera. De repente, permaneció sumamente inmóvil, a pesar de la corriente de personas que pasaban a su lado.

No hablamos.

Y al cabo dije:

—Señora Traynor, me gustaría presentarle mi renuncia. No puedo... No puedo con estos últimos días. Renuncio al dinero que me deba. De hecho, no quiero que me pague el salario de este mes. No quiero nada. Solo...

En ese momento, la señora Traynor palideció. Vi cómo el color desaparecía de su cara, cómo se tambaleaba un poco bajo la luz de la mañana. Vi que el señor Traynor se acercaba tras ella, a zancadas, sosteniendo el panamá sobre la cabeza con una mano. Farfullaba sus disculpas al abrirse paso entre la multitud, con la mirada clavada en mí y en su esposa, que permanecíamos de pie, rígidas, a unos pasos la una de la otra.

—Tú..., tú dijiste que pensabas que era feliz. Dijiste que pensabas que esto le haría cambiar de idea. —Parecía desesperada, como si me rogara que no se lo confirmara, que el resultado fuera diferente.

No atiné a hablar. Me quedé mirándola y tan solo fui capaz de negar levemente con la cabeza.

—Lo siento —susurré, tan bajo que no pudo oírme.

El señor Traynor casi estaba ahí cuando ella se desplomó. Las piernas cedieron bajo su peso y el brazo izquierdo del señor Traynor salió disparado y la agarró en su caída. La boca de la señora Traynor se transformó en una gran O y su cuerpo se hundió contra el de su marido.

El panamá cayó a la acera. Él me miró, confundido, sin comprender qué acababa de ocurrir.

Y yo no pude mirar. Me di la vuelta, aturdida, y comencé a caminar, un pie, luego el otro, moviendo las piernas casi antes de que yo supiera qué estaban haciendo, lejos del aeropuerto, sin saber aún adónde me dirigía.

25

Katrina

ras volver de sus vacaciones, Louisa no salió de
su habitación durante treinta y seis horas. Llegó
del aeropuerto el domingo por la noche, ya tarde, pálida como
un fantasma bajo el bronceado..., y, al principio, no logramos
comprenderlo, pues nos había dicho con claridad que nos veríamos el lunes por la mañana. *Tengo que dormir*, dijo, y se
encerró en su habitación y fue derecha a la cama. Nos pareció
un poco extraño, pero ¿qué sabíamos nosotros? Lou ha sido
rara desde que nació, al fin y al cabo.

Mi madre le llevó una taza de té por la mañana y Lou ni
se movió. A la hora de cenar, mi madre ya estaba preocupada
y la sacudió, para comprobar que estaba viva. (Es un tanto
melodramática, mi madre: aunque, para ser justos, había cocinado pastel de pescado y tal vez quería que Lou no se lo per-
diese). Pero Lou se negó a comer, y ni habló ni bajó con nosotros. *Solo quiero estar aquí un rato, mamá,* dijo, contra la
almohada. Por fin, mi madre la dejó sola.

—No es la misma —dijo mi madre—. ¿Crees que es una reacción atrasada por lo de Patrick?

—Le importa un rábano Patrick —replicó mi padre—. Le conté que nos llamó para decirnos que había llegado en el puesto 157 en eso del Norseman y no se interesó ni una pizca.—Tomó un sorbo del té—. Aunque, para ser justos, hasta a mí me parece difícil entusiasmarse por el puesto 157.

—¿Crees que está enferma? Está palidísima a pesar del bronceado. Y tanto dormir... No es propio de ella. Tal vez haya contraído una enfermedad tropical.

—Es solo el *jet lag* —aseguré. Lo dije con cierta autoridad, sabedora de que mis padres me consideraban una experta en todo tipo de asuntos sobre los que, en realidad, ninguno de nosotros sabía nada.

—¡El *jet lag*! Vaya, si así te dejan los viajes largos, creo que seguiré yendo a Tenby. ¿Qué te parece, Josie, cariño?

—No sé... ¿Quién habría pensado que unas vacaciones te harían parecer tan enferma? —Mi madre negó con la cabeza.

Subí después de la cena. No llamé a la puerta. (Aún era, en sentido estricto, mi habitación, al fin y al cabo). El aire estaba cargado y rancio, así que subí la persiana y abrí una ventana, de modo que Lou se dio la vuelta atontada bajo el edredón, tapándose los ojos, y a su alrededor revolotearon motas de polvo.

—¿Me vas a contar qué ha pasado? —Dejé una taza de té en la mesilla de noche.

Lou parpadeó al mirarme.

—Mamá cree que tienes el virus del Ébola. Está avisando a todas las vecinas que han reservado plaza en el viaje del club de bingo a PortAventura.

No dijo nada.

—¿Lou?

—He dejado el trabajo —dijo, en voz queda.

—¿Por qué?

—¿Por qué va a ser? —Se incorporó, cogió con torpeza la taza y tomó un largo sorbo de té.

Para alguien que acaba de pasar casi dos semanas en las islas Mauricio, mostraba un aspecto horrible. Tenía los ojos empequeñecidos y rojizos y, sin el bronceado, se veía su piel cubierta de manchas. El pelo estaba aplastado a un lado. Se diría que había estado despierta durante varios años. Pero, sobre todo, parecía triste. Nunca la había visto tan triste antes.

—¿Crees que lo va a hacer?

Asintió. Luego tragó saliva, con dificultad.

—Mierda. Oh, Lou. Lo siento mucho.

Le pedí con un gesto que me hiciera sitio y me subí a la cama junto a ella. Tras tomar otro sorbo de té, apoyó la cabeza en mi hombro. Llevaba una camiseta mía. No le dije nada al respecto, de tan mal que me sentía por ella.

—¿Qué hago ahora, Treen?

Su voz era frágil, como la de Thomas cuando se hace daño e intenta ser valiente. Fuera oíamos al perro de los vecinos corriendo de un lado a otro de la cerca del jardín, persiguiendo a los gatos del vecindario. De vez en cuando soltaba una ráfaga de ladridos enloquecidos; debía de tener la cabeza asomando por encima de la valla y los ojos se le saldrían de la cara, por la frustración.

—No sé si hay algo que puedas hacer. Dios. Todo lo que has hecho por él. Todo ese esfuerzo...

—Le dije que lo quería —confesó, la voz apenas un susurro—. Y él solo dijo que eso no era suficiente. —Tenía los ojos sombríos, abiertos de par en par—. ¿Cómo voy a vivir después de eso?

Yo soy quien lo sabe todo en la familia. Leo más que nadie. Voy a la universidad. Debo tener respuestas para todo.

Pero miré a mi hermana mayor y negué con la cabeza.

—No tengo ni idea —dije.

Por fin salió al día siguiente, duchada y con ropa limpia, y les pedí a nuestros padres que no dijeran nada. Di a entender que eran problemas de novios y mi padre alzó las cejas y puso una cara como si eso lo explicara todo, y solo Dios sabe por qué nos habríamos preocupado tanto por algo así. Mi madre salió corriendo para llamar al club del bingo para avisar que había cambiado de idea acerca de los peligros de los viajes aéreos.

Lou comió una tostada (no quería almorzar), y se puso un sombrero enorme de alas anchas y fuimos a dar un paseo hasta el castillo con Thomas, para dar de comer a los patos. No creo que quisiera salir, pero mi madre insistió en que todos necesitábamos aire fresco. En el lenguaje de mi madre, eso quería decir que se moría de ganas por entrar en la habitación a airearla y cambiar la ropa de cama. Thomas fue dando saltitos delante de nosotras, con una bolsa de plástico llena de cortezas, y sorteamos a los turistas con la facilidad de quien tiene años de práctica: esquivábamos los golpes de mochila y nos separábamos de las parejas que posaban. El castillo se derretía al calor del sol estival, el suelo se agrietaba y la hierba rala se asemejaba a los últimos pelos en la cabeza de un hombre a punto de quedarse calvo. En las jardineras las flores parecían derrotadas, como si se preparasen para la llegada del otoño.

Lou y yo no dijimos gran cosa. ¿Acaso quedaba algo por decir?

Mientras caminábamos junto al aparcamiento de los turistas, vi que echaba un vistazo a la casa de los Traynor. Ahí estaba, elegante, con sus ladrillos rojos, las ventanas altas y oscuras que ocultaban los dolorosos eventos que ocurrían tras ellas, quizá incluso ahora.

—Podrías ir a hablar con él, ¿sabes? —propuse—. Te espero aquí.

Lou miró al suelo, cruzó los brazos sobre el pecho y seguimos caminando.

—No tiene sentido —contestó. Entendí la otra parte, la parte que no dijo: *Probablemente, ni siquiera esté ahí.*

Dimos una vuelta en torno al castillo, despacio, sin quitar el ojo a Thomas, que se arrojaba por las cuestas más pronunciadas de la colina, y dimos de comer a los patos, que a estas alturas de la temporada estaban ya tan atiborrados que casi ni se molestaron en acercarse. Observé a mi hermana mientras paseábamos, con la espalda bronceada que dejaba al descubierto su blusa de cuello halter y los hombros hundidos, y comprendí que, aunque aún no lo supiera, todo había cambiado para ella. Ya no se quedaría aquí, pasara lo que pasara con Will Traynor. Tenía cierto aire, el aire nuevo de quien ha aprendido, de quien ha visto lugares diferentes. Por fin mi hermana tenía nuevos horizontes.

—Ah —dije, cuando volvíamos hacia la puerta—, has recibido una carta de la universidad mientras estabas fuera. Lo siento..., la abrí. Pensé que sería para mí.

—¿La abriste?

Tenía la esperanza de que fuera el dinero de la beca.

—Tienes una entrevista.

Lou parpadeó, como si recibiera noticias de un pasado remoto.

—Sí. Y la gran noticia es que es mañana —continué—. Así que he pensado que tal vez deberíamos repasar esta noche algunas preguntas que quizá te hagan.

Negó con la cabeza.

—No puedo ir a la entrevista mañana.

—¿Qué otra cosa vas a hacer?

—No puedo, Treen —dijo, afligida—. ¿Cómo voy a pensar en eso en un momento como este?

—Escucha, Lou. No conceden entrevistas como si echaran migas a los patos, tontorrona. Esto es importante. Saben que eres una estudiante madura, que has solicitado plaza en el momento menos indicado del año y aun así te van a ver. No vayas a hacer una tontería ahora.

—No me importa. No soy capaz de pensar en eso.

—Pero tú...

—Déjame en paz, Treen. ¿Vale? No puedo.

—Eh —dije. Me planté ante ella y le corté el paso. Thomas hablaba con una paloma, unos metros más adelante—. Este es el momento exacto en el que tienes que pensar en eso. Este es el momento, te guste o no, en que por fin vas a decidir qué vas a hacer durante el resto de tu vida.

Las dos bloqueábamos el camino. Los turistas tenían que separarse para rodearnos; lo hacían con las cabezas gachas o curioseando a esas hermanas que discutían.

—No puedo.

—Vaya, mala suerte. Porque, por si se te ha olvidado, ya no tienes trabajo. Ni a Patrick para sacarte las castañas del fuego. Y si no vas a esta entrevista, dentro de dos días vas a volver a la Oficina de Empleo para decidir si prefieres ganarte la vida en una fábrica de pollo procesado, en un club de estriptis o limpiando el culo a otra persona. Y, lo creas o no, ahora que ya te acercas a los treinta, ahí tienes un buen resumen de lo que va a ser tu vida. Y todo esto, todo lo que has aprendido durante los últimos seis meses, habrá sido una pérdida de tiempo. Todo ello.

Se me quedó mirando, con esa furia muda que la domina cuando sabe que tengo razón y no tiene nada que replicar. Thomas apareció junto a nosotras y me tiró de la mano.

—Mamá..., has dicho culo.

Mi hermana aún me fulminaba con la mirada. Pero noté que estaba pensando.

Me volví hacia mi hijo.

—No, cariño. He dicho chulo. Vamos a ir a casa y te vamos a dar algo muy chulo, ¿a que sí, Lou? Y luego, mientras la abuela te da un baño, voy a ayudar a la tía Lou a hacer los deberes.

Fui a la biblioteca al día siguiente y mi madre cuidó de Thomas, así que acompañé a Lou hasta el autobús y supe que no la volvería a ver hasta la hora de la merienda. Yo no albergaba grandes esperanzas respecto a la entrevista, pero, desde el momento en que nos despedimos, en realidad no volví a pensar en ello.

Tal vez suene egoísta, pero no me gusta atrasarme en mis estudios y fue un pequeño alivio no pensar en las desdichas de Lou. Es agotador estar junto a alguien tan deprimido. Aunque la compadezca, es inevitable sentir la tentación de decirle que se espabile. Guardé a mi familia, mi hermana y el desastre que era su vida en un archivador mental, cerré el cajón y centré toda mi atención en las exenciones del IVA. Obtuve la segunda nota más alta de mi promoción en Contabilidad 1 y por nada del mundo iba a retrasarme debido a los caprichos del sistema tributario del reino.

Llegué a casa a las seis menos cuarto, dejé las carpetas en la silla de la entrada y vi que ya estaban todos alrededor de la mesa de la cocina, mientras mi madre comenzaba a servir. Thomas se me echó encima, me rodeó la cintura con las piernas y yo lo besé, oliendo ese adorable aroma de niño pequeño.

—Siéntate, siéntate —dijo mi madre—. Papá acaba de llegar.

—¿Qué tal con tus libros? —dijo mi padre, que colgó la chaqueta en el respaldo de la silla. Siempre hablaba de «mis libros». Como si contaran con vida propia y los tuviera que llamar al orden.

—Bien, gracias. Ya he terminado tres cuartas partes de la unidad de Contabilidad 2. Y mañana empiezo con Derecho de

Empresa. —Me quité a Thomas de encima, lo puse en la silla que tenía al lado y con una mano acaricié su suave pelo.

—¿Has oído, Josie? Derecho de Empresa. —Mi padre robó una patata de la fuente y se la llevó a la boca antes de que mi madre lo viera. Lo dijo como si gozara del sonido de esas tres palabras. Supongo que así era. Charlamos un rato acerca de todos los temas que abarcaba mi curso. A continuación, hablamos del trabajo de mi padre: sobre todo, de cómo los turistas lo rompían todo. Los costos de mantenimiento eran increíbles, al parecer. Hasta los postes de madera de la entrada del aparcamiento tenían que ser reemplazados cada pocas semanas porque los muy idiotas eran incapaces de introducir un coche por una abertura de tres metros y medio. Personalmente, habría añadido un suplemento al precio de entrada para cubrir esos gastos..., pero era cosa mía.

Mi madre terminó de servir y por fin se sentó. Thomas comía con los dedos cuando pensaba que nadie le prestaba atención y decía «culo» entre dientes con una sonrisa pícara, y el abuelo comía mirando de soslayo, como si en realidad pensara en otros asuntos. Eché un vistazo a Lou. Tenía la mirada clavada en el plato y movía el pollo asado alrededor, como si intentara esconderlo. *Vaya*, pensé.

—¿No tienes hambre, cariño? —dijo mi madre, al seguir la dirección de mi mirada.

—No mucha —respondió.

—Hace demasiado calor para comer pollo —admitió mi madre—. Pensé que te vendría bien un poco de energía.

—Entonces..., ¿nos vas a decir qué tal te fue en la entrevista? —El tenedor de mi padre se quedó inmóvil a medio camino de la boca.

—Oh, eso. —Parecía distraída, como si le hubieran mencionado algo ocurrido cinco años atrás.

—Sí, eso.

Pinchó un trozo de pollo con el tenedor.

—Estuvo bien.

Mi padre me miró.

Me encogí de hombros, levemente.

—¿Solo bien? Seguro que te dijeron algo sobre cómo lo hiciste.

—Me la han concedido.

—¿Qué?

Lou seguía mirando el plato. Dejé de masticar.

—Dijeron que yo era exactamente el tipo de estudiante que estaban buscando. Tengo que hacer una especie de curso de adaptación, que dura un año, y luego puedo convalidarlo.

Mi padre se recostó en la silla.

—Qué fantástica noticia.

Mi madre le dio unos golpecitos en el hombro.

—Ay, bien hecho, cielo. Es maravilloso.

—En realidad, no. No creo que pueda permitirme cuatro años de estudio.

—No te preocupes por eso ahora. De verdad. Mira cómo se las apaña Treena. Eh —le dio un ligero codazo—, ya encontraremos la manera. Siempre encontramos el modo, ¿a que sí? —Mi padre nos miró a ambas, radiante—. Creo que todo comienza a mejorar para nosotros, chicas. Creo que esta va a ser una buena época para esta familia.

Y entonces, sin previo aviso, Lou comenzó a llorar. Lágrimas de verdad. Lloró como llora Thomas, a berridos, reducida a mocos y lágrimas, sin importarle quién la oyera, y sus sollozos rompieron el silencio de la pequeña cocina como un cuchillo.

Thomas se quedó mirándola con la boca abierta, así que me lo subí al regazo y lo distraje, para que no comenzara él también. Y, mientras yo jugueteaba con trocitos de patatas y guisantes habladores y hacía voces raras, ella se lo contó.

Les contó todo: lo de Will y lo del contrato de seis meses, y todo lo que había ocurrido cuando fueron a las islas Mauricio. Mientras Lou hablaba, mi madre se llevó las manos a la boca. El abuelo se puso muy serio. El pollo se enfrió y la salsa se solidificó.

Mi padre negó con la cabeza, incrédulo. Y entonces, mientras mi hermana narraba con detalle el vuelo que la trajo a casa desde el océano Índico, con un voz que apenas era un susurro al contar las últimas palabras que le dijo a la señora Traynor, mi padre apartó la silla y se levantó. Caminó despacio alrededor de la mesa y la tomó en sus brazos, como cuando era una niña pequeña. Se quedó ahí y la estrechó muy muy fuerte contra sí.

—Oh, cielo santo, pobre muchacho. Y pobre hija mía. Oh, cielo santo.

No sé si alguna vez había visto a nuestro padre tan conmocionado.

—Qué desastre.

—¿Has tenido que soportar todo esto? ¿Sin decirnos ni una palabra? ¿Y no recibimos más que una postal sobre el submarinismo? —Mi madre estaba incrédula—. Pensábamos que te lo estabas pasando de maravilla.

—No estaba sola. Treena lo sabía —dijo, mirándome—. Treena fue maravillosa conmigo.

—Yo no hice nada —dije, abrazada a Thomas. Había perdido interés en la conversación ahora que mi madre había abierto un bote de chocolatinas frente a él—. Yo solo escuché. Tú hiciste todo. Tú fuiste quien tuvo todas esas ideas.

—Y menudas ideas fueron. —Se apoyó en mi padre, alicaída.

Mi padre le subió el mentón para que lo mirase.

—Pero has hecho todo lo que has podido.

—Y he fracasado.

—¿Quién dice que has fracasado? —Le acarició el pelo y lo apartó de la cara. Su expresión era tierna—. Estoy pensando en lo que sé acerca de Will Traynor, lo que sé acerca de hombres como él. Y te voy a decir una cosa. No creo que nadie en este mundo sea capaz de persuadir a ese hombre cuando ya ha tomado una decisión. Él es como es. No puedes cambiar a la gente.

—Pero ¡sus padres! No pueden permitir que se mate —dijo mi madre—. ¿Qué clase de personas son?

—Son personas normales, mamá. La señora Traynor no sabe qué otra cosa hacer.

—Bueno, no llevarlo a esa clínica sería un buen comienzo. —Mi madre estaba furiosa. En sus mejillas aparecieron dos manchas coloradas—. Yo lucharía por vosotras dos, por Thomas, hasta mi último aliento.

—¿Incluso aunque él ya hubiera intentado matarse? —observé—. De una forma espantosa.

—Está enfermo, Katrina. Está deprimido. A la gente que es vulnerable no hay que concederle la ocasión de hacer algo de lo que se... —Se quedó sin palabras, perdida en una rabia silenciosa, y se limpió los ojos con una servilleta—. Esa mujer no tiene corazón. No tiene corazón. Y pensar que ha involucrado a Louisa en todo esto. Una pensaría que una juez debería saber qué está bien y qué está mal. Mejor que nadie. Estoy por ir allí y traerlo a esta casa.

—Es complicado, mamá.

—No. No lo es. Es vulnerable y por nada del mundo ella debería pensar en hacer semejante cosa. Estoy escandalizada. Pobre hombre. Pobre hombre. —Se levantó de la mesa, llevándose las sobras del pollo, y se dirigió a la cocina.

Louisa la observó con una expresión un tanto perpleja. Mi madre nunca se enfadaba. Creo que la última vez que la oímos alzar la voz fue en 1993.

Mi padre negó con la cabeza, al parecer, pensando en otras cosas.

—Se me ha ocurrido... Ahora no me extraña que no haya visto al señor Traynor. Me preguntaba dónde se había metido. Pensé que se habrían ido todos de vacaciones.

—¿Se han..., se han ido?

—Él no ha ido a trabajar estos dos últimos días.

Lou se reclinó contra el respaldo y se hundió en la silla.

—Oh, mierda —dije, y luego aplaudí con las manos cerca de las orejas de Thomas.

—Es mañana.

Lou me miró y yo alcé la vista al calendario de la pared.

—El 13 de agosto. Es mañana.

Lou no hizo nada ese último día. Se levantó antes que yo y se quedó mirando por la ventana de la cocina. Llovió, aclaró y llovió de nuevo. Se tumbó en el sofá junto al abuelo y bebió el té que le hizo mi madre, y noté que más o menos cada media hora miraba lentamente al otro lado del mantel y comprobaba la hora. Resultaba doloroso mirarlo. Llevé a Thomas a nadar y traté de convencerla para que nos acompañara. Le dije que mamá lo cuidaría si quería ir de compras conmigo más tarde. Le dije que la llevaría a un bar, solo nosotras dos, pero declinó todas las ofertas.

—¿Y si he cometido un error, Treen? —dijo, en voz tan baja que solo yo la oí.

Eché un vistazo al abuelo, pero solo tenía ojos para la carrera. Pienso que mi padre aún apostaba a hurtadillas por él, aunque lo negara ante mi madre.

—¿Qué quieres decir?

—¿Y si debiera ir con él?

—Pero... dijiste que no te sentías capaz.

Fuera el cielo era ceniciento. Miró por nuestras ventanas inmaculadas al desapacible día que nos esperaba.

—Ya sé lo que dije. Pero no soporto no saber qué está ocurriendo. —Su cara se descompuso un poco—. No soporto no saber cómo se siente. No soporto que ni siquiera me vaya a despedir de él.

—¿No podrías ir ahora? ¿Tal vez si intentas encontrar un vuelo?

—Es demasiado tarde —dijo. Y cerró los ojos—. No llegaría a tiempo. Solo quedan dos horas hasta..., hasta que cierren. Lo he mirado. En Internet.

Esperé.

—No lo... hacen... después de las cinco y media. —Negó con la cabeza, desconcertada—. Por algo de los funcionarios suizos que deben estar ahí. No les gusta... certificar... cosas fuera del horario laboral.

Casi me reí. Pero no supe qué decirle. No me imaginaba qué sería esperar, como ella esperaba, sabedora de lo que estaría ocurriendo en cierto lugar remoto. Yo no había amado a un hombre tanto como ella parecía amar a Will. Me habían gustado algunos hombres, cómo no, y deseé acostarme con ellos, pero a veces me preguntaba si me faltaba algún chip sensitivo. Ni me imaginaba a mí misma llorando por ninguno de los hombres con los que había estado. El único equivalente que se me ocurría era Thomas, esperando a morir en un país desconocido, y en cuanto recreé esa idea en mi mente algo dentro de mí dio un vuelco, de lo espantoso que resultaba. Así que lo guardé en mi archivador mental, en un cajón etiquetado *Impensable*.

Me senté junto a mi hermana en el sofá y vimos en silencio la carrera de caballos de las tres y media, a continuación la de las cuatro, luego las que retransmitieron acto seguido, con la intensidad hipnótica de quien había apostado todo su dinero al caballo ganador.

Y entonces sonó el timbre de la puerta.

Louisa se puso en pie y fue a la entrada en apenas unos segundos. Abrió la puerta y ese modo en que la empujó de par en par me sobresaltó incluso a mí.

Pero no era Will quien estaba ante el umbral. Era una mujer joven, de maquillaje llamativo y perfectamente aplicado, con el pelo cortado en una pulcra melena que le llegaba al mentón. Plegó el paraguas, sonrió y buscó algo en el bolso enorme que le colgaba del hombro. Me pregunté por un momento si sería la hermana de Will Traynor.

—¿Louisa Clark?

—¿Sí?

—Trabajo para *The Globe*. Me preguntaba si podríamos charlar un momento.

—¿*The Globe*?

Percibí la confusión en la voz de Lou.

—¿El periódico? —Salí detrás de mi hermana. Vi entonces la libreta que tenía la mujer entre las manos.

—¿Podría entrar? Solo quiero mantener una breve conversación con usted acerca de Will Traynor. Usted trabaja para Will Traynor, ¿no es así?

—Sin comentarios —dije. Y antes de que la mujer tuviera ocasión de añadir algo más, le cerré la puerta en las narices.

Mi hermana permaneció aturdida en la entrada. Se sobresaltó cuando el timbre sonó de nuevo.

—No respondas —dije entre dientes.

—Pero ¿cómo...?

Comencé a empujarla escaleras arriba. Dios, se movía con una lentitud exasperante. Parecía medio dormida.

—Abuelo, ¡no abras la puerta! —grité—. ¿A quién se lo has contado? —dije cuando llegamos al rellano—. Alguien ha tenido que contárselo. ¿Quién lo sabe?

—Señorita Clark —la voz de la mujer nos llegó por el buzón de la puerta—. Si me concede tan solo diez minutos... Comprendemos que se trata de un asunto muy delicado. Nos gustaría contar su versión de la historia...

—¿Significa esto que está muerto? —Sus ojos se cubrieron de lágrimas.

—No, solo significa que un imbécil está tratando de hacer caja. —Pensé por un minuto.

—¿Quién era, chicas? —La voz de nuestra madre subió por el hueco de la escalera.

—Nadie, mamá. No abras la puerta.

Eché un vistazo por encima de la barandilla. Nuestra madre sostenía una servilleta en las manos y contemplaba la figura en sombras que se veía a través de los paneles de vidrio de la puerta principal.

—¿Que no abra la puerta?

Agarré a mi hermana por el codo.

—Lou..., ¿no le contarías nada a Patrick?

No fue necesario que respondiera. Su cara, triste y desolada, lo dijo todo.

—Vale. No te acerques a la puerta. No respondas al teléfono. No les digas ni una palabra, ¿vale?

A nuestra madre no le divirtió la situación. Le hizo aún menos gracia cuando el teléfono comenzó a sonar. Tras la quinta llamada dejamos que respondiera siempre el contestador automático, pero aún tuvimos que escucharlos, esas voces que invadían nuestra pequeña entrada. Había cuatro o cinco, todos iguales. Todos ofrecían a Lou la oportunidad de contar su versión de «la historia», como la llamaban. Como si Will Traynor fuera un producto por el que se pelearan. Sonó el teléfono y sonó el timbre de la puerta. Nos sentamos con las cortinas echadas, escuchando a los reporteros que aguardaban en la acera, justo frente a nuestra puerta, mientras charlaban entre ellos y hablaban con sus teléfonos móviles.

Era casi como estar sitiados. Nuestra madre se retorcía las manos y gritaba por el buzón para que salieran de nuestro jardín, maldita sea, cada vez que uno se aventuraba más allá de la puerta. Thomas observaba desde la ventana del baño de arriba y quería saber por qué había tanta gente en nuestro jardín. Nos llamaron cuatro vecinos para saber qué ocurría. Nuestro padre aparcó en Ivy Street y entró en casa por la puerta de atrás, y mantuvimos una conversación muy seria acerca de castillos y aceite hirviendo.

Entonces, después de pensármelo un poco, llamé a Patrick y le pregunté cuánto le habían pagado por ese soplo tan sórdido. Esa sutil demora antes de negarlo todo me reveló lo que necesitaba saber.

—Eres un mierda —grité—. Te voy a patear esas canillas de maratoniano con tal fuerza que vas a pensar que el puesto 157 fue un buen resultado.

Lou, sentada en la cocina, tan solo lloraba. No era un llanto de verdad, sino unas lágrimas silenciosas que le corrían por la cara y que se limpiaba con la palma de la mano. No se me ocurrió qué decirle.

Lo que no vino mal. Tenía muchísimas cosas que decir al resto del mundo.

Menos uno, todos los reporteros se marcharon antes de las siete y media. No supe si se habían dado por vencidos o si el gesto de Thomas de responder con piezas de Lego a todas las notas que metían en el buzón les acabó aburriendo. Le dije a Louisa que bañara a Thomas por mí, sobre todo porque quería sacarla de la cocina, pero también porque así podría repasar todos los mensajes del contestador y borrar los de los periódicos mientras ella no me oía. Veintiséis. Veintiséis capullos.

Y todos tan simpáticos, tan comprensivos. Algunos incluso le ofrecieron dinero.

Pulsé la tecla Borrar en todos los casos. Incluso los que ofrecían dinero, aunque admito que me tentó un poquillo ver cuánto ofrecían. Mientras tanto, oía a Lou hablar con Thomas en el baño, los quejidos y las salpicaduras al arrojar contra los quince centímetros de espuma su Batmóvil. Eso es lo que no sabes de los niños hasta que tienes uno: entre el baño, el Lego y el pescado, no puedes regodearte en tus penas mucho tiempo. Y entonces llegué al último mensaje.

«¿Louisa? Soy Camilla Traynor. ¿Me podrías llamar? Cuanto antes, mejor».

Me quedé mirando al contestador. Lo rebobiné y lo volví a reproducir. A continuación, salí corriendo y saqué a Thomas de la bañera tan rápido que mi hijo ni siquiera supo qué había pasado. Estaba ahí, de pie, con la toalla enrollada a su alrededor, como un vendaje compresivo, y Lou, vacilante y confundida, ya estaba en mitad de las escaleras, pues la llevaba agarrada del hombro.

—¿Y si me odia?

—No me dio la impresión de que te odiase.

—Pero ¿y si la prensa los tiene rodeados? ¿Y si piensan que todo es culpa mía? —Abrió los ojos de par en par, aterrorizada—. ¿Y si me llama para decirme que ya lo ha hecho?

—Oh, por el amor de Dios, Lou. Por una vez en tu vida, tranquilízate. No vas a saberlo a menos que llames. Llámala. Llámala, vamos. No tienes otra opción.

Fui corriendo al baño, a liberar a Thomas. Le puse el pijama, le dije que la abuela tenía una galleta para él si iba corriendo a la cocina superrápido. Y entonces eché un vistazo por la puerta del baño, a mi hermana, con el teléfono de la entrada.

Me daba la espalda y con una mano se alisaba el pelo de la nuca. Estiró la mano para no perder el equilibrio.

—Sí —decía—. Entiendo. —Y a continuación—: Vale.

Y al cabo de una pausa:

—Sí.

Se miró los pies durante un buen minuto después de colgar.

—¿Y bien? —dije.

Alzó la vista como si acabara de verme y negó con la cabeza.

—No era por lo de la prensa —dijo, aún aturdida por la emoción—. Me pidió..., me rogó que fuera a Suiza. Y me ha reservado una plaza en el último vuelo de esta tarde.

26

Supongo que en otras circunstancias habría parecido extraño que yo, Lou Clark, una muchacha que apenas se había alejado de su pueblo durante más de veinte años, se dispusiera a volar a su tercer país en menos de una semana. Pero preparé el equipaje con la rápida eficacia de una azafata de vuelo, con solo lo esencial. Treena se apresuró a mi alrededor, en silencio, a coger otras cosas que creía que me vendrían bien, y a continuación bajamos por las escaleras. Nos detuvimos a medio camino. Nuestros padres ya estaban en la entrada, de pie, juntos, de un modo que no presagiaba nada bueno, como cuando hace tiempo llegábamos tarde de una fiesta.

—¿Qué pasa aquí? —Mi madre miraba mi maleta.

Treena se situó frente a mí.

—Lou va a ir a Suiza —dijo—. Y tiene que salir ya. Hoy ya solo queda un vuelo.

Estábamos a punto de movernos cuando mi madre dio un paso al frente.

—No. —En su boca se dibujaba una línea desconocida y cruzó los brazos con torpeza—. De verdad. No quiero que te involucres en eso. Si es lo que creo que es, entonces no.

—Pero... —comenzó Treena, que me miró.

—No —dijo mi madre y su voz adquirió un tono cortante muy poco habitual—. No hay peros que valgan. He estado pensando sobre lo que nos contaste. Está mal. Moralmente mal. Y si te ves envuelta en ello y consideran que has ayudado a un hombre a matarse a sí mismo, entonces podrías meterte en un buen lío.

—Tu madre tiene razón —dijo mi padre.

—Lo hemos visto en las noticias. Esto podría afectarte toda la vida, Lou. Esa entrevista para entrar en la universidad, por ejemplo. Si tienes antecedentes penales, no te van a conceder un título universitario, ni un buen trabajo, ni nada...

—Le ha pedido que vaya. No querrás que no le haga caso, sin más —interrumpió Treena.

—Sí. Sí, eso quiero. Ha dado seis meses de su vida a esa familia. Y menudo bien le ha hecho, a juzgar por cómo están las cosas. Menudo bien ha hecho a esta familia, con gente llamando a la puerta y todos los vecinos pensando que nos han pillado por fraude o algo así. No, por fin tiene la oportunidad de hacer algo con su vida y ahora quieren que vaya a ese maldito lugar de Suiza y formar parte de sabe Dios qué. Bueno, yo digo que no. No, Louisa.

—Pero tiene que ir —dijo Treena.

—No, no tiene que ir. Ya ha hecho bastante. Ella misma lo dijo anoche, ha hecho todo lo que estaba en sus manos. —Mi madre negó con la cabeza—. Sea lo que sea el lío en el que se van a meter los Traynor por hacer..., hacer lo que vayan a hacer a su hijo, no quiero que Louisa tenga nada que ver. No quiero que eche a perder su vida.

—Creo que soy capaz de tomar mis propias decisiones —dije.

—No sé si eres capaz. Es tu amigo, Louisa. Es un joven que tiene toda la vida por delante. No puedes formar parte de eso. Yo..., me escandaliza que siquiera te lo plantees. —Su voz adquirió un nuevo tono, más duro—. ¡No te he criado para que ayudes a alguien a acabar con su vida! ¿Acabarías con la vida del abuelo? ¿Crees que deberíamos enviarlo a Dignitas también?

—El abuelo es diferente.

—No, no lo es. Ya no puede hacer las cosas que solía hacer. Pero su vida es preciosa. Igual que la de Will es preciosa.

—No es mi decisión, mamá. Es de Will. Todo esto es para apoyarlo.

—¿Apoyar a Will? Jamás he oído semejante disparate. Eres una niña, Louisa. No has visto nada, no has hecho nada. Y no tienes ni idea de cómo te va a afectar esto. En nombre de Dios, ¿cómo vas a dormir por la noche si le ayudas a hacer esto? Vas a ayudar a un hombre a morir. ¿De verdad comprendes eso? Vas a ayudar a Will, ese hombre encantador e inteligente, a morir.

—Voy a dormir por las noches porque confío en que Will sabe lo que es mejor para él y porque nada ha sido tan duro para él como no poder tomar decisiones, hacer cosas por sí mismo... —Miré a mis padres, intentando que comprendieran—. No soy una niña. Le quiero. Le quiero, y no debería haberlo dejado solo, y no soporto no estar ahí y no saber qué..., qué está... —Tragué saliva—. O sea, que sí. Que voy. No necesito que me cuidéis ni que me comprendáis. Ya me las arreglaré. Pero voy a ir a Suiza... digáis lo que digáis.

Reinó el silencio en esa pequeña entrada. Mi madre me miró como si no me conociera en absoluto. Di un paso para acercarme a ella, para hacerla comprender. Pero ella dio un paso atrás.

—¿Mamá? Se lo debo a Will. Le debo estar ahí. ¿Quién crees que me convenció para que solicitara plaza en una universidad? ¿Quién crees que me animó a hacer algo con mi vida, a viajar, a tener ambiciones? ¿Quién ha cambiado mi forma de pensar respecto a todo? ¿Acerca de mí misma incluso? Se lo debo a Will. He hecho más, he vivido más en estos últimos seis meses que en el resto de los veintisiete años de mi vida. Así que, si él quiere que vaya a Suiza, entonces, sí, voy a ir. Pase lo que pase.

Hubo un breve silencio.

—Es como la tía Lily —dijo mi padre, en voz baja.

Todos permanecimos ahí, observándonos. Mi padre y Treena intercambiaban miradas, como si esperasen que el otro dijera algo.

Pero fue mi madre quien rompió el silencio.

—Si te vas, Louisa, no vuelvas.

Las palabras cayeron de su boca como piedras. La miré conmocionada. Su mirada era inflexible. Se puso tensa al ver mi reacción. Había surgido entre nosotras un muro del que no sabía nada hasta entonces.

—¿Mamá?

—Lo digo en serio. Esto no es mejor que un asesinato.

—Josie...

—Es la verdad, Bernard. No voy a ser parte de esto.

Recuerdo que pensé, como si ya estuviera lejos, que jamás había visto tan insegura a Katrina. Vi que la mano de mi padre se extendía hasta posarse en el brazo de mi madre, no sé si en un gesto de reproche o de consuelo. Por un momento, mi mente se quedó en blanco. Entonces, casi sin saber qué estaba haciendo, bajé despacio las escaleras y pasé junto a mis padres. Y, al cabo de un segundo, mi hermana me siguió.

Las comisuras de la boca de mi padre se vinieron abajo, como si estuviera haciendo un esfuerzo para contener todo tipo de emociones. Entonces, se volvió hacia mi madre y le puso una mano en el hombro. Sus ojos contemplaron el rostro de ella y me dio la impresión de que ella ya sabía qué iba a decir él.

Y entonces le arrojó a Treena las llaves, que las cogió al vuelo.

—Toma —dijo—. Salid por la puerta trasera, por el jardín de la señora Doherty, y coged la furgoneta. No os verán en la furgoneta. Si salís ahora y no hay mucho tráfico, a lo mejor llegáis a tiempo.

—¿Sabes cómo va a acabar todo esto? —dijo Katrina. Me miró de soslayo mientras conducía a toda velocidad por la autopista.

—No.

No la podía mirar mucho tiempo: estaba hurgando en el bolso, intentando decidir si había olvidado algo. No dejaba de oír el sonido de la voz de la señora Traynor al otro lado de la línea. ¿Louisa? Por favor, ¿podrías venir? Sé que hemos tenido nuestras diferencias, pero, por favor... Es esencial que vengas ya.

—Mierda. Nunca había visto así a mamá —continuó Treena.

Pasaporte, cartera, llaves de casa. ¿Llaves de casa? ¿Para qué? Ya no tenía casa.

Katrina me miró de soslayo.

—Es decir, está enfadada ahora, pero es por la impresión. Ya sabes que al final las aguas volverán a su cauce, ¿verdad? Es decir, cuando vine a casa y le dije que estaba embarazada pensé que no me iba a volver a dirigir la palabra. Pero solo tardó, ¿cuánto?, dos días para volver en sí.

La oía parlotear a mi lado, pero no le prestaba atención. Apenas lograba concentrarme en nada. Las terminaciones nerviosas habían despertado a la vida y casi gritaban de ansiedad. Iba a ver a Will. Pasara lo que pasara, al menos no me iban a quitar eso. Casi sentí cómo encogían los kilómetros que nos separaban, como si fueran los extremos de un hilo elástico e invisible.

—¿Treen?

—¿Sí?

Tragué saliva.

—No permitas que pierda ese vuelo.

Si mi hermana es algo, es decidida. Nos saltamos la cola, aceleramos en el carril interior, sobrepasamos la velocidad permitida y escuchamos los informes de tráfico de la radio, pero por fin el aeropuerto apareció a la vista. Se detuvo de un frenazo y yo casi estaba ya fuera del coche cuando la oí:

—¡Eh! ¡Lou!

—Lo siento. —Me di la vuelta y corrí los pocos pasos que nos separaban.

Me dio un abrazo, muy fuerte.

—Estás haciendo lo correcto —dijo. Casi parecía al borde de las lágrimas—. Y, ahora, a correr como una loca. Si no logras coger ese maldito avión tras hacerme perder seis puntos del carné de conducir, no te vuelvo a hablar en la vida.

No miré atrás. Corrí hasta el mostrador de Swiss Air y tuve que repetir mi nombre tres veces hasta pronunciarlo con bastante claridad para solicitar los billetes.

Llegué a Zúrich poco después de la medianoche. Dada la hora tan tardía, la señora Traynor, tal como prometió, me había hecho una reserva en un hotel cerca del aeropuerto y me había dicho que me enviaría un coche a recogerme a las nueve en punto de la mañana. Pensé que no dormiría, pero lo hice (un sueño extraño, pesado e inconexo de varias horas) y desperté a las siete de la mañana sin saber dónde estaba.

Miré atontada alrededor de esa habitación desconocida, a las tupidas cortinas de color burdeos, diseñadas para bloquear la luz, a la enorme televisión de pantalla plana, a mi equipaje, que ni me había molestado en deshacer. Miré el reloj, que anunciaba que eran las siete pasadas en Suiza. Y, al comprender dónde estaba, de repente se me encogió el estómago por el miedo.

Salí de la cama a duras penas justo a tiempo para vomitar en el pequeño aseo. Me arrodillé en el suelo de baldosas, con el pelo pegado a la frente y la mejilla aplastada contra la fría porcelana. Oí la voz de mi madre, sus protestas, y sentí un miedo lúgubre que me envolvía. No estaba preparada. No quería volver a fracasar. No quería ver cómo moría Will. Con un gruñido, me incorporé, tambaleante, solo para vomitar de nuevo.

No logré comer. Atiné a tomar una taza de café solo y me duché y me vestí, con lo que me dieron las ocho de la mañana. Miré el vestido verde pálido que había echado al equipaje la noche anterior y me pregunté si sería apropiado para el lugar al que iba. ¿Iría todo el mundo de negro? ¿Debería vestir algo más vívido e intenso, como ese vestido rojo que le gustaba a Will? ¿Por qué me habría llamado la señora Traynor? Comprobé si había recibido llamadas en el móvil y me pregunté si podría llamar a Katrina. Allí serían las siete de la mañana. Era probable que estuviera vistiendo a Thomas y desistí al pensar que tal vez respondiera mi madre. Me puse algo de maquillaje y me senté junto a la ventana, y los minutos pasaron, poco a poco.

Creo que nunca en la vida me había sentido tan sola.

Cuando se me hizo insoportable permanecer en esa pequeña habitación, arrojé mis últimas cosas a la maleta y salí. Iba a comprar un periódico y esperar en el vestíbulo. Era imposible que fuera más desagradable que aguardar sentada en esa habitación en silencio o con los canales de noticias y la oscuridad sofocante de las cortinas. Cuando pasé ante la recepción, vi el ordenador, situado con discreción en un rincón. Un cartel decía: *Para uso de los huéspedes. Por favor, pregunte en recepción.*

—¿Puedo usarlo? —pregunté a la recepcionista.

Asintió y compré un pase de una hora. De repente, supe con claridad con quién quería hablar. El instinto me dijo que sería una de las pocas personas conectadas en ese preciso instante. Entré en el chat y escribí un mensaje:

> Ritchie. ¿Estás ahí?

> Buenos días, Abeja. ¿Te has despertado temprano?

Dudé solo un momento antes de escribir:

> Estoy a punto de comenzar el día más extraño de mi vida. Estoy en Suiza.

Él sabía qué quería decir. Todos sabían qué quería decir. La clínica había suscitado muchos debates acalorados. Escribí:

> Estoy asustada.

> Entonces, ¿por qué estás ahí?

> Porque no puedo no estar. Él me lo ha pedido. Estoy en un hotel, a la espera de ir a verlo.

Dudé de nuevo y escribí:

> No tengo ni idea de cómo va a acabar este día.

> Oh, Abeja.

> ¿Qué le digo? ¿Cómo le hago cambiar de idea?

Hubo una pausa antes de que él escribiera de nuevo. Sus palabras aparecieron en la pantalla más despacio de lo habitual, como si se estuviera expresando con sumo cuidado.

> Si está en Suiza, Abeja, no creo que vaya a cambiar de idea.

Se me hizo un nudo en la garganta, y me lo tragué. Ritchie aún estaba escribiendo:

> No es mi elección. No es la elección de casi todos los que escribimos en este foro. Adoro mi vida, aunque desearía que fuera diferente. Pero comprendo por qué tu amigo ya habrá tenido bastante. Es agotadora, esta vida, agotadora de una manera que alguien sano es incapaz de comprender. Si está decidido, si de verdad no ve otra forma de mejorar las cosas, entonces supongo que lo mejor que puedes hacer es estar a su lado. No tienes por qué estar de acuerdo. Pero tienes que estar a su lado.

Comprendí que estaba conteniendo el aliento.

> Buena suerte, Abeja. Y ven a verme cuando todo acabe. Las cosas tal vez se vuelvan un tanto complicadas para ti. En cualquier caso, me encantaría tener una amiga como tú.

Mis dedos permanecían inmóviles sobre el teclado. Escribí:

> Iré.

Y entonces la recepcionista me dijo que me esperaba un coche fuera.

471

No sé qué esperaba. Tal vez un edificio blanco próximo a un lago o unas montañas nevadas. Tal vez una fachada de mármol de aspecto hospitalario con una placa bañada en oro en la pared. Lo que no me esperaba es que me condujeran por una zona industrial hasta llegar a lo que parecía una casa normal y corriente, rodeada de fábricas y, aún más extraño, un campo de fútbol. Caminé por un sendero de tablones, junto a un estanque de peces de colores, y entré.

La mujer que abrió la puerta supo de inmediato a quién buscaba.

—Está aquí. ¿Quiere que la acompañe?

Me quedé quieta. Miré la puerta cerrada, tan similar a la que vi durante todos esos meses en el pabellón de Will, y respiré hondo. Y asentí.

Vi la cama antes de verlo a él; dominaba la habitación con su madera de caoba, su edredón de pintorescos adornos florales y las almohadas que extrañamente no combinaban con nada en ese ambiente. La señora Traynor estaba sentada a un lado de Will, el señor Traynor al otro.

Ella tenía la palidez de un fantasma y se levantó al verme.

—Louisa.

Georgina se encontraba sentada en una silla de madera en un rincón, inclinada sobre las rodillas, las manos juntas como si rezara. Alzó la vista cuando entré, revelando las ojeras y unos ojos enrojecidos por la pena, y en mí afloró un breve sentimiento de compasión por ella.

¿Qué habría hecho yo si Katrina hubiera insistido en su derecho a hacer esto?

La habitación era luminosa y amplia, como una casa de vacaciones para gente pudiente. Había un suelo de baldosas y alfombras caras, y un sofá al otro lado que daba a un pequeño jardín. No supe qué decir. Era una visión tan ridícula, tan prosaica, los tres ahí sentados, como si fueran una familia que trataba de decidir si ir de excursión esa tarde.

Me volví hacia la cama.

—Entonces —dije, con el bolso al hombro—, supongo que el servicio de habitaciones no es gran cosa.

Los ojos de Will se clavaron en los míos y, a pesar de todo, a pesar de mis miedos, de haber vomitado dos veces, de la sensación de no haber dormido durante un año, de repente me alegré de haber venido. O, más que alegrarme, me sentí aliviada. Como si hubiese extirpado de mí una parte dolorosa y molesta.

Y en ese momento Will sonrió. Era adorable esa sonrisa: sosegada, llena de aprecio.

Por extraño que parezca, me descubrí a mí misma sonriéndole.

—Bonita habitación —añadí, y de inmediato me percaté de la estupidez del comentario. Vi que Georgina Traynor cerraba los ojos, y me ruboricé.

Will se giró hacia su madre.

—Quiero hablar con Lou. ¿Está bien?

La señora Traynor intentó sonreír. Vi un millón de cosas en esa forma de mirarme: alivio, gratitud, un leve resentimiento por verse privada de esos preciosos minutos, tal vez incluso la esperanza de que mi aparición significara algo, que su destino aún no estuviera escrito en piedra.

—Por supuesto.

Pasó junto a mí en dirección al pasillo y, cuando me aparté de la puerta para dejarla pasar, ella estiró la mano y me tocó el brazo, levemente. Nuestras miradas se cruzaron y la de ella se suavizó, de modo que por un momento pareció otra persona, y entonces se apartó de mí.

—Vamos, Georgina —dijo cuando su hija no hizo ademán de moverse.

Georgina se levantó despacio y salió en silencio, y me bastó ver su espalda para percibir su renuencia.

Y al fin nos quedamos solos.

Will estaba medio incorporado en la cama, para poder mirar por la ventana que tenía a la izquierda, donde la fuente del pequeño jardín borboteaba con alegría un chorro de agua clara. En la pared había una fotografía de dalias mal enmarcada. Recuerdo que pensé que era una imagen horrible para que alguien la viera durante sus últimas horas.

—Bueno...

—No vas a...

—No voy a intentar convencerte.

—Si estás aquí, aceptas que es mi decisión. Esto es lo primero que ha estado bajo mi control desde el accidente.

—Lo sé.

Y ahí estaba. Él lo sabía, yo lo sabía. No me quedaba nada por hacer.

¿Sabes lo difícil que es no decir nada? ¿A pesar de que hasta el último átomo de tu cuerpo se esfuerza en lo contrario? Había practicado no decir nada durante todo el trayecto desde el aeropuerto, y me estaba matando. Asentí. Cuando por fin hablé, mi voz era algo pequeño y roto. Lo que salió fue lo único que podía decir sin riesgos.

—Te he echado de menos.

Will pareció relajarse entonces.

—Ven aquí. —Y añadió, cuando dudé—: Por favor. Ven. Aquí mismo, a la cama. A mi lado.

Comprendí entonces que su expresión reflejaba un profundo alivio. Que le alegraba verme de una manera que no iba a ser capaz de explicar. Y me dije a mí misma que eso tendría que ser suficiente. Haría lo que me había pedido. Eso tendría que ser suficiente.

Me tumbé en la cama, junto a él, y posé el brazo sobre su cuerpo. Apoyé la cabeza en su pecho y dejé que mi cuerpo absorbiera ese lento subir y bajar. Sentí la leve presión de las puntas de los dedos de Will en la espalda, su cálido aliento contra el pelo. Cerré los ojos, respirando su aroma, esa persistente fragancia cara a madera de cedro, a pesar del frescor aséptico de la habitación, del olor ligeramente desconcertante a desinfectante. Intenté no pensar en nada. Intenté existir, nada más, intenté absorber al hombre al que amaba mediante ósmosis, intenté grabar lo que quedaba de él sobre mi cuerpo. No hablé. Y entonces oí su voz. Estaba tan cerca de él que, cuando habló, su voz vibró delicadamente a través de mí.

—Eh, Clark —dijo—. Cuéntame algo bueno.

Miré por la ventana, al cielo azul y brillante de Suiza, y le conté una historia de dos personas. Dos personas que no deberían haberse conocido y que al principio no se cayeron demasiado bien, pero que descubrieron que eran las únicas dos personas en el mundo que podrían comprenderse. Y le conté las aventuras que compartieron, los lugares que visitaron y las cosas que vi y que no esperaba ver. Evoqué para él cielos eléctricos y mares iridiscentes y noches llenas de risas y bromas tontas. Le dibujé un mundo, un mundo lejos de una zona industrial de Suiza, un mundo en el que, por algún motivo, él era todavía la persona que quería ser. Dibujé el mundo que él había creado para mí, lleno de maravillas y posibilidades. Le hice saber que una herida había sido curada de un modo que él no podría ni imaginar, y solo por eso siempre habría una parte de mí que le estaría agradecida. Y, mientras hablaba, supe que estas serían las palabras más importantes que iba a decir en mi vida y que era importante que fueran las palabras adecuadas, que no se limitaran a ser propaganda, otra tentativa para convencerlo, sino que respetasen lo que Will había dicho.

Le conté algo bueno.

El tiempo pasó más despacio, hasta quedarse inmóvil. Éramos nosotros dos, solos, y yo murmuraba en la habitación soleada y vacía. Will no dijo gran cosa. No me respondió, ni realizó ningún comentario sarcástico, ni se burló. De vez en cuando, asentía, con la cabeza apoyada contra la mía, y murmuraba o emitía un leve sonido que tal vez reflejase su satisfacción ante otro bello recuerdo.

—Han sido —le dije— los mejores seis meses de toda mi vida.

Hubo un largo silencio.

—Qué extraño: también los míos, Clark.

Y entonces, así, sin más, mi corazón se rompió. Se me desencajó el gesto, me abandonó la compostura y lo abracé con todas mis fuerzas, sin que me importara ya que sintiera el temblor de mi cuerpo sollozante porque la pena me había anegado. Me abrumaba y me desgarraba el corazón y el estómago y la cabeza y tiraba de mí hacia abajo, y no lo soporté. De verdad, pensé que no sería capaz de soportarlo.

—No, Clark —murmuró Will. Sentí sus labios en el pelo—. Oh, por favor. No. Mírame.

Cerré los ojos con fuerza y negué con la cabeza.

—Mírame. Por favor.

No podía.

—Estás furiosa. Por favor. No quiero herirte ni hacerte...

—No —negué con la cabeza de nuevo—. No es eso. No quiero... —Apreté la mejilla contra su pecho—. No quiero que lo último que veas sea esta cara tan triste y descompuesta.

—Aún no lo comprendes, Clark, ¿verdad? —Sentí en su voz que sonreía—. No es una decisión tuya.

Me tomó un tiempo recuperar la compostura. Me soné la nariz, respiré muy hondo. Por fin, me apoyé en el codo y le devolví la mirada. Sus ojos, no hace tanto extenuados e infelices, ahora parecían extrañamente claros y relajados.

—Estás guapísima.

—Qué gracioso.

—Ven aquí —dijo—. Aquí a mi lado.

Me tumbé de nuevo, mirándolo. Vi el reloj sobre la puerta y tuve la súbita sensación de que se acababa el tiempo. Me pasé su brazo por encima, enrosqué las piernas y los brazos en torno a él y quedamos entrelazados. Tomé su mano (la buena) y pasé los dedos entre los suyos, besando los nudillos mientras sentía que él estrechaba los míos. Qué familiar me resultaba ya su cuerpo. Lo conocía de un modo en que nunca llegué a conocer el de Patrick: sus fuerzas y debilidades, sus cicatrices y aromas. Puse la cara tan cerca de la suya que sus rasgos se volvieron borrosos y comencé a extraviarme en ellos. Le acaricié el pelo, la piel, la frente, con la punta de los dedos, mientras las lágrimas corrían por mis mejillas, la nariz contra la suya, y todo el tiempo él me observó en silencio, estudiándome con intensidad, como si estuviera almacenando hasta la última de mis moléculas. Comenzaba ya a retirarse, a recluirse en un lugar donde no lograría alcanzarlo.

Lo besé, para ver si así volvía. Lo besé y posé mis labios en los suyos de modo que nuestras respiraciones se entremezclaron y las lágrimas de mis ojos se convirtieron en sal en su piel, y me dije a mí misma que, en algún lugar, unas diminutas partículas de él serían parte de mí, ingeridas, tragadas, vivas, perpetuas. Quise apretar mi cuerpo por completo contra él. Quise inspirarle un deseo. Quise entregarle toda la vida que sentía y obligarle a vivir.

Comprendí que tenía miedo a vivir sin él. *¿Cómo es que tienes el derecho a destrozarme la vida*, quise preguntarle, *pero yo no tengo ningún poder en la tuya?*

Pero se lo había prometido.

Así que lo abracé, Will Traynor, experto exnegociador en Londres, exsubmarinista temerario, deportista, viajero, amante. Lo abracé con fuerza y no dije nada, sin dejar de decirle en silencio que era amado. Oh, pero cómo era amado.

Ni siquiera sé cuánto tiempo permanecimos así. Yo era vagamente consciente de una conversación al otro lado de la puerta, del ruido de los zapatos, del campanario de una iglesia distante que repicaba en algún lugar. Por fin, noté que exhalaba un gran suspiro, casi un estremecimiento, y apartó la cabeza apenas un centímetro para que nos viéramos con claridad.

Parpadeé al mirarlo.

Me dedicó una leve sonrisa, casi una disculpa.

—Clark —dijo, en voz baja—. ¿Te importa pedirles a mis padres que entren?

27

FISCALÍA DE LA CORONA
A: Jefe de la Fiscalía
Documento confidencial
Re.: William John Traynor
4-9-2009

Los detectives ya han interrogado a todos los involucrados en el caso indicado, y en consecuencia adjunto los archivos que contienen todos los documentos pertinentes.

El sujeto de la investigación es el señor William Traynor, de treinta y cinco años, antiguo socio de la firma Madingley Lewins, ubicada en la ciudad de Londres. El señor Traynor sufrió una lesión medular en un accidente de tráfico en 2007 y le fue diagnosticada una tetraplejia C5/C6 con un movimiento muy limitado en un solo brazo, que exigía una atención de veinticuatro horas. Se adjunta su historial clínico.

Los documentos muestran que el señor Traynor se había esforzado en regularizar sus asuntos legales antes de viajar a Suiza. Su abogado, el señor Michael Lawler, nos ha hecho llegar una declaración de intenciones firmada ante testigos, así como copias de toda la documentación pertinente relacionada con sus consultas con la clínica mencionada.

La familia y los amigos del señor Traynor habían expresado unánimemente su oposición al deseo manifiesto de acabar con su vida prematuramente, pero, dados su historial clínico y los intentos anteriores de suicidio (detallados en los registros del hospital adjuntos), así como su inteligencia y fuerza de carácter, fueron al parecer incapaces de disuadirlo, incluso durante un prolongado periodo de seis meses que negociaron con él con esa única finalidad.

Es digno de mención que una de las beneficiarias del testamento del señor Traynor es su cuidadora remunerada, la señorita Louisa Clark. Dada la brevedad de su relación con el señor Traynor, cabría cuestionar la generosidad del señor Traynor con ella, pero todas las partes afirman que no desean impugnar los deseos del señor Traynor, que están legalmente documentados. Ha sido largamente interrogada en varias ocasiones y la policía está convencida de que hizo un gran esfuerzo para disuadir al señor Traynor (véase el «calendario de aventuras» incluido entre las pruebas).

Asimismo, es digno de mención que la señora Camilla Traynor, la madre, una respetada juez de paz durante muchos años, ha presentado la dimisión debido a la publicidad que ha recibido el caso. Es sabido que ella y el señor Traynor se separaron poco después de la muerte de su hijo.

Si bien esta fiscalía no apoya el suicidio asistido en clínicas extranjeras, a juzgar por las pruebas reunidas es evidente que la familia del señor Traynor y sus cuidadores han obrado según las directrices actuales relativas al suicidio asistido y a la posible acusación por parte de los seres cercanos al fallecido.

El señor Traynor fue declarado competente y tomar esa decisión fue su deseo «voluntario, claro, decidido e informado».

No hay prueba alguna de enfermedad mental ni de coacción por parte de nadie.

El señor Traynor había manifestado sin equívoco posible que deseaba suicidarse.

La discapacidad del señor Traynor era grave e incurable.

Las acciones de quienes acompañaron al señor Traynor supusieron tan solo una ayuda menor.

Las acciones de quienes acompañaron al señor Traynor pueden describirse como asistencia renuente ante el deseo manifiesto por parte de la víctima.

Todas las partes involucradas han colaborado sin reservas con la policía durante la investigación del caso.

Considerando estos hechos sumariamente expuestos, la buena reputación de todas las partes y las pruebas adjuntas, concluyo que iniciar un proceso judicial no serviría al interés público.

Sugiero que, si se realiza alguna declaración pública a tal respecto, el jefe de la Fiscalía deje bien claro que el caso de los Traynor no sienta precedente alguno y que la Fiscalía continuará juzgando cada caso según sus circunstancias particulares.

Atentamente,

Sheilagh Mackinnon
Fiscalía de la Corona

EPÍLOGO

*M*e limité a seguir las instrucciones.

Estaba sentada a la sombra del toldo verde oscuro de un café, contemplando la Rue des Francs Bourgeois, mientras el tibio sol del otoño parisino me daba a un lado de la cara. Frente a mí el camarero había depositado, con una eficacia típicamente francesa, un plato de cruasanes y una taza grande de café. En la calle, a unos cien metros, dos ciclistas se detuvieron cerca del semáforo y entablaron una conversación. Uno llevaba una mochila azul de la que sobresalían dos baguetes formando un ángulo extraño. En el aire, inmóvil y pesado, flotaban los aromas del café y la bollería y el toque acre de los cigarrillos de alguien.

Terminé la carta de Treena (me habría llamado, dijo, pero no se podía permitir las tarifas de las llamadas al extranjero). Había obtenido las mejores notas de su promoción en Contabilidad 2 y se había echado novio, Sundeep, quien trataba de decidir si trabajar en el negocio de importación y exportación de su padre y tenía unos gustos musicales incluso peores que los de Treena. Thomas estaba entusiasmado por pasar a una clase nueva en el colegio. A mi padre aún le iba de maravilla en el trabajo y me mandaba recuerdos. Estaba segura de que mi madre me perdonaría pronto. *Ha recibido tu carta,* dijo. *Sé que la ha leído. Dale tiempo.*

Tomé un sorbo de café y por un instante me transportó a Renfrew Road, a una casa que parecía estar a un millón de kilómetros. Entrecerré los ojos por el sol bajo y observé a una mujer con gafas de sol que se retocaba el pelo ante el espejo de un escaparate. Frunció los labios al ver su reflejo, se enderezó un poco y continuó su camino.

Dejé la taza, respiré hondo y cogí la otra carta, la carta que había llevado conmigo durante casi seis semanas.

En el sobre, en letras mayúsculas, estaba escrito, bajo mi nombre:

PARA LEER SOLO EN EL CAFÉ MARQUIS, RUE DES FRANCS BOURGEOIS, ACOMPAÑADA DE CRUASANES Y UNA TAZA GRANDE DE CAFÉ CON LECHE.

Me reí, al mismo tiempo que lloraba, al leer el sobre por primera vez: qué típico de Will, mandón hasta el final.

El camarero (un hombre alto y enérgico con una docena de trocitos de papel que le sobresalían del delantal) se dio la vuelta y vio mi mirada. ¿Todo bien?, me preguntaron sus cejas alzadas.

—Sí —dije. Y añadí, un poco tímida—: *Oui.*

La carta estaba escrita en ordenador. Reconocí la misma tipografía de una nota que me había enviado hacía un tiempo. Me recliné en la silla y comencé a leer.

Clark:

Cuando leas esto habrán pasado unas pocas semanas (incluso con tus dotes organizativas recién descubiertas dudo que hayas llegado a París antes de comienzos de septiembre). Espero que el café sea bueno y fuerte y que los cruasanes estén frescos y que aún haga buen tiempo para sentarse fuera, en una de esas sillas metálicas que nunca quedan del todo firmes sobre la acera. No está mal, el Marquis. El bistec también está rico, por si te apetece volver más tarde a comer. Y si miras por la calle, a tu izquierda, verás L'Artisan Parfumeur, donde, cuando termines de leer esta carta, deberías ir a probar el aroma llamado algo así como Papillons Extrême (no lo recuerdo bien). Siempre pensé que te iría muy bien.

Vale, se acabaron las órdenes. Hay unas cuantas cosas que me gustaría decirte y te las habría dicho en persona, pero, en primer lugar, te habrías puesto toda sentimental y, en segundo lugar, no me habrías dejado decir todo lo que quería decir. Siempre has hablado demasiado.

Por tanto, aquí lo tienes: el cheque que recibiste en el sobre inicial de Michael Lawler no era la cantidad completa, sino solo un pequeño regalo, para ayudarte durante las primeras semanas de desempleo, y para que fueras a París.

Cuando vuelvas a Inglaterra, lleva esta carta a Michael en su despacho de Londres y te dará los documentos pertinentes para que tengas acceso a la cuenta que ha abierto en tu nombre. Esta cuenta contiene lo suficiente para que te compres un lugar agradable donde vivir, para que te pagues la carrera y para cubrir tus gastos mientras eres estudiante a tiempo completo.

Mis padres ya estarán informados al respecto. Espero que esto, y el trabajo jurídico de Michael Lawler, simplifiquen los trámites en la medida de lo posible.

Clark, desde aquí casi oigo cómo empiezas a hiperventilar. No te pongas de los nervios ni intentes regalarlo: no es bastante para que te quedes de brazos cruzados el resto de tu vida. Pero debería ser suficiente para comprar tu libertad, tanto en lo que se refiere a ese pueblecito claustrofóbico que los dos consideramos nuestro hogar como a las elecciones que te viste obligada a tomar hasta ahora.

No te doy este dinero porque quiera que te sientas nostálgica ni en deuda conmigo, ni tampoco para que sea una especie de maldito recuerdo.

Te lo doy porque casi nada me hace feliz a estas alturas, salvo tú.

Soy consciente de que conocerme te ha causado dolor y pena, y espero que un día, cuando estés menos enfadada conmigo, comprendas que no solo hice lo único que podía hacer, sino que eso te va a ayudar a vivir una buena vida, una vida mejor, que si no me hubieras conocido.

Te vas a sentir incómoda en tu nuevo mundo durante un tiempo. Siempre es extraño vernos fuera del lugar donde estábamos cómodos. Pero espero que también te sientas un poco dichosa. Cuando volviste de hacer submarinismo esa vez, tu cara me lo dijo todo: hay anhelo en ti, Clark. Audacia. Solo la habías enterrado, como casi todo el mundo.

No te estoy pidiendo que te arrojes de un rascacielos ni que nades junto a ballenas ni nada parecido (aunque, en secreto, me encantaría pensar que lo estás haciendo), pero sí que vivas con osadía. Que seas exigente contigo misma. Que no te conformes. Viste con orgullo esos leotardos a rayas. Y, si insistes en conformarte con algún tipo ridículo, guarda a buen recaudo una parte de este dinero. Saber que aún tienes posibilidades es un lujo. Saber que tal vez te las he proporcionado ha sido un gran alivio para mí.

Eso es todo. Te llevo grabada en el corazón, Clark. Desde el primer día en que te vi, con esas prendas ridículas y esas bromas tontas y tu completa incapacidad para disimular una sola de tus emociones. Has cambiado mi vida muchísimo más de lo que este dinero cambiará la tuya.

No te acuerdes demasiado de mí. No quiero pensar que te vas a poner sensiblera. Vive bien.

Vive.

Con amor,

Will

Cayó una lágrima sobre la mesa destartalada, frente a mí. Me limpié la mejilla con la palma de la mano y dejé la carta sobre la mesa. Tardé unos minutos en volver a ver con claridad.

—¿Otro café? —dijo el camarero, que reapareció frente a mí.

Parpadeé al mirarlo. Era más joven de lo que había pensado y ya no tenía ese aire altanero. Tal vez los camareros parisinos consideren parte de su trabajo ser amables con las mujeres que lloran en sus cafés.

—¿Tal vez... un coñac? —El camarero echó un vistazo a la carta y sonrió, con algo parecido a la comprensión.

—No —dije, sonriéndole yo también—. Gracias. Tengo..., tengo cosas que hacer.

Pagué la cuenta y guardé la carta con cuidado en el bolsillo.

Y, al levantarme de la mesa, coloqué bien el bolso que llevaba al hombro y caminé por la calle hacia la perfumería y hacia el resto de París que se extendía ante mí.